Josephine Cantrell
Als die Tage leiser wurden

AF202226

Das Buch

Cecilia führt zusammen mit ihrer Freundin Kat ein kleines Café in der Half Moon Street. Sie liebt London und ihre Arbeit, doch seit dem plötzlichen Verlust ihres Vaters ist ihr Leben vollkommen aus dem Takt geraten.

Jeden Tag besucht der bekannte Musiker Lukas Tanner das Café. Er verbringt immer mehr Zeit mit Cecilia und hilft ihr dabei, die Erinnerungen an ihren Vater und ihr Zuhause in Deutschland zum Leben zu erwecken. Doch bald stellt sich heraus, dass Lukas mehr über sie und ihre Familie weiß, als er zugibt.

Wie viel Wahrheit verträgt die Liebe? Wie viel Verschwiegenheit braucht sie?

Die Autorin

Josephine Cantrell lebt in Baden-Württemberg. Beruflich ist sie als Psychologin und Heilerziehungspflegerin in der Begleitung von Menschen mit Behinderung tätig.

Ihre Freizeit verbringt sie am liebsten mit ihrem Mann und ihrem Hund. Sie liebt die Atlantikküste, besucht gern Konzerte und interessiert sich für Kunst. Bücher gehören schon seit früher Kindheit zu ihrem Leben – Josephine Cantrell liest gern, doch noch viel lieber schreibt sie selbst. Nach dem Bestseller »Als der Sommer verschwand« ist »Als die Tage leiser wurden« ihr zweiter Roman.

Josephine Cantrell

ALS DIE TAGE *leiser* WURDEN

ROMAN

TINTE & FEDER

Deutsche Erstveröffentlichung bei
Tinte & Feder, Amazon Media EU S.à r.l.
38, avenue John F. Kennedy, L-1855 Luxembourg
Januar 2022
Copyright © der deutschsprachigen Ausgabe 2022
By Josephine Cantrell
All rights reserved.

Umschlaggestaltung: zero-media.net, München
Umschlagmotiv: © jaboo2foto/Shutterstock;
© Jaromír Chalabala/Alamy Stock Photo;
© Vira Petrunina/Alamy Stock Photo
1. Lektorat: Marketa Görgen
2. Lektorat: Rainer Schöttle
Korrektorat: Manuela Tiller/DRSVS
Gedruckt durch:
Amazon Distribution GmbH, Amazonstraße 1, 04347 Leipzig /
Canon Deutschland Business Services GmbH, Ferdinand-Jühlke-Straße 7,
99095 Erfurt /
CPI books GmbH, Birkstraße 10, 25917 Leck

ISBN 978-2-49670-885-1

www.tinte-feder.de

PROLOG

Direkt vor ihrem Haus klaffte ein Loch in der Straßendecke, sodass glänzendes Kopfsteinpflaster zum Vorschein gekommen war. Wie bei einem Rubbellos, dessen silberne Schicht man nachlässig abgerieben hatte. Zumindest war das heute Morgen noch so gewesen, doch als Cecilia vorhin mit dem Fahrrad in den Lavender Sweep eingebogen war, lag schwarzer Asphalt über den Pflastersteinen.

Nun roch es in ihrem Schlafzimmer süßlich nach Teer, doch sie machte sich nicht die Mühe, das Fenster zu schließen. Vögel zwitscherten aus den Bäumen – schrill und fröhlich. Immer wieder bauschte der Wind die transparenten Vorhänge auf, nur um sie kurz darauf wieder zurückflattern zu lassen. Cecilia lag auf dem Rücken und hielt ein abgegriffenes Papier in den Händen. Vom vielen Anfassen war es an den Seiten eingerissen. An manchen Stellen hatte es sich mit Feuchtigkeit vollgesogen, sodass die Tinte faserig zerlaufen war. Aus dem Telefon, das auf ihrem Dekolleté lag, tönte die Stimme ihrer Mutter. »Du hast ihn mir doch schon tausendmal vorgelesen. Das bringt nichts.«

Cecilia ignorierte den Einwand und starrte auf das Blatt.

Liebe Cecilia,

nachdem ich es bei meinem Besuch in London nicht übers Herz gebracht habe, mit Dir zu sprechen, erhältst Du nun diesen Brief. Ich hoffe, Du verzeihst, dass ich Dir nicht gegenüberstehe, um diese Geschichte zu erzählen, aber so fällt es mir leichter.

Ich kenne Deine Mutter schon mein ganzes Leben lang. Wir saßen zusammen im Sandkasten und auf der Schulbank. Marlene war meine erste große Liebe. Wir haben alles geteilt. Sommerabende am See, Winterabende vor dem Kamin. Du weißt, dass sie irgendwann mit ihrem Vater fortgezogen ist und wir uns aus den Augen verloren haben. Erst viele Jahre später, nachdem sie mir einen Brief geschrieben hat, haben wir uns wiedergetroffen. Irgendwann wurde Marlene dann schwanger, wir haben geheiratet und kurz darauf bist Du auf die Welt gekommen. Wir waren eine glückliche Familie. Wenn ich heute auf die vielen Jahre zurückblicke, kann ich das mit gutem Gewissen behaupten.

Du kennst Deine Wurzeln und weißt um die Verflechtungen unserer Familie. Allerdings gibt es eine Geschichte, über die ich immer geschwiegen habe, weil sie uns im Fundament –

Cecilia atmete tief durch. Der letzte Satz war nie vollendet worden. Stattdessen hatte ihr Vater fünf Zeilen durchgestrichen. So fest, dass sich das Papier wellte und stellenweise aufgerissen war. Man konnte nur *Murnau* entziffern – den Ort, an dem er aufgewachsen war.

»Welche Geschichte wollte er mir erzählen?«, wollte sie von ihrer Mutter wissen. »Ich kann nicht aufhören, darüber nachzudenken.«

»Ich weiß es nicht. Wie oft denn noch? Ich habe keine Ahnung, was dein Vater dir mitteilen wollte. Vielleicht wollte er dir ein Rezept verraten oder …«

»Zieh es nicht ins Lächerliche! Verstehst du nicht, wie wichtig das für mich ist?«, fragte Cecilia aufgebracht und massierte ihre Schläfe. »Das ist alles, was ich von Papa habe. Ein unvollendeter Brief, der Fragen aufwirft, die er nicht mehr beantworten kann.«

»Bewahre dir die vielen schönen Erinnerungen, nicht die Fragen«, erwiderte Marlene mit sanfter Stimme. »Er war ein guter Mensch und wir hatten eine schöne Zeit miteinander.«

»Warum bist du dann so böse auf ihn?«, fragte sie. »Bevor er gestorben ist, hast du wochenlang im Gästezimmer geschlafen.«

Marlene sog scharf die Luft ein. Es vergingen ein paar Sekunden, ehe sie antwortete. »Erstens bin ich nicht böse und zweitens hat das eine nichts mit dem anderen zu tun. Wir hatten Probleme, normale Probleme einer langen Ehe. Es gab auf beiden Seiten Verletzungen, aber das sind keine Themen, mit denen du dich befassen musst.«

Stille. Cecilia versuchte, sich zu konzentrieren, um das Gespräch nicht entgleiten zu lassen. Ihr Kopf schmerzte. »Es fällt mir wirklich schwer, über Papa zu sprechen.« Sie schluckte trocken. »Und jedes Mal, wenn ich die Kraft aufbringe, blockst du ab.«

»Das stimmt nicht. Es ist nur sinnlos, immer und immer wieder von diesem Brief anzufangen, weil ich dir nichts dazu sagen kann. Außerdem sprichst du von deinem Vater und ich von Franz. Das ist ein Unterschied.«

»Wir sprechen von demselben Menschen. Warum sollte das einen Unterschied machen?«

»Ich kenne Seiten von ihm, die du nicht kennst.« Marlene klang erschöpft. »Es gibt keinen Weg zurück in die Vergangenheit. Wir können ihn nicht mehr fragen.«

»Ich muss jetzt aufhören«, presste Cecilia hervor und legte auf, ehe ihre Mutter etwas erwidern konnte. Sie griff zum Glas, das auf ihrem Nachttisch stand, und trank, um den bitteren Geschmack in ihrem Mund loszuwerden. Es lag in der Natur des Menschen, eine Geschichte immer zu Ende erzählen zu wollen. Cecilia musste die ungeschriebenen Zeilen finden, um einen Punkt setzen und Frieden schließen zu können.

ERSTER TEIL

1

Das Sonnenlicht, das durch die Sprossenfenster ins Zimmer fiel, war milchig, die Luft wirkte körnig wie auf alten Fotografien. Kein Wunder, dass der doppelte Espresso nicht geholfen hatte, ihre Müdigkeit zu verscheuchen – nicht mal der Tag schaffte es, aufzuklaren.

Seit zwei Stunden stand sie in der großzügigen Küche ihres Cafés und schob ein Blech nach dem anderen in den Ofen. Gerade bereitete sie einen Hefeteig zu. Sie knetete ihn von Hand, weil sie das Gefühl mochte, wenn sich die Masse zwischen ihren Fingern hindurchdrückte.

Wildes Hupen zerriss das monotone Brummen des Ofens. Um diese Uhrzeit platzte London aus allen Nähten. Wahrscheinlich war die *Piccadilly* wieder derart verstopft, dass sich endlose Autokarawanen bildeten. In der Ferne heulten Sirenen.

Umständlich wischte sie dunkle Strähnen aus ihrer Stirn, dann lehnte sie sich mit der Schulter gegen das gekippte Fenster, um es zu schließen. Das Gemurmel der Stadt verstummte. Teig klebte in ihrem Haar, auf der weinroten Schürze und an ihren Fingern.

Auf dem Weg zum Waschbecken linste sie in den Gastraum. Unter Messinglampen standen samtene Polstermöbel,

Regale rahmten die Fenster ein und beherbergten ein buntes Sammelsurium an Zeitschriften und Büchern.

Niemand saß in den Sesseln oder auf der Bank am Fenster, doch draußen hinter den Scheiben erspähte sie einen dunklen Haarschopf. Er gehörte zu einem Gast, der seit Wochen täglich ins Cinnamoon kam. Wie immer hatte sie ihm bereits einen ungesüßten Schwarztee mit Milch und ein Stück Tarte serviert. Etwas an seinem Auftreten rührte sie. Er sprach mit rauer Stimme und lächelte so verhuscht, als hätte er etwas zu verbergen. Cecilia hatte sich angewöhnt, ihn wie ein Forschungsobjekt zu beobachten – heimlich, akribisch, mit einer gewissen Faszination.

Doch heute hatte sie dafür keine Zeit. Cecilia wusch sich die Hände, dann wischte sie einen Mehlschleier vom Display und ließ es aufleuchten. Eine Nachricht ihrer Freundin Kat, mit der sie das Café führte, war eingetroffen: »*Ich komme zwanzig Minuten später. Radle noch beim Borough Market vorbei und besorge uns frische Blumen, damit es nicht nur draußen blüht, sondern auch drinnen. Das könnte ein Spruch fürs Poesiealbum werden, oder?*« Außerdem hatte der italienische Lieferant versucht, sie zu erreichen. Wahrscheinlich ging es wieder um die kostspielige Siebträgermaschine, die er ihnen schon seit Wochen verkaufen wollte.

Cecilia summte vor sich hin, rührte in der milchigen Zuckerglasur und beugte sich über das Blech. Ihre Zimtschnecken waren so beliebt, dass die Menschen dafür aus den entlegensten Winkeln der Stadt kamen. Das Geheimnis war eine Mischung aus Apfel und Marzipan, verfeinert mit einer Prise Meersalz.

»Jetzt noch die Tafel«, instruierte sie sich selbst. Hastig strich sie über ihr Haar, dann schnappte sie sich die Schiefertafel mitsamt der Kreide und marschierte durch den Gastraum nach draußen.

In der Half Moon Street reihten sich hochgeschossige Wohnhäuser aneinander, vor denen im Frühling Magnolien, Goldflieder und Kirschbäume blühten. Durch die Straße wehten süßliche Gerüche. Auch vor dem Cinnamoon wuchs ein Magnolienbaum mit einer rosafarbenen Krone. Kat jammerte schon, weil er in wenigen Wochen seine Blüten abwerfen würde und sie sich dann darum kümmern müssten, sie aufzufegen, bevor sie zertreten wurden und am Boden festklebten.

»Puh! Die Luft ist aber noch ganz schön kalt«, bemerkte Cecilia und rieb über ihre Oberarme. Der junge Mann, der vor dem Café in der Sonne saß, hob nicht mal den Kopf. Sie legte die Tafel auf einen der runden Tische, beugte sich darüber und schrieb fein säuberlich die Klassiker des Cafés auf: *Cookies & Coffee, Tarte & Tea, Scones & Smoothies.*

Sie lehnte die Schiefertafel an den Stamm der Magnolie und begutachtete ihr Werk von der Straße aus. Zufrieden stapfte sie zurück. Als sie auf seinen Tisch zusteuerte, ließ er das Buch sinken und schaute sie an. Im Sonnenlicht leuchteten seine Augen hell auf. Blau, dachte sie, tiefes Blau. Seine Mundwinkel hoben sich zu einem leichten Lächeln.

Nachdem Cecilia in die Küche zurückgegangen war, kontrollierte sie im Spiegel über dem Waschbecken ihr Aussehen. Dunkle Schatten unter ihren Augen zeugten von der schlaflosen Nacht, die sie hinter sich hatte. Sie löste das Zopfgummi und kämmte mit den Fingern durch ihr rotbraunes Haar, dann trat sie einen Schritt zurück und begutachtete das wadenlange Kleid, das sie gestern in einem Vintage-Shop gekauft hatte. Leicht, glänzend, senfgelb. Ihr gefielen die stoffbesetzten Knöpfe und der Schwung um ihre Beine, wenn sie sich bewegte.

Plötzlich schrillte die Messingglocke und ein ohrenbetäubendes Schreien dröhnte bis in die Küche. »Hey! Wo bist du?«

Cecilia hastete in den Gastraum. Der Mann, der gerade noch vor dem Café gesessen hatte, stand mit hochrotem Kopf vor ihr. Im Arm hielt er ein weinendes Kind.

»Was ist passiert?«, fragte sie alarmiert. Das Mädchen vergrub ihr Gesicht an seiner Brust und schluchzte laut auf.

»Die Kleine ist mit dem Vorderreifen in diesem Abflussgitter hängen geblieben. Dabei hat sie einen Salto über den Lenker gemacht und ist hingefallen.«

»Oh nein. Ich …« Es war Jahre her, dass sie einen Erste-Hilfe-Kurs gemacht hatte. Sie konnte kein Blut sehen. Allein bei der Vorstellung bekam sie eine Gänsehaut.

»Wo kann ich hin?«, fragte der Mann und trat einen Schritt auf sie zu. Cecilia deutete zur Bank am Fenster. Zum Glück war das Kind bei Bewusstsein, dachte sie und beobachtete, wie er es vorsichtig auf den Polstern absetzte. Der kleine Körper wurde von Schluchzern geschüttelt.

»Das war ein ganz schöner Schock!« Er raufte sich das Haar und lachte heiser. »Mit der Nummer könntest du im Zirkus auftreten. Weißt du das?«

Mit zitternden Fingern tastete das Mädchen über seinen rosafarbenen Fahrradhelm. Blonde Zöpfe baumelten darunter hervor.

»Hast du dich verletzt?« Cecilia setzte sich neben das Kind und streichelte über seine schmalen Schultern.

»Mein Arm.« An dem Shirt klebten Schmutz und kleine Steine. Der blaue Stoff war über dem linken Ellbogen aufgerissen.

»Ich schau's mir mal an, ja? Du musst keine Angst haben. Ich bin ganz vorsichtig.« Behutsam schob Cecilia den Ärmel hoch. Mit zusammengekniffenen Lippen inspizierte sie den Ellbogen. Er war zwar gerötet und hatte mehrere Schrammen abbekommen, doch ansonsten schien er unversehrt zu sein.

»Ich hab's mir schlimmer vorgestellt. Ganz ehrlich. Das sieht aus, als wäre es morgen schon verheilt«, erklärte der Mann und tippte auf die kleine Hand. »Willst du mal versuchen, den Arm zu bewegen?« Langsam winkelte das Mädchen ihren Arm an, dann streckte sie ihn aus. »Tut das weh?«

»Ein bisschen.« Immer noch kullerten Tränen über ihre Wangen. Sie schniefte.

»Vielleicht hast du dir den Arm verstaucht. Das schmerzt zwar, aber es verheilt ganz schnell.« Cecilia lächelte und stand auf. »Wir können ihn ein wenig kühlen, ja?«

»Und mein Fahrrad ist auch kaputt.« Die Unterlippe des Mädchens zitterte.

»Wo ist es denn?«

»Beim Baum.« Der Mann deutete hinaus. Ein kleines Rad – ebenfalls rosafarben – lehnte am Stamm der Magnolie. »Der Vorderreifen ist völlig verbogen. Muss ausgewechselt werden. Damit kann man nicht mehr fahren.«

Bestürzt schaute das Kind zu ihm auf.

»Ach, das ist kein Problem«, lenkte Cecilia ein. »Mein Fahrrad war letzte Woche auch in der Werkstatt und wurde repariert. Jetzt funktioniert es wieder einwandfrei. Wohnst du hier in der Nähe?«

»Meine Mama arbeitet hier.«

»In der Half Moon Street?«

Das Mädchen nickte und wischte sich mit der flachen Hand über die Wangen – die kurzen Finger waren übersät mit den grünen Strichen eines Filzstifts.

»Wir können sie anrufen, damit sie dich abholt«, schlug der Mann vor. »Oder soll ich dich zu ihr bringen?«

»Ich will jetzt zu meiner Mama.«

»Alles klar.« Er lächelte und entblößte eine makellose Zahnreihe. »Dann klemme ich mir dein Fahrrad unter den Arm und begleite dich.«

»Willst du vielleicht noch etwas Süßes für den Weg? Manchmal hilft das.« Cecilia deutete auf das Glas mit Cookies, das auf dem Tresen stand.

Beim Anblick des Gebäcks wurden die Augen des Mädchens größer, doch sie schüttelte den Kopf. »Ich habe kein Geld.«

»Das brauchst du auch nicht.« Cecilia stiefelte los, um das Glas zu holen. »Hier im Cinnamoon machen wir das nämlich so: Ich tausche einen Keks gegen deinen Namen.«

»Ich bin Dorie.« Das Mädchen strahlte sie an, zeigte eine große Zahnlücke und griff nach einem Keks mit dicken Schokoladenstücken.

»Freut mich, Dorie, das ist ein wirklich schöner Name. Ich heiße Cecilia.« Sie wandte sich dem Mann zu. »Möchtest du deinen Namen auch gegen einen Keks eintauschen?«

»Danke, aber ich verzichte.« Die Lachfältchen um seine Augen herum vertieften sich.

»Weil du deinen Namen nicht verraten willst?«, erkundigte sich Dorie. Dunkle Schokolade klebte in ihren Mundwinkeln.

»Ist besser so.« Er beugte sich zu ihr hinab. »Ich will nämlich keinen Ärger bekommen, weißt du? Mir ist vorhin eine Tasse runtergefallen. Ist nicht mehr zu retten, die Tasse. Das ist ein einziger Scherbenhaufen.« Während er sprach, linste er zu Cecilia, die ihm amüsiert gelauscht hatte.

Gerade als sie etwas erwidern wollte, kamen drei Frauen ins Café gewirbelt.

»Ist hier niemand zuständig?«, fragte eine Schwarzhaarige und schaute sich suchend um.

Cecilia winkte. »Die Arbeit ruft«, flüsterte sie Dorie zu und strich den Stoff ihrer Schürze glatt.

* * *

Durch die Fensterscheibe beobachtete Cecilia, wie er sich das kleine Fahrrad unter den Arm klemmte und mit Dorie auf die Straße trat, dann verfolgte sie den rosafarbenen Helm, bis er schließlich hinter einem Auto verschwand. Zum Glück war nichts Schlimmes geschehen. Kein Knochenbruch, keine tiefe Wunde, kein strömendes Blut. Cecilia linste auf ihr Telefon. Drei verpasste Anrufe erinnerten sie daran, wie kompliziert die Beziehung zu ihrer Mutter geworden war. Seitdem sie den Brief ihres Vaters gefunden hatte, trennte sie nicht nur die Nordsee, sondern auch ein Geheimnis. Cecilia war felsenfest davon überzeugt, dass Marlene ihr etwas verschwieg – eine Wahrheit, auf die sie Anspruch besaß. *Ich hoffe, du verzeihst, dass ich dir nicht gegenüberstehe, um diese Geschichte zu erzählen.*

Cecilia schaffte es nicht, ihre Gedanken davon loszureißen. Als sie später neben Kat in der Küche stand und einen Kaffee trank, schüttete sie ihr Herz aus. »Immer wenn sie von Papa spricht, ist so viel Schmerz in ihrer Stimme. Nicht nur, weil er gestorben ist, sondern auch, weil zwischen ihnen etwas vorgefallen sein muss. Wenn ich nur wüsste, was es ist! Und dann dieser Brief …«

Kat schob die Schildpattbrille in ihr weizenblondes Haar. Im Spiel aus Sonnenlicht und Schatten schienen die Sommersprossen auf ihrer Nase zu tanzen. »Vielleicht hat Marlene recht und du misst diesem Brief wirklich zu viel Bedeutung bei«, überlegte sie und zupfte an einer glänzenden Kirsche aus Emaille, die von ihrem Ohr baumelte. »Es wäre doch möglich, dass er den Brief nicht beendet hat, weil das, was er dir sagen wollte, schon damals keine Rolle mehr gespielt hat.«

Cecilia wandte sich zum Fenster um, betrachtete die Efeuranken, die an der Fassade hinaufkletterten. Vor einigen Monaten hatte sie den Brief gefunden, als sie, umgeben von

Kartons mit den Habseligkeiten ihres Vaters, im Keller gesessen hatte. Das zusammengefaltete Papier steckte zwischen den Seiten seines Kalenders. »Warum hat er ihn dann aufgehoben? Er hatte keine Zeit mehr«, erwiderte sie und presste ihre Handfläche gegen die Fensterscheibe. »Er hat den Brief kurz nach seinem Besuch in London geschrieben. Das war im Mai. Und im Juni ist er gestorben.«

»Fühlst du dich besser, wenn du dir vorstellst, dass er dir noch etwas Wichtiges sagen wollte und keine Chance mehr dazu hatte?«

»Natürlich nicht!«

»Was bleibt dir dann?« Kat legte eine Hand auf ihre Schulter und streichelte sanft darüber. »Du hast nicht viele Möglichkeiten. Um genau zu sein, nur eine: Du musst die Situation so akzeptieren, wie sie ist.«

»Ich weiß.«

»Dein Vater hätte bestimmt nicht gewollt, dass …«

»Ich muss dieses Jahr mehr Urlaub machen«, unterbrach Cecilia ihre Freundin, weil sich ihre Kehle zusammenschnürte und sie keinesfalls weinen wollte. »Ich bin echt erschöpft.«

»Das ist ja auch kein Wunder. Du bist ständig hier, arbeitest dich krumm und bucklig. Ich habe dir so oft angeboten, zu Hause zu bleiben, aber …«

»Im Cinnamoon gibt es eben immer etwas zu tun und zu Hause ist mir die Decke auf den Kopf gefallen.«

»Du solltest rausgehen, Cecilia. Du kannst dir den Saab ausleihen, wenn du willst. Fahr an die Küste, mach einen Tanzkurs, lern neue Leute kennen. Dort draußen warten so viele Chancen auf dich.« Ihr Blick fiel auf das schwarze Buch, das sie vorhin gefunden hatte. Es hatte neben der Speisekarte und dicken Keramikscherben auf dem Tisch gelegen. Sie lächelte. »Du und deine Bücher.« Kat strich mit dem Zeigefinger über den Leineneinband. »Was ist das für eins?«

»Es gehört diesem Typen, der seit Wochen hier rumhängt.«

»Der, in den du heimlich verliebt bist, weil du ihn für einen Schriftsteller hältst?«

Cecilia verdrehte die Augen.

2

Eine undurchdringliche Wolkendecke hatte sich über die Stadt gelegt und dämpfte das Licht. Menschen eilten mit gesenkten Köpfen durch die Gassen und wichen Fontänen aus, die aufspritzten, wenn ein Auto durch eine Pfütze fuhr.

Cecilia hatte gerade eine Zuckertüte aufgerissen, als die Messingglocke bimmelte und der Gast, der ihr seinen Namen noch nicht verraten hatte, mit einem tropfenden Regenschirm das Café betrat.

»Furchtbares Wetter heute.« Er deutete zum Fenster, an dem der Regen hinabströmte. »Ich glaube, die Themse läuft bald über, wenn's so weitergeht.«

»Es sei denn, jemand zieht vorher den Stöpsel«, erwiderte sie und füllte den Zucker in eine Keramikdose. »Ist Dorie gestern gut bei ihrer Mutter angekommen?«

»Yep! Die Frau hat sich nur darüber aufgeregt, dass Dorie vor dem Mittagessen schon einen Keks gegessen hat.«

»Das ist ja unerhört.« Cecilia lachte. »Weißt du eigentlich, dass du hier etwas vergessen hast?«

»Weiß ich.« Er schälte sich aus seinem Trenchcoat und hängte ihn an die Garderobe. »Ich hoffe, du hast's für mich aufgehoben.«

Flink öffnete sie die Schublade und nahm das Buch heraus.

»Danke. Ich war so damit beschäftigt, dieses Kind zu retten, dass ich das Buch komplett vergessen habe«, behauptete er und klemmte sich das Buch nonchalant unter den Arm.

»Schon klar.« Schmunzelnd deutete sie auf die Etagere mit den Kuchen. »Wie immer?«

»Ich glaube, mir entgeht was, wenn ich immer das Gleiche bestelle. Davon wird man irgendwann träge im Kopf. Ich schau mich mal um.«

Cecilia löste die Schleife ihrer Schürze und band sie neu, dann lehnte sie sich mit dem Rücken gegen den Schrank und beobachtete ihn. Mit in den Hosentaschen vergrabenen Händen tigerte er vor dem Tresen auf und ab. Er trug lederne Boots, die bei jedem Schritt schmatzende Geräusche machten, tief sitzende Jeans und ein schwarzes Shirt, das eng an seinem Körper anlag.

»Ich kann dir den Walnusskuchen empfehlen. Hab ich heute Morgen frisch gebacken. Dazu gibt's heiße Kirschen, wenn du möchtest. Dann ist er nicht so trocken.«

Er blieb stehen und warf ihr einen irritierten Blick zu. »Du sprichst deutsch mit mir?«

»Dein Buch hat dich verraten. *Heilen durch Musik.* Das klingt echt interessant.« Hastig wischte sie die Hände an ihrer Schürze ab, dann nahm sie den Kuchen aus der Vitrine und präsentierte ihn. »Was sagst du? Möchtest du davon probieren?«

Nachdem er einen flüchtigen Blick auf den Kuchen geworfen hatte, nickte er. Sie lud ein großzügiges Stück auf einen Teller und öffnete den Kühlschrank, um das Kirschkompott herauszuholen.

»Kommst du auch aus Deutschland?«, erkundigte er sich und stützte sich mit den Ellbogen auf dem Tresen ab.

»Aus einem Kaff im tiefsten Bayern. Waldingen. Jetzt lebe ich aber schon ein paar Jahre in London.« Cecilia ließ das dunkelrote Kompott in ein Glasschälchen fließen. »Was ist mit dir? Machst du Urlaub hier?«

»Schön wär's. Ich arbeite gerade in Hounslow. Bin im Studio, um Aufnahmen für mein Album zu machen.«

»Dann bist du Musiker?«

»Pianist«, präzisierte er, schaute sich flüchtig um und fügte dann etwas leiser hinzu: »Ich bin Lukas Tanner.«

Er schien darauf zu warten, dass bei ihr der Groschen fiel, als er sie mit hochgezogenen Augenbrauen ansah, doch der Name weckte in Cecilia keinerlei Erinnerungen.

»Hallo Lukas Tanner«, grüßte sie ihn und folgte dann dem Piepsen der Mikrowelle, in der das Kompott blubberte und einen fruchtigen Duft verströmte. »Als Musiker bist du bestimmt oft in Camden Town unterwegs. Dort tummeln sich jedenfalls alle, die irgendwas mit Kunst zu tun haben. Die Clubszene ist legendär.«

»Ich habe echt keine Zeit für solche Sachen, arbeite gerade sehr intensiv an meinem Album. Wir sind in den letzten Zügen und deswegen graben wir uns ein, sitzen ununterbrochen im Studio.«

»Du hast nur Zeit, um jeden Tag ins beste Café der Stadt zu kommen und dort stundenlang zu lesen.« Sie warf ihm über die Schulter hinweg einen amüsierten Blick zu.

»Tja, was soll ich sagen? Das Cinnamoon besitzt eben eine gewisse Anziehungskraft. Außerdem liegt es auf dem Weg.«

Er saß auf der Bank am Fenster und hatte sich schon eine Weile in sein Buch vertieft, als er sich räusperte und den Zeigefinger hob.

Sie schaute ihn über den Rand der Zeitung hinweg an. »Zeit für deinen zweiten Tee?«

»Noch nicht.« Er kratzte sich am Kopf. »Ich habe mich nur gefragt, was dich nach London verschlagen hat. Bist du zum Studieren gekommen? Für dieses Café?«

Sosehr sie sein Interesse überraschte, schmeichelte es ihr auch. Sie ließ das knisternde Papier sinken. »Na ja, ich bin wegen der Liebe gekommen und wegen des Cinnamoon geblieben. Jetzt lebe ich schon seit fast sieben Jahren hier. Wahnsinn. Manchmal kommt es mir vor, als würde die Zeit in London viel schneller vergehen als anderswo.«

»So, jetzt wäre ich so weit.« Er hob seine Teetasse in die Höhe, doch bevor sie sich in Bewegung setzen konnte, war er aufgestanden und steuerte auf den Tresen zu.

»Aus dem Kaff in die Weltstadt. Vom Dorfkind zur Kosmopolitin. Das ist ein krasser Kontrast.« Grinsend lehnte er sich auf den Tresen. »Gefällt's dir hier?«

»Mittlerweile schon, aber am Anfang war ich total erschlagen. So viele Menschen. So viel Verkehr. Ich kam mir ziemlich verloren vor.« Sie löffelte eine Schwarzteemischung in den Filter, goss Milch in ein Kännchen und schaltete den Wasserkocher an. »Wenn man's schafft, sich auf den Rhythmus der Stadt einzulassen, verliebt man sich. London ist uralt und der Zeit immer ein paar Schritte voraus. Hier lebst du in der Zukunft und gleichzeitig in der Vergangenheit. Das ist so inspirierend.«

»Ich würde gern mehr von der Stadt sehen, aber die Tage sind viel zu kurz und viel zu voll.«

»Oh, das ist kein Problem. London ist auch bei Nacht sehr schön. Man muss nur gut auf sich aufpassen, sagen die Londoner. Angeblich dehnt sich die Stadt bei Dunkelheit aus und wird grenzenlos.«

»Praktisch. Dann fällt man wenigstens nicht über den Rand.«

* * *

Lukas Tanner. Die Suchmaschine hatte *ungefähr 480 000 Ergebnisse* ausgeworfen. Videos, Interviews, Bilder. Cecilia saß in ihrem Korbsessel auf der Loggia, genoss die Wärme der Sonnenstrahlen und verschlang jede Zeile, um mehr über ihn herauszufinden. Es war faszinierend.

Seit seiner Jugend komponierte er, spielte in ausverkauften Hallen und gewann einen Preis nach dem anderen. Das Publikum lobte die Unendlichkeit seiner Musik, die Virtuosität und Klangtiefe. Lukas Tanner war ein Genie, ein Ausnahmetalent. Und ein Rätsel.

Plötzlich wird es still. Auf dem Höhepunkt seiner Karriere lässt Lukas Tanner von seinem Management bekannt geben, dass alle Veranstaltungen, die für das Jahr 2015 geplant waren, ersatzlos gestrichen werden. Der Künstler zieht sich für unbestimmte Zeit aus der Öffentlichkeit zurück und lässt viele Fragen offen. Wie klingt eine Welt ohne diesen exzeptionellen Komponisten, der mit seinen Werken die Neoklassik geprägt und auf ein neues Niveau gehoben hat?

Auf dem Gipfel seines Erfolgs war er von der Bildfläche verschwunden. Von einem Tag auf den anderen. Die Presse verlor sich in wilden Spekulationen, doch mit der Zeit geriet Lukas Tanner in Vergessenheit. Allein diese Tatsache erregte ihre Aufmerksamkeit. Weshalb hatte er sein Leben als Musiker aufgegeben und warum hatte er den Faden nun – knapp fünf Jahre später – wieder aufgenommen?

Nachdem sie Stunden vor dem Bildschirm verbracht hatte, radelte Cecilia nach Hurlingham, um Matt zu besuchen. Vor zwei Jahren hatten sie sich zufällig an einer Station der London Underground, die von den Einheimischen nur *Tube* genannt wurde, kennengelernt. Sie waren ins Gespräch gekommen, nachdem sie einem Straßenmusikanten dabei geholfen hatten, wild herumkullernde Münzen vom Boden aufzusammeln. Als sie quer durch die Stadt gefahren waren, stiegen sie schließlich gemeinsam an der Clapham Junction aus. Was sie sofort miteinander verband, war die Erfahrung, aus der Fremde nach London gekommen zu sein. Matt war gebürtiger Waliser mit sonnenempfindlicher Haut und dunklen Locken, in denen silberne Strähnen glänzten. Wenn er lachte, fächerten sich um seine Augen winzige Falten auf. Sobald jedoch sein Alter thematisiert wurde, verging ihm das Lachen: »Die Leute bekämen Mitleid, wenn sie wüssten, wie alt ich bin. Den großen Traum von Bühnenlichtern und Kostümen träumt nur die Jugend. Ich sollte mich lieber darum kümmern, im Alter finanziell abgesichert zu sein, anstatt darauf zu hoffen, meinen Stern aufgehen zu sehen.«

Eigentlich war Matt ausgebildeter Schauspieler, aber da er im Moment kein Engagement hatte, karrte er Touristen in einem Routemaster durch London. »Zu Ihrer Rechten sehen Sie den Tower of London.« In der Nacht ihrer ersten Begegnung begleitete er Cecilia bis zu ihrer Haustür und steckte ihr zum Abschied einen Fahrplan der *Heritage Line* zu, die an den Wahrzeichen der Stadt vorbeiführte. »Komm mich mal besuchen, ja?«

Seither fuhr Cecilia regelmäßig in einem alten Doppeldecker durch die Stadt. Meist saß sie ganz oben, doch manchmal setzte sie sich direkt hinter Matt, um mit ihm zu plaudern. Er war zu einem echten Freund geworden. Cecilia liebte es, ihm zuzuhören, wenn er von London erzählte. Jede seiner Geschichten begann mit den Worten: »Du, übrigens …«

»Du, übrigens … Habe ich dir schon vom Great Smog erzählt? Das war im Dezember 1952. Plötzlich wurde der Nebel in der Stadt so dicht, dass sich die Menschen an den Hauswänden entlangtasten mussten, um sich zu orientieren. Man konnte nicht mal mehr eine Armlänge weit sehen. Der Nebel war einfach überall. Er

drang in alle Straßen, in die Wohnungen der Menschen, in jeden
Winkel der Stadt. Du musst es dir wie eine Glocke vorstellen, in
die London eingeschlossen war. Die Luft konnte nicht zirkulieren
und in die Atmosphäre entweichen. Alles stand still. Wäre es ge-
wöhnlicher Nebel gewesen, hätte sich daraus keine Katastrophe
entwickelt, aber dieser Nebel war hochgiftig, weil sich darin alle
möglichen Schadstoffe angereichert hatten. Rate mal, wie viele
Menschen gestorben sind, weil sie diese Luft eingeatmet haben.«

»Ich würde jetzt mal auf hundert Menschen tippen?«

»Knapp vorbei!« Er beugte sich vor und blickte sie durchdrin-
gend an. »Es waren zwölftausend Menschen, die im Nebel ihr
Leben verloren haben.«

Bis weit nach Mitternacht saßen sie in seiner rudimentär einge-
richteten Küche. Das Halogenlicht über dem Tisch war so grell,
dass es jeden Anflug von Gemütlichkeit zunichtemachte.

Matt schien sich daran nicht zu stören. Er rauchte selbst
gedrehte Zigaretten und erzählte vom Besuch seiner Schwester,
die geschäftlich in London zu tun gehabt hatte. »Es ist merkwürdig. Wir werden wieder zu Kindern, wenn wir zusammen
sind. Sie ist der einzige Mensch, der mich Maddy nennen darf
und mit dem ich Fruchtgummis essen will, bis ich platze.«

Während Matt erzählte, versuchte Cecilia, auf einem
wackeligen Klappstuhl das Gleichgewicht zu halten und aus
einer Tasse des *London Bridge Hospitals* Rotwein zu trinken.

»Außerdem weiß Maud, wie es damals war, als Mutter
gestorben ist und wir nach Cardiff kamen.« Matt wischte
Tabakkrümel von der Tischplatte. »Man kann anderen
Menschen davon erzählen, aber Maud war dabei. Wir verstehen uns auf einer Ebene, die Worte nicht erreichen können. So
etwas gibt es nur bei Geschwistern, denke ich.«

»Ich weiß nicht, wie es ist, eine Schwester zu haben, aber
ich stelle es mir echt schön vor. Als Kind habe ich mir immer

gewünscht, Geschwister zu haben. Ich habe jahrelang mit meinen Puppen geredet, als wären sie lebendig. Meine Mutter hat sich schon Sorgen gemacht, weil sie dachte, dass etwas mit mir nicht stimmt«, erklärte Cecilia grinsend.

»Ah, du musst mir noch von deinem Telefonat erzählen.« Mit beiden Händen fuhr er durch seine braunen Locken, dann beugte er sich vor. Forschend wanderten seine Augen über ihr Gesicht. »Wie war's?«

Cecilia hob die Tasse an ihre Lippen, behielt den Wein kurz im Mund, dann schluckte sie. »Marlene hat wieder so getan, als wüsste sie von nichts, als hätte sie im Grunde keine Ahnung, wer Papa überhaupt gewesen ist. Daraufhin bin ich aus der Haut gefahren. Wie immer. Wir drehen uns im Kreis.«

»Du schadest dir nur selbst, wenn du so verbissen bist. Vielleicht solltest du aufhören, der Vergangenheit nachzuhängen und …« Er ließ den Satz unvollendet, stieß nur einen lang gezogenen Seufzer aus.

»Wenn das so einfach wäre.« Sie lächelte erschöpft. »Hier geht's um meinen Vater, verstehst du? Er war der Held meiner Kindheit. Immer wenn es mir schlecht ging, hat mich der Gedanke getröstet, dass es ihn in meinem Leben gibt und ich mich auf ihn verlassen kann. Jetzt ist er weg.«

Matt stand auf und öffnete das Fenster. Das Rauschen der Straße wehte in die Küche. Ein paar Sekunden verstrichen, in denen er dort verharrte und auf die Stadt hinabblickte.

»Weißt du, als meine Mutter gestorben ist, sind ein paar Dinge ans Licht gekommen, die ich am liebsten vergessen würde. Manche Dinge will man nicht wissen. Manchmal ist es besser, nicht alle Seiten eines Menschen zu kennen.«

»Was hast du über sie herausgefunden?«

Matt drehte sich zu ihr um. Ein Lächeln lag auf seinen Lippen. »Zum Beispiel, dass sie erotische Geschichten veröffentlicht hat. Unter einem Pseudonym natürlich. Es waren schlüpfrige, unmoralische Geschichten, bei denen man schon nach zwei Sätzen zur Beichte gehen will. So etwas passte überhaupt nicht zu dem Bild, das ich von meiner Mutter hatte. In keiner Weise.« Er schüttelte sich, als könnte er die Erinnerungen auf diese Weise loswerden. »Wenn's ginge, würde ich diese Information gern aus meinem Gedächtnis radieren, damit ich meine Mutter wieder verklären kann.«

3

Wie so oft in dieser Jahreszeit, die nicht wusste, ob sie Winter bleiben oder Sommer werden sollte, hatte es die ganze Nacht geregnet. In den Pfützen schimmerte die Morgendämmerung wie Perlmutt. Cecilia verbarg das Gesicht hinter ihrem Wollschal und radelte durch die feuchte Morgenluft von Battersea nach Mayfair. Die Müdigkeit steckte ihr noch in den Knochen. Sie hatte Mühe, die Augen offen zu halten und sich auf den Verkehr zu konzentrieren.

Zwischen den Häuserschluchten hing der Nebel und reflektierte das goldgelbe Licht der Straßenlaternen, sodass es aussah, als schwebten gelbe Wolken in den Straßen. Die Themse plätscherte vor sich hin – träge und unbeeindruckt von den monumentalen Bauwerken, die das Ufer säumten. Zwar radelte Cecilia jeden Tag daran vorbei, doch sie empfand immer noch eine tiefe Faszination, wenn sie an den Türmen von Westminster Abbey emporblickte. Von Menschengeist erdacht und von Menschenhand geschaffen. In diesen Hallen wurden Königinnen gekrönt. Hier wurde die Welt verändert. An diesem Ort ruhte Charles Dickens an der Seite von Isaac Newton.

Nach einer halben Stunde bog sie in die Half Moon Street ein. Ein Schweißfilm bedeckte ihre Stirn, obwohl es kalt war und der Atem in kleinen Wolken aus ihrem Mund aufstieg.

Gleich würde sie sich ihrem Ritual widmen: Bevor die ersten Gäste kamen, setzte sie sich eine Weile auf die Bank am Fenster, hörte Musik, hielt eine warme Tasse Tee in den Händen und blickte hinaus auf die Straße, während Gedanken unbestimmt durch ihren Kopf wehten – eine Form der Meditation. Cecilia brauchte diesen Moment der Selbstvergessenheit, um von den Reizen, die tagsüber auf sie einprasselten, nicht überfordert zu werden. Kurz durchatmen und innehalten, bevor …

Heute nicht. Vor dem Cinnamoon lehnte eine Gestalt an der Wand und starrte unbewegt auf den Asphalt.

»Guten Morgen.« Sie sprang von ihrem Rad und stemmte einen Arm in die Hüfte. »Was ist los? Das ist doch viel zu früh für dich. Die Sonne ist noch nicht mal richtig aufgegangen.«

»Schrecklich, oder?« Er stöhnte auf und stieß sich von der Hauswand ab. »Ich bin echt kein Morgenmensch.«

»Dabei ist die Stadt morgens am schönsten. Hast du den Nebel gesehen?« Sie stellte ihr Fahrrad vor dem schwarzen Eisenzaun ab und verkettete es. Als Cecilia sich wieder umwandte, bemerkte sie den violetten Schleier unter seinen Augen. Er war kreidebleich und machte einen so abgekämpften Eindruck, als wäre er die ganze Nacht durch die Straßen gewandert.

»Geht's dir gut?«, fragte sie besorgt und trat einen Schritt näher. Das Haar fiel ihm strähnig ins Gesicht.

»Könnte besser sein«, knurrte er. Seine Augen wanderten über ihr Gesicht hinauf zum Himmel, bevor sie zurück zu ihr fanden. »Bin vor zwei Stunden aus dem Studio gekommen und wollte nach Hause, aber … Tja, die Schlüssel sind in meiner anderen Jacke und die liegt irgendwo im Schlafzimmer. Ich kann den Vermieter erst später anrufen.«

»Oje! Und du hast die ganze Zeit hier draußen gewartet?«

»So ungefähr.« Er ließ sich zu einem Lächeln hinreißen.

»Rettung naht.« Sie klimperte mit dem Schlüsselbund und drückte sich an ihm vorbei zu der weißen Holztür, auf der in goldenen Lettern *Cinnamoon* stand. Jemand hatte einen kleinen lächelnden Mond daneben gemalt.

»Mach's dir bequem! Ich bin gleich startklar«, versprach sie, als sie im Vorbeigehen das Licht anschaltete. »Willst du schon mal ein Glas Wasser oder eine Limo?«

Er schüttelte den Kopf, ließ sich auf die Bank am Fenster fallen und quälte sich aus seinem Mantel.

Während sie in die Küche stapfte, zog sie ihren Mantel aus, dann stellte sie sich vor den Spiegel, um ihr Aussehen zu überprüfen. Mit ihren hoch geschwungenen Augenbrauen machte sie einen leicht überraschten Eindruck. Huch, durchgeschwitzt, hochrot, zerzaust, ungeschminkt! Sie kramte einen Kamm aus den Tiefen ihres Rucksacks. Gähnend löste sie den Dutt und fing an, ihr Haar zu frisieren. »Wie Rapunzel«, hatte ihr Vater oft gesagt. Damals hatte sie ihr Haar hüftlang getragen. Jetzt nicht mehr. Unsanft riss sie an einem Knoten. Es war gefährlich, sich in Erinnerungen zu vertiefen. Es war ein verzweigtes Netzwerk: Sobald eine Erinnerung angestoßen wurde, tauchten andere auf und lösten Gefühle aus, die schwer zu ertragen waren.

Sie starrte ihr Spiegelbild an, bis es vor ihren Augen verschwamm. *Konzentrier dich.* Später wollte sie zum Borough Market radeln, um frisches Oliven-Ciabatta und Ziegenkäse einzukaufen. Bei dem kleinen Italiener gab es außerdem den fruchtigsten Panettone der Stadt.

»Sag mal, Cecilia, bist du eingeschlafen?«

Erschrocken ließ sie den Kamm ins Waschbecken fallen und wirbelte herum. Lukas stand in der Tür.

Erst servierte sie ihm einen Earl Grey, dann machte sie sich ans Werk. Während sie Etageren mit Gebäck in die Vitrine stellte und die Schiefertafeln beschriftete, spürte sie seinen Blick an sich haften. Lukas gähnte immer wieder, rieb sich über die Augen oder tätschelte seine Wangen – wahrscheinlich war er gedanklich abwesend.

Heute würde sich der Lesezirkel treffen. Die Frauen verlangten nach dem runden Tisch im Erker, an dem sie stundenlang mit ihren Büchern saßen. Das war praktisch, weil Cecilia ihren Diskussionen in ruhigen Momenten lauschen konnte. Letzten Monat hatte der Zirkel über *Jane Eyre* diskutiert. Danach war sie schnurstracks in die nächste Buchhandlung marschiert, um sich das Buch zu besorgen.

Gerade hatte Cecilia die Lichterkette angeknipst, die das Tassenregal beleuchtete, als sie aus dem Augenwinkel einen Schatten wahrnahm. Lukas war an das alte Piano getreten, das neben der Standuhr an der Wand stand. Darauf reihten sich Bilderrahmen aneinander.

»Ist das etwa die Queen?« Er deutete auf eine Fotografie. Sie zeigte eine Frau mit grauen Locken und Blümchenschürze, die konzentriert in einer Teigschüssel rührte.

»Mhm. Das ist die Zuckerkönigin von Murnau, meine Oma Elli. Sie war Konditormeisterin.«

»Dann ist das 'ne Familientradition? Backen und so?«

»Nicht wirklich.«

Lukas betrachtete auch die anderen Bilder, dann glitt sein Blick hinab zu den Notenblättern. »Wow, ein Präludium von Chopin in e-Moll. Spielst du?«

Cecilia schüttelte den Kopf und füllte Karamellbonbons in ein bauchiges Glas, das neben der Trinkgeldkasse auf dem Tresen stand. »Wir haben das Klavier von einem Nachbarn geschenkt bekommen. Ich glaube, es ist ziemlich verstimmt.«

Eine Weile stand er mit verschränkten Armen vor dem Piano und schien zu überlegen, was er damit anstellen sollte, dann zog er den Hocker vor und setzte sich. Seine Finger wanderten andächtig über die weißen Tasten. »So schlimm ist's gar nicht.« Die Töne waberten für ein paar Sekunden durch den Raum, dann nahm er die Hände ruckartig von der Klaviatur und stand auf. »Kann ich mal sehen?« Er deutete auf den Korpus und hatte schon nach den Bilderrahmen gegriffen, um sie wegzuräumen, ehe Cecilia sich regen konnte.

»Gern. Wenn wir schon mal einen so berühmten Komponisten zu Gast haben ... Du bist der Experte.«

»Und du bist ziemlich gut informiert, muss ich sagen.« Er warf ihr über die Schulter einen amüsierten Blick zu, dann klappte er den Deckel auf.

»Ich war neugierig. Da musste ich einfach nach dir googeln. Sorry.« Cecilia biss sich auf die Unterlippe und hob die Schultern.

»Die Leute wollen eben wissen, mit wem sie's zu tun haben. Das ist völlig normal.« Er hing mit einem Arm im Klavierkasten und löste die Halterungen, dann nahm er die Front ab und legte das Innenleben frei. Stirnrunzelnd betrachtete er die Hämmer und Saiten, schlug einzelne Töne an. »Sieht gut aus, aber ihr braucht jemanden mit Instrumenten, um das wieder hinzubekommen.«

»Gitarre oder Geige?« Sie neigte den Kopf zur Seite.

»Sehr witzig.« Er grinste. »Stimmgabel und Hammer.«

»Das hast du nicht zufällig dabei?«

»Zufällig nicht.« Er wuchtete die Front wieder auf das Klavier. »Aber ich könnte bestimmt jemanden auftreiben, der sich darum kümmert.«

»Ich glaube, das lohnt sich nicht.«

»Und ich glaube, du täuschst dich.« Lukas warf ihr einen entrüsteten Blick zu, dann lachte er. »Dieses Klavier hat eine Stimme. Es erzählt Geschichten. Wie kannst du sagen, dass es sich nicht lohnt?«

Sie hob die Schultern. »Niemand spielt darauf.«

Er setzte sich wieder, streckte den Rücken durch und räusperte sich. »Hör mal. Ich spiele etwas für dich.« Seine Finger schwebten über die Tasten. »Es klingt nicht perfekt, aber du bekommst eine Ahnung davon, wie es klingen könnte. Erst B, dann C. Das C hat hier nur eine Aufgabe: Es muss das B traurig machen. Hörst du das? Trauriger geht's nicht.«

Cecilia lehnte sich über den Tresen und stützte das Kinn auf den Händen ab.

»Chopin erzeugt Spannung, die er erst im letzten Moment auflöst. Er spielt mit unseren Erwartungen. Jeder Mensch weiß, wie die Melodie harmonisch enden würde, das haben wir im Gespür, aber Chopin verletzt diese Erwartung immer wieder mit seinen Kadenzen. Wenn dann endlich der richtige Akkord kommt – wow! – das ist 'ne Erlösung wie Nach-Hause-Kommen. Hörst du das?«

Abrupt riss er die Hände empor, ließ sie für ein paar Sekunden in der Luft schweben und senkte sie langsam auf die Klaviatur hinab. Ein letztes Tremolo, dann wandte er sich zu ihr um. »Soll ich lieber aufhören? Nicht, dass sich die Nachbarn über den Lärm beschweren.«

»Keine Sorge. Über uns sind nur Büros.« Sie strich sich eine Haarsträhne hinters Ohr. »Es sieht so leicht aus, wenn du spielst, und gleichzeitig wahnsinnig kompliziert.«

»Kann ich dir noch ein anderes Lied zeigen? Ich habe die ganze Nacht an einem Song gearbeitet und brauche fremde Ohren, um einschätzen zu können, ob er was taugt.«

»Ich verstehe leider nicht viel von Musik.«

»Aber du weißt, was du magst und was nicht. Ich brauche nur dein Gefühl. Das ist alles, was mich interessiert, wenn ich Musik mache.«

Aufmerksam beobachtete sie, wie er zu seiner Tasche ging, ein Tablet hervorholte und eine Weile darauf herumtippte. Den Blick auf das Display gerichtet, schritt er zurück zum Klavier.

Die Müdigkeit schien wie weggeblasen – seine Wangen hatten sich sogar gerötet.

»Hat das Lied einen Namen?«

»*Vantablack*. Das ist ein Pigment. Es ist das schwärzeste Schwarz der Welt«, erklärte er knapp und krempelte seine Ärmel hoch. »Bereit?«

Cecilia nickte, dann richtete sie ihren Blick aus dem Fenster und beobachtete einen Mann, der Flyer hinter die Scheibenwischer der parkenden Autos klemmte. Doch nach wenigen Sekunden verschwamm das Bild. Sie versank in der Musik und stellte sich vor, wie die Stimme ihres Vaters geklungen hatte. Die Narbe der Pockenimpfung auf seinem Oberarm, in die sie als Kind fasziniert ihren Finger gedrückt hatte, und seine Witze, über die sie nur gelacht hatte, um ihn glücklich zu machen. Bloß nicht daran denken, ermahnte sie sich, schüttelte den Kopf und starrte zu Lukas. Wie alt mochte er sein? Sie könnte ihr Telefon zücken und danach googeln, doch viel mehr interessierten sie die Geschichten, die nirgendwo niedergeschrieben waren: Was war damals geschehen, dass er so plötzlich von der Bildfläche verschwunden war? War sein Blick traurig oder wirkte er erschöpft?

Das Zittern der Töne verwandelte die Melodie in etwas Fragiles, das noch in der Luft zerbrach. Lukas hielt die Augen geschlossen, doch seine Mundwinkel und Brauen bewegten sich, als würde er Geschichten erzählen.

Plötzlich wurde die Tür aufgerissen, eine Böe wehte ins Café und Kat stöckelte beladen mit Kuchenformen und prall gefüllten Taschen herein.

Die Musik erstarb. Cecilia zupfte hektisch an ihrer Schürze. »Du bist heute aber früh dran.«

»Ich war schon sehr fleißig«, verkündete Kat. Nachdem sie alles auf der Theke abgestellt hatte, schlüpfte sie aus ihrem Leopardenmantel, warf ihn über den Barhocker und drehte sich zu Lukas um. »Wenn das nicht der berühmte Freund aus der *Tube* ist. Endlich lerne ich dich mal kennen. Wie war der Name? Mozart?«

»Das ist …«

»Habt ihr wieder die Nacht durchgemacht?« Kat warf ihr über die Schulter einen belustigten Blick zu. »Ihr seht beide ziemlich mitgenommen aus, wenn ich das so sagen darf.«

»Das ist ein Missverständnis.« Cecilia kicherte. »Das ist nicht Matt, sondern Lukas. Er ist ein Kunde!«

»Ihr kennt euch gar nicht?« Ihre Freundin trat einen Schritt zurück und nahm ihre Brille ab. »Entschuldige. Wir öffnen erst in einer halben Stunde. Deswegen … Ich dachte, du wärst ein Freund von Cecilia.«

»Bin ich nicht.« Lukas stand auf, um zurück zu seinem Fensterplatz zu stapfen. »War heute nur sehr früh dran und durfte mich hier freundlicherweise aufwärmen. Ich wollte euch nicht stören. Tut einfach so, als wäre ich nicht da.«

»Du störst doch nicht.« Kat winkte ab und schenkte ihm ein strahlendes Lächeln. »Gäste sind im Cinnamoon immer herzlich willkommen.« Als sie sich wieder zur Theke umdrehte, riss sie die Augen auf und fächelte sich Luft zu, als wäre ihr urplötzlich heiß geworden. »Ist das der Gast, von dem du erzählt hast?«, fragte sie im Flüsterton.

Cecilia bemühte sich, ihre Freundin unbewegt anzublicken, doch sie spürte, dass ihre Wangen verräterisch glühten.

Sie hatten ein *Bake-and-Serve*-System ausgetüftelt und wechselten sich mit dem Backen und Bedienen ab. In diesem Monat war Kat diejenige, die in Mehlwolken verschwand und mit Gebäck daraus hervortrat, um die Auslage damit zu bestücken.

»Möchtest du vielleicht von meiner Amaretto-Aprikosen-Tarte kosten?«, fragte sie und wandte sich zu Lukas um, der im aktuellen *Reader's Digest* blätterte. »Wir brauchen ein Versuchskaninchen.«

Noch bevor er reagieren konnte, stand ein Porzellanteller vor ihm auf dem Tisch. Kat lehnte sich mit dem Rücken an die Wand und verschränkte die Arme vor der Brust, während sie ihn aufmerksam beäugte.

»Und? Was sagst du?«, wollte sie wissen, als er die Gabel wieder sinken ließ und kaute.

Lukas reckte einen Daumen in die Höhe. »Delikat. Fruchtig, knusprig. Würde ich auf jeden Fall bestellen.«

Kat nickte zufrieden und strich mit dem Zeigefinger über ihre Mundwinkel, um den roten Lippenstift zu entfernen, der sich dort gesammelt hatte. »Wohnst du hier in der Nähe?«

»Nur vorübergehend«, antwortete er zögerlich. »Ich bin für ein paar Aufnahmen im Studio.«

»Oh, ein Musiker. Das hätte ich mir ja denken können. Machst du das beruflich?«

»So mehr oder weniger.« Er deutete mit der Gabel zum Tresen. »Und du bist dann wohl die Geschäftspartnerin von Cecilia. Ihr schmeißt das Cinnamoon zusammen?«

Während sich ihre Freundin mit Lukas unterhielt, legte Cecilia das Gebäck in der Vitrine aus, dekorierte die Kuchen und schnitt Obst für die Säfte auf. Kat erzählte, was für ein Glück sie gehabt hatten, das Ladenlokal ergattert zu haben, und von der Anfangszeit, in der sie oft heulend auf dem Boden gesessen hatten, weil sie nicht wussten, wie es weitergehen sollte. Kat rechnete ihm vor, wie »wenig, quasi nichts« man an einem Stück Kuchen verdiente.

»Aber jetzt läuft das Geschäft«, erklärte sie. »Man muss einen langen Atem haben, wenn man's mit einem Café schaffen will. Vor allem in einer Stadt wie London. Das ist ein hartes Pflaster. Wenn dein Konzept nicht stimmt, kannst du's vergessen. Du brauchst das gewisse Etwas! Wir haben alte Familienrezepte.«

Lukas war zu freundlich, um sie zu unterbrechen, doch er gähnte verhalten und rieb sich immer wieder mit dem Handrücken über die Augen. Als Cecilia nach einer Weile auf den Tresen kletterte und darauf Platz nahm, um dem Gespräch zu lauschen, fing er ihren Blick auf. Sie lächelte entschuldigend und hob die Schultern.

»Hättest du Lust?«, fragte Kat in diesem Moment.

»Worauf?«

»Na, willst du am Samstag mitkommen?«

»Ich, also, prinzipiell …«, stammelte er. Für den Bruchteil einer Sekunde schaute er wieder zu Cecilia. »Sorry, ich habe nicht richtig zugehört. Wohin geht ihr denn?«

»Meinen Geburtstag feiere ich jedes Jahr im *Milton's*. Das kannst du gar nicht verfehlen, wenn du in Whitechapel bist. Tom ist Gitarrist und spielt dort sein erstes Konzert.« Kat reckte das Kinn in die Höhe. »Er ist ein alter Freund von mir und seine Musik geht unter die Haut, ist wirklich gut!«

»*Milton's* in Whitechapel. Merk ich mir.« Er ließ ein Lächeln aufflackern. »Danke für die Einladung.«

»Es ist schwierig, nette Leute kennenzulernen. Vor allem, wenn man nicht aus London kommt und sich hier alles neu aufbauen muss. Stimmt's, Cecilia?«

»Ich weiß nicht, ob's an der Stadt liegt. Kommt wohl eher darauf an, wie aufgeschlossen man ist«, erwiderte sie. Seitdem sie in London lebte, hatte sie nur zu wenigen Menschen eine echte Verbindung herstellen können. Nicht, weil die Gelegenheiten dazu gefehlt hätten, sondern weil sie die Chancen nicht ergriffen hatte.

»Du bist auf jeden Fall herzlich eingeladen.« Kat rückte ihre Brille gerade und zwinkerte Lukas zu. »Wäre doch eine schöne Abwechslung.«

»Wenn ich es zeitlich einrichten kann, komme ich sehr gern. Aber jetzt muss ich wirklich los.« Er stand auf und massierte seinen Nacken. »Ich will nicht unfreundlich sein, aber wenn ich nicht sofort ins Bett komme, falle ich tot um. Kann ich bezahlen?«

»Aber du hast deinen Vermieter doch noch gar nicht angerufen!« Cecilia ließ sich von der Theke auf den Boden gleiten und kramte ihren Geldbeutel aus der Schublade.

»Das mache ich auf dem Weg.«

Als die Tür hinter ihm ins Schloss gefallen war, wandte Kat sich breit grinsend zu ihr um.

»Hast du nicht gesagt, er wäre misanthrop?«, fragte sie und schob sich einen Brownie in den Mund.

»Ich habe gesagt, dass er wortkarg ist und mich wie Luft behandelt, aber seit dem Unfall hat sich unser Verhältnis gebessert.«

»Euer Verhältnis? So ist das also. Schon als ich zur Tür reingekommen bin, habe ich diese Schwingungen gespürt. Und das war nicht nur die Musik. Ich war mir sicher, dass ihr euch schon …«

»Warum hast du ihn eingeladen?«

»Weil du ihn magst«, sagte Kat schlicht.

»Warum sollte ich? Ich kenne ihn doch gar nicht.«

»Er ist interessant, findest du nicht? Er hat eine Aura, die einen sofort gefangen nimmt – sensibel, aber selbstbewusst, eine echte Künstlerseele eben.«

Cecilia warf ihrer Freundin einen argwöhnischen Blick zu. »Diese Künstlerseele sagt übrigens, dass wir das Klavier stimmen lassen müssen.«

»Den alten Kasten? Das lohnt sich doch nicht«, erwiderte Kat und strich vorsichtig über die Kruste, die sich auf ihrem neuen Tattoo gebildet hatte – eine Teetasse zierte die Innenseite ihres Unterarms. Darin schwamm ein halber Mond.

4

Die *Milton's Music Hall* war ein Gebäude aus dem frühen 19. Jahrhundert. Die Zeit nagte an der Substanz, ließ die Farbe von den Wänden abblättern und hatte den Dielenboden von unzähligen Füßen einstampfen lassen.

An diesem Abend war es gerammelt voll in der kleinen Bar vor dem Konzertsaal. Menschen drückten sich aneinander vorbei, suchten irgendwo ein bisschen Platz und wichen auf die Straße aus, um dort Bier zu trinken und sich zu unterhalten. In ihrem schwarzen Paillettenkleid und mit dem Stirnband sah Kat aus wie eine Charleston-Tänzerin. Lachend stellte sie Bierflaschen auf dem runden Holztisch ab, um den ihre Gäste saßen und Schokoladenkuchen von Papierservietten aßen.

»Cheers!«

Cecilia trank einen Schluck, dann zupfte sie an dem nachtgrünen Etuikleid, das sie seit vier Jahren nicht mehr getragen hatte und das um ihre Hüften enger geworden war. Zu viele Zimtschnecken, dachte sie verdrossen. Ihr Blick wanderte zur Tür, schweifte zur Bar und über die Köpfe hinweg zur Uhr. Sie wartete auf Lukas, obwohl sie sich geschworen hatte, nichts zu erwarten.

Vielleicht war ihm die Lust vergangen, sich mit wildfremden Menschen die Nacht um die Ohren zu schlagen. Vielleicht war er zu professionell, um seine Produktion durch einen feuchtfröhlichen Abend in Verzug geraten zu lassen. Er hatte mehrfach betont, dass er ausschließlich zum Arbeiten in der Stadt sei.

»Bist du schon sehr aufgeregt?«, fragte sie an Tom gewandt, dem Schweiß über die Stirn strömte. Er verfing sich sogar in seinen Wimpern, sodass Tom immer wieder den Arm hob, um mit dem Hemdsärmel über sein Gesicht zu wischen.

* * *

Lichterketten schlangen sich um die Säulen, die das Kuppeldach stützten. Balkone mit reich verzierten Brüstungen ragten in den Raum. Es roch nach Acrylfarbe, Holz und alten Polstern. Cecilia saß neben Kat in der ersten Reihe und hatte die Arme auf der Balustrade abgestützt. Tom saß vor dem roten Samtvorhang, der das Bühnenbild verdeckte, und klimperte schon seit einer Weile auf seiner Gitarre herum. Er war gut, aber nicht sonderlich aufregend. Die Melodie kroch träge durch den Raum und legte sich wie ein schwerer Teppich über das Publikum. Cecilia kämpfte gegen die Müdigkeit an, indem sie erst das hohe Deckengewölbe bestaunte und dann die Menschen auf dem Parkett beobachtete. Nickende Köpfe, wankende Körper.

Plötzlich tauchte ein bekanntes Gesicht in dem Menschenmeer auf. Sie musste unwillkürlich grinsen. Offensichtlich war Lukas doch nicht nur zum Arbeiten und Teetrinken nach London gekommen. Als hätte er ihren Blick gespürt, schaute er zu ihr hinauf. Cecilia war heilfroh, dass sie im Halbdunkel saß und er nicht erkennen konnte, dass sie schlagartig rot anlief. Er hob die Hand. Gerade als sie den Gruß erwidern wollte, drückte sich ein Ellbogen in ihre Seite.

»Lukas ist da«, wisperte Kat ihr zu.

Seitdem Cecilia ihn in der Menge entdeckt hatte, verirrte sich ihr Blick immer wieder zu ihm. Er stand mit tief in den Hosentaschen vergrabenen Händen da und nickte im Rhythmus der Musik, während er hoch konzentriert zur Bühne starrte. Obwohl man selbst aus der Ferne erkennen konnte, wie Schweiß über seine Stirn floss, behielt er sein Jackett an. Einmal hob er den Kopf und lächelte zu ihr hinauf.

Tom spielte zwei ermüdende Zugaben, bevor das Publikum fast schon erleichtert applaudierte und hinausdrängte. Wenige Minuten später fand sich Cecilia in der stickigen Bar wieder. Es war voller und heißer als zuvor. Keuchend pellte sie sich aus ihrem Cardigan und band ihn um ihre Hüften. Kat war auf dem Weg verloren gegangen, weil sie halb London kannte und es immer jemanden gab, mit dem sie ein paar Takte plaudern wollte. Dafür hatte sich Gregory zu ihr gesellt und verwickelte sie in ein Gespräch, das sich um sein Lieblingsthema drehte: die Gentrifizierung von Walthamstow. Der Bezirk war ein Arbeiterviertel, das mittlerweile zum Szeneviertel avancierte, in dem sich Künstler und Akademiker gleichermaßen niederließen. Hierdurch mussten die alteingesessenen Bewohner höhere Mieten zahlen oder – was meistens der Fall war – sie wurden aus dem Viertel verdrängt. Deswegen war auch Gregory fortgezogen und lebte seither mit Kat in einem großzügigen Apartment in Soho. Sie kannten sich noch aus Schulzeiten und waren seither unzertrennlich, weshalb es nahelag, sich eine Wohnung zu teilen.

Cecilia mochte ihn. Er half gelegentlich im Cinnamoon aus und arbeitete ansonsten in einem Buchladen in den Londoner Docklands. Gregory war geistreich und hatte unkonventionelle Ansichten – vor allem in Bezug auf urbanen Lebensraum und alternative Wohnformen. »*Hausboote auf dem Regent's Canal! Baumhäuser im Hyde Park! Zirkuswagen auf dem Queen's Walk mit Blick auf die Themse!*« Cecilia genoss es, sich mit ihm zu unterhalten, doch heute war sie abgelenkt. Lukas stand mit zwei Freundinnen von Kat am Tresen und schien etwas irrsinnig Lustiges zu erzählen, denn Megan und Monica lachten exaltiert, tätschelten seinen Unterarm und warfen sich gegenseitig entzückte Blicke zu.

»Ich glaube, irgendwann haben die Leute die Schnauze voll, und dann werden sie auf die Straße gehen, um …«

»Gute Idee. Ich gehe mal kurz vor die Tür. Kommst du mit?«, fragte Cecilia und wurde sich im selben Moment bewusst, wie unhöflich es war, Gregory zu unterbrechen.

»Ich bleibe lieber in der Nähe des Zapfhahns.«

»Sorry, aber ich muss an die frische Luft, sonst zerfließe ich. Bin gleich zurück.« Während sie sich durch die Menge zwängte, schlüpfte sie in ihren Cardigan und knöpfte ihn zu. Gerade hatte sie sich gegen die Tür gestemmt, als jemand auf ihre Schulter tippte.

»Was hast du vor? Du kannst doch jetzt noch nicht gehen.« Lukas hielt zwei Flaschen Bier in den Händen.

»Ich wollte nur Luft schnappen«, erklärte sie und wischte sich mit dem Handrücken den Schweiß von der Stirn. »Ziemlich heiß hier drin.«

»Trinkst du Bier?« Er streckte ihr eine Flasche entgegen.

Das *Milton's* befand sich in einer Gasse mit schummrigem Licht und glänzenden Pflastersteinen. Man hörte das Dröhnen des Verkehrs und verhalltes Gegröle von Jugendlichen, die in der Nähe Blechdosen über den Asphalt kickten.

»Was für eine Hitze da drinnen, puh!« Er zupfte am Revers seines Jacketts. »Mein Shirt ist klatschnass.«

»Kein Wunder. In deiner Jacke wäre ich schon längst kollabiert.« Sie lehnte sich an die Backsteinmauer.

»Dann ist's ja gut, dass du mich da rausgeholt hast. Auf diesen Abend!« Lächelnd hob er seine Flasche empor, um mit ihr anzustoßen.

»Auf die Nacht.« Das Bier war herb und floss eiskalt ihre Kehle hinab.

»Warst du heute im Studio?«, fragte sie.

»Wie immer.« Er lehnte sich ebenfalls an die Mauer und verschränkte die Arme vor der Brust. »Habe heute stundenlang mit dem Theremin herumexperimentiert. Das ist ein Instrument, das man berührungslos spielen kann, indem man Magnetfelder verändert und die Musik sozusagen aus der Luft greift. Klingt wie Elfengesang, irgendwie paranormal.«

»Das habe ich schon mal gesehen. Es sieht aus wie Zauberei.« Cecilia malte mit dem Zeigefinger Wellen in die Luft. »Wie soll dein Album denn heißen?«

»Irgendwas mit subliminal, habe ich mir überlegt.« Als er ihren fragenden Gesichtsausdruck bemerkte, räusperte er sich und fuhr fort: »Ich interessiere mich seit einigen Jahren für menschliches Bewusstsein. Subliminal bedeutet unterschwellig. Reize, die ins Unterbewusstsein wandern und dort wirken, ohne dass wir das bewusst registrieren. Wie werden Töne zu Gefühlen? Wie triggert man Erinnerungen? Solche Fragen beschäftigen mich.«

Als er seine Flasche prüfend gegen das Laternenlicht hob und den letzten Schluck trank, dachte sie an sein Buch. *Heilen durch Musik.*

»Dann geht's bei deiner Musik nicht nur um Unterhaltung?«

»Nicht nur, aber auch.« Er befeuchtete seine Lippen. »Töne können nur existieren, wenn ein Gegenüber ihre Schwingungen aufnimmt. Musik braucht Resonanz. Darum geht es mir. Ich will etwas auslösen, Gefühle erzeugen.«

Seine Stimme war leise, aber klangvoll, die Nachtluft war kühl und Cecilia schlang die Arme um ihren Oberkörper. Aus dem *Milton's* drangen dumpfe Bässe und ein munteres Stimmengewirr nach draußen.

»Wie lange bist du noch in der Stadt?«, erkundigte sie sich.

»Vielleicht nur noch diese Woche, wenn alles reibungslos abläuft – was ich für unwahrscheinlich halte. Es gibt immer Probleme.« Er lachte. »Also ist es gut möglich, dass ich erst in zwei Wochen zurück nach Hause komme.«

»Wo bist du denn zu Hause?«

»Du bist ziemlich neugierig. Vielleicht verrate ich's dir, wenn wir uns besser kennengelernt haben.«

Dass er ein Geheimnis darum machte, wo er wohnte, wirkte befremdlich, nahezu lächerlich auf sie. Cecilia warf ihm einen spöttischen Blick zu. »Haben wir etwa vor, uns besser kennenzulernen?«

»In einer Stadt wie London könnte zumindest alles passieren, habe ich mir sagen lassen!« Lukas stieß sich von der Wand ab und trat vor sie. »Nervt es dich eigentlich nicht, immer lächeln zu müssen, selbst zu den größten Arschlöchern höflich zu sein und mit so vielen fremden Menschen reden zu müssen?«

»Manchmal, dann höre ich einfach zu und bleibe still. Die meisten Menschen reden ja gern.« Cecilia umschloss die kühle Glasflasche mit beiden Händen und fing an, mit den Daumen das Etikett abzurubbeln.

»Ich bin übrigens auch ein ziemlich guter Zuhörer. Wenn du also eine Geschichte auf Lager hättest? Ich bin ganz Ohr.«

»Was willst du denn hören?« Sie warf ihm einen flüchtigen Blick zu, dann fokussierte sie die zertretenen Kippen, die auf dem Asphalt klebten.

»Ganz egal. Was kannst du mir über Cecilia aus dem Cinnamoon erzählen?«

Sie ließ die Flasche in ihrer Hand kreisen und beobachtete, wie das Bier darin hin und her schwappte, während sie fieberhaft überlegte, was sie nun sagen sollte, das nicht so gähnend langweilig klang, wie sie sich vorkam. »Sie liebt das *Natural History Museum*, fährt gern mit dem Bus quer durch die Stadt und steht jeden Sonntag pünktlich um zehn zur Wachablösung vor dem Buckingham Palace.«

»Ernsthaft?«, fragte er lachend. »Du scheinst eine abenteuerlustige Frau zu sein.«

»Ich bin die meiste Zeit im Cinnamoon beschäftigt. Es gibt nicht viel über mich zu erzählen.«

»Kann ich mir nicht vorstellen. Du hast zum Beispiel sehr interessante Augenbrauen. Hast du das trainiert? Sieht aus, als würden sie ein Eigenleben ...«

Die Tür wurde aufgerissen und Kat streckte ihren verschwitzten Kopf hinaus. »Hier habt ihr euch also versteckt!« Sie schob die Unterlippe vor. »Ich habe Geburtstag. Schon vergessen? Es wäre wirklich nett von euch, wenn ihr sofort kommen könntet.«

»Jawohl.« Cecilia stellte sich kerzengerade hin und salutierte. »Sind schon auf dem Weg!«

»Wir sehen uns später«, raunte er ihr zu, dann drückte er sich an ihr vorbei und mischte sich unters Publikum.

* * *

Es gelang ihnen, an diesem Abend kein einziges Wort mehr miteinander zu sprechen, doch immer wieder begegneten sich wie zufällig ihre Blicke. Ein Blinzeln, ein flüchtiges Lächeln. *Ach, auch noch hier?* Ihr Herz kam aus dem Takt, wenn sie seinen Blick bemerkte. Sie versuchte, diesen Umstand zu ignorieren. Zwar imponierte ihr seine Kunst und ihr gefiel, wie er darüber sprach, doch letzten Endes war er nur ein kleiner Mensch in der großen Stadt, deren Gravitationskraft alles anzog, was ziellos durch die Atmosphäre schwirrte.

Schließlich fand sich Cecilia mit Gregory im Treppenhaus wieder, wo sie nebeneinander auf den Stufen saßen und die Köpfe zusammensteckten. Gregory sprach davon, wie viele Menschen ausgebeutet wurden, damit die westliche Bevölkerung in grenzen- und gewissenlosem Konsum schwelgen konnte. »Auch ein Café muss sich gesellschaftspolitisch positionieren.« Er rappelte sich auf und hob sein Bier in die Höhe.

»Nur noch fair gehandelte Produkte!« Cecilia hickste.

Als sie zurück in die Bar trat, war sie überrascht, wie ruhig es dort geworden war. Vereinzelt saßen Menschen an den Tischen und leerten ihre Gläser. Ihre Gesichter waren bleich und erschöpft. Der Nachtzauber verblasste, die Musik war leiser und die Luft kühler.

Kat saß mit Tom in der hintersten Ecke der Bar. Seine Gitarre lehnte an der Wand und seine Hand lag auf ihrem Oberschenkel. Dort, wo Lukas vorhin gestanden hatte, erinnerten nur zwei leere Gläser an ihn.

Als sie durch die Fenster blickte und erkannte, dass der Morgen bereits dämmerte, wurde Cecilia von einer bittersüßen Melancholie ergriffen – wie immer, wenn sie aus einem lauten Abend in die Stille zu fallen drohte. Sobald die Nacht leiser wurde, flüsterten auch die Menschen miteinander, rückten eng zusammen, suchten beieinander Schutz. Aber Cecilia ging allein nach Hause. Mit verbissener Miene zerrte sie ihren Rucksack unter der Bank hervor und suchte darin nach einem Kaugummi.

»Kann ich auch einen haben?«

Zuerst starrte sie auf eine Handfläche, die ihr unter die Nase gehalten wurde, dann fanden ihre Augen ein strahlendes Gesicht, das Hitze in ihr aufwallen ließ. »Du bist noch hier?«, fragte sie verblüfft, richtete sich auf und stemmte die Arme in die Hüften.

»Ich wollte gerade gehen. Wie kommst du nach Hause?«

»*Tube*, denke ich.«

»Einverstanden.« Während er zur Tür schlenderte, schlüpfte er in seinen Mantel – »Kommst du?« – und warf ihr über die Schulter einen fragenden Blick zu.

* * *

Langsam spazierten sie durch die Straßen. Regen ließ den Asphalt glänzen und bunte Lichter in den Pfützen tanzen. Aus den Hinterhöfen hörte man das Rascheln von Getier, von Füchsen vielleicht, und das Surren von Lüftungen. Der Himmel über den Hausdächern veränderte mit jedem Blick hinauf seine Farbe. Aus dem Schwarz war ein samtiges Blau, dann ein Violett geworden.

Lukas erzählte, dass er sich wieder als Musiker etablieren wolle und versuche, die alten Kontakte aufzuwärmen.

»Warum hast du damals denn aufgehört?«, fragte sie.

Augenblicklich verlangsamte er seine Schritte. »Das hatte viele Gründe.« Er vergrub die Hände in seinen Hosentaschen. »Aber jetzt bin ich zurück und will mit meiner Musik wieder andere Menschen erreichen. Musik ist meine Sprache. Ich denke sogar in Tönen. Ich träume davon. Das, was Worte nicht ausdrücken können, will ich mit dem neuen Album erfahrbar machen.«

Cecilia lächelte ihn an. »Das klingt schön. Wir werden deine Platte im Cinnamoon anpreisen und alle Gäste davon überzeugen, sie zu kaufen.«

»Vielen Dank. Eine bessere Werbestrategie kann ich mir nicht vorstellen: Zimtschnecken und Musik.« Er pfiff durch die Zähne. »Wer da nicht schwach wird, hat kein Herz.«

Vor dem Schild der *London Underground*, das wie aus dem Nichts vor ihnen aufgetaucht war, blieb er stehen. »Fahren wir jetzt mit der *Tube?*«

Die Vorstellung, in wenigen Minuten in Battersea anzukommen und sich von ihm zu verabschieden, widerstrebte ihr. Cecilia versuchte, die Nacht auszudehnen. »Wenn wir mit der *Tube* fahren, siehst du nichts von London. Außerdem liebe ich Spaziergänge im Morgengrauen.«

Sie schlugen den Weg zum Flussufer ein. Die Luft hatte sich mit Feuchtigkeit vollgesogen, war schwer und kalt. Cecilia fröstelte und schlang die Arme um ihren Oberkörper.

»Wer hätte gedacht, dass ich ausgerechnet mit dir durch die Stadt spaziere«, sagte sie in den Widerhall ihrer Schritte. »Du hast immer den Eindruck gemacht, als würdest du mit keiner Menschenseele sprechen wollen.«

»Mit dir schon«, erwiderte er unaufgeregt. »Als ich das erste Mal im Cinnamoon war, habe ich gesehen, wie total versunken du in einem Buch liest. Das war der erste Pluspunkt, denn ich liebe Literatur, musst du wissen. Und dann hast du diesem alten Mann mit der Sonnenbrille aus der Zeitung vorgelesen.«

»Oh, das ist Hamish. Er hat früher als Metzger in der Curzon Street gearbeitet. Dann wurden seine Augen immer schlechter, jetzt ist er blind. Wir lesen am Montag immer die Sonntagszeitung. Das hat schon Tradition.«

»Und das war der zweite Pluspunkt.«

Cecilia spürte ein leichtes Ziehen im Magen und beschleunigte ihre Schritte. »Um das mal grob zusammenzufassen: Ich bekomme Punkte von dir, weil ich lesen kann?«

»Und für die Tarte. Ich glaube, ich bin süchtig danach. Deswegen muss ich jeden Tag kommen. Keine Ahnung, wie ich überleben soll, wenn ich nicht mehr in London bin.«

»Ich könnte dir Carepakete schicken, wenn du mir irgendwann verrätst, wo du wohnst.«

In der Ferne erkannte man den Palace of Westminster mit seinen filigranen Türmchen. Die Fassade wurde von

Scheinwerfern angestrahlt und spiegelte sich im Wasser der Themse.

»Du, übrigens …« Cecilia hielt inne und schmunzelte, weil sie anfing, ihre Sätze wie Matt einzuleiten, sobald sie etwas Wissenswertes über die Stadt loswerden wollte. »Die Tower Bridge sieht so unschuldig aus, aber auf der Nordseite gibt es das Dead Man's Hole. Das ist eine Nische mit weißen Kacheln an den Wänden und mit einer finsteren Vergangenheit. Früher hat der Fluss viele Menschen umgebracht. Sie sind selbst gesprungen oder verunglückt und für Kriminelle war es natürlich der einfachste Weg, jemanden loszuwerden. Die toten Körper trieben dann durch die Stadt und wurden bei der Tower Bridge angeschwemmt. In der Nische – im Dead Man's Hole – hat man sie ausgestellt, damit sie identifiziert und anschließend beerdigt werden konnten. Man kann dort heute noch eine der Metallstangen sehen, die sie benutzt haben, um die Leichen aus dem Wasser zu ziehen.«

»Ach?« Er zog die Augenbrauen hoch. »Tatsächlich?«

»Nicht gerade appetitlich, ich weiß, aber es ist immerhin ein Geheimnis, das nicht viele Menschen kennen. Mein Freund fährt Touristen durch die Stadt und ist ein wandelndes London-Lexikon. Er erzählt mir jede Menge.«

»Dein Freund aus der *Tube*?«

»Woher weißt du das?«

»Ich höre eben anderen Menschen zu, wenn sie reden.« Er tippte sich mit dem Zeigefinger an die Stirn. »Und ich habe ein verdammt gutes Gedächtnis. Dein Freund führt also Menschen in die Geheimnisse der Stadt ein, ja?«

»So könnte man's ausdrücken«, erwiderte sie nach kurzem Zögern. »London wirkt vielleicht von außen betrachtet sehr modern, aber eigentlich ist es eine alte und mystische Stadt. Es gibt so viele Winkel, die kaum jemand kennt. Nicht mal Kat, und die ist hier aufgewachsen.«

Während sie gemächlich durch die Morgendämmerung spazierten, erzählte sie ihm Geschichten, die sie von Matt kannte oder irgendwo aufgeschnappt hatte.

»Die Themse ist ein launisches Geschöpf. Manchmal sind die Gezeiten so stark, dass sie rückwärts fließt. Kannst du dir das vorstellen? Und 2006 hat sich ein Entenwal in die Themse verirrt und fand nicht mehr zurück ins Meer. Trotz großer Bemühungen konnte man ihn nicht dazu bringen, umzukehren. Nach vierundzwanzig Stunden strandete er schließlich bei Ebbe am Strand von Chelsea und ist gestorben.«

»Solche Geschichten bekommt man also von Typen aus der *Tube* erzählt, ja?«, fragte er und rieb die Handflächen aneinander.

»Und von den Servierdamen aus dem allerbesten Café der Stadt«, ergänzte sie.

Es dauerte einen Moment, bis er verstand, wen sie damit meinte. Sein Gesicht erhellte sich. »Das sind wirklich unterhaltsame Servierdamen, sehr charmant, muss ich sagen.«

Ihre Wangen erhitzten sich und sie wandte sich dem Fluss zu. Die Sonne stieg langsam über der Themse auf und versilberte das Wasser. Cecilia liebte diesen Moment, wenn die Stadt aus ihrem Schlaf erwachte, der Strom sich erhob und anfing, durch die Straßen zu tosen.

»Wir haben ausgiebig über London gesprochen. Ich kann mir gar nicht alles merken«, erklärte Lukas und beugte sich so weit über die Brüstung, bis sein Gesicht neben ihrem auf der Wasseroberfläche erschien. »Erzählst du mir jetzt noch etwas von ihr?« Er deutete hinab auf ihr Spiegelbild.

»Von Cecilia?«, fragte sie schmunzelnd. »Ich habe dir doch schon jede Menge von ihr erzählt. Außerdem kenne ich sie kaum.«

»Du wirst nicht mal rot, wenn du lügst.« Sein Lächeln war entwaffnend.

Cecilia hoffte, dass ihre weichen Knie dem Alkohol zuzuschreiben waren, der durch ihre Adern zirkulierte. »Wir haben nicht mehr viel Zeit. Wir sind schon fast in Battersea und dort wohne ich.« Sie zeigte zur anderen Uferseite, wo die weißen Schornsteine des Energiekraftwerks in den Morgenhimmel ragten. »Und du? Wohnst du nicht in der Nähe des Cinnamoons? Da sind wir doch schon längst vorbeigekommen, oder?«

»Schon vor einer ganzen Weile.«

»Aber warum hast du denn nichts gesagt?« Sie stieß ihn sanft an. »Du könntest schon längst im Bett liegen und selig schlafen.«

»Weiß ich, aber plötzlich stand eine hinreißende Servierdame vor mir, die es mag, im Morgengrauen durch die Stadt zu spazieren.«

Eine Weile standen sie schweigend nebeneinander, schauten hinaus auf den Fluss und lauschten der Stadt, deren Rauschen allmählich lauter wurde und sich mit fremden Stimmen vermischte. Menschen hasteten an ihnen vorbei und verschwanden im Untergrund, um mit der *Tube* zur Arbeit zu fahren.

»Moos«, sagte er unvermittelt. »Ich komme aus Moos.«

»Wirklich?« Verblüfft schaute sie ihn an. »Das ist ja nur einen Katzensprung von Murnau entfernt! Mit dem Fahrrad vielleicht eine halbe Stunde, mehr nicht.«

»Ich weiß. Versprich mir aber, dass du's für dich behältst, ja?« Lukas rückte so nah an sie heran, dass sich ihre Arme berührten, dann senkte er die Stimme. »Falls ich wieder richtig berühmt werden sollte, werden die Paparazzi mir natürlich auf den Fersen sein und jeden mit Fragen löchern, der mich auch nur im Entferntesten kennt. Sogar dich.«

»Keine Sorge. Dein Geheimnis ist bei mir sicher.« Sie legte ihre Hand auf seinen Unterarm. »Sag mal, haben wir uns dann vielleicht schon als Kinder gekannt? Warst du auch immer am See?«

»Ne, sorry, ich bin erst vor sechs Jahren in die Gegend gezogen.«

»Schade. Die Vorstellung wäre schön gewesen.«

Sie schlenderten unter üppigen Laubbäumen, die entlang des Ufers wuchsen, und begegneten Menschen mit müden Gesichtern. Manche führten Hunde aus, andere telefonierten oder kramten in den Mülleimern nach etwas Essbarem. Die ersten Cafés öffneten ihre Pforten, Vögel zwitscherten und der Straßenlärm schwoll an.

Das Gartentor zu Cecilias kleinem Haus im *Lavender Sweep* schwang hin und her, als wollte es ihnen winken. Lukas hatte darauf bestanden, sie zu begleiten. Doch je näher sie ihrem Haus kamen, desto unwohler fühlte sie sich dabei, weil sie nicht wusste, ob sich dahinter eine Erwartung verbarg.

»Meine Güte! Wir waren fünf Stunden spazieren. Kannst du dir das vorstellen?« Er schob das Handy zurück in seine Hosentasche. »Das ist mir schon ewig nicht mehr passiert.«

»Kam mir gar nicht so vor. Du hättest langweiliger sein müssen, dann wären wir sicher nicht so weit gekommen.« Sie strich mit beiden Händen über ihr Haar, um es zu ordnen.

»Das nächste Mal, okay? Ich werde extrem langweilig sein. Du wirst vermutlich nach zwei Minuten einschlafen.«

»Das klingt spannend. Am Montag können wir …«

»Würdest du mit mir ausgehen?«, fragte er und trat einen Schritt auf sie zu. »Ein Abendessen. Irgendwo, keine Ahnung. Ich lade dich ein.«

Ihre Knie wurden weich. Lukas suchte ihre Nähe, und obwohl sie wusste, dass er bald wieder fortgehen würde, wollte sie bis dahin jeden Moment auskosten. Sie strahlte ihn an. »Das wäre total schön«, hörte sie sich sagen.

Nachdem sie ihre Nummern ausgetauscht hatten, verabredeten sie, dass Lukas sich melden würde, sobald er einen Abend freischaufeln konnte.

»Aber wir sehen uns ja ohnehin im Cinnamoon«, waren seine letzten Worte, bevor er sich umdrehte und in der Morgendämmerung verschwand.

5

Das Cinnamoon war am Montag brechend voll und Cecilia wuselte geschäftig von einem Gast zum nächsten. Sobald sie eine freie Minute hatte, widmete sie sich den Zimtschnecken, rührte in der duftenden Zitronencreme, die gerade auf dem Herd köchelte, und schwatzte mit Hamish, der am Tresen saß und darauf wartete, dass sie ihm aus der Sonntagszeitung vorlas. Der Tag verflog, ohne dass Lukas aufgetaucht war. Auf seinem Platz vor dem Fenster saßen andere Menschen, und wenn die Glocke bimmelte und Cecilia hoffnungsvoll den Blick hob, waren es fremde Gesichter, die ihr zunickten.

Wo war er?

Auch am nächsten Tag wartete sie vergeblich. Das Kuchenstück, das sie für ihn reserviert hatte, landete im Müll. Ihre Gedanken kreisten um ihren gemeinsamen Nachtspaziergang, suchten nach Fehlern und fanden keine. Vielleicht hatte sie zu viel Bedeutung in diese Begegnung gelegt.

Gelangweilt räumte sie die Spülmaschine aus, pfefferte Töpfe in den Schrank, Gabeln in die Schubladen, Tassen ins Regal. Sie hatte keine Lust, keine Nerven und keine Energie – aber die Abrechnung konnte nicht warten. Fluchend spähte sie hinauf zur Uhr. Wenn sie Glück hatte, würde sie es in zwei Stunden nach

Hause schaffen. Gerade war sie dabei, sich über den Stadtverkehr und die vielen Baustellen auszulassen, als das Telefon klingelte.

»Cinnamoon, Cecilia am Apparat«, meldete sie sich und angelte dabei nach dem Geschirrtuch, das zum Trocknen über dem gekippten Fenster hing.

»Hier ist Lukas.«

Das Herz rutschte ihr in die Magengrube. »Oh, hallo!«, erwiderte sie mit heller Stimme.

»Alles okay?«

»Klar, mir geht's gut.« Sie lehnte sich mit dem Rücken gegen die Wand. »Und dir?«

»Die letzten Tage waren heftig. Ich war mit allem unzufrieden und habe wie ein Wahnsinniger gearbeitet. Dadurch wurde es nur noch schlimmer.«

»Tut mir leid. Ich hoffe, du bekommst das wieder hin.«

»Eigentlich ist's ganz einfach: Ich muss mal durchatmen und lockerlassen. Dann kann die Energie wieder fließen. Deswegen rufe ich auch an.«

»Brauchst du Tarte & Tea?«

»Und wie.« Er lachte. »Aber ich wollte eigentlich fragen, ob du immer noch Lust hast, mit mir auszugehen.«

Auf dem Heimweg summte Cecilia vergnügt vor sich hin. Die Betonklötze erschienen ihr wie Paläste. Alle Menschen, die ihr begegneten, waren schön. Ihre Müdigkeit war verpufft. Stattdessen spürte sie eine warme Energie, die durch ihren Körper pulsierte. Heute Abend! Durch den Fahrtwind tränten ihre Augen. Sie wischte sich mit dem Ärmel ihres Mantels über die Wangen, dann musste sie lachen. Ihr stand ein richtiges Rendezvous bevor, dachte sie. Sollte sie zur Feier des Tages ein Kleid anziehen? Sie musste Kat anrufen.

* * *

Mit verschränkten Armen tigerte sie die Straße auf und ab. Der dünne Mantel wärmte sie nicht, sie war hungrig und allmählich wuchs ihr Ärger. Cecilia machte sich keine Illusionen. Diese Verabredung diente ihm als Zeitvertreib und war für sie nur Zeitverschwendung. Warum sollte sie sich mit jemandem treffen, der schon bald – *arrivederci!* – in ein hektisches Leben verschwinden würde? Als sie in die ausdruckslosen Gesichter der Schaufensterpuppen blickte, ballte sie die Hände zu Fäusten und schüttelte den Kopf. Er ließ sie schon wieder warten. Am Ende der Straße leuchtete das Schild der *Tube*. In einer halben Stunde könnte sie zu Hause sein, die Schminke abwaschen, in ihren Pyjama schlüpfen und den Fernseher einschalten.

Cecilia zog eine kleine Dose aus ihrer Manteltasche und schmierte mit dem Zeigefinger Fett auf ihre Lippen. Wie hieß die Serie, die Kat ihr empfohlen hatte? *Schottland, Zeitreise.* Ihre Hand glitt in die Tasche, um ihr Telefon hervorzuziehen, als sie hinter sich eine Gestalt wahrnahm. Sie wirbelte herum und blinzelte in ein erhitztes Gesicht.

»Hallo! Es tut mir leid. Ich bin noch nie mit der *Tube* gefahren. Tickets, Fahrpläne, hektische Menschen.« Lukas lachte und massierte dabei seinen Nacken. »Und dann konnte ich mich nicht schnell genug aus der Bahn befreien. Es war so eng. Ich bin erst eine Station später rausgekommen und musste den ganzen Weg zurücklaufen.«

»Der Feierabendverkehr ist furchtbar. Daran habe ich gar nicht gedacht. Wie in einer Sardinenbüchse, hm?« Sie wickelte sich eine Haarsträhne um den Zeigefinger. »Und ich dachte, du hättest mich versetzt. Ich wollte gerade …«

»Blödsinn. Ich bin in öffentlichen Verkehrsmitteln nur völlig aufgeschmissen. Du wartest schon lang, oder?«

»Kann man so sagen. Ich war überpünktlich, damit du nicht warten musst. Es ist echt kalt.«

»Tut mir leid. Ich mache es wieder gut, ja?« Er trat einen Schritt auf sie zu, dann schob er eine Hand in die Innentasche seines Mantels und präsentierte ihr kurz darauf eine CD. »Ist schon etwas älter und wurde nie veröffentlicht, aber ich dachte, dass sich die Musik vielleicht eignet, um sie im Cinnamoon laufen zu lassen, ganz leise im Hintergrund.«

»Das stimmt und wir freuen uns immer über neue Musik. Ich werde morgen sofort reinhören. Vielen Dank.« Cecilia betrachtete das Cover. Lichtpunkte verschwammen hinter einer beschlagenen Fensterscheibe. Man erkannte die schattenhaften Silhouetten zweier Menschen. »*Lost Connection*«, las sie vor.

»Aber Musik stellt Verbindung her. Von daher passt der Titel ganz gut zu unserem Treffen, glaube ich.« Er vergrub die Hände in den Manteltaschen und suchte ihren Blick. »Und jetzt? Wo können wir uns aufwärmen?«

* * *

»So kompliziert habe ich mir das nicht vorgestellt«, brummte er, nachdem sie aus dem vierten Restaurant zurück auf die Straße getreten waren. »Hat in dieser verdammten Stadt kein Restaurant zwei Stühle für uns frei?«

Cecilia seufzte. »Mein Fehler. Ich hätte es wissen müssen.« Als sie die Hände in den Taschen ihres Mantels vergrub, streifte sie den Schlüsselbund. »Ich weiß, was wir machen.«

»Wir besorgen uns bei *Tesco* ein Sandwich und setzen uns auf eine Parkbank?«, fragte er und wickelte den grauen Wollschal enger um seinen Hals.

»So ähnlich.« Suchend ließ sie den Blick über die Leuchtreklamen wandern, die von den Fassaden auf die Straße hinabstrahlten.

Lukas balancierte die Pizzaschachteln auf der einen Hand und hielt die Weinflasche in der anderen, als er hinter ihr ins Café trat. Das Leuchten der Straßenlaternen genügte, es tauchte den Raum in ein silbernes Licht.

Cecilia schlüpfte aus ihrem Mantel. Es roch immer noch nach Kaffee und Kuchen.

Lukas reckte das Kinn in die Höhe und räusperte sich. »Herzlich willkommen im besten Restaurant der Stadt. Ich habe das Vergnügen, Sie heute Abend zu bedienen. Dürfte ich Sie zu Ihrem Platz führen, Ma'am?«

»Selbstverständlich.« Demonstrativ hielt sie ihre Hand empor.

Er griff danach und steuerte auf den Tisch im Erker zu, dann zog er den Stuhl zurück. »Genießen Sie den Ausblick auf ein atemberaubendes Panorama. Das Garagentor und … Was ist das? Eine Telefonzelle?«

»Das ist ein Klo für die Bauarbeiter. Die Telefonzellen in London sind knallrot«, erklärte sie kichernd.

»Verzeihung. Das muss mir entgangen sein.« Er hüstelte und deutete auf den Stuhl. »Darf ich bitten?«

»Wie aufmerksam von Ihnen.« Cecilia setzte sich und wollte gerade nach dem Windlicht greifen, als Lukas mit der Zunge schnalzte und es ihr aus der Hand nahm.

»Nein, nein. Lassen Sie mich das machen.«

Nachdem er die Kerze angezündet hatte, navigierte Cecilia ihn zu dem alten Büfettschrank, in dem die Weingläser standen. Schließlich saß er ihr gegenüber. Hinter ihm leuchtete eine Straßenlaterne, die es aussehen ließ, als besäße er einen Heiligenschein.

Cecilia spürte Wärme in sich aufsteigen. »Das habe ich noch nie gemacht«, sagte sie.

»Pizza gegessen?« Er klappte beide Schachteln auf, inspizierte den Inhalt und schob ihr die Pizza mit Pesto und Mozzarella zu.

»Ich habe noch nie jemanden hierhergebracht. Nachts.«

»Das solltest du öfter tun«, erklärte er und lehnte sich zurück. »Es ist echt schön, vor allem dieser Erker hier.«

Cecilia betrachtete die Schatten der Pflanzenblätter an den Wänden und lächelte versonnen. Autos tuckerten durch die Half Moon Street, Menschen marschierten am Fenster vorbei, zwei Jugendliche standen vor einem Hauseingang und rauchten.

»Das ist besser als jedes Restaurant«, erklärte Lukas zwischen zwei Bissen. »Hier haben wir unsere Ruhe. Niemand wird ungeduldig und will, dass wir endlich Tiramisu und Espresso bestellen.«

Sie zupfte an dem bernsteinfarbenen Cardigan, den sie über ihrem Kleid trug, dann beugte sie sich vor. »Nach der Pizza könntest du den Gästen ruhig einen Espresso anbieten, findest du nicht? Und vielleicht gibt's in der Küche sogar etwas Süßes. Das mögen die Menschen, dieses süße Ende.«

Auf dem Tisch flackerte die Kerze und ließ Schatten über ihre Gesichter tanzen. Lukas erzählte von den Aufnahmen im Studio, von Ideen, die ihn mitten in der Nacht überfielen, und davon, wie inspiriert er sich fühlte. Der Wein besaß eine schwere Süße und ließ das Blut warm durch ihren Körper strömen.

»Wusstest du, dass das Ohr das erste Sinnesorgan ist, das sich im Mutterleib entwickelt? Zuerst nehmen wir nur Geräusche wahr. Das ist die erste Welt, in der wir leben. Die Stimme unserer Mutter, Blubbern und Rauschen, der Rhythmus ihres Herzens.«

Cecilia hätte ihm ewig zuhören können, weil er mit einer Begeisterung sprach, die sie nur selten in einem anderen Menschen erkannte.

»Worte sind verschlüsselt, haben tausend Bedeutungen, aber Musik ist der direkte Weg in dein Herz. Keine Umwege. Manchmal bekomme ich schon beim ersten Akkord eine Gänsehaut. Kennst du das?«

»Es gibt solche Lieder. Töne sind oft mit Erinnerungen verknüpft, denke ich«, erwiderte sie zögerlich und dachte an die Kassetten ihres Vaters, die sie nicht anhören wollte, weil sie glaubte, beim Klang der Musik in bodenlose Tiefen zu stürzen. Bilder zogen in Zeitlupe durch ihren Kopf. Cecilia leckte Wein von ihren Lippen.

»Weißt du, was faszinierend ist? Auch wenn wir bewusstlos sind und komplexe Hirnfunktionen aussetzen, können wir noch etwas hören. Wenn wir sterben, schließen wir erst die Augen, dann die Ohren.« Das goldene Licht der Kerze flackerte, ließ seine Augen aufleuchten und kurz darauf wieder ermatten.

Was hatte ihr Vater zum Schluss gehört? Die Rolling Stones, zerberstende Scheiben, dann nichts mehr. Wie so oft kämpfte sie gegen innere Bilder an, die sich ihr aufdrängten. Keine Erinnerungen aus ihrer Kindheit, sondern Fantasien aus zerquetschtem Metall, Blut und pulsierendem Blaulicht. Dazwischen ihr Vater.

»Komponierst du deine Lieder eigentlich, um eigene Erfahrungen zu verarbeiten, oder ist das Fantasie, in die du dich einfühlst?«, fragte sie mit merkwürdig verzerrter Stimme.

»Fantasie, ja, Philosophie im Grunde.« Lukas klappte die Pizzaschachtel zu und beugte sich vor. »Genug von mir. Du bist dran, Cecilia. Was hast du gemacht, bevor du ins Zimtschneckengeschäft eingestiegen bist? Was ist deine Lieblingsfarbe? Hast du Geschwister?«

»So viele Fragen auf einmal?« Sie lachte hell auf.

»Sorry. Ich bin total aus der Übung. Such dir einfach eine Frage aus.«

»Okay, dann fange ich mit den Geschwistern an, die habe ich nämlich nicht.« Cecilia lehnte sich zurück und drehte das langstielige Rotweinglas zwischen Daumen und Zeigefinger hin und her. »Und die Sache mit dem Zimtschneckengeschäft – das war Kats Idee. Früher habe ich direkt über einem Café gewohnt, in dem sie gearbeitet hat. Ich fand sie auf Anhieb sympathisch – mit ihren Kulleraugen und den ganzen Tätowierungen, irgendwie interessant. Wir haben uns angefreundet und eines Tages hat sie mir eröffnet, dass sie in der Half Moon Street ein Ladenlokal gefunden hat.«

»Und du bist spontan eingestiegen?«

»Yep!« Cecilia hob die Schultern und musste lachen. »Kat ist ein Wirbelwind. Sie fegt durch dein Leben. Zuerst herrscht völliges Chaos und du weißt nicht, wie dir geschieht, aber plötzlich stellst du fest, dass etwas Wunderbares entstanden ist, etwas vollkommen Neues. Das habe ich gebraucht.«

»Manchmal muss alles durchgeschüttelt werden, damit man wieder klarsehen kann. Wie bei diesen Schneekugeln.« Er kratzte sich am Kinn. »Was hast du davor gemacht?«

»Am Anfang habe ich eine Weile in der *Saatchi Gallery* als Aufseherin gearbeitet.«

»Fotografieren is verboten hier«, knurrte er mit finsterem Blick. »Das is keine Schießbude, Frollein. Nich anfassen, hab ich gesagt! Schön still sein in den heiligen Hallen!«

Plötzlich schallte ein irrsinniger Lärm durch die Straße. Eine Autotür wurde zugeschlagen und eine schrille Stimme ergoss sich in einer englisch-italienischen Schimpftirade.

Lukas hob sein Telefon zum Ohr. »Keine Panik! Ich ruf den Sicherheitsdienst!« In nasaler Stimme fuhr er fort: »Tanner an Zentrale. Bitte kommen.«

Wie auf Kommando setzte in diesem Moment das Geheul einer Sirene ein. Nicht untypisch für eine Großstadt, doch Cecilia brach in schallendes Gelächter aus. Sie konnte nicht aufhören zu lachen. Ihr Bauch schmerzte so sehr, dass sie beide Hände daraufpressen musste. Sobald sie es wagte, Lukas anzusehen, der immer noch sein Telefon in der Hand hielt, brach das Lachen wieder über ihre Lippen.

»Contenance, Frollein, sonst muss ich Sie abführ'n lassen, und das wird kein Vergnügen!«, mahnte er.

* * *

Sie saßen nebeneinander auf dem Tresen und lauschten der Musik, die unsichtbar um sie herumtanzte. Die Straße präsentierte sich ihnen wie ein Bühnenbild, doch Cecilia konzentrierte sich auf ihren Schatten, der mit Lukas' Schatten zu einem dunklen Fleck auf dem Dielenboden verschmolzen war. Lukas saß so dicht neben ihr, dass sie seinen Oberarm an ihrem spürte. Er schaute hinaus auf die Straße und bewegte seine Füße im Takt der Musik. Gelegentlich, wenn sich ihre Blicke begegneten, lächelten sie einander an, als würden sie etwas Geheimes miteinander teilen.

Gerade dachte Cecilia, dass sie nie ein schöneres Date gehabt hatte, als ein schriller Ton sie aufschrecken ließ.

»Ach, verdammt! Das habe ich total vergessen«, fluchte Lukas und ließ sich vom Tresen auf den Boden gleiten. »Ich muss da leider rangehen. Bin gleich zurück.« Er eilte zur Tür und schlüpfte hinaus ins Freie.

Cecilia beobachtete, wie er vor dem Fenster auf und ab tigerte, im Vorbeigehen ein Blatt vom Magnolienbaum riss und sich dabei das Telefon ans Ohr drückte. Kurz blieb er stehen und blickte durchs Fenster hinein. Er winkte, dann kehrte er ihr den Rücken zu.

Fünf Minuten später bimmelte das Messingglöckchen erneut und Lukas betrat mit einem Windstoß das Café.

»Sorry. Mich rufen ständig Leute an, die keine Uhr lesen können oder denen die Zeit völlig egal ist.« Er trat noch einen Schritt näher und blickte zu ihr hinauf. Fast berührten ihre Knie seinen Bauch. Aus dieser Perspektive sah er viel jünger aus, dachte sie, und verspürte den Wunsch, mit den Fingern in sein dichtes Haar zu greifen.

»Und jetzt?«, wollte er wissen. »Was fangen wir mit der Nacht an?«

Cecilia stellte sich vor, wie sie aussah, wenn sich versehentlich die Frontkamera ihres Telefons öffnete, auf das sie angestrengt hinabblickte. Unvorteilhaft. Sie legte ihre Hände auf seine Schultern, stützte sich ab und ließ sich vom Tresen gleiten.

Augenhöhe. Lukas wich nicht zurück.

»Worauf hast du denn Lust?«, fragte sie, spürte den Tresen im Rücken, die Wärme seines Körpers und ein Kribbeln, das ihre Wirbelsäule emporkletterte.

»Ein Nachtspaziergang wäre gut. Damit kennen wir uns ja aus, du und ich.«

Die Luft war voller Energie und Erwartungen. Sie mussten raus hier, kurz durchatmen.

Nachdem sie aufgeräumt hatten, stolperten sie hinaus auf die Half Moon Street und schlenderten nebeneinander der Themse entgegen. Nur wenige Fenster waren erleuchtet. Gelegentlich sah man das bläuliche Licht eines Fernsehers, der im Dunkeln vor sich hin flimmerte. Es war ungewöhnlich still in der Stadt. Nur ihre Schritte hallten so laut durch die Straße, als wären ihre Sohlen mit Eisen beschlagen.

»Das hier, dieser Abend mit dir, sieht mir eigentlich gar nicht ähnlich«, erklärte er, als sie in eine schmale Seitenstraße einbogen und über glänzendes Kopfsteinpflaster gingen. »Eigentlich verbarrikadiere ich mich wochenlang im Studio und sperre die Welt aus, um mich voll und ganz in der Musik aufzulösen.«

»Aber dann siehst du ja gar nichts von London.«

»Weißt du, was mich viel mehr interessiert als die Stadt? Servierdamen, die in Halbmondstraßen Zimtschnecken backen.« Er schenkte ihr ein Lächeln, das alles bedeuten konnte.

Cecilia spürte ein Flattern im Bauch, so intensiv, dass sie lachen musste.

* * *

Sie schlenderten endlose Straßen hinab. Die Stadt schlief nie, sie holte nur Luft für einen neuen Tag. Vereinzelt huschten Menschen wie Schatten an ihnen vorbei. Immer wieder schwoll das latente Stimmengewirr an, um kurz darauf abzuebben und ein Vakuum zu hinterlassen.

Cecilia erzählte von ihrer Kindheit. Davon, wie sie in den Sommerferien den ockergelben Mercedes vollgepackt hatten, um nach Murnau zu tuckern. Das Dorf lag zwischen Gebirgsketten und Moorlandschaften an einem See, auf dem vier bewaldete Inseln schwammen – hier hatte Oma Elli bis zu ihrem Tod gelebt. Cecilia schwärmte von warmem Apfelstrudel mit Vanillesoße, dem wilden Garten und der Backstube, in der es immer nach Milch und den Zigarillos ihrer Großmutter gerochen hatte.

»Sie war wie eine Alchimistin, hat ihre Rezepturen geheim gehalten und nie aufgeschrieben. Da war sie sehr streng. Aber ich durfte ihr in der Backstube helfen. Ich habe jede Zutat, jeden Handgriff verinnerlicht. Alles, was ich backe, versuche ich so zu backen wie Oma Elli.«

Als sie die Brücke bei der Beaufort Street erreicht hatten, blieb Cecilia stehen und deutete auf das Straßenschild, das nach Battersea verwies. »Jetzt habe ich's nicht mehr weit.«

»Ich weiß, wo du wohnst.« Er grinste sie an und setzte sich wieder in Bewegung. »Kommst du? Ich bringe dich bis zur Haustür.«

Zwanzig Minuten später standen sie vor dem kleinen Backsteinhaus, in dem Cecilia lebte. In der Ferne rauschte der Verkehr, doch hier war es ruhig. Nirgendwo brannte Licht. Die Fenster waren schwarz, die Schatten bewegungslos.

Lukas befreite die Hände aus seinen Manteltaschen, dann schlug er seinen Kragen hoch und trat einen Schritt auf sie zu. »Cecilia.«

Als er ihre Hand nahm, überkam sie das Gefühl, keine Kontrolle mehr über ihre Gesichtsmuskulatur zu haben. Lächelte sie? Ihre Lippen bebten.

»London ist viel schöner, als ich es mir vorgestellt hatte. Viel vertrauter.« Seine Augen wanderten über ihr Gesicht und in diesem Moment überkam sie eine tiefe Zuneigung. »Danke für den tollen Abend.«

Sie wollte sich auf diese Begegnung einlassen, weil sie darin etwas erkannte, das sie schon lange nicht mehr gesehen hatte. Eine Chance, eine Veränderung.

»Ich fand's auch sehr schön. Sehen wir uns morgen?«

»Auf jeden Fall.« Kühle Lippen berührten ihre Wange, dann ließ er von ihr ab und wandte sich um.

6

Als sie am nächsten Morgen völlig übermüdet im Cinnamoon ankam, machte sie es sich auf den Polstern bequem, winkelte die Beine an und stützte das Kinn darauf ab. Die Lautstärke der Stereoanlage war voll aufgedreht. Eine melancholische Melodie drang aus den Lautsprechern und erfüllte den ganzen Raum. Lukas hatte jeden einzelnen Ton davon komponiert. Alles an ihm war Musik. Sie floss durch seine Adern, drängte aus ihm hinaus. Wieso hatte er damals einfach damit aufgehört? Was steckte hinter seinem Rückzug und weshalb machte er ein Geheimnis daraus?

Als sie später in der Küche stand und die Füllung der Zimtschnecken zubereitete, summte sie gedankenverloren vor sich hin. So beflügelt – beinahe euphorisch – hatte sie sich seit Jahren nicht mehr gefühlt. Ein Lächeln verklärte ihr Gesicht. Sie verteilte den bräunlichen Brei auf dem Hefeteig und wollte sich gerade die Hände waschen, als sie aus dem Augenwinkel einen Schatten wahrnahm.

»Du scheinst einen ausgezeichneten Musikgeschmack zu haben. Ich erkenne die Melodie!« Lukas lehnte in einem schwarzen Kapuzenpullover im Türrahmen. Seine Wangen waren so gerötet, als käme er von einer Joggingrunde, doch er trug Jeans und steife Lederboots.

»Guten Morgen.« Sie beugte sich über das Waschbecken und strahlte ihn an. »Ich bin total verzaubert. Das ist wunderschöne Musik, Lukas. Wirklich besonders.«

»Freut mich. Da stecken jede Menge Emotionen drin. Die Platte war mein Ventil.«

»Ich mag dein Ventil.«

Sie wandte sich wieder der Arbeitsfläche zu und rollte den Teig zusammen, bevor sie einzelne Schnecken abschnitt und sie sorgfältig auf dem Blech verteilte. Lukas gähnte.

»Warum bist du so früh hier?«, erkundigte sie sich und schob die Zimtschnecken in den Ofen. »Das ist doch gar nicht deine Zeit.«

»Meine nicht, aber deine. Ich wollte dich sehen, bevor ich ins Studio verschwinde.«

Ihre Wangen brannten. Sie riss eine Schranktür auf, schob Eierbecher von rechts nach links, stapelte Tassen aufeinander und versuchte, ihren Herzschlag zu verlangsamen, indem sie sich auf ihre Atmung konzentrierte. Wahllos griff sie nach einer Tasse und schloss die Tür.

»Machst du mir einen Tee?«, fragte er und rieb sich mit dem Handrücken über die Augen.

»Bin gerade dabei«, erklärte sie und zwängte sich an ihm vorbei, um in den Gastraum zu treten. Er folgte ihr, trottete zur Bank am Fenster und ließ sich darauf nieder.

»Wartest du auf die Zimtschnecken oder möchtest du lieber eine Tarte?« Sie deutete zur Vitrine, in der die Kuchen standen.

»Heute ist ein guter Tag, um etwas Neues auszuprobieren. Ich warte auf die Zimtschnecken. Habe gehört, dass sich ganz London danach die Finger leckt.«

Vorsichtig balancierte sie ein Tablett mit zwei bis zum Rand gefüllten Tassen zu seinem Tisch. »Und? Wie hast du geschlafen?«, fragte sie, als sie sich neben ihn setzte.

»Bis der Wecker geklingelt hat, gut«, feixte er, streckte sich und unterdrückte ein Gähnen. »Aber ich darf mich nicht beschweren. Ich wollte heute unbedingt früher hier sein.«

»Gibt es dafür einen bestimmten Grund?« Cecilia goss Milch in ihren Tee, rührte einmal um und beobachtete das zirkulierende Weiß.

»Ich muss endlich mit diesem Lotterleben aufhören. Früh aufstehen, Fastenkuren, Sport.«

Sie grinste. »Das klingt nach einem Märchen, Lukas Tanner. Was ist die Wahrheit?«

»Der Abend gestern war wirklich schön.« Er hob den Faden empor und ließ den Teebeutel über seiner Tasse baumeln. Seine Lippen verzogen sich zu einem Lächeln. »Auf dem Heimweg habe ich lange darüber nachgedacht. Es ist ein bisschen schwierig, aber ich würde dich echt gern wiedersehen. So schnell es geht.«

»Jetzt zum Beispiel?«, fragte sie mit heller Stimme.

»Ich dachte eher an ein Treffen, bei dem du nicht arbeiten musst und kein Gast dazwischenfunken kann.« Er ließ den Teebeutel zurück in die Tasse plumpsen. Seine Ohren hatten sich gerötet. »Hättest du Lust, dich heute Abend mit mir zu treffen?«

Sie schürzte die Lippen. »Ich habe Yoga. Da war ich schon ewig nicht mehr und ich habe mir ganz fest vorgenommen, heute zu gehen. Das wird spät.«

»Macht nichts. Ich muss noch zu einer Feier von meinem Producer-Team. Da sollte ich wenigstens kurz vorbeischauen. Ich dachte, dass wir danach in einen Pub könnten. Aber hey, wenn das nicht …«

»Doch«, beeilte sie sich zu sagen. »Das wäre cool.«

Auf seinem Gesicht machte sich ein verwegenes Lächeln breit, dann schnupperte er und deutete in Richtung Küche. »Riecht, als würden die Zimtschnecken brennen.«

* * *

Ihr Körper fühlte sich gut an, warm und beweglich, allerdings war es ihr nicht gelungen, sich während des Kurses zu entspannen. Ob beim Herzöffner, beim herabschauenden Hund oder der Kobra – ihre Gedanken kreisten um Lukas. Auch als sie neben den anderen in der Shavasana-Stellung bewegungslos auf dem Boden lag, wäre ihr das Herz vor Aufregung fast aus der Brust gesprungen.

Nun musste sie kräftig in die Pedale treten, um pünktlich nach Kensington zu kommen. Ins *Whitby Parlour* verirrten sich nur selten Touristen. Der Pub befand sich in einer schiefen Gasse, die den ältesten Friedhof Londons umschloss.

Auf ihrem Fahrrad holperte Cecilia über die Pflastersteine. In einem Leichenwagen würden hier selbst Tote wieder zum Leben erweckt werden. Sie fluchte. Die Nacht war kalt und das Licht verbarg sich hinter dichten Wolken. Sie musste sich konzentrieren, um mit den Reifen nicht in die Fugen zwischen den Steinen zu geraten. Als sie um die Kurve fuhr, tauchte vor ihr eine dunkle Gestalt auf, die sich umblickte und dann auf ein leuchtendes Display stierte.

»Sie da! Was machen Sie hier?«, fragte sie mit strenger Stimme. Als sie auf seiner Höhe angelangt war, sprang sie lachend vom Rad.

»Ah, Cecilia!« Lukas drehte sich zu ihr um. »Ich war mir nicht sicher, ob ich hier tatsächlich richtig bin. Der Friedhof hat mich irritiert. Wie war dein Kurs?«

»Schön und anstrengend. Jetzt brauche ich unbedingt ein kühles Bier. Vielleicht auch etwas zu essen.« Sie zupfte am Ärmel seines Jacketts. »Und, wie war die Party? Du hast dich ja ganz schön herausgeputzt.«

»Findest du?« Er schaute an sich hinab. Zu den Jeans trug er lederne Boots, ein weißes Shirt und darüber ein Jackett aus schwarzem Kord. Obwohl er eine Armlänge von ihr entfernt war, roch sie den Duft seines Parfüms. Holzige Herznote.

»Ich finde, du siehst sehr adrett aus«, versicherte sie ihm. »Hast du dich auf der Party gut unterhalten?«

»Es war okay. Ein paar Bier, ein paar Snacks und viel *business talk*. Ich bin froh, da rausgekommen zu sein. Jetzt beginnt der schönere Teil des Abends.«

Kurz darauf hielt Lukas ihr die schwere Holztür auf und sie trat vor ihm in eine warme Wirtsstube, in der nicht allzu viel los war. Leise Musik lullte sie ein. Er stiefelte voraus und Cecilia folgte ihm durch den engen Raum in ein lauschiges Eck.

»Setz dich. Ich besorge uns was. Ist *Guinness* okay?«

Wenige Minuten später stellte er zwei schäumende Bier auf dem runden Holztisch ab und setzte sich ihr gegenüber.

»Darauf, dass wir uns nicht aus den Augen verlieren.« Er zwinkerte ihr zu. Als sie den ersten Schluck trank, dachte sie an die unzähligen Artikel, die sie im Internet über Lukas gelesen hatte. So viele Interpretationen seiner Kunst, seiner Persönlichkeit.

»Wie wird man eigentlich so jemand wie du?«, fragte sie und leckte sich sahnigen Schaum von der Oberlippe.

»Puh! Wie wird man so attraktiv, intelligent und bescheiden wie ich?« Er hob die Schultern. »Gute Frage.«

»Ganz im Ernst.« Sie lachte. »Wie wird man so ein Genie der Klaviermusik?«

»Eine ehrgeizige Mutter, die dein Talent erkennt, könnte ganz hilfreich sein.« Er blies sich eine Haarsträhne aus der Stirn. »In meinem Fall war der Anfang ziemlich schwer. Ich fand den Unterricht furchtbar.«

»Weil du unter Druck gesetzt wurdest?«

»Es lag eher an Herrn Korsten mit seinen dreckigen Fingernägeln. Bei ihm in der Wohnung hat's immer nach Kohlsuppe gestunken und mir war die ganze Zeit schlecht.«

Angeekelt verzog er das Gesicht. »Aber der Unterricht war günstig und meine Mutter hatte damals kaum Kohle.«

»Außerdem hat Herr Korsten den Grundstein für deine Karriere gelegt. Du hast ihm also viel zu verdanken.«

»Ich war nicht lang bei ihm. Hab immer Ausreden erfunden, um nicht in den Unterricht zu müssen. Einmal – ich war vielleicht sechs – habe ich mir einen Verband um den Hals gewickelt und meiner Mutter erklärt, dass ich mir das Genick gebrochen hätte.«

»Hast du nicht«, prustete sie.

»Ich war verzweifelt. Was sollte ich tun?« Er zog die Nase kraus. »Und beim zweiten Mal habe ich behauptet, dass ich mir beim Kämmen versehentlich den Kamm ins Auge gestochen hätte und nur noch verschwommen sehen könne. Danach hat meine Mutter kapiert, dass es keinen Sinn hatte, mich zu Herrn Korsten zu schleppen.«

»Du Ärmster! Du hast echt einiges mitgemacht.« Cecilia legte die Hände um das kühle Bierglas und strahlte ihn an. »Genick gebrochen, Auge ausgestochen. Das sind die Opfer, die man für so eine Karriere bringen muss, schätze ich.«

Lukas nickte, dann legte er seine Hand auf ihren Unterarm, beugte sich über den Tisch und befeuchtete seine Lippen. Gebannt schaute sie ihn an.

»Weißt du eigentlich, dass deine Augenbrauen manchmal aussehen wie die Tower Bridge, wenn sie hochgeklappt wird, damit ein Schiff durchfahren kann?«

»Ich weiß!« Sie kicherte, zog erst die linke, dann die rechte Augenbraue hoch.

»Das ist wunderschön. Wie Theater. Ich könnte deinen Augenbrauen stundenlang zuschauen.« Cecilia konzentrierte sich auf seine Hand, die warm auf ihrem Arm ruhte, und auf das Flattern in ihrem Bauch. »Könnte ich vielleicht ein Foto von deinem Gesicht machen, damit ich in Deutschland …«

Seine Stimme vermischte sich mit den Umgebungs-geräuschen zu einem Rauschen. Die schwere Holztür des Pubs war aufgeschwungen und ein hochgewachsener Mann in mari-neblauem Mantel trat ein. Er grüßte den Wirt und setzte sich auf einen Barhocker an den Tresen. Ungläubig starrte sie ihn an. Die Zeit hatte ihm nichts anhaben können. So wie damals. Nur ein Wimpernschlag war seither vergangen, keine Jahre. Ihre Kehle verengte sich. Ihr wurde mit einem Mal so heiß, als stünde ihr Stuhl in Flammen. Lukas wollte sich umwenden und ihrem Blick folgen.

»Nicht.« Sie umschloss seine Hand. »Nicht umdrehen.«

»Was ist los? Wer ist da?«

»Ein …« Ihre Gedanken rissen sich los. »Mann.«

»Ach?« Lukas grinste sie höhnisch an. »Gefällt er dir?«

Fieberhaft überlegte sie, wie sie den Pub verlassen könnte, ohne an der Bar vorbeizumüssen. Außer einem sich auftuenden Erdloch oder Teleportation fiel ihr nichts ein. Sie blickte sich hilflos um.

»Stimmt was nicht?« Lukas winkte mit der Hand vor ihren Augen. Cecilia griff blitzschnell danach und zog sie zu sich. Keinesfalls wollte sie Aufmerksamkeit erregen, doch genau in diesem Moment hatte der Mann sie entdeckt, öffnete den Mund, schloss ihn wieder und stand auf. Cecilia zwang sich zu einem strahlenden Lächeln. Innerlich zählte sie die Sekunden und beobachtete, wie die Vergangenheit auf sie zumarschierte.

»Was ist los?« Lukas starrte sie an.

»Du musst mir jetzt helfen, okay?«

»Ich? Was soll ich denn tun?« Gerade als er den Druck sei-ner Hand verstärkt und sich weit zu ihr gebeugt hatte, sprang Cecilia auf.

»Hey, David!« Sie schlug sich die Hand vor den Mund. Es sollte überrascht wirken, brachte jedoch ihr Entsetzen zum Ausdruck. »Du? Das ist ja der Hammer.«

»Cecilia, ich fasse es nicht. Kneif mich mal. Das kann doch nicht wahr sein.« David schüttelte den Kopf und funkelte sie aus Augen an, die selbst im schummrigen Licht des Pubs hell aufleuchteten.

Wie vom Blitz getroffen stand sie vor ihm. »Ja, was für ein Zufall«, presste sie hervor, während ihr Herz zu einer Rosine verschrumpelte. »Ich dachte, du wohnst jetzt mit Frau und Kind draußen in Hillingdon?«

»Stimmt!« Er legte seine Pranke auf ihre Schulter. »Ich hatte hier in der Gegend zu tun. Wollte ein schnelles Bier trinken und dann abzischen. Und plötzlich dein Gesicht ... Wow, du siehst umwerfend aus, weißt du das?«

»Das ist nett.« Sie lächelte mit zitternden Lippen. »Wie lange ist es her? Kommt mir vor wie eine Ewigkeit.«

»Oh, drei Jahre ... nein, es müssten vier sein.« Er räusperte sich und schaute zu Boden. »Seit dem Umzug haben wir uns nicht mehr gesehen.«

»Jedenfalls ist's so lang her, dass ich dachte, ich halluziniere, als ich dich gerade entdeckt habe«, scherzte sie.

»Ich bin kein Traumgebilde, keine Sorge!« Er fuhr mit einer Hand durch sein volles Haar. An den Schläfen erkannte sie darin silberne Strähnen. »Wie geht's dir? Wie läuft's mit eurem Kiosk?«

»Es ist ein Café«, korrigierte sie ihn. »Das Cinnamoon läuft sagenhaft. Die Leute rennen uns die Bude ein.«

»Wer hätte das jemals für möglich gehalten? Es ist gefährlich, sich in der Gastronomie selbstständig zu machen, fast schon wahnsinnig. Aber freut mich, Cecilia, freut mich echt, dass es geklappt hat. Bei mir läuft's auch gut.« David erzählte ausschweifend von seiner Dozentur an der *Regent's University*. Von jeder noch so mickrigen Sprosse seiner Karriereleiter.

»Ich will dich ja nicht unterbrechen, aber ...« Ihre anfänglich so klangvolle Stimme hatte Töne verloren. Vorsichtig legte sie ihre Hand auf Lukas' Schulter. »Na ja, ich bin mit meinem Freund hier und wir haben viel zu besprechen.«

»Oh du meine Güte!« David schlug sich vor die Stirn. »Ich war so von Cecilia gefesselt, dass ich Sie völlig ausgeblendet habe. Entschuldigen Sie. Mein Name ist Schurmann, Dr. David Schurmann.«

»Sehr erfreut. Ich bin Dr. Tanner. Machen Sie sich meinetwegen keine Gedanken. Ich bin gut versorgt.« Lukas hob sein Bierglas, während Cecilia innerlich zerfloss, weil sie ihm so dankbar war. »Lassen Sie sich ruhig Zeit miteinander.«

»Ach du, es dauert nicht mehr lang. David muss bestimmt bald nach Hause zu seiner Familie.«

David nickte und trat noch einen Schritt näher an sie heran. »Schön, dass du jemanden gefunden hast. Du bist kein Mensch, der lang allein sein sollte. Außerdem fühle ich mich dann auch irgendwie besser.«

Sie traute ihren Ohren kaum. Da waren sie wieder – die ätzenden Tropfen der Selbstgefälligkeit, mit denen er sie jahrelang beträufelt hatte.

»Und das mit deinem Vater ...« Er griff nach ihrem Unterarm und schüttelte den Kopf. »Mein Gott, Cecilia, das tut mir so leid. So eine Tragödie. Marie hat mir alles erzählt. Ich wollte mich bei dir melden, aber du weißt ja, wie's ist.«

»Oh, natürlich, schon gut«, stammelte sie und schaffte es nicht, seinen Blick zu erwidern.

»Das muss so hart für dich gewesen sein. Es war ja schon hart, als Elli damals gestorben ist, aber dein Vater? Es tut mir leid.«

Ehe sie antworten konnte, erhob sich Lukas von seinem Stuhl und deutete zur Theke. »Liebling, soll ich uns etwas zu essen besorgen? Du hattest doch Hunger und so langsam könnte ich auch einen Bissen vertragen.«

»Ich ...« Sie hüstelte. »Wir können zu Hause essen, oder?«

»Heißt das, wir gehen jetzt? Ich sterbe vor Hunger.«

»Wir haben noch jede Menge Zucchini-Auflauf im Kühlschrank.« Sie nickte, als wollte sie seinem Gedächtnis dadurch auf die Sprünge helfen. »Mit Tomaten und Parmesan.«

»Tut mir leid. Dann müssen wir sofort nach Hause. Es sei denn ...« Lukas wandte sich zu David um, der mit einem überheblichen Grinsen auf den Lippen vor ihnen stand.

Nach einer theatralischen Abschiedsszene – »Das war so schön. Hoffentlich sehen wir uns bald wieder!« – legte Lukas den Arm um ihre Taille und bugsierte sie aus dem Pub.

Kaum war hinter ihnen die Tür ins Schloss gefallen, fiel auch der Stein von ihrem Herzen. »Danke für deine Hilfe. Du hast mich gerettet!« Zu ihrer eigenen Verwunderung zitterten ihre Hände, als sie das Fahrrad aufschloss.

»Hey, Cecilia.« Er trat einen Schritt auf sie zu und berührte ihre Schulter, bevor er die Hand in seine Hosentasche schob. »Bist du okay?«

»Alles gut, es ist nur ... Die ganzen Erinnerungen.«

»Müssen ziemlich aufwühlende Erinnerungen sein. Wenn du darüber sprechen möchtest – ich habe die ganze Nacht Zeit, dir zuzuhören.«

Sie lächelte erschöpft. »Willst du die Geschichte wirklich hören?«

»Klar will ich, aber nur, wenn du's auch möchtest.«

Das Licht der Laterne, das auf sie hinabfiel, ließ seine Augen aufleuchten. Ein warmes Gefühl durchflutete sie und sie dachte daran, dass Vertrauen ein Geschenk war, das man einem anderen Menschen machte – aber auch sich selbst.

Mit ruhiger Stimme erzählte sie ihm, wie sie während des ersten Semesters in Regensburg mit David zusammengekommen war und diese Liebe bald schon jeden Winkel ihres Lebens ausgefüllt hatte. »David hat mir immer das Gefühl gegeben, auf ihn angewiesen zu sein. Als würde ich ihn brauchen, um mit dem Leben klarzukommen. Völlig schräg. Als er ein Promotionsstipendium am *King's College* ergattert hat, bin ich mitgegangen.« Sie verdrehte die Augen. Aus der zeitlichen Distanz betrachtet, schämte sie sich für ihre Naivität.

»Das muss ja wirklich eine große Liebe gewesen sein.«

»Das habe ich mir eingeredet. Nach einem Jahr hat er mir tränenreich gestanden, dass er mit einer Studentin zusammen sei. Schon seit Monaten. Sie gebe ihm etwas, das ich verloren hätte. Er meinte Liebe, aber in Wahrheit hat er meine Bewunderung vermisst.«

»Er betrügt dich und schiebt dir dafür die Schuld in die Schuhe?« Lukas schüttelte den Kopf. »Vollidiot!«

»Eigentlich war ich schon lange nicht mehr glücklich in der Beziehung, eher abhängig. Mir hat nur der Mut gefehlt, zu gehen.«

Sie überquerten die Brücke, die nach Battersea führte, und blieben auf der anderen Seite des Flusses unter einer Laterne stehen. Lichter spiegelten sich auf der Wasseroberfläche, flimmerten, flossen ineinander.

»Und dann hattest du sogar den Mut, dich mit einem Café selbstständig zu machen.«

»Vielleicht war ich nur verzweifelt genug, um mich auf Kats Schnapsidee einzulassen.«

»Deine Großmutter wäre bestimmt stolz, wenn sie wüsste, was du aus deinem Leben gemacht hast. Du führst immerhin eine Familientradition fort.« Als er lächelte, weitete sich ihre Brust und warme Gefühle durchströmten sie.

»Sie wäre auf jeden Fall mächtig stolz darauf, dass es ihre Zimtschnecken bis nach London geschafft haben.«

»Bist du auch mächtig stolz auf dich? Bist du glücklich?«

Mit der Erinnerung an Oma Elli zogen Erinnerungen an ihren Vater auf und das warme Gefühl verpuffte. *Franz ordnete sein schulterlanges Haar – grau meliert, ein wenig gelockt – und zwinkerte ihr ein letztes Mal zu, dann öffnete er die Tür und marschierte mit seinem Rollkoffer die Half Moon Street hinab. Wippender Gang. Leise vor sich hin pfeifend. Der letzte Augenblick.* Wenn sie nur gewusst hätte, dass sie ihn nie wiedersehen würde …

»Glücklich? Ich weiß nicht. Mir fehlt zu viel.«

Lukas betrachtete sie. So lange, dass sie seinem Blick auswich und sich dem Fluss zuwandte, auf dem drei Kaffeebecher schwammen, als wären es weiße Papierschiffchen, die Kinder flussabwärts auf Reisen geschickt hatten. Schließlich befreite er seine Hand aus der Hosentasche und streichelte ihr über den Handrücken.

»Mein Vater ist tot«, sagte sie zu schnell und zu laut. Am liebsten hätte sie die Worte zurückgeholt.

»Habe ich vorhin mitbekommen. Das tut mir echt leid. Wie ist er denn …?«

»Ein Unfall vor zwei Jahren«, unterbrach sie ihn. »Stauende. Ein Lastwagen ist in ihn reingebrettert, hat das Auto wie eine Ziehharmonika zusammengequetscht.« Die Worte flogen über ihre Lippen. Schnell ausgesprochen, schnell vorbei.

»Scheiße.«

»Er war sofort tot, haben die Polizisten gesagt.«

»Dann musste er wenigstens nicht leiden.«

»Nur ganz kurz.« Cecilia lächelte tapfer. »Ich stelle mir vor, dass er die Rolling Stones gehört und ganz laut mitgesungen hat. Ich hoffe, dass er nicht mehr in den Rückspiegel geschaut hat. Immer nur geradeaus, nicht zurück.«

Lukas nickte und vergrub die Hände tief in den Manteltaschen.

Warum hatte sie von ihrem Vater angefangen? Alles, was sie an seinen Tod erinnerte, hatte sie verschnürt, verräumt, verdrängt. Es war besser so. Nur wenn sie mit ihrer Mutter telefonierte, erlaubte sie ihren Gefühlen, aufzulodern. Danach fühlte sie sich tagelang ausgebrannt.

»Du musst ihn sehr vermissen.« Sein Atem stieg als Wolke in die Luft und verflüchtigte sich.

»Es geht. Ich vermeide es, Fotos von ihm anzusehen. Ich habe auch seine Kassetten geerbt, aber ich schaffe es nicht, sie anzuhören. Sie stehen seit zwei Jahren im Keller und stauben ein.«

»Weil du die Musik nicht magst?«

»Mit der Musik kommen die Bilder, die ganzen Erinnerungen. Warum sollte ich mir das antun? Außerdem habe ich keinen Kassettenrekorder.« Sie drehte an ihrem goldenen Ring, um die Anspannung zu kanalisieren. »Grundsätzlich versuche ich, nicht so viel an ihn zu denken.«

»Funktioniert das?«

»Mehr oder weniger.« Sie hob die Schultern. »Weißt du, es sind besondere Kassetten. Er hat sie mit Stichwörtern beschriftet. Zum Beispiel *Schlittschuhfahren im Winter 1977*, *Tretbootfahren in Murnau*, *Hochzeit mit Marlene*. Jede Kassette erinnert an irgendwelche Ereignisse aus seinem Leben.«

»Echt jetzt?« Lukas griff nach ihrem Arm und zwang sie, vor ihm stehen zu bleiben. »Ich habe erst kürzlich ein Buch über Musikpsychologie gelesen.«

Behutsam legte er eine Hand auf ihre Wange und streichelte mit dem Daumen über ihre Schläfe. Cecilia starrte ihn an.

»Hier, in deinem Temporallappen, werden Erinnerungen gebildet und dort sitzt auch die Hörrinde«, erklärte er mit rauer Stimme. Ihre Aufmerksamkeit zerriss. Seine Berührung, seine Worte und sein Mund, der sich öffnete … »Wenn du Musik hörst, ist dein ganzes Gehirn aktiv, alle Synapsen glühen sozusagen, aber dort, also hier …« Er verstummte, als er ihren Blick auffing. Seine Lippen bebten. Nur ein winziger Schritt und ein bisschen Mut. Ihr Puls raste.

»Aber ich bin kein Hirnforscher«, löste er die Spannung, vergrub seine Hände in den Jackentaschen und setzte sich wieder in Bewegung.

Cecilia schlang die Arme um ihren Oberkörper. Gedanklich hing sie noch an seiner Berührung fest.

»Dein Vater hat also Erinnerungskassetten aufgenommen. So etwas habe ich noch nie gehört.« Er lachte leise. »Scheint ein origineller Typ gewesen zu sein.«

»Er war toll. Ich muss mir immer wieder bewusst machen, dass er nicht mehr hier ist. Als könnte mein Gehirn es einfach nicht begreifen. Am liebsten würde ich die Welt mal kräftig schütteln, damit sie wieder in Ordnung kommt.«

Bilder entstanden vor ihrem inneren Auge. Plötzlich saß sie im Garten hinter dem kleinen Haus ihrer Großmutter. Die Silhouette des Gebirges sah aus wie ein Tier, das sich zum Schlafen niedergelegt hatte. Blaue Töne. Zikaden in den Gräsern. Warmer Wind. Oma Elli hielt ein Radio auf dem Schoß, aus dem leise Musik dudelte. Ihr Vater starrte in den Nachthimmel, verfolgte mit dem Zeigefinger blinkende Flugzeuge und nippte gelegentlich an seinem Rotwein. Lange her, lange vorbei. Diese Menschen gab es nicht mehr.

Cecilia presste die Lippen aufeinander und konzentrierte sich auf den Mann, der neben ihr ging.

»Es dauert eine Weile, bis man sich daran gewöhnt hat, dass jemand fehlt.« Der Klang seiner Stimme besaß etwas Tröstliches. »Wie geht deine Mutter mit seinem Tod um?«

Die Antwort war einfach: Sie schwieg sich über den Menschen aus, der ihr am meisten fehlte. Cecilia dachte an den Brief in ihrer Nachttischschublade, den sie in den letzten Wochen immer wieder hervorgekramt hatte. Nicht, um in Trauer hinabzugleiten, sondern um das Papier zu inspizieren.

»Das ist kompliziert«, antwortete sie. »Wenn wir über meinen Vater sprechen, kommen bei meiner Mutter viele Gefühle hoch, mit denen ich nicht umgehen kann. Dann streiten wir und sie tut so, als hätte ich ihn nicht wirklich gekannt. Es ist bizarr.«

»Aber du bist doch mit ihm aufgewachsen, oder? Warum solltest du ihn nicht kennen?«

»Wir kennen niemanden, nicht mal die Menschen, die uns am nächsten stehen, nicht mal uns selbst. Ein Teil bleibt immer verborgen«, imitierte sie ihre Mutter mit nasaler Stimme.

»Klingt fast so, als hätte Franz Geheimnisse gehabt.« Ihn den Namen ihres Vaters aussprechen zu hören, gab ihr einen Stich ins Herz. Verwundert sah sie ihn an.

»Woher weißt du, wie er heißt?«

»Hast du vorhin erwähnt, schätze ich.«

»Ich bin wohl ganz schön durcheinander.«

»Du hattest ein gutes Verhältnis zu deinem Vater, oder?«

»Deswegen ist es so wahnsinnig schwer. Auch nach zwei Jahren noch.« Cecilia hob die Schultern. »Die Leute bombardieren dich mit Ratschlägen. ›Lass den Schmerz kommen, lass den Schmerz gehen.‹ Aber irgendwann schauen sie alle auf die Uhr: ›Wird langsam Zeit, damit abzuschließen.‹ Als wäre Trauer etwas, das man wie Weihnachtsschmuck in eine Kiste packen könnte, um es nur noch an besonderen Tagen hervorzukramen.«

»Es geht nie ganz weg, dieses Vermissen, aber es wird leichter mit der Zeit. Was bedeutet Trauer denn? Eine Verbindung ist abgerissen. Das ist einfach krass. Plötzlich fehlt jemand am anderen Ende und der kommt nicht zurück. Ich weiß, wie hart es ist, so etwas zu akzeptieren.«

Sie dachte an den Brief und hätte Lukas gern gefragt, was sie mit den unbeantworteten Fragen anfangen sollte, doch ihre Gedanken sprangen. *Lost Connection* – warum hatte er diesen Albumtitel gewählt? »Hast du auch jemanden verloren?«, fragte sie und bemerkte die Hoffnung, die in ihrer Stimme mitschwang, weil diese Gemeinsamkeit sie miteinander verbinden würde.

»So halb.«

Ehe Cecilia nachhaken konnte, bog ein Gefährt um die Ecke und schepperte über den Asphalt.

Lukas lachte ungläubig auf. »Leben in der Themse Meerjungfrauen?«

Offensichtlich hatten zwei Nachtschwärmer die Heimreise angetreten. Cecilia kicherte. Ein Mann mit knallrotem Schädel schob einen Einkaufswagen die Straße entlang. Darin lag eine Frau. Sie trug ein schillerndes Paillettenkleid, das an Fischschuppen erinnerte. Die künstlichen Wimpern klebten schräg auf ihren Lidern.

»Hallihallo! Wen hamma denn da?«, rief sie, als ihr Blick an Lukas und Cecilia hängen blieb. Ihre Arme ruderten durch die Luft, dann trafen sich ihre Handflächen. Es sah aus, als würde sie versuchen, Seifenblasen zu fangen.

»Sei still, Pamela«, zischte der Mann ihr zu. »Die Leute hetzen uns noch die Cops auf den Hals.«

Da stimmte Pamela die englische Nationalhymne an.

* * *

Lukas summte leise vor sich hin, während sie durch die leeren Straßen des Wohnviertels spazierten.

Der Abend hatte sie aufgewühlt. Cecilia fühlte sich verletzlich, als wäre etwas aufgebrochen, doch gleichzeitig erfüllte sie ein Gefühl der Zuversicht. Das lag an ihm, dachte sie. Daran, dass er mehr war als nur ein Zuhörer – er fing die Worte auf, verwandelte sie und gab sie ihr zurück, sodass daraus neue Gedanken und Gefühle entstanden.

»Vor vier Jahren die Trennung, dann Papa – alle zwei Jahre passiert etwas, das mich aus der Bahn wirft.«

»Solche Ereignisse unterliegen keinem Rhythmus.«

»Wie kann ein Musiker nicht an Rhythmen glauben?«, fragte sie belustigt und blieb vor dem Tor stehen, das in ihren Vorgarten führte. »Da wären wir.«

»Wolltest du mir nicht deine Küche zeigen?« Lukas stieß sie sanft an. »Vorhin hast du jedenfalls noch großspurig behauptet, du hättest Zucchini-Auflauf.«

»Eine Notlüge, sorry, aber ich könnte dir einen Tee anbieten, wenn du noch Zeit hast.«

»Ich wärme mich kurz auf, dann gehe ich nach Hause.«

Sie fischte den Schlüssel aus ihrer Trainingstasche und schloss die Haustür auf. Während sie vor ihm durch den engen Flur tänzelte, sammelte sie eine einzelne Socke auf und warf sie achtlos ins dunkle Badezimmer.

»Wohnst du hier allein?«, erkundigte er sich und blieb vor den Bilderrahmen stehen, die über der Kommode an der Wand hingen.

»Yep.« Cecilia schlüpfte aus den Sneakers und hängte ihre Trainingstasche an die Garderobe. »In der Anzeige stand, es sei ein *shoebox house*. Das ist es wirklich. Es ist winzig, aber immerhin gibt es eine Loggia.«

»Du wohnst also in einem Schuhkarton. Sehr interessant. Und wo ist das?« Er deutete auf das Bild eines schiefen Häuschens. Es stand vor einem Gebirgszug mit schneebedeckten Gipfeln, dunklen Wäldern und steilen Felshängen.

»Murnau. Dort hat Oma Elli gelebt«, erklärte sie und trat neben ihn. »Das ist das Haus, in dem ich alle Sommer meiner Kindheit verbracht habe. Es war die schönste Zeit.«

»Sie hat dir viel bedeutet, oder?«

»Sie war ein ganz warmer Mensch. Bei ihr war immer ein Lächeln, ein Bonbon, eine Umarmung. Bei ihr war die Welt immer heil. Und man konnte ihr jedes Wort glauben. Selbst die Märchen. Ich weiß nicht, ob es solche Menschen überhaupt noch gibt.«

Lukas betrachtete die anderen Bilder. Früher hatten sie im Haus ihrer Großmutter gehangen – über dem Esstisch, sodass man ihnen gegenübersaß und sich ständig beobachtet fühlte. Sie zeigten Menschen, die schon lange nicht mehr lebten.

»Wer ist der Junge?«, wollte Lukas wissen. »Dein Vater?«

»Das ist Julius, sein Bruder. Er wurde nur sieben Jahre alt.« Mit dem Zeigefinger berührte sie das breit grinsende Jungengesicht. Hochgeschwungene Augenbrauen, Stupsnase und ein wilder Haarschopf. Die Farben der Fotografie waren verblasst. »Er ist ertrunken. Er wollte auf dem See Schlittschuh laufen, aber das Eis war zu dünn und er ist eingebrochen. Mein Vater stand am Ufer, hat gerade seine Schlittschuhe geschnürt. Er konnte ihm nicht helfen. Niemand konnte das. Es muss schrecklich gewesen sein. Oma ist nie darüber hinweggekommen und Papa auch nicht.«

»Julius«, murmelte Lukas. Aus seinem Mund klang der Name wie ein Fremdwort – selten gesagt, selten gehört. »Das tut mir echt leid. Davon wusste ich nichts.«

Ihre Lippen verzogen sich zu einem belustigten Grinsen, als Cecilia sich zu ihm umwandte. »Woher solltest du das auch wissen? Komm schon, ich koche uns einen Tee.«

* * *

Die dunkelbraunen Lederboots lagen unter dem Tisch in der Küche. Sein Jackett hing am Türgriff. Stumm beobachtete er, wie sie eine Kanne Tee zubereitete.

Cecilia zündete ein Teelicht an und stellte die Kanne auf das Stövchen. Nachdem sie zwei Tassen aus dem Schrank genommen hatte, setzte sie sich ihm gegenüber.

»Hat es dir die Sprache verschlagen?«, fragte sie. »Du bist plötzlich so still.«

Lukas legte beide Hände flach auf den Tisch, hob den Kopf und erwiderte ihren Blick. »Was machen wir hier? Du und ich?«, fragte er mit rauer Stimme.

Für einen Moment starrte sie ihn regungslos an und versuchte, aus seinen Worten schlau zu werden. Sie hob ihre Tasse. »Wir trinken Hagebuttentee.«

»So kann man's auch sehen.« Er lächelte und rührte geräuschvoll mit dem Löffel in seinem Tee.

»Du, Lukas …« Cecilia räusperte sich. »Was ist damals eigentlich passiert? Du hast von einem Tag auf den anderen alles hingeschmissen.«

»Das Leben ist passiert.« Er studierte die Holzmaserung des Tisches.

»Du bist aber nicht im Gefängnis gelandet, hoffe ich?«, versuchte sie zu scherzen.

»Natürlich nicht.« Lukas schnaubte auf.

»Entschuldige. Ich wundere mich nur. Musik ist eine Herzensangelegenheit für dich. Wenn du darüber sprichst, fängst du an, von innen heraus zu strahlen. Man spürt, wie begeistert du bist. Wieso hast du …?«

»Es gibt eben noch andere Herzensangelegenheiten in meinem Leben.« Er stellte die Tasse geräuschvoll auf den Tisch. Cecilia meinte, in seinen Augen ein bedrohliches Glimmen zu erkennen. »Ich spreche nicht darüber. Nicht mit jedem. Ich meine, nur mit den Leuten, die davon unmittelbar betroffen sind. Das ist sehr intim.«

Auch wenn seine Ablehnung sie verletzte, wurde ihr in diesem Moment bewusst, wie fremd sie einander waren. Lukas war gerade weit genug offen, um Vertrauen zu schaffen. Gleichzeitig schützte er sich aber. Heute Abend hatte sie ihr Herz ausgeschüttet – insgeheim hatte sie erwartet, dass Lukas ihr gleichermaßen offen begegnen würde, so als wären sie einen Tauschhandel eingegangen. Cecilia betrachtete ihre schlanken Finger, dann drehte sie an ihrem Ring. Am Schluss hatte Oma Elli ihn an einer Kette getragen, weil ihre Finger so angeschwollen gewesen waren. »Sorry, ich wollte dir mit der Frage nicht zu nahe treten, Lukas. Ich will dich nur kennenlernen. Das ist alles.«

Ein Lächeln huschte über seine Lippen, dann schob er seine Hand über den Tisch und legte sie auf ihre. Cecilia spürte ein Ziehen in der Brust, dann eine aufwallende Hitze. »Du lernst mich doch gerade kennen.«

Sie blickte hinab auf ihre Hände. Ein Zeichen der Verbundenheit, ohne alle Seiten des anderen beleuchtet zu haben. Das Maß der Verborgenheit entsprach dem Grad ihrer Faszination.

* * *

Sie lehnte im Türrahmen und hatte sich tief in ihre Strickjacke eingewickelt. Fast hätte sie ihm angeboten, auf dem Sofa zu übernachten, doch dann hatte sich Lukas aufgerappelt und seine Jacke angezogen.

Nun standen sie sich seit fünf Minuten gegenüber.

»Ich weiß nicht, wann ich zum letzten Mal so mit jemandem zusammen war wie mit dir. Es ist lang her und deswegen fällt's mir schwer, aber ich würde jetzt wirklich ...«

Er verstummte, als sie die Hand hob und mit den Fingerspitzen seine Wange berührte. Kalt und rau.

Sein Blick ruhte auf ihr, glitt von ihren Lippen hinauf zu ihren Augen. Selbst im Dämmerlicht erkannte sie, wie sich seine Pupillen weiteten, als er näher an sie herantrat.

»Cecilia.« Er ließ ihren Namen wie etwas Botanisches klingen, fremd und reizvoll. Sein Gesicht war ihrem so nah, dass sie seine Wärme spüren konnte und seinen Atem roch.

Er schluckte trocken. *Gleich*, dachte sie und wollte schon die Augen schließen, als er sie in seine Arme zog. Blut schoss in ihre Wangen. Alle ihre Sinne hatten sich darauf eingestellt, ihn zu küssen. Es wäre ihr weder unangebracht noch überstürzt vorgekommen, sondern wie eine logische Konsequenz. Doch es gab keinen Kuss. Stattdessen vergrub er sein Gesicht an ihrer Halsbeuge. Sie hätte die Nähe genießen können, wenn sie ihr nicht wie eine Flucht vorgekommen wäre.

»Tut mir leid. Ich mag dich echt, aber ich pack's gerade nicht.« Sein Atem schlug sich feucht auf ihrer Haut nieder.

»Warum? Ist es, weil wir Fremde sind?«

»Nein.« Ein dumpfes Lachen ertönte an ihrem Ohr, dann ein Flüstern. »Wir sind keine Fremden. Wir sind eher so etwas wie Astronauten. Vor uns erstreckt sich unerforschter Raum, reich an Möglichkeiten. Wir sollten nichts überstürzen.«

Ihr Herz klopfte einen unbekannten Rhythmus. Wenn sie ehrlich war, wollte sie alles überstürzen. »Du reist schon bald ab.«

»Wir können telefonieren und irgendwann komme ich wieder zurück nach London.« Cecilia schwieg und konzentrierte sich darauf, wie sich sein Brustkorb bei jedem Atemzug an ihren drückte. »Außerdem bin ich noch ein paar Tage hier. Morgen sehen wir uns, okay? Ich komme ins Cinnamoon.« Er machte keine Anstalten, sich von ihr zu lösen.

Einige Sekunden verstrichen, ehe Cecilia zurücktrat und ihre Hand auf den Türgriff legte. »Dann sehen wir uns morgen.«

Er schloss den Reißverschluss seiner Jacke. »Danke für den schönen Abend, Cecilia. Ich hoffe, wir können das vertiefen, das mit uns.«

Sie blickte ihm nach, als er aus dem Tor trat und die Straße hinabtrabte. *Kein* Kuss fühlte sich besser an, als sie es jemals für möglich gehalten hätte.

7

Wer vertraut, entscheidet sich für Verwundbarkeit. Das ist die einzige Möglichkeit, einem anderen Menschen nah zu sein, hatte sie kürzlich in einer Zeitschrift gelesen.

Immer wieder musste sie daran denken, wie Lukas ihre Hand gehalten hatte – aufregend und beruhigend zugleich. Gedankenversunken verrührte sie eine Handvoll Petersilie und Koriander mit Clotted Cream.

Gerade hatte sie ein Servierschälchen mit dem Aufstrich befüllt, als ihr Handy auf dem Tresen vibrierte. Sie schmunzelte, als sie die Nachricht überflog, die Kat ihr geschickt hatte.

Cecilia und der Klavierspieler. Das sind ja schöne Neuigkeiten, aber sie überraschen mich nicht! Mache mich jetzt auf den Weg und dann will ich alle Einzelheiten. Muss aber erst noch mein Fahrrad aufpumpen.

PS: David ist Vergangenheit. Jetzt werden neue Saiten aufgezogen.

Nach einem sonnigen Morgen hatte sich nun eine Wolkendecke über der Stadt ausgebreitet. In den Pfützen sammelte sich Regenwasser und die Tropfen zogen darauf Kreise. Vereinzelt saßen Menschen an den Tischen, sprachen leise miteinander, schmökerten in einem Buch, blickten hinaus auf die Straße. Es herrschte eine ruhige Atmosphäre. Cecilia saß im Erker und widmete sich dem Papierkram. Das meiste waren Rechnungen, Prospekte, Werbeschreiben und zu ihrer Überraschung eine glitzernde Hochzeitseinladung aus Regensburg. Mit Marie hatte sie sich damals eine Wohnung geteilt. Seit ihrem Umzug nach London war der Kontakt jedoch eingeschlafen. Nur sporadisch schrieben sie sich – zu Geburtstagen oder Weihnachten. Das letzte Telefonat war Jahre her.

Cecilia kramte einen Leuchtstift aus dem Mäppchen, schlug ihren Kalender auf und markierte ein Wochenende im Juli. Bis dorthin war genug Zeit, um eine Vertretung zu organisieren, ein Kleid zu kaufen und einen Flug zu buchen.

Auch wenn sie sich über die Einladung wunderte – sie kam wie gerufen. Das war eine ausgezeichnete Gelegenheit, um rauszukommen und ihre Familie zu besuchen. Cecilia tänzelte zur Pinnwand hinter der Theke und hängte die Einladung demonstrativ in die Mitte, dann trat sie ans Fenster. Es regnete und regnete.

Vermutlich würde David zur Hochzeit kommen, mutmaßte sie. Immerhin war er ein guter Freund des Bräutigams. Cecilia rümpfte die Nase. Würde er seine neue Freundin mitbringen? Kurz überlegte sie, Marie anzurufen, um sich beiläufig nach den geladenen Gästen zu erkundigen, doch dann verwarf sie die Idee. Es war unerheblich, ob David dabei war oder nicht.

Ihre Gedanken wanderten zu Lukas. Sie spähte aus dem Fenster. Wurde es nicht langsam Zeit, dass er aufkreuzte?

* * *

Etwa eine Stunde später, als sie Münzen zählte und zu goldenen Türmen aufeinanderstapelte, leuchtete das Display ihres Smartphones auf.

»Hier ist Cecilia, hallo?«

Zuerst hörte sie nur ein Knacken in der Leitung, dann ein verhaltenes Lachen. »Hallo, ich bin's. Wie geht's?«

»Ich bin unglaublich müde.« Sie gähnte demonstrativ und warf einen Blick aus dem Fenster. Rinnsale strömten daran hinab und trübten die Sicht. »Draußen ist es so trist.«

»Ich muss gleich wieder rein. Wir waren mit dem Mixing durch, aber jetzt müssen wir von vorn anfangen und ein paar Takes bearbeiten.« Er stöhnte gequält auf. »Ich will noch was mit dem Sampler ausprobieren und …«

Plötzlich verstand Cecilia kein Wort mehr von dem, was er sagte: Masterband, Equalizer, Modeling. Er hätte genauso gut Kantonesisch mit ihr sprechen können. Mehr als die Fremdwörter verunsicherte sie jedoch der Klang seiner Stimme. Mechanisch und distanziert.

»Du hast gerade ganz schön viel um die Ohren, hm?«

»Wir befinden uns auf der Zielgeraden. Heute kommen noch zwei Sängerinnen vorbei, um Vocals aufzunehmen. Deswegen kann ich nicht ins Cinnamoon kommen. Heute und morgen wahrscheinlich auch nicht. Ich muss mich jetzt echt konzentrieren. Das wollte ich dir nur sagen, damit du dich nicht wunderst.«

Cecilia presste ihre Handfläche gegen das kühle Mauerwerk. Er wollte sich aus der Affäre ziehen, bevor es zu verfänglich wurde. Zum Glück hatten sie sich nicht geküsst, dachte sie. Es war nichts passiert. Ihre Wege würden sich nie mehr zufällig kreuzen, wenn er erst mal zurück in Deutschland war. Sie könnte ihn schnell vergessen. Sekundenschnell. Ihr Herz überschlug sich, doch Cecilia riss sich zusammen.

»Kein Problem, Lukas«, schnurrte sie und klaubte dabei ein paar Kuchenkrümel vom Boden auf. »Wir müssen uns ja ohnehin daran gewöhnen, dass du bald nicht mehr kommst. Es gibt ja zum Glück noch andere Gäste.«

Sie verdrehte die Augen. *Pluralis Modestiae.* Warum sprach sie von sich in der Mehrzahl?

»Tut mir leid. Meine Tage sind echt streng getaktet. Da ist gerade so wenig Platz.«

»Schon gut! Du musst nichts erklären. Ich weiß ja, dass du zum Arbeiten in der Stadt bist.« Ein bitterer Geschmack machte sich in ihrem Mund breit. »Wann fliegst du zurück?«

»Das Mastering von drei Tracks fehlt noch, aber da sitzen wir schon dran. Maximal zwei Tage. Vielleicht auch drei, wenn's im Studio Probleme gibt.« Er seufzte gequält auf. »Wenn ich wenigstens sagen könnte, wann ich wieder nach London kommen kann. Mein *schedule* ist voll bis obenhin.«

Cecilia starrte hinaus auf die Straße. Im Schein der Laternen sah der Regen aus wie ein Vorhang aus Goldfäden. »Ich verstehe. Das ist schade.«

»Hey, du kennst bestimmt die St.-Katherine-Docks, diese kleine Marina neben der Tower Bridge. Können wir uns am Freitag dort treffen?« Ihr fiel ein Stein vom Herzen, doch Cecilia war zu stolz, ihn ihre Erleichterung spüren zu lassen. »Ich würde dich wirklich gern sehen«, fügte er hinzu.

»Am Freitag bin ich eigentlich schon mit Gregory und Kat verabredet. Wir wollten ins Filmtheater«, erklärte sie, doch dann schüttelte sie den Kopf. »Aber das kann warten. Wann sollen wir uns treffen?«

»Moment! Hast du gerade Filmtheater gesagt?«

»Mein Vater hatte ein Faible für Wörter, die kein Mensch mehr benutzt.«

8

Sie hatten sich neben der Tower Bridge auf der Nordseite der Themse verabredet. Es war dunkel, doch London leuchtete aus jedem Winkel. Autokarawanen schoben sich wie glühende Schlangen durch die Straßen. Angestrahlte Monumente, die zwischen den Wolkenkratzern aufragten. Bunte Leuchtreklamen.

Sie lächelte, als sie dem Fluss entgegenradelte und Hozier ihr ins Ohr sang. *Whole Lotta Love*. Ihr Herz pochte wie verrückt, sobald ihre Gedanken zu Lukas wanderten. Wann gab ein so aufgeregtes Organ eigentlich den Geist auf? Die letzten beiden Tage waren wie im Flug vergangen. Sie verspürte eine Leichtigkeit, die sie vergessen ließ, dass Lukas schon bald nach Deutschland zurückfliegen würde. Im Moment zählten nur die Tage, die er noch hier war.

Je größer die Tower Bridge wurde, desto nervöser wurde sie. Zügig radelte Cecilia über die Brücke und spähte über die Balustrade hinab zum Ufer.

Im Licht einer Laterne lehnte eine Gestalt an der Mauer, hatte die Hände in den Hosentaschen vergraben und schaute zur Themse, auf der sich die Tower Bridge schemenhaft spiegelte. Cecilia bremste und stieg von ihrem Fahrrad, um über einen schmalen Weg zur Uferpromenade hinabzuspazieren.

»Lukas?«

»Cecilia, da bist du ja.« Er stieß sich von der Mauer ab und eilte ihr entgegen. Bei ihr angekommen, zog er sie in seine Arme und drückte sie fest an sich. »Schön, dass es noch geklappt hat. Ich wollte dich unbedingt sehen.«

Sie hatte das Gefühl, einen Eiszapfen zu umarmen. Er trug keine Jacke, lediglich einen Wollpullover und einen dicken Schal, hinter dem sich sein halbes Gesicht verbarg.

»Du bist ganz kalt. Wartest du schon lang?«

Er nickte und rieb die Handflächen aneinander. »Lass uns gehen. Ich friere ein bisschen und will nicht krank werden. Das geht immer auf die Stimme.«

Als wäre es selbstverständlich, griff er nach ihrem Fahrrad und schob es neben sich her, während sie über die Uferpromenade spazierten.

»Wie war dein Tag? Hast du die Bestellung noch fertig bekommen?«, erkundigte er sich.

»Oh, frag nicht!« Cecilia verdrehte lachend die Augen und erzählte ihm von der Architektin, der die einhundert Zimtschnecken, die sie auf den letzten Drücker bestellt hatte, nicht perfekt genug ausgesehen hatten. »Die sollen glänzen, als hätten sie im Regen gelegen«, äffte sie die Frau mit sonorer Stimme nach. »Die sollen aussehen, als wären sie aus Plastik. Die sollen alle einen Radius von exakt 3,5 Zentimetern haben.«

»Ach du Schande! Hast du ihr die Augen ausgekratzt?«

»Um ein Haar.« Sie kicherte. »Und, wie war's bei dir?«

»Immer wenn ein Projekt zu Ende geht, stehe ich total unter Strom. Ich schwanke ständig zwischen Selbstzweifeln und der Überzeugung, nie ein bedeutenderes Werk geschaffen zu haben. Dieser Zustand ist grauenhaft.« An einer Laterne blieb er stehen, lehnte das Rad an und hielt ihr seine geöffnete Hand unter die Nase. »Schlüssel?«

Die Marina befand sich inmitten großer Wohnkomplexe, doch Lukas war nicht vor einem Hauseingang stehen geblieben, sondern am Rande eines kleinen Stegs, der zu den vertäuten Schiffen führte.

Stirnrunzelnd zog sie ihren Schlüsselbund aus der Manteltasche, woraufhin er das Fahrrad an einer Laterne festmachte. »Was wollen wir hier?«, fragte sie irritiert, als er seine Hand auf ihren Rücken legte und sie vor sich her auf den Steg schob.

»Moment!« Er blieb stehen und kramte sein Smartphone aus der Hosentasche. »Du musst mir einen Gefallen tun. Ich erzähle dir alles, aber du musst mich dabei filmen, okay?«

»Warum sollte ich dich filmen?«

»Ich brauche *content* für … Wie heißt das? Na, für die Fans eben. Das macht man heutzutage so.«

»Und ich soll das filmen?« Sie lachte hell auf.

»Die vom Management wollen das. Jetzt wird die Marketingmaschine angeworfen. Ich soll mich vernetzen und was aus meinem Leben teilen, äh, nahbar wirken und so.« Er verdrehte die Augen, dann befreite er sich von seinem Schal und hängte ihn ihr um den Hals.

Vorsichtig nahm sie das Handy entgegen und reckte das Kinn in die Höhe. »Dann wollen wir mal. Ist der Künstler bereit? Ist die Maske fertig? Ja? Klappe zu! Film ab!«

Er marschierte voraus über den Pier und fing an zu erzählen: »Das ist wahrscheinlich das schönste Studio, in dem ich je gearbeitet habe. Es ist schon ziemlich spät, wie ihr sehen könnt. Dort drüben ist übrigens die berühmte Tower Bridge.« Dann deutete er auf einen unscheinbaren Schleppkahn, der vor ihnen im Hafen lag. »Und das ist ein altes Boot. Ihr denkt vielleicht, das wäre nichts Besonderes, aber darin befindet sich ein ausgezeichnetes Studio – *Underwater Music London*. Hier arbeite ich gerade mit ein paar Kollegen. Wir sind fast fertig.«

Cecilia unterbrach die Aufnahme und schüttelte ungläubig den Kopf. »Das Boot ist ein Studio?«

»So ist es. Wir haben zwar keine Ahnung von Nautik, aber wir verstehen etwas von Akustik. Musik hat ja auch etwas mit Wellen zu tun.«

Vor einer Tür, die ins Innere des grün getünchten Kahns führte, blieb Lukas stehen. Durch die Bullaugen fiel warmes Licht auf den Pier. »Würdest du mich noch ein letztes Mal aufnehmen?«, fragte er. »Nur damit mein Management glücklich ist und wir den Rest des Abends ungestört genießen können.«

Kaum hatte er die Tür geöffnet, schlug ihnen eine majestätische Melodie entgegen. Umgeben von Mikrofonständern, Lautsprechern und Instrumenten blieb Cecilia stehen und ließ den Blick umherschweifen. An den holzvertäfelten Wänden hingen Fotografien verschiedener Künstler und Künstlerinnen, die hier ihre Musik aufgenommen hatten.

»Jetzt stelle ich euch meine Kollegen vor!« Lukas stand vor einer gläsernen Schallschutztür und winkte sie heran. Cecilia war zwei Schritte gegangen, als eine Nachricht aufpoppte. Ohne es zu wollen, las sie die Vorschau. Eine Beatrix schrieb: *Hi Luki, wir freuen uns schon sehr auf dich. Soll ich dich eigentlich vom Flughafen abholen?*

Ehe sie verstand, was die Worte bedeuteten, fing das Handy an zu vibrieren.

»Beatrix ruft an!«, las sie vom Display ab und hob die Augenbrauen. Mit einem Satz stand Lukas vor ihr und nahm ihr das Telefon aus der Hand. Er warf einen kurzen Blick darauf und ließ es in seine Hosentasche gleiten, in der es dumpf weiterklingelte. »Nicht so wichtig.«

»Du kannst ruhig rangehen.«

»Kann warten. Das ist jemand vom Management«, knurrte er. »Ich rufe zurück, wenn ich Zeit dafür habe!«

Sie folgte ihm zu einem Piano, dessen Mechanik offengelegt worden war, sodass man alle Hämmer und Saiten im Innern sehen konnte. Als sie Lukas einen fragenden Blick zuwarf, erklärte er, dass sich die Töne auf diese Weise besser im Raum entfalten könnten. Mit dem Zeigefinger drückte sie eine Taste, verfolgte, wie ein Hammer gegen eine Saite klopfte. »Die Aufnahme soll so echt und unmittelbar klingen, als säße ich bei den Leuten im Wohnzimmer. Der Tastenanschlag, leises Rauschen im Hintergrund, das Treten der Pedale – ich will einen roughen Sound, nichts Glattpoliertes.«

Schließlich betraten sie einen engen Raum, in dem die Musik lauter und die Luft stickiger wurde. Männerstimmen ertönten.

»Hey, Jungs! Ich habe Besuch mitgebracht.« Die Musik verstummte. Lukas deutete auf zwei Männer, die nebeneinander vor einem Mischpult mit großen Bildschirmen saßen.

»Das ist mein Kumpel Jonathan. Wir kennen uns noch aus Deutschland. Und das ist Ray, der beste Toningenieur der Welt.« Lukas drehte sich zu Cecilia um und legte den Arm um ihre Taille. »Und das ist Cecilia. Wir haben uns in meiner Mittagspause kennengelernt. Ihr gehört das Cinnamoon.«

»Eine Londoner Sehenswürdigkeit, was?«, witzelte Ray und schüttelte ihr die Hand, während ihr Kopf heißer und heißer wurde.

»Habe von deinem Laden gehört«, erklärte Jonathan und befeuchtete seine Lippen. »Wollte immer mal vorbeikommen, aber ich schaffe es selten von Bord. Ihr liefert nicht zufällig?«

»Kein Lieferservice, sorry. Du wirst wohl selbst an Land kommen müssen.«

»Ganz kurz, Chef.« Ray wandte sich Lukas zu. »Die Stereobreite ist jetzt perfekt, aber wir müssen noch mal an die Kompression. Das gefällt uns noch nicht.«

Die Männer vertieften sich in eine fachliche Diskussion, der sie nur mit halbem Ohr folgte. Sie konzentrierte sich auf den Arm, der sie festhielt, und auf ihren Herzschlag. Was stand in der Nachricht? *Wir freuen uns schon sehr auf dich.* Beatrix war jemand vom Management. *Soll ich dich eigentlich vom Flughafen abholen?*

»Willst du das Teil nicht mal ausziehen? Ich zeig dir noch was, ja?«, riss Lukas sie aus den Gedanken und zupfte am Ärmel ihres Mantels.

Umständlich zog sie ihn aus, warf ihn auf das abgewetzte Sofa und rückte ihren Wildlederrock zurecht, den sie sich von Kat ausgeliehen hatte. Es entging ihr nicht, wie sein Blick über ihren Körper wanderte, doch Lukas ließ sich zu keinem Kommentar hinreißen. Stattdessen drehte er sich um und marschierte voraus in den hinteren Teil des Schleppkahns.

»Pass auf, dass du nicht über Bord gehst«, rief einer der Männer ihr nach. »Lukas ist ein miserabler Matrose.«

»Und deine Mama lässt dich nur mit Schwimmflügelchen ins Studio, weil sie Angst hat, dass du wie ein Stein untergehst«, konterte Lukas, dann beugte er sich zu Cecilia und flüsterte: »Keine Sorge. Ich bin hier sozusagen der Kapitän. Da geht's in meine Steuerkajüte.«

Erst jetzt fiel ihr die Leiter auf, vor der er stehen geblieben war. Flink kraxelte er die Sprossen hinauf, dann tauchte sein grinsendes Gesicht über ihr auf. »Komm schon!« Er reichte ihr seine Hand.

Die Kabine war ein Kabuff. Die Studioleute hatten ein Ledersofa vor das hölzerne Steuerrad gequetscht. Durch die Fenster ringsum überblickte man die gesamte Marina.

»Wunderschön!« Cecilia hielt sich am Steuerrad fest und beobachtete, wie sich die Lichter der Häuser im Wasser spiegelten. Die Masten der Segelschiffe wiegten sich sanft. »Es fühlt sich nach Meer an«, sagte sie und verfolgte mit den Augen ein leuchtendes Ausflugsschiff, das über die Themse in Richtung Greenwich schipperte. »Es wäre total schön, wenn wir den Anker lichten und einfach fortfahren könnten.« Als sie sich umdrehte, stand Lukas so dicht vor ihr, dass sich ihre Nasenspitzen fast berührten.

»Wohin willst du denn?« Er legte seine Hände auf ihre Hüften. Ein Lächeln huschte über seine Lippen.

»Nirgendwohin«, flüsterte sie. Sie spürte nur seine warmen Hände und das Schaukeln des Bodens unter ihren Füßen. Ihr war schwindelig.

Lukas befeuchtete seine Lippen, drückte Cecilia behutsam ans Steuerrad und trat so nah an sie heran, dass sie seine Hüfte an ihrer spüren konnte. Die Luft zwischen ihnen brannte. »Cecilia, keine Ahnung, ob das richtig ist«, raunte er. »Du weißt gar nicht, wer ich bin.«

»Stört mich nicht.«

»Dein Gesicht … Ich muss die ganze Zeit daran denken, wie es wäre …« Er schluckte trocken, hob die Hand und zeichnete mit den Fingerspitzen ihre Augenbrauen nach, streichelte über ihre Wange. Die Spannung war kaum noch zu ertragen. »Cecilia, kann ich …«

Ohne darüber nachzudenken, griff sie nach seinem Shirt und küsste ihn. Für den Bruchteil einer Sekunde glaubte sie, er würde zurückweichen, doch dann zog er sie an sich und öffnete seine Lippen, um den Kuss zu vertiefen. Als er leise seufzte, erschauderte sie. Endlich. Das war der erlösende Akkord, von dem Lukas gesprochen und auf den sie die ganze Zeit gewartet hatte. Cecilia versank, während der Kahn sich sanft auf dem Wasser wiegte.

Lukas ließ seine Finger durch ihr Haar gleiten und rückte von ihr ab. »Lass uns von hier verschwinden«, wisperte er atemlos.

Mit hochroten Köpfen verabschiedeten sie sich von Ray und Jonathan, die mit Bier und Pizza vor dem Mischpult saßen und verkündeten, dass sie heute eine Nachtschicht einlegten.

Ein eisiger Wind wehte durch die Häuserschluchten und verbreitete den modrigen Geruch der Themse. Der Asphalt glänzte im Schein der Laternen so sehr, dass die Straßen wie dunkle Flüsse wirkten.

Es waren nur wenige Menschen unterwegs, doch in den Gassen rumorte es. Die Stadt wurde nie still – sie brummte wie ein schlafendes Tier. Immer wieder warfen sie sich scheue Blicke zu, als wollten sie überprüfen, was der Kuss verändert hatte.

Cecilia versuchte, ihre Nervosität zu überspielen, indem sie mit leuchtenden Augen von einer Dokumentation erzählte, die sie kürzlich gesehen hatte. Es ging um die drei Pyramiden in Gizeh, deren Positionierung fast haargenau der Konstellation von Erde, Merkur und Venus entsprach. »Trotz der Planetenbahnen, verstehst du? Das sind ja Ellipsen. Das ist doch verrückt. Sogar die Größenverhältnisse stimmen überein. Kannst du dir das vorstellen? Und die Fugen dieser riesigen Steinklötze sind millimeterfein. Wie haben die Menschen es damals geschafft …«

Lukas griff nach ihrer Hand und sie verstummte augenblicklich. Mit einem Ruck zog er sie zu sich heran, während er versuchte, das Rad festzuhalten. Mit bebenden Lippen küsste sie ihn. Ihr Körper war derart elektrisiert, dass sie glaubte, sein Surren und Summen zu hören.

Als Lukas gedankenlos den anderen Arm um sie legte, fiel das Fahrrad scheppernd zu Boden. »Shit!« Er ließ abrupt von ihr ab und bückte sich, um es wieder aufzustellen.

Mit klammen Fingern fummelte sie ein Taschentuch aus ihrer Hosentasche, in das sie den geschmacklosen Kaugummi spuckte. »Gehen wir zu dir?«, fragte sie und vergrub die Hände tief in den Manteltaschen. »Ich würde gern sehen, wie du lebst.«

»Das ist ein unpersönliches Apartment, in dem sich nicht mal die Fenster öffnen lassen. Die Wände sind so dünn, dass ich hören kann, wenn meine Nachbarin strickt. Glaub mir, dein Schuhkarton ist tausendmal schöner.«

Kurz darauf saß Cecilia auf dem Gepäckträger, klammerte sich an ihm fest und betete, dass die Speichen sich als stabil genug erwiesen, um nicht unter ihrem Gewicht einzuknicken. Lukas trällerte vor sich hin, während er mit ihr durch die leeren Straßen radelte.

Inzwischen wusste sie nicht mehr, ob es in ihrem Bauch kribbelte, ob sie hungrig oder ob ihr vor Nervosität schlecht geworden war. Je näher sie dem Lavender Sweep kamen, desto eingeschüchterter wurde sie.

* * *

In Zeitlupe schlüpften sie aus den Schuhen, zogen die Mäntel aus und hängten sie an die Garderobe, dann standen sie unschlüssig voreinander.

Er rieb sich den Nacken. »Na?«

Sie legte beide Hände auf ihre glühenden Wangen und grinste ihn an. »Es ist schon ziemlich spät. Wahrscheinlich sollten wir schlafen. Du musst morgen ins Studio und auch so … Es wäre wahrscheinlich gut, vermute ich, zu schlafen, meine ich.«

»Das klingt sehr vernünftig.« Er deutete zur Treppe, die hinauf ins Obergeschoss führte. »Nimmst du mich mit oder soll ich aufs Sofa?«

Die Zahnbürste klemmte zwischen ihren Zähnen, als sie eine Nachricht an Kat tippte, um ihr von der Entwicklung des Abends zu berichten. Sie lachte leise, als sie ein Ziehen im Bauch wahrnahm. Lukas saß auf ihrem Bett und wartete darauf, dass sie aus dem Badezimmer kam.

Cecilia zerrte ihr Nachthemd von der Duschstange und schlüpfte hinein. Der dunkelgrüne Satin fühlte sich im ersten Moment so kühl an, dass sie erschauderte.

Als sie die Tür öffnete und in ihr Schlafzimmer trat, legte Lukas sein Telefon auf den Nachttisch und stand hastig auf. »Da bist du ja.«

Es fühlte sich an, als wären ihre Füße am Boden festgewachsen, als er sich ihr näherte. Vorsichtig berührte er ihre nackte Schulter und ließ seine Finger ihren Arm hinabwandern, während er sie unverwandt anschaute.

»Ich bin echt nervös.«

»Ich auch«, erklärte er. »Das gehört dazu, denke ich.«

Cecilia lächelte, dann trat sie ans Fenster, um die Jalousie hinabzulassen. Der Nachthimmel war samtschwarz. Vereinzelt flimmerten Sterne, doch der Mond hatte sich nicht hinter den Wolken hervorgewagt. Sie hielt den Atem an, als sie in der Reflexion erkannte, wie Lukas hinter sie trat.

Er nahm sie in den Arm und vergrub sein Gesicht in ihrem Haar. »Du riechst gut.«

Mit zitternden Händen ließ sie die Jalousie hinab, dann drehte sie sich zu ihm um. »Ich habe ganz weiche Knie.«

»Vielleicht sollten wir uns dann lieber hinlegen«, sagte er und musste im selben Moment lachen.

Sie krabbelte auf die Matratze und beobachtete mit pochendem Herzen, wie er die Decke ausschüttelte und sich wie einen Umhang umlegte.

Plötzlich war er über ihr. »Weißt du noch, als wir zum ersten Mal spazieren waren? Ich wusste, dass ich's nicht verhindern kann – das mit dir.«

Bei der Erinnerung an ihr nervöses Geschwätz und die schmerzenden Füße erhitzten sich ihre Wangen. Seit dieser Begegnung waren ihre Gedanken ständig zu ihm gewandert und hatten sie von Nähe träumen lassen. Sie hatte sich seiner

Anziehungskraft nicht erwehren können – hatte es nicht mal versucht. Es war so einfach gewesen, sich in ihn zu verlieben.

»Warum solltest du es verhindern?«, fragte sie. »Das, was gerade zwischen uns passiert, ist doch wunderschön. Wir müssen nichts zurückhalten.«

Er senkte den Kopf zu ihr hinab, küsste sie zärtlich auf die Stirn und ließ seine Lippen tiefer gleiten, bis sie ihren Mund erreichten. Gerade hatte er seine Hände unter ihr Nachthemd geschoben, als ein schrilles Klingeln die Stille zerriss.

Cecilia löste sich von ihm. »Ist das deins?«

»Oh, Mist, tut mir leid.« Lukas stand mit einem Satz neben dem Bett. »Ich glaube, da muss ich rangehen.«

Nachdem er sich sein Telefon geschnappt hatte, verschwand er im Flur. »Hallo, ja, ich weiß, dass ich mich melden wollte. Hab's vergessen, sorry ...«

Cecilia zog die Decke über ihren Körper und warf einen verblüfften Blick auf die Uhr. Mitternacht. Die Dielen knarrten unter seinen Füßen. Seine Stimme wurde immer leiser. Anscheinend ging er ins Untergeschoss, um dort zu telefonieren. Hatte er etwas zu verbergen?

Sie ließ sich zurücksinken und versuchte, ihre Gedanken zu sortieren. Lukas war aufrichtig und seine Küsse ehrlich. Mit dem Zeigefinger strich sie über ihre Lippen. Wahrscheinlich holte er sich in der Küche ein Glas Wasser.

Wenige Minuten später schwang die Tür auf und Lukas erschien im Türrahmen. Ohne Wasserglas. »Tut mir leid.« Nachdem er sein Telefon auf der Kommode abgelegt hatte, schlüpfte er zurück ins Bett und ließ seine Hand wieder unter ihr Nachthemd gleiten.

»Wer ruft dich denn so spät noch an?«

»War nur ein Freund aus Island. Alvar ist auch Komponist. Heute hatte er eine Idee für ein Arrangement und wollte wissen, was ich davon halte.«

Sie runzelte die Stirn. »Mitten in der Nacht? Deswegen ruft er an?«

»Künstler sind eigenartig. Wenn wir eine zündende Idee haben, dann muss sie raus. Das lässt sich nicht aufhalten.«

»Und dieser Anruf war so wichtig, dass du sofort …«

Lukas verschloss ihre Lippen mit seinen und lachte in den Kuss hinein. »Ich habe das Ding jetzt ausgeschaltet, okay?«

Ihre Schatten zeichneten sich an der Wand ab – trennten sich, nur um kurz darauf wieder miteinander zu verschmelzen. Lukas ließ seine Lippen ihren Hals hinabwandern – sein Atem erhitzte ihre Haut –, dann fand er zurück zu ihrem Mund, um sie gefühlvoll zu küssen. Cecilia stieß einen Seufzer aus, vergrub ihre Finger in seinem Haar und erwiderte seinen Kuss. Die kribbelnde Hitze in ihrer Brust sank tiefer. Während sie sich immer intensiver küssten, flammte in ihr der Gedanke auf, dass diese Begegnung ihr Leben aufrütteln würde. Nichts würde mehr so sein, wie es war – und Cecilia begrüßte diese Veränderung aus ganzem Herzen.

9

Zwischen zerwühlten Laken hatten sie Kaffee getrunken, dann waren sie duschen gegangen und hatten sich angezogen. Langsam, um den Abschied hinauszuzögern.

»Lass uns später etwas ganz Normales machen«, schlug Lukas vor, als sie im Badezimmer standen, um sich die Zähne zu putzen. »Etwas, das sich nicht so anfühlt, als wär's unser letzter Tag. Das ist er nämlich nicht.«

Nachdem sie zum Bahnhof Clapham Junction spaziert waren, fuhr Lukas mit der *Tube* ins Studio und Cecilia radelte ins Café. Obwohl viel zu tun war, verging die Zeit langsamer als sonst. Jedes Mal, wenn Cecilia zur Uhr blickte, schienen sich die Zeiger kaum bewegt zu haben.

Später würde sie Lukas beim *Somerset House* treffen, um in einen alten Doppeldecker zu steigen. Schließlich wollte er etwas Normales machen und für Cecilia gehörten die Busfahrten zu ihrem Leben wie die Themse zu London.

Sie hatte sich gerade von einer Nachbarin verabschiedet, die regelmäßig mit ihren zwei Chihuahuas vorbeikam, als ein rosafarbener Fahrradhelm durch die Half Moon Street flitzte. Offensichtlich war Dorie auf dem Weg zu ihrer Mutter.

Cecilia warf einen Blick auf ihr Telefon. Lukas hatte geschrieben, dass er sich kaum auf seine Arbeit konzentrieren könne. *Muss die ganze Zeit an gestern Nacht denken.* Cecilia spürte ein Flattern im Bauch. Kurz streifte ihr Blick das Piano, dann drehte sie den Wasserhahn auf. Ihre Gedanken drehten sich nicht mehr im Kreis, sondern flogen in alle Richtungen. Was ihr am meisten gefehlt hatte, war Harmonie, dachte sie. Mit ihrer Mutter, dem Tod ihres Vaters und den unbeantworteten Fragen, die er zurückgelassen hatte. Doch darüber hinaus sehnte sie sich nach Harmonie mit einem anderen Menschen, die sich in Zärtlichkeiten ausdrückte. Lukas hatte sie gestern so hingebungsvoll geküsst und berührt, als spielte er Klavier. Er hatte sein Herz hineingelegt.

Platsch. Das Spülwasser lief über und Schaumkronen wurden den Schrank hinabgespült. Hastig drehte sie das Wasser ab.

»So, wie du aussiehst, muss es ein schöner Tagtraum gewesen sein.« Erst jetzt bemerkte Cecilia die junge Frau, die mit einem Säugling im Arm vor ihr stand.

»Unerwartet schön«, erwiderte sie lächelnd und griff nach einem Geschirrtuch. »Was kann ich dir bringen?«

»Könntest du mein Fläschchen aufwärmen? Wasserbad oder Mikrowelle. Ganz egal. Hauptsache, es ist nicht kalt.«

* * *

Am frühen Nachmittag kam Kat mit frischen Blumen vom Borough Market. Während sie die Vasen mit Ranunkeln, Dahlien und Schleierkraut bestückte, schwärmte Cecilia von der vergangenen Nacht. Sie fühlte sich immer noch berauscht und konnte nicht aufhören zu grinsen.

Irgendwann stemmte Kat die Hände in die Hüften und pustete sich eine blonde Strähne aus der Stirn. »Was auch immer Lukas angestellt hat – er sollte nicht mehr damit aufhören. Ich hab's echt vermisst, dich so lachen zu sehen.«

Schließlich zog Cecilia sich im Café um – helle Jeans zu einem Marinière – und radelte dann eine halbe Stunde durch den Feierabendverkehr. Als sie die Waterloo Bridge erreichte, entdeckte sie ihn. Lukas stand vor dem Portal, hatte die Arme vor der Brust verschränkt und schaute über die Themse hinweg zur anderen Uferseite. Die Sonne flackerte über sein Gesicht und verlieh ihm einen goldenen Glanz.

Verschwitzt und mit pochendem Herzen steuerte sie auf ihn zu. »Sind Sie nicht der berühmte Pianist, von dem ganz London spricht?« Cecilia strahlte ihn an.

»Jawohl, der bin ich«, erwiderte er. Lukas streckte den Arm aus und strich ihr eine Haarsträhne aus der Stirn. »Und sind Sie nicht die Servierdame aus dem Cinnamoon, von der er nicht genug bekommen kann?«

* * *

Der Routemaster drehte die dritte Runde durch die Stadt. Inzwischen war es dunkel geworden. Leuchtende Laternen, flimmernde Leuchtreklamen – die Stadt verwandelte sich in ein Lichtermeer. Sie saßen hinter der Frontscheibe des Doppeldeckers, der gemächlich die Straßen kreuzte, und blickten auf die Stadt hinab. Matt hatte ihnen eine zerschlissene Wolldecke gegeben, die sie sich über die Beine gelegt hatten, da die Heizung in der oberen Etage nicht funktionierte.

Die Kopfhörer, aus denen Matts enthusiastische Stadtführer-Stimme ertönte, hatten sie nach der ersten Runde abgelegt. Lukas hatte seine Finger in ihrem Haar vergraben und versprach, sie anzurufen – jeden Abend, bis er wieder nach London kommen konnte.

»Ich bin zwar lange fort und weit weg, aber ich bleib nah dran«, raunte er ihr zu. »Wenn du mich lässt.«

Cecilia löste sich von ihm. Ihr Herzschlag beschleunigte sich, als sie seine geröteten Wangen bemerkte.

»Es soll nicht vorbei sein. Das meine ich. Wir haben gerade erst angefangen. Es ist hart, jetzt zu gehen. Ich suche nach einem Weg, wie wir das hinbekommen …« Lukas grinste schief, wirkte verunsichert.

»Es sind ja nur ein paar Wochen. Das schaffen wir«, erwiderte sie mit sanfter Stimme und versuchte, sich damit selbst zu ermutigen. »Vielleicht kann ich dich sogar zwischendurch besuchen, um dich mal auf der Bühne zu sehen. Dieses Jahr wollte ich mir sowieso mehr Zeit nehmen – für mich und für alles, was mir guttut.«

Lukas schaute ihr in die Augen, doch sein Blick ging durch sie hindurch. Dann blinzelte er, als wäre er gerade aus einem Tagtraum zurückgekehrt. »Ja, auf jeden Fall. Das wäre toll.« Ein Lächeln breitete sich auf seinem Gesicht aus. Er hob den Arm und zog sie zurück an seine Brust. »Sag mir einfach, wann du kommst, und ich buche uns ein Doppelzimmer.«

»Wo schläfst du eigentlich heute Nacht?«, fragte sie, als sie den Buckingham Palace passierten, vor dem Menschentrauben standen, aus deren Mitte immer wieder ein Blitzlicht aufflackerte. Lukas öffnete den Mund, um etwas zu erwidern, als sein Telefon klingelte.

»Puh! Du wirst heute echt oft angerufen«, stellte sie fest, als er das Handy aus seiner Hosentasche zerrte. »Das ist jetzt schon das dritte Mal.«

»Ist nur das Management. Es muss jede Menge organisiert werden. Koordination von Presseterminen, Hotelzimmer für die gesamte Crew. Du weißt schon.« Nachdem seine Augen ein paar Sekunden über das Display gewandert waren, tippte er eine Nachricht – *Melde mich morgen* – und steckte das Telefon zurück. »Wo waren wir?«

»Ich wollte nur wissen, ob du heute Nacht wieder bei mir schläfst.« Sie hob die Augenbrauen und beobachtete, wie sich seine Pupillen weiteten.

»Ich bin mondsüchtig. Seitdem ich in London bin, ist es schlimmer geworden. Von daher wäre es sogar …«

In diesem Moment kam der Bus zum Stehen.

»Cecilia!«, ertönte eine vertraute Stimme von unten. Inzwischen waren sie wieder vor dem *Somerset House* angelangt. »Kommt ihr runter? Ich rauche noch eine Kippe, dann will ich Feierabend machen, okay?«

»Wir kommen«, rief sie zurück, schob die Decke von ihrem Schoß und hängte sie über die Rückenlehne. Gerade wollte sie auf den Gang treten, als Lukas sie zurückhielt.

»Warte! Ich habe noch was für dich.« Er griff in seine Manteltasche. Das Paket hatte die Größe einer Brotdose und war in braunes Papier eingeschlagen.

»Ein Geschenk?«, fragte sie verwundert.

»Das habe ich zufällig in einem Schaufenster entdeckt, als ich vom Studio hierhergelaufen bin.«

Cecilia strahlte ihn an. »Das ist ja lieb. Danke schön!«

»Es ist schon etwas in die Jahre gekommen. Also erwarte bitte nicht zu viel.«

»Ganz egal, was es ist …« Sie ließ den Satz unvollendet, löste die Klebestreifen und hielt kurz darauf einen schwarzen Walkman in den Händen. Mit den Schrammen und der Delle im Gehäuse sah er aus, als wäre er von einem Wolkenkratzer gefallen.

»Mir kam zu Ohren, dass du ziemlich viele Kassetten im Keller lagerst, die darauf warten, angehört zu werden.«

»Oh, deswegen …« Sie schluckte trocken und zeichnete mit dem Zeigefinger eine Furche nach.

»Das ist der Soundtrack deines Vaters. Er hat jedes einzelne Lied auf jeder einzelnen Kassette ausgesucht, sein Leben steckt in dieser Musik.« Er hob die Schultern. »Und man sollte sich mehr an das Leben als an den Tod erinnern, denke ich.«

»Es fühlt sich manchmal so an, als hätte ich Papa nur halb gekannt, als wäre der Mensch, an den ich mich erinnere, nicht er selbst gewesen.«

»Und manchmal lernt man einen Menschen erst richtig kennen, wenn er nicht mehr da ist.«

Gedankenlos hob sie die Hand und berührte seine Wange. »Vielleicht«, flüsterte sie lächelnd. »Vielen Dank, Lukas. Das ist wirklich total …«

»Seid ihr da oben festgewachsen?«, rief Matt ungeduldig.

»Wir müssen los!« Lukas drückte lachend seine Lippen auf ihre, dann drehte er sich um und polterte die Treppe hinab.

»Werde doch Busfahrerin, Cecilia. Das würde sich für dich echt lohnen, so oft, wie du Bus fährst«, witzelte Matt, als sie sich von ihm verabschiedeten.

* * *

Während Lukas duschte, lag Cecilia auf dem Bett und blickte hinaus in eine sternenklare Nacht. Wasser rauschte durch die Leitungen. Er pfiff vor sich hin – dumpf drang die Melodie ins Schlafzimmer und wurde vom ständigen Brummen seines Telefons begleitet. Vielleicht waren die vielen Anrufe ein Begleitumstand seines Berufs. Cecilia verzog das Gesicht und drehte sich um. Durch den Türschlitz stahl sich goldenes Licht ins Halbdunkel. Seine Lederjacke hing über der Stuhllehne. Gerade war das Brummen verstummt, als es wieder einsetzte. Diesmal kam es ihr noch aggressiver vor. Kurz entschlossen stand Cecilia auf, schlich zu seiner Jacke und angelte nach dem Telefon. Sie riskierte einen Blick auf das leuchtende Display.

Anna? Sie kniff die Augen zusammen. Falsch. *Sankt Anna.*

Schnell ließ sie das Handy wieder in die Jackentasche gleiten und hastete zurück zum Bett. Ihr Puls raste. *Sankt Anna,* wiederholte sie in Gedanken. Wer war das?

Eine Frau, die ihm heilig war.

Inzwischen war das Rauschen des Wassers verstummt. Stattdessen hörte sie Lukas aus dem Bad leise singen – seine Stimme ließ ihr Misstrauen lächerlich erscheinen. Cecilia schüttelte energisch den Kopf. Im Grunde konnte Sankt Anna für alles stehen: ein Studio, ein Café oder eine Künstlerin, mit der er zusammenarbeitete. Alles war gut. Sie reagierte so misstrauisch, weil David sie betrogen hatte. Lange her. Lukas war anders.

Die Tür wurde geöffnet und er trat aus einer Dampfwolke ins Schlafzimmer. Wassertropfen ließen seine Haut glitzern. Er setzte sich auf den Bettrand und lächelte zu ihr hinab.

»Dein Telefon klingelt ununterbrochen.« Sie deutete zu seiner Jacke. »Da versucht jemand ganz verzweifelt, dich zu erreichen.«

»Morgen haben sie mich wieder.«

»Und ich muss dich morgen …« Cecilia verstummte, als Lukas sich über sie beugte, seine Hände auf ihre Wangen legte und sie innig küsste.

»Ich komme spätestens im Herbst zurück«, versprach er. Im Kopf überschlug sie, wie viele Monate es noch dauerte, bis sich die Blätter verfärbten. Eine Ewigkeit.

Ihr Blick verfinsterte sich, doch Lukas schien davon keine Notiz zu nehmen. Er küsste ihre Schulter, dann ihren Hals. »Vielleicht schaffe ich's auch früher, aber ich will dir nichts versprechen, das ich vielleicht nicht halten kann.«

»Ich verspreche dir auch nichts. Wir werden sehen, was sich entwickelt.«

»Keine Versprechen.« Er nickte bedächtig. »Aber du musst wissen, dass ich die ganze Zeit an dich denken werde.«

»Das sagst du jetzt.« Sie lachte, als würde es ihr überhaupt nichts ausmachen, und tippte mit dem Zeigefinger sanft an seine Stirn. »Auf dich wartet ein Zirkus. Es wäre ganz normal, wenn London in den Hintergrund rückt. Und ich habe viele Gäste im Cinnamoon, musst du wissen. Jeder Tag spült mir neue Bekanntschaften vor die Füße.«

Er nahm ihr Gesicht in seine Hände und funkelte sie an. Das Haar hing ihm wild in die Stirn. »Kann schon sein, Cecilia, aber mein Gefühl sagt mir, dass ich ein ganz besonderer Gast für dich bin.«

»Kann schon sein, Lukas Tanner.« Sie erwiderte seinen Blick mit klopfendem Herzen.

»Seitdem ich dich kenne, könnte ich ein Lied nach dem anderen komponieren. Da ist plötzlich so viel Musik. Was ich mir davor mühsam, fast mathematisch erarbeiten musste, fließt jetzt einfach aus mir raus. Das ist, als wäre etwas zu mir zurückgekommen, das mir die ganze Zeit gefehlt hat.«

* * *

Sie schreckte auf und blinzelte in die Dunkelheit. Benommen drehte sie sich um. Dort, wo er vorhin gelegen hatte, lag niemand mehr.

»Lukas?« Sie schlug die Decke zurück und stand auf. Verständnislos schüttelte sie den Kopf und blickte zur Badezimmertür. Kein Licht. Seine Klamotten waren verschwunden, die Jeans, die Stiefel. Sofort schossen ihr die Anrufe von Sankt Anna durch den Kopf. War Lukas deswegen mitten in der Nacht abgehauen? Cecilia sträubte sich gegen diesen Gedanken und wollte gerade nach ihrem Telefon greifen, das auf dem Nachttisch lag, als sie innehielt. Ein weißes Papier strahlte ihr entgegen.

Liebe Cecilia,

tut mir leid, dass ich einfach verschwunden bin. Ich konnte nicht schlafen und habe beschlossen, in mein Apartment zu fahren, um schon mal zu packen. Der Flieger geht in vier Stunden. Es ist also nicht mehr viel Zeit. Sei nicht böse, okay? Es fällt mir verdammt schwer, jetzt zu gehen und Dich hier zurückzulassen. Aber das ist zum Glück gar kein Abschied. Nicht wirklich. Das ist: Danke für Tarte & Tea, für Unbeschwertheit, unsere Gespräche, die Nachtspaziergänge.

Das ist kein Abschied. Das ist alles, was vor uns liegt – unerforschter Raum, reich an Möglichkeiten. Durch Dich habe ich die schönste Seite Londons kennengelernt.

Lukas

PS: Vielleicht holst Du die Kassetten aus dem Keller und erzählst mir heute Abend von den Liedern, die Dir am besten gefallen haben. Ich rufe Dich an!

ZWEITER TEIL

10

Ihr Leben hatte sich verändert, seitdem Cecilia versuchte, trotz der Distanz von über siebenhundert Kilometern das Gefühl aufrechtzuerhalten, Lukas nah zu sein. Sie radelte ins Cinnamoon, arbeitete, radelte nach Hause und telefonierte bis tief in die Nacht. Lukas absolvierte einen Medientermin nach dem anderen, um sein neues Album vorzustellen. Er reiste von Stadt zu Stadt, traf Journalisten und besuchte zwischendurch befreundete Musiker, um mit ihnen zu komponieren. Trotzdem rief er jede Nacht in London an, um mit ihr zu sprechen. Seine *nightcalls* kamen spät, aber zuverlässig. Meist war er so erschöpft, dass er ihr Fragen stellte, um sie erzählen zu lassen. Dabei war es zweimal passiert, dass Lukas während des Gesprächs eingeschlafen war und sie dessen erst gewahr wurde, als am anderen Ende der Leitung ein leises Schnarchen ertönte.

Inzwischen war ein neuer Monat angebrochen und das bedeutete, dass Kat den Service im Café übernahm, während Cecilia im Hintergrund wirkte. Eine hauchdünne Mehlschicht lag über dem Konzertticket, das sie vorhin kurz entschlossen gekauft und ausgedruckt hatte.

»Na? Weiß Lukas schon von seinem Glück?«, erkundigte sich Kat, als sie von der Toilette kam und sich – nachdem sie einen prüfenden Blick in den Gastraum geworfen hatte – gegen den Türrahmen lehnte.

»Er hat keinen blassen Schimmer, was ihm bevorsteht. Und ich auch nicht. Es ist bestimmt merkwürdig, ihn plötzlich im Scheinwerferlicht zu sehen. Die Vorstellung ist verrückt: Lukas Tanner ist eine Kunstfigur und gleichzeitig der Mann, mit dem ich jede Nacht telefoniere und mit dem ich tausend Pläne schmiede.«

»Du bist zwar müder, aber auch glücklicher, seit du ihn kennst. Das steht jedenfalls fest und das ist verdammt schön anzusehen.« Kat trat einen Schritt auf sie zu, nestelte an ihren Ohrringen und senkte die Stimme. »Wie stellt ihr euch das eigentlich in Zukunft vor? Du wirst doch in London bleiben, oder?«

»Darüber haben wir noch nicht gesprochen. Hast du etwa Angst, dass ich wieder für einen Typen das Land verlasse?« Cecilia zog den Stecker des Rührgeräts, dann lehnte sie sich gegen den Küchentisch und bedachte ihre Freundin mit einem amüsierten Blick.

»Quatsch. Ich habe keine Angst.« Kühn reckte Kat das Kinn in die Höhe und funkelte sie an, doch dann musste sie lachen. »Vielleicht ein bisschen.«

Gemeinsam hatten sie einen steinigen Weg hinter sich gebracht, Tränen getrocknet, Tränen gelacht. Kat war die Sorte Freundin, mit der man nach einem Glas Wein plante, nach Andalusien auszuwandern, um eine Alpakafarm zu eröffnen. Sie war ein Mensch, mit dem man alles wagte, weil man an alles glauben konnte – vor allem an sich selbst.

»Alles, was ich habe, steckt in diesem Café. Ich liebe London und ich liebe das Cinnamoon. Meinst du wirklich, das würde ich aufgeben?«

»Auch nicht für Lukas Tanner, den berühmten Pianisten?«

»Ne, noch nicht mal für Lukas Tanner«, erklärte Cecilia schmunzelnd. »Ich weiß nicht, ob du's schon wusstest, aber man kann in einer Beziehung aufgehen, ohne sich darin aufzulösen.«

Lachend löste Kat die Bänder ihrer Schürze und band sie im Rücken neu zusammen, dann breitete sie die Arme aus und drückte Cecilia an sich.

* * *

Vier Rosensträucher standen vor dem Cinnamoon – Kat hatte sie mit ihrem Fahrradanhänger durch die Stadt gekarrt und war seit heute Morgen damit beschäftigt, den Außenbereich des Cafés herzurichten. Aus diesem Grund sollten auch die Fenster mit einem Cinnamoon-Schriftzug beklebt werden. Immer wieder trat Kat in die Küche und schimpfte, weil sie jeden Buchstaben einzeln anbringen musste und sich die Folie wellte.

Cecilia streute Puderzucker über den Apfelkuchen, den sie heute Morgen gebacken hatte, als Kat erneut die Tür aufstieß.

»Klebt der Punkt über dem ›i‹ immer noch nicht?«

Doch anstatt auf ihre Neckerei einzugehen, stellte Kat einen Karton auf den Tisch. »Für dich! Wurde gerade abgegeben. Hast du etwa einen neuen Verehrer?«

»Nicht, dass ich wüsste. Von wem ist das?«

»Ich habe keine Ahnung. Da kam gerade ein junger Kerl hereinspaziert und hat das Ding auf den Tresen gestellt. Für Cecilia. Und ehe ich etwas erwidern konnte, ist er wieder abgezischt.«

»Das ist ja eigenartig.« Sie stellte die Puderzuckermühle zurück in den Schrank und trat an den Tisch, um das Paket in Augenschein zu nehmen. »Von wem ist das?

»Na, von deiner Mutter ist's jedenfalls nicht«, erklärte ihre Freundin und blies sich eine blonde Strähne aus der Stirn. »Das

Teil kommt nicht aus Deutschland und wurde auch nicht mit der Post verschickt.«

»Vielleicht ist Sprengstoff drin?«

Kat tippte sich mit dem Zeigefinger an die Stirn, dann lachte sie. »Mach schon auf. Wenn uns die Zimtschnecken um die Ohren fliegen, wissen wir Bescheid.«

Vorsichtig entfernte Cecilia das Kraftpapier. Ein schlichter Karton kam zum Vorschein, dann ein Meer aus Styroporkugeln. Nachdem sie Kat einen skeptischen Blick zugeworfen und ihre Hand in dem Füllmaterial versenkt hatte, spürte sie etwas Kaltes.

»Was soll ich denn damit?«, fragte sie und hielt eine Gabel mit zwei stumpfen Zinken empor.

»Was soll das überhaupt sein? Ist noch was anderes drin?«

Es dauerte eine Weile, bis sie auf dem Boden des Kartons eine Grußkarte zu fassen bekam. Halbmond. Ein strahlendes Lächeln breitete sich auf ihrem Gesicht aus, als sie las, was in gleichmäßiger Schrift darauf notiert worden war.

»Ist von Lukas.«

Kat schob ihre Brille aus dem Haar zurück auf die Nase und spähte über ihre Schulter.

»Ich bin zum Mond geflogen, um herauszufinden, wie er klingt«, las sie vor. »Was soll das heißen? Ich dachte, er wäre Musiker, kein Astronaut. Oder macht er das etwa nebenberuflich?«

Mit zusammengekniffenen Augen betrachtete Cecilia die Stimmgabel und drehte sie langsam hin und her. »Tja, wie klingt der Mond? Gar nicht. Im Weltall gibt's doch gar keine Geräusche.«

Kat schnappte sich einen Teller und trabte zum Fenster, auf dessen Sims eine Springform mit Zimtschnecken auskühlte. »Wie auch immer. Dein Astronaut braucht jetzt erst mal eine

Stärkung. Raumfahrt macht sehr hungrig, habe ich mir sagen lassen.«

Verträumt lächelte Cecilia aus dem Fenster und erkannte selbst in den bunten Mülltüten, die aus den Eimern quollen, eine seltsame Ästhetik.

»Hörst du mich? Vielleicht ist der Astronaut hier gelandet und hat Hunger.«

»Unser Gravitationsfeld ist viel zu schwach, Kat. Außerdem sitzt der Astronaut gerade bei einem Radiosender in Frankfurt und gibt ein Interview.«

Erst heute Morgen hatte sie mit Lukas telefoniert, als er auf sein Taxi wartete, das ihn zum Studio bringen sollte. Danach musste er sofort weiter nach Potsdam, weil …

»Ich habe gehört, hier gibt's ein verstimmtes Klavier?«

Cecilia öffnete den Mund und schloss ihn wieder, dann schüttelte sie den Kopf.

»Mein Name ist Lukas. Erkennst du mich noch?« Er stieß sich vom Türrahmen ab und trat einen Schritt auf sie zu.

»Sie war schon immer ein bisschen langsam.« Kat tätschelte ihre Schulter.

Als wäre das ihr Startsignal, fiel Cecilia ihm um den Hals. »Wie kommst du hierher?«

»Raumschiff.« Er drückte sie so fest an sich, dass es schmerzte. Sein Lachen dröhnte in ihren Ohren. »Ich konnte nicht mehr warten.«

* * *

Nachdem er das Klavier gestimmt und im Café ein paar Lieder zum Besten gegeben hatte, verdrückten sie sich. Cecilia konnte ihr Glück kaum fassen: Es schwirrte vor ihrer Nase durch die Luft und sie war kurz davor, es mit beiden Händen festzuhalten – noch nicht ganz, aber fast.

119

Gemächlich spazierten sie durch den Battersea Park. Sobald die Sonne schien, zog es die Menschen aus ihren düsteren Stadtwohnungen nach draußen in die Natur. Sie flanierten an der Themse entlang, führten ihre Hunde aus, schoben Kinderwagen vor sich her, umrundeten die Friedenspagode oder saßen in Gruppen beieinander auf der Wiese.

»Würdest du auf mich warten?«, fragte er unvermittelt und blieb im Schatten eines großen Kastanienbaums stehen. Der Ausdruck in seinem Gesicht passte nicht zu dem sonnigen Tag und den kreischenden Kindern, die auf dem Spielplatz tobten.

»Wie meinst du das?« Sie runzelte die Stirn.

»Was ist, wenn ich mein Leben erst noch auf die Reihe bekommen muss?«

»Was stimmt mit deinem Leben nicht? Ich kann dir gerade nicht so ganz folgen.«

»Ja, ich weiß.« Er fixierte seine Stiefelspitzen. »Ich will nur sicher sein, dass du noch da bist, auch wenn ich ein bisschen länger brauche.«

Er verbarg etwas vor ihr, schoss es ihr durch den Kopf. Sankt Anna. Beatrix. Cecilia berührte mit dem Daumen ihren goldenen Ring. Sie wollte dieser inneren Stimme kein Gehör schenken. Nichts, was sie sagte, war von Bedeutung.

»Wofür brauchst du länger?«, fragte sie.

»War nur eine hypothetische Frage.« Er legte den Arm um ihre Taille und drückte seine Lippen auf ihre Wange. »In meinem Beruf passieren oft unvorhersehbare Dinge. Hier ein Interview, dort ein Termin im Studio. Und dann funken auch noch meine kreativen Eingebungen dazwischen. Es ist manchmal echt schwer, mein Leben zu planen.«

Obwohl er sie anlächelte, erkannte sie einen Schatten über seinen Augen.

* * *

Seine Finger wanderten ihre Wirbelsäule entlang. Cecilia seufzte, als er ihre Schulter küsste und sich neben sie legte. Er atmete immer noch heftig, lächelte und wischte sich mit dem Unterarm Schweiß von der Stirn.

Obwohl die Aufregung des Tages sie erschöpft hatte, gelang es ihnen nicht, sich voneinander loszureißen. Lächelnd betrachtete sie ihn. Linien auf der Stirn, Bartstoppeln am Kinn und helle Leberflecken, die man nur erkannte, wenn man nah genug war – sehr nah. War die Intensität ihrer Gefühle der Beweis dafür, dass sich Liebe entwickelte? Oder war diese Intensität ein Gradmesser für die Einsamkeit, die sie vor ihrer Begegnung verspürt hatte, ohne sich dessen bewusst zu sein?

»Ich habe die Kassetten im Wohnzimmer gesehen. Schon reingehört?« Er angelte sein Shirt vom Boden und schlüpfte hinein. Als sie den Kopf schüttelte, grinste er. »Soll ich sie holen? Dann machen wir das zusammen.«

»Ich glaube, das ist Musik, die ich allein hören sollte. Immerhin habe ich den Karton schon aus dem Keller geholt. Jetzt erinnert er mich jeden Tag daran, dass ich noch eine Aufgabe zu erledigen habe.« Cecilia schüttelte ihr Kissen auf und kuschelte sich neben ihn. »Weißt du, es gibt da so ein Geheimnis. Es ist eine Geschichte, die nie erzählt worden ist. Mein Vater wollte mich vor seinem Tod einweihen. Er hat angefangen, einen Brief zu schreiben, aber er konnte ihn nicht mehr beenden.« Mit dem Zeigefinger zeichnete sie Kreise auf seine Brust. »Und meine Mutter behauptet, sie wüsste von nichts.«

Lukas zog die Augenbrauen zusammen. »Hast du einen Verdacht? Meinst du, er hat ein Doppelleben geführt oder so?«

»Ich habe keinen blassen Schimmer.« Sie schüttelte den Kopf. »Für ein Doppelleben hatte er überhaupt keine Zeit. Meine Eltern hatten einen Spielzeugladen. Dort haben sie bis zum Schluss zusammen gearbeitet. Jeden Tag. Auch an Samstagen. Ansonsten war er zu Hause und hat seine Modelleisenbahnlandschaft ausgebaut.«

»War das ein Hobby von ihm?«

»Eine Passion.« Sie lächelte versonnen. »Früher saßen wir oft stundenlang im Keller, haben Musik gehört, Gleise verlegt und Bäume aufgeklebt. Ich habe diese winzigen Menschen geliebt.«

»Meinst du, er wollte dir ein dunkles Familiengeheimnis beichten?« Lukas beugte sich hinab zu ihrem Ohr. »Das Bernsteinzimmer befindet sich in meiner Gewalt, Cecilia.«

»Seine größte Sünde war das Nutellaglas, das er hinter der Stereoanlage versteckte. So ein Mensch war er.«

»Wahrscheinlich ist es eine völlig harmlose Geschichte und hat überhaupt nichts mit dir zu tun.« Lukas ließ seine Fingerspitzen ihren Arm hinaufwandern. »Du kannst dich entspannen. Wichtig ist doch nur das Bild, das du von deinem Vater hast. Eure gemeinsamen Erlebnisse, deine Erinnerungen und alles, was du von ihm weißt.«

»Ich habe das Gefühl verloren, ihn zu kennen.«

»Du kennst ihn.« Er küsste sie sanft.

* * *

Am nächsten Morgen musste Lukas schon früh aufbrechen, um seinen Flug nach Berlin zu erwischen. Kaffee im Bett. Küsse unter der Dusche. Gemeinsam fuhren sie mit der *Tube* nach Heathrow und wurden immer schweigsamer, je näher der Abschied rückte.

Cecilia stand neben seinem Koffer im Terminal und wartete, dass Lukas von der Toilette wiederkam. Obwohl es ihr schwerfiel, ihn gehen zu lassen, freute sie sich auf die Nächte, in denen seine Stimme über Hunderte von Kilometern durch die

Leitung kroch, und auf das Kribbeln, wenn das Telefon klingelte. *Nightcalls.* Sie wäre damit zufrieden.

Plötzlich vernahm sie ein sanftes Brummen. Über dem Koffer hing seine Jacke und darauf lag sein Telefon. Schon in der *Tube* hatte es dreimal geklingelt und er hatte jedes Mal so getan, als wären es unwichtige Anrufe unwichtiger Menschen.

Cecilia biss sich auf die Unterlippe und griff nach dem vibrierenden Smartphone. *Sankt Anna.* Ihr Zeigefinger glitt wie von selbst über das Display. »Guten Tag?«, meldete sie sich vorsichtig.

»Ähm, Sankt Anna, hier Lörhoff. Ist Herr Tanner zu sprechen?«, meldete sich eine Mädchenstimme, die hörbar irritiert war.

»Er ist momentan in einem Gespräch. Kann ich ihm etwas ausrichten?«

»Also, ich weiß nicht genau … Moment.« Es wurde still. Cecilia legte die andere Hand über ihr Herz und starrte hinauf zu der Tafel, auf der unzählige Destinationen in die Ferne lockten. *Weg*, dachte sie, *ich muss weg hier.* Doch ehe sie dem Impuls nachspüren konnte, ertönte ein verhaltenes Räuspern. »Sagen Sie ihm bitte, dass es dieses Mal geklappt hat. Frau Tanner ist wieder frei.«

Ihr Herz blieb stehen. Sekunden verstrichen, in denen sie regungslos auf die Tafel starrte. Buchstaben wurden umgeblättert. Istanbul. Moskau. Reykjavík.

»Wie meinen Sie das?«, fragte sie leise. In diesem Moment riss ihr jemand das Telefon vom Ohr.

»Was soll das?«, herrschte Lukas sie an. »Spinnst du?«

»Wa… was soll das?«, echote sie. Ihre Stimme brach. »Ich verstehe nicht. Wer ist Frau Tanner? Wer ist das?«

Seine Miene erstarrte. In seinen Augen erkannte sie ein ängstliches Glimmen. Wie bei einem Tier, das in die Ecke gedrängt wurde. Lukas atmete tief durch. Das Glimmen erstarb und es blieben kalte Augen zurück, die sie taxierten.

»Das darfst du nie wieder tun«, stieß er so leise aus, dass sie ihn kaum verstand. »Nie wieder, kapiert?«

»Wer ist Frau Tanner?«

Sie war zu geschockt, um wütend zu sein. Anstatt ihr zu antworten, senkte er den Kopf und tippte auf seinem Telefon herum, als würde ihn dieses Gespräch überhaupt nichts angehen.

»Ich habe dich etwas gefragt.« Cecilia verschränkte die Arme vor der Brust. »Wer ist Frau Tanner, Lukas?«

»Ich bin ein Familienmensch«, knurrte er und hob den Kopf, um an ihr vorbei aus den riesigen Fenstern zu starren. »Wir kümmern uns umeinander. Das ist Ehrensa…«

»Wer ist Frau Tanner?«

»Sie ist meine Cousine.« Er erwiderte ihren Blick und steckte das Handy in die Hosentasche. Obwohl ihm die Erklärung schnell und leicht über die Lippen ging, meinte Cecilia ein kurzes Zögern wahrgenommen zu haben.

»Frau Tanner ist also deine Cousine, ja?« Sie kniff argwöhnisch die Augen zusammen.

»Julia, ihr Name ist Julia Tanner.« Er räusperte sich. Seine Stimme wurde weicher und nahm einen traurigen Ausdruck an. »Was haben sie gesagt? Es ist sehr wichtig, dass ich das weiß. Bitte sag's mir.«

Cecilia war verwirrt und schaffte es nicht, ihre Gedanken loszureißen. Seine Cousine. Sankt Anna. Julia Tanner. Unbeholfen ordnete sie ihr Haar, dann räusperte sie sich. »Die Frau am Telefon hat gesagt, dass es geklappt hat und dass sie frei ist.«

»Oh, zum Glück!« Er atmete erleichtert auf.

»Was bedeutet das? Dass sie frei ist?«

Er musterte sie für einen Moment und schien abzuwägen, ob er sie einweihen sollte, dann fuhr er sich durchs Haar und sog geräuschvoll die Luft ein. »Ihre Lungen. Sie hatte eine Infektion und man musste den Schleim absaugen. Jetzt kann sie wieder freier atmen.«

»Was ist mit ihr?«

»Sie ist in einem …« Er berührte seine Stirn. »Wie soll ich das ausdrücken? In einem Zustand. Deswegen wohnt sie in einem Pflegeheim. Sie muss rund um die Uhr betreut werden.«

»Ist sie so schwer krank?«

Obwohl der Schreck ihr in den Knochen steckte, regte sich Mitgefühl in ihr.

»Ihr Gehirn war lange ohne Sauerstoff. Deswegen funktionieren nur noch ein paar Bereiche«, erklärte er zögerlich. »Ihr Großhirn ist … Aber ihr Herz schlägt. Sie atmet.«

»Oh, wenn ich das gewusst hätte! Es tut mir leid, Lukas. Das muss so schwer für eure Familie sein«, flüsterte Cecilia ergriffen. »Und für Julia natürlich auch.«

»Es war ein Schlaganfall. Out of the blue. Da war sie erst siebenundzwanzig.« Er schob seinen Unterkiefer von einer Seite zur anderen, bevor er mit belegter Stimme fortfuhr. »Ich versuche, für sie da zu sein. Deswegen die vielen Anrufe. Ihre Mutter ruft mich jeden Tag an, um mich auf den neusten Stand zu bringen. Auch das Pflegepersonal meldet sich bei mir, wenn es etwas zu besprechen gibt.«

Cecilia nickte und trat einen Schritt auf ihn zu. Sein Gesicht hatte alle Farbe verloren. Selbst seine Augen. Sie hätte ihn gern in den Arm genommen, um ihn zu trösten, doch sie wagte nicht, ihn zu berühren.

»Es tut mir leid. Ich hätte den Anruf niemals annehmen dürfen.« Sie streckte die Hand aus und wartete darauf, dass er sie ergriff. »Das war falsch.«

Anstatt ihre Hand zu nehmen, schloss er sie in die Arme und vergrub das Gesicht an ihrem Hals. »Ja, das war falsch. Du musst dir keine Sorgen machen. Alles ist in Ordnung.«

125

* * *

Sie hielt den Thermobecher in Händen, der seit zwei Tagen in ihrer Tasche gelegen hatte und den sie erst in der Flughafentoilette ausspülen musste, bevor ein Barista namens James ihr den Caffè-Mocca mit Zucker und einem eingemeißelten Lächeln eingießen konnte. Beim Bezahlen ärgerte sich Cecilia über den Preis, doch sie hatte das dringende Bedürfnis, sich mit Wärme aufzufüllen.

Die Piccadilly Line brachte sie vom Flughafen zurück in die Stadt. Fünfzig Minuten, in denen sie darüber nachdachte, wie sie einordnen sollte, was geschehen war: Lukas hatte vor ihr verheimlicht, dass er sich um seine Cousine kümmerte – eine junge Frau, die so krank war, dass sie nicht mehr auf die Welt um sich herum reagieren konnte. Jeden Anruf hatte er abgetan: Management, befreundete Musiker.

Sie stieg an der Green Park Station aus, doch anstatt direkt in die Half Moon Street einzubiegen, zog es sie in den Park. Eine Weile spazierte sie unter den Laubdächern der Linden umher und konzentrierte sich dabei auf Gedanken, die ihr Herz höherschlagen ließen. Sein Lachen, den alten Walkman auf ihrem Nachttisch, die *nightcalls* und das Funkeln seiner Augen, wenn er über Musik sprach. Es gab so viele Gründe, ihm zu vertrauen – warum ließ Cecilia sich von einem Anruf aus dem Takt bringen?

Eine halbe Stunde später stand sie in der Küche des Cinnamoon und erzählte Kat von der Begebenheit am Flughafen.

»Puh, heftige Geschichte. Und Lukas kümmert sich um diese Frau?« Kat steckte ihre Hand in die Schüssel und schleckte sich kurz darauf honiggelben Teig vom Zeigefinger.

»Na ja, er unterstützt ihre Familie und ist so etwas wie ein Ansprechpartner für das Pflegeheim, wenn ich das richtig verstanden habe.« Cecilia warf ihrer Freundin einen verunsicherten Blick zu. »Julia muss ihm sehr viel bedeuten.«

»Das ist so traurig. Plötzlich verschwindet ein Mensch, ohne dass er fortgegangen ist. Du kannst ihn anschauen, anfassen – aber es kommt nichts zurück. Das stelle ich mir echt hart vor.«

Cecilia setzte sich auf einen Küchenschrank, schlug die Beine übereinander und hob die Schultern. »Ich spüre, dass da noch mehr ist. Ich hatte so ein eigenartiges Gefühl, als er mir davon erzählt hat. Als würde er irgendwas vor mir verheimlichen.«

»Du kannst doch nicht erwarten, dass er gleich seine ganze Lebensgeschichte vor dir ausbreitet.«

»Und warum will er mir nicht sagen, weshalb er damals mit der Musik aufgehört hat? Das ist doch merkwürdig. Er war so erfolgreich und plötzlich – zack! – weg vom Fenster.«

»Es muss jedenfalls etwas sehr Persönliches gewesen sein. Irgendwann, wenn er dazu bereit ist, wird er dir davon erzählen. Entspann dich und vertrau ihm einfach.« Kat verteilte eine milchige Sahneglasur auf den Zimtschnecken und schenkte ihr ein sanftes Lächeln.

»Ich wittere überall Gefahr. Ich bin schlimm, oder? Viel zu argwöhnisch.« Cecilia zog ihren bernsteinfarbenen Cardigan von der Stuhllehne und schlüpfte hinein.

»Dein Alarmsystem ist eben hypersensibel. Erst die Trennung von David, dann der Tod deines Vaters mit diesem geheimnisumwitterten Brief. Dein Herz wurde zweimal hintereinander gebrochen. Davor willst du dich schützen. Ich denke, es ist ganz normal, dass du vorsichtig bist.« Kat trat auf sie zu und streichelte über ihre Wange – liebevoll, fast mütterlich. »Aber wir sprechen hier von Lukas, dem Musiker, der mit einer Stimmgabel im Gepäck nach London fliegt, um unser altes Klavier zu stimmen.«

Ein Lächeln stahl sich auf ihre Lippen. Tatsächlich wirkten die Worte ihrer Freundin beruhigend. Cecilia nickte langsam. »Eigentlich ist es echt schön, dass er sich um seine Cousine kümmert. Das sagt jede Menge darüber aus, was für ein Mensch er ist.«

»Eben. Er läuft nicht davon, wenn's schwierig wird, sondern übernimmt Verantwortung.« Kat zog ihren himbeerroten Lippenstift aus der Schürzentasche und trat vor den Spiegel.

11

Die Sonne heizte den Asphalt auf, die Menschen strömten hinaus in die Parks und das Eis schmolz, ehe man sich eine freie Bank am Ufer gesucht hatte, um von dort aus die vielen Ausflugsboote zu beobachten, die über die Themse schipperten. Der Sommer war da und mit ihm Sandalen, Leinenstoffe und Sonnenbrillen. Wenn Cecilia morgens ins Cinnamoon radelte, genügte eine Strickjacke. Doch auch ungeachtet der Temperaturen war ihr Leben wärmer geworden. Zeit war kein Qualitätsmerkmal ihrer Beziehung, viel wichtiger war die tiefe Verbundenheit, die ungeachtet der Zeit gewachsen war.

Noch immer verausgabte er sich bei seinen Konzerten und fiel danach in fremde Hotelbetten, doch bevor er einschlief, rief er in London an, um mit Cecilia zu sprechen.

Ihre Gespräche dehnten sich aus – nicht in die Länge, aber in die Tiefe. Mittlerweile gewährte Lukas ihr immer mehr Einblicke in sein Leben. Dabei sprach er häufig vom schwierigen Verhältnis zu seiner Mutter, die immer darauf erpicht gewesen war, mit dem Talent ihres Sohnes an Geld zu kommen.

»Meine Mutter hatte immer etwas zu meckern. ›Wer Exzellenz anstrebt, muss spielen, bis die Finger bluten.‹ Sie stand hinter mir und hat ständig mit der Zunge geschnalzt. Dieses Geräusch … Da könnte ich ausrasten. Wenn's nicht die

Technik war, dann das Gefühl oder meine Körperhaltung. Es war nie genug.«

Erst Jahre später, als er längst ein renommierter Pianist gewesen war, gelang es ihm, sich ihr gegenüber zu behaupten. Seine Mutter hatte sich darüber aufgeregt, dass er ein lukratives Engagement abgesagt hatte, um nach Island zu reisen – da war ihm der Kragen geplatzt. »Am liebsten hätte ich diesen beschissenen Flügel zertrümmert. Ich war so wütend. Anstatt mir eine Auszeit zu gönnen, nachdem ich mehr als zweihundert Konzerte gespielt hatte, machte meine Mutter mir Vorwürfe. Ich bin explodiert, habe vollkommen die Beherrschung verloren.«

Seither beschränkte sich der Kontakt auf unterkühlte Telefonate, in denen sie sich höflich zum Geburtstag gratulierten oder frohe Festtage wünschten.

»Und dann entdecke ich sie vorhin in der ersten Reihe. Ich wusste ja, dass meine Schwester kommt, aber dass ich meine Mutter dort sehen würde … Das hat mich echt beflügelt. Alles kommt in Ordnung, verstehst du? Erst treffe ich dich, dann macht mir meine Mutter ein Friedensangebot.«

Je näher Lukas an sie heranrückte, desto stärker trat die Trauer um ihren Vater in den Hintergrund. Nur manchmal, wenn sie die Schublade ihres Nachttisches öffnete und darin den Brief entdeckte, durchzuckte sie ein Schmerz. *Was wolltest du mir erzählen?* Doch es gelang ihr, die Schublade zu schließen, ohne stundenlang über die Frage nachdenken zu müssen. Lange war Cecilia davon ausgegangen, dass Schwermut ein Teil von ihr geworden wäre. Sie hatte sich geirrt. An manchen Tagen fühlte sie sich so leicht, dass sie glaubte, jeden Moment abzuheben.

Und das würde sie – das Ticket für den Flug nach München hing mit einem Magnet an ihrem Kühlschrank.

* * *

Es war Samstag, als sich ein Flugzeug in den strahlend blauen Himmel erhob, um nach Deutschland zu fliegen. Nun saß Cecilia seit einer halben Stunde neben einem Mann, der so penetrant roch, als hätte er sich eine Flasche Rasierwasser über den Kopf geleert. Sie atmete in ihren Schal und wartete darauf, dass sich ihre Sinne an den Geruch gewöhnten.

Ihr Blick wanderte über die Hinterköpfe der Menschen, die in den Reihen vor ihr saßen. Blonde Dreadlocks, Glatze, Dauerwelle, Kopfhörer. Sie zerrte ihre Handtasche unter dem Sitz hervor und öffnete sie. Erst gestern hatte sie ihr Vorhaben in die Tat umgesetzt, Batterien gekauft, den Walkman damit ausgestattet und die Titel der Kassetten studiert.

Berlin, Zauberwürfel, Hitchcock 1980
Weltmeisterschaft, Trixi, Mofa 1982

Vorsichtig schob sie das Tape in den Walkman und malte sich aus, wie ihr Vater zu Hause vor seinem Musikregal stand, den Zeigefinger über die Kassetten wandern ließ und sich genau für diese entschied. Sie war rot und hatte viele Kratzer.

Murnau, Juli, Tretboot 1990

Er hatte seine Erinnerungen auf Magnetbändern gesammelt, wie andere Menschen Fotos einklebten. Sie drückte den Knopf herab und spürte, wie sich die Räder des Walkmans drehten. Es knackte, dann ertönten die ersten Klänge von *Murnau, Juli, Tretboot 1990*. Cecilia schloss die Augen und träumte sich in das Haus ihrer Großmutter. Es roch nach Holz, warmer Milch und dem Rauch von Zigarillos – schwere Vanillearomen. Oma Elli hatte ein rundes Gesicht mit rosigen Wangen, die wie Äpfel glänzten. Erstaunte Augen blickten durch Gläser einer goldenen Brille in die Welt. Hochgeschwungene Augenbrauen wie ihr Vater, wie sie selbst. *Huch?* Wie war es möglich, dass eine ganze Familie so verwundert war?

Manche Erinnerungen beförderte man immer wieder ans Tageslicht und polierte sie, bis sie strahlten. Andere vergrub man so tief, dass sie unergründlich wurden.

Stand Juli für Julius?

Cecilia dachte an den zugefrorenen See, ihre Schlittschuhe und einen heftigen Streit in der Backstube, dem sie gelauscht hatte – versteckt im dunklen Korridor zwischen Mänteln, die vom Schnee noch ganz feucht waren.

»Was bist du für eine Mutter? Wie kannst du dein Kind auf den See lassen, Marlene?«, hatte Elisabeth gefaucht. Man hörte, wie Eierschalen zerschlagen wurden. »Kein Mensch weiß, ob das Eis trägt. Das ist grob fahrlässig.«

»Ich habe die Dicke des Eises geprüft und stand die ganze Zeit am Ufer! Ich habe sie keine Sekunde aus den Augen gelassen. Ich war da! Anders als du.«

»Was willst du damit sagen?«

»Julius hätte nicht sterben müssen.« In diesem Moment knallte etwas zu Boden, kullerte über die Dielen, blieb irgendwo liegen. Es herrschte Stille.

»Du wagst es, von Julius zu sprechen?«

»Welche Mutter lässt ihre Buben allein auf den See und verlangt von ihrem Neunjährigen, dass er auf seinen kleinen Bruder aufpasst? Franz musste alles mitansehen, alles ertragen. Er ist traumatisiert bis heute.«

»Es war nicht seine Schuld. Wir haben so oft darüber gesprochen. Franz weiß …«

»Aber er fühlt es nicht. Er schreckt nachts schweißgebadet auf, manchmal schreit er sogar. Es wird schlimmer, je näher der Todestag rückt. Franz hat so große Schuldgefühle, dabei ist es nicht seine Schuld, sondern …« Die Stimme erstarb.

»Wie kannst du nur?« Der Schluchzer klang nach einem verletzten Tier, dann wurde die Küchentür aufgestoßen und Cecilia drückte sich tiefer zwischen die Mäntel. Elisabeth stürmte in ihr Schlafzimmer und kam erst am nächsten Tag wieder heraus.

Später hatte Marlene sich zwar entschuldigt, doch das Verhältnis hatte sich nie mehr von diesem Streit erholt. Der Verlust des kleinen Julius war eine tiefe Wunde. Bis zu ihrem Tod war Oma Elli jeden Abend zum Friedhof spaziert, um für ihn ein Licht anzuzünden. Cecilia hatte sie oft begleitet. »Er hatte Angst im Dunkeln. Und als Mutter kämpft man dagegen an, dass es im Leben des Kindes dunkel wird. Er soll wissen, dass ich mich um ihn kümmere – egal, wo er jetzt ist.«

Franz hatte zeitlebens mit Schuldgefühlen zu kämpfen gehabt, weinte im Schlaf, trug ein Foto des Bruders im Portemonnaie. An seinem Todestag war er immer nach Murnau gefahren, um erst zu seinem Grab und dann zum See zu gehen. Oft hatte Cecilia neben ihm gestanden, hatte mit ihm geschwiegen und dabei seine Hand gehalten. Obwohl sie Julius nie kennengelernt hatte, fühlte sie sich mit ihm verbunden, weil er von den Menschen vermisst wurde, die sie am meisten liebte.

* * *

An diesem Samstag waren die Autobahnen dicht befahren. Cecilia hatte sich schon lange nicht mehr durch den Rechtsverkehr deutscher Straßen gequält und musste sich auf die Fahrt mit dem Mietwagen konzentrieren, sodass sie nicht darüber nachdenken konnte, wie es wohl wäre, ihrer Mutter zu begegnen. Sie hatten zwar immer wieder telefoniert, doch die Gespräche bewegten sich an der Oberfläche, blieben höflich distanziert.

Cecilia bog in eine schmale Straße ein und steuerte auf die alte Villa zu, wegen der ihr Großvater damals aus Murnau fortgegangen war. Er hatte sie von einer Tante geerbt und mühevoll renoviert. Cecilia parkte den Wagen vor dem Tor, lehnte sich zurück und ließ ihren Blick über das zweigeschossige Haus wandern. Efeu kletterte an der Fassade empor, sodass regelmäßig die Fenster freigeschnitten werden mussten. Im Vorgarten standen die Kunstwerke, die ihr Großvater angefertigt hatte. Windräder, Skulpturen und Windspiele. Cecilia zückte ihr Handy und tippte eine Mitteilung an Kat: *Bin sicher gelandet. Wünsch mir Glück!*

Seitdem sie den Brief gefunden hatte, mied sie persönliche Begegnungen mit Marlene. Telefonieren war schwer genug. Trotzdem durchströmten sie warme Gefühle, als die Haustür aufgerissen wurde und sie den granatroten Haarschopf ihrer Mutter erblickte.

»Cecilia!« Sie winkte mit beiden Händen, hüpfte die Treppe hinab und eilte ihr entgegen. Mädchenhaft strahlend.

Zehn Minuten später saß Cecilia zwischen Marlene und ihrem Großvater auf dem Sofa. Ignaz roch nach Franzbranntwein, mit dem er seine Beine eingerieben hatte, und ihre Mutter roch nach Zigaretten. Nach dem Tod ihres Mannes hatte sie wieder angefangen zu rauchen.

Cecilia ließ den Blick durch das Wohnzimmer schweifen und stellte befriedigt fest, dass alles so aussah wie früher. Der Lesesessel stand vor dem Bücherregal. Auf der Kommode thronte eine Marienstatue, die Ignaz selbst bemalt hatte. Das Bild daneben zeigte Cecilia in rotem Kleid mit einem Kätzchen im Arm. Im Hintergrund erkannte man das Haus, in dem Oma Elli gelebt hatte. *Juli*, schoss es ihr durch den Kopf. Vielleicht war Juli der Name einer Katze. Sie konnte sich an einen roten Kater mit dem Namen August erinnern. Ein widerspenstiges Tier, das sie mit weit aufgerissenem Maul angefaucht hatte, sobald sie sich ihm nähern wollte.

»Nur damit ich weiß, worauf ich mich einstellen muss …« Ihr Großvater blinzelte sie aus wässrigen Augen an und zog ein

Taschentuch aus seiner Hosentasche. »Marlene hat gesagt, dass du nicht zu meinem Geburtstag kommen kannst. Ist das wahr?« Seine Stimme klang immer kratzig, doch nun bebte sie und ließ ihn noch zerbrechlicher wirken.

»Wie kommst du darauf?« Cecilia warf ihrer Mutter einen irritierten Blick zu. »Natürlich komme ich zu Opas Geburtstag. Das lasse ich mir nicht entgehen.«

»Aber der ist schon in vier Wochen«, erklärte Marlene und schnitt den Kuchen an. »Ich dachte, es wird dir vielleicht zu viel, wenn du gleich wieder nach Deutschland fliegen musst. Du hast mit dem Café so viel um die Ohren.«

»Ach Quatsch. Das ist Opas neunzigster Geburtstag. Darauf freue ich mich schon seit Jahren.«

»Du sollst nicht lügen, auch nicht flunkern«, mahnte Ignaz, lachte und legte eine kalte Hand auf ihre.

»Ich komme auf jeden Fall, Opa! Dein Geburtstag ist fest eingeplant«, versprach sie ihm, hob seine Hand an ihren Mund und küsste sie.

Eine Weile plauderten sie über den Linksverkehr, die Mahngebühren der Dorfbibliothek und darüber, dass ihr Großvater endlich seine Flugangst überwinden wollte, um seine Enkelin in London zu besuchen.

Als die Tassen leer waren und nur noch Krümel auf den Tellern lagen, erzählte Cecilia von Lukas. »Er ist Pianist«, erklärte sie und spürte augenblicklich Hitze in sich aufwallen. »Er war eine Weile in London, um dort sein Album aufzunehmen, aber jetzt ist er unterwegs und konzertiert. Auch hier in der Nähe. Deswegen wollte ich …«

»Wie schön. Das würde ich mir gern anhören«, wurde sie von Ignaz unterbrochen.

»Das Konzert ist ausverkauft. Ich habe leider nur ein Ticket für heute Abend ergattern können«, gab sie zu und sah, wie das Lächeln aus den Gesichtern verschwand.

»Heute Abend?« Marlene runzelte die Stirn. »Wie meinst du das? Ich habe doch extra eingekauft. Du gehst gleich wieder?«

»Ich habe Lukas schon so lang nicht mehr gesehen.«

»Und was ist mit uns? Es ist Monate her.«

»Danach komme ich wieder zu euch, aber heute Abend würde ich wirklich gern zu seinem Konzert gehen. Es soll eine Überraschung sein.«

»Verstehe.« Marlene nickte langsam und rührte mit dem Löffel in ihrer leeren Tasse. Dabei sah sie so traurig aus, dass Cecilia näher an sie heranrückte und ihre Hand ergriff.

»Soll ich dir morgen im Garten helfen? So wie früher. Das wäre doch schön.« Sie deutete zum Fenster. Dahlien, Oleander und Rosenbüsche flankierten den Weg, der zum Fischteich führte.

* * *

Am frühen Abend fuhr Cecilia wieder auf die Autobahn. Sie war seit dem Morgen unterwegs. Von London nach München, von München nach Waldingen und nun stand ihr eine Fahrt nach Würzburg bevor. Sie spürte die Erschöpfung körperlich, doch die Vorstellung, Lukas zu sehen, wühlte sie auf.

Eine Stunde später parkte sie den Wagen im Parkhaus und machte sich auf den Weg. Das Konzert sollte in einer Renaissancekirche mitten in der Stadt stattfinden. Cecilia hatte sich ein kleines Publikum vorgestellt, doch als sie die vielen Menschen erblickte, die vor der Kirche warteten, wurde ihr bewusst, dass sie sich getäuscht hatte.

Lukas würde sie nicht zufällig in der Menschenmenge entdecken. Es würde keine Überraschung geben. Was hatte sie geglaubt? Widerwillig zückte sie ihr Telefon, hob es in die Höhe und fotografierte sich: verschwitzt vor einem Kirchengebäude aus Backstein, in ihrem blauen Leinenkleid, im Sonnenschein.

Genießt euer Konzert! Ich freue mich auf dich.

Es dauerte zwanzig zähe Minuten, bis er antwortete.

Der Soundcheck lief richtig mies. Wünsch mir Glück. Ich ruf dich später an.

Cecilia verzog das Gesicht und wollte eine Mitteilung verfassen, um ihm auf die Sprünge zu helfen, als ihr Telefon klingelte.

»Du bist hier?«, fragte er keuchend.

»Bin ich.« Sie lachte. »Und ich wollte so gern dein Gesicht sehen, wenn du's realisierst.«

»Ich dachte, du musst heute den ganzen Tag arbeiten. Wir haben doch noch telefoniert. Wie geht das? Im Ernst jetzt – ist das echt?«

»Wenn ich in der Paulusstraße ...«

»Kann ich dich sehen? Ich muss noch mit jemandem von der Agentur ... Gleich ist Einlass und gerade ist hier, puh, die Hölle los.« Er stolperte über seine eigenen Worte. »Warte, ich muss kurz nachdenken. Wie machen wir das?«

Sie wischte sich Schweiß von der Stirn. Obwohl der Abend angebrochen war und die Sonne sich langsam senkte, herrschte eine schwüle Hitze in der Stadt.

»Mach dir keine Umstände. Wir können uns danach treffen, wenn dir das lieber ist.«

»Nach dem Konzert?« Er lachte erlöst auf. »Das ist viel besser. Dann treffen wir uns einfach in meinem Hotel, ja? Dort sind wir ungestört.«

Für den Bruchteil einer Sekunde beschlich sie das Gefühl, nicht hierherzugehören und seine Kreise zu stören.

»Wie du möchtest. Ich hatte keine konkreten Vorstellungen. Ich wollte dich nur sehen.«

»Hey, ich will dich auch sehen«, räumte er mit sanfter Stimme ein. »Aber vor dem Konzert ist's schwierig. Das ist eine wichtige Zeit für die Musiker. Wir müssen uns jetzt fokussieren, in Einklang bringen und so. Außerdem gibt es hier keinen richtigen Backstagebereich.«

Er nannte ihr den Namen seines Hotels und versprach, dass er sich nach dem Konzert beeilen würde. »Setz dich auf die rechte Seite, okay? Dann weiß ich, wo ich dich finde. Wenn ich heute Abend aus dem Takt komme und die Einsätze verpasse, liegt das an dir. Nur damit du Bescheid weißt. Ich bin total durch den Wind.«

»Sollte ich deswegen ein schlechtes Gewissen haben?«

»Auf keinen Fall.« Er lachte und fuhr mit sonorer Stimme fort. »Danke, dass du gekommen bist. Das ist unglaublich.«

* * *

Tatsächlich entdeckte er sie, als er ins Scheinwerferlicht trat. Lukas schirmte die Augen mit der Hand ab und spähte ins Publikum. Sein Blick verweilte nur wenige Sekunden bei ihr, aber lange genug, um ihrem Herzen zu signalisieren, dass er sie entdeckt hatte. Er trug Jeans und ein samtenes Jackett, dessen Grünton im Licht changierte. Ein kurzes Nicken, dann setzte er sich hinter den Konzertflügel. Ihn auf der Bühne zu sehen, nur wenige Meter entfernt, erfüllte sie mit diesem verrückten Gefühl, das sie gleichzeitig aufscheuchte und beruhigte. Seine Knöchel trommelten einen Rhythmus auf dem Korpus, dann spielte er den ersten Akkord. Hinter ihm saßen schwarz gekleidete Musikerinnen und warteten mit Violinen, Querflöten und Cellos auf ihren Einsatz.

Die Musik hörte sich an wie Regen, der sanft gegen ein Fenster klopfte. Verschwommene Bilder wurden an die Wände des Altarraums projiziert. Es sah aus, als würde man in einen Sternennebel eintauchen, über den Wolken schweben – dann erschien ein schemenhaftes Frauengesicht und verschwand in gischtgekrönten Wellen.

Cecilia schloss die Augen. Ein paar Takte vergingen, dann kristallisierte sich das Gesicht ihres Vaters aus der Dunkelheit hervor. Lächelnd und vertraut. Sie erinnerte sich daran, dass seine Hände warm und trocken gewesen waren, in der Küche immer das Radio laufen musste, wenn er zu Hause war, und seine Stimme heller wurde, wenn er telefonierte.

Wenn sie mit ihm sprechen könnte nur noch ein einziges Mal. Wenn er wüsste, wie sehr er überall fehlte. Mit dem Handrücken wischte sie sich über die feuchten Wangen. Es war nicht so, dass die Trauer mit der Zeit kleiner wurde, dachte sie, stattdessen wuchs man selbst, sodass sie weniger Raum ausfüllte.

Abrupt verstummte die Musik. Der Applaus schwoll an und Lukas stand auf. Lächelnd schritt er zum Rand der Bühne und pustete vorsichtig ins Mikrofon.

»Ah, super! Funktioniert«, ertönte seine weiche Stimme. Für den Bruchteil einer Sekunde begegneten sich ihre Blicke, dann erzählte er, wie glücklich er sei, nach so langer Zeit wieder auf der Bühne zu stehen. »Und wissen Sie was? Wir haben gerade erst angefangen. Es stimmt, was man über solche Momente sagt: Sie besitzen einen Zauber. Was vor uns liegt, wissen wir nicht, doch der Raum ist voller Möglichkeiten. Mein neues Album trägt den Titel *Subliminal*. Woher kommen unsere Träume? Was versteckt sich in unserem Unterbewusstsein? Ich wollte ...«

Heilen durch Musik. Unterbewusstsein. Schlagartig wurde ihr bewusst, wie eng das Schicksal seiner Cousine mit dieser Musik verbunden sein musste.

Cecilia beobachtete, wie er sich zurück an den Flügel setzte. Die sphärischen Klänge, das schummrige Licht, die Rhythmen, seine Stimme und Präsenz – alles drang tief in sie ein.

12

Das Konzert war seit einer Stunde vorbei. Sie hatte die Arme um ihren Oberkörper geschlungen und lehnte an ihrem Auto, das auf einem verlassenen Parkplatz außerhalb der Stadt stand. Die blaue Leuchtreklame des Hotels surrte. Immer wieder checkte sie ihr Telefon, nur um festzustellen, dass die Zeit quälend langsam verstrich. Gerade hatte sie sich vorgenommen, in der Lobby des Hotels zu warten, als ein schwarzer Wagen in den Parkplatz einbog.

Cecilia wurde von zwei Scheinwerfern erfasst, trat näher und schirmte die Augen mit einer Hand ab. Die Tür des Wagens öffnete sich und kurz darauf lag sie in seinen Armen.

Lukas bedeckte ihr Gesicht mit stürmischen Küssen. »Ich wäre am liebsten *prestissimo* durch das Konzert gerauscht. Konnte es nicht erwarten, dich zu sehen.« Er strahlte sie an und streichelte über ihre Wangen. »Bist du nur für mich nach Deutschland geflogen?«

»Eigentlich war ich nur zufällig in der Gegend.«

»Zufällig?« Er trat einen Schritt zurück, um sie anzusehen. Im bläulichen Licht der Leuchtreklame sah er gespenstisch schön aus. Dunkle Augen, die unter dichten Brauen glänzten, hohe Wangenknochen und Lippen, die von einem amüsierten Lächeln umspielt wurden.

»Ich bin am Samstag zu einer Hochzeit eingeladen und habe entdeckt, dass du heute ganz in der Nähe gastierst. Da musste ich einfach kommen, um dich zu sehen.« Sie legte eine Hand über ihr Herz und hob die Schultern. »Lukas, das war Magie. Ich weiß nicht, wie du das machst oder woher das kommt, aber ich habe Musik noch nie so gefühlt. Das war eine transzendentale Erfahrung. Ich habe jede Sekunde geliebt.«

»Nicht umsonst nennt man mich den Klangphilosophen.« Er reckte das Kinn in die Höhe und funkelte sie an, bevor er sie wieder an seine Brust zog.

»Es ist gut, dass du wieder angefangen hast, Konzerte zu geben, Lukas. Für dich und für alle anderen Menschen, die dir zuhören dürfen.« Cecilia drückte ihre Lippen auf seine. Sein Kuss schmeckte salzig und ein wenig nach Minze. Hungrig wanderten seine Hände über ihre Schultern, den Rücken hinab zu ihren Hüften.

* * *

Nachdem sie eingecheckt und die Schiebetüren des Fahrstuhls sich geschlossen hatten, drückten sie sich aneinander. In den ganzen Wochen hatten sie es geschafft, voreinander zu verbergen, wie groß ihre Sehnsucht war. Es kam Cecilia vor, als würden alle Gefühle ohne Widerstand aus ihr herausfließen, als sie sich küssten.

Ein Glockenspiel kündete an, dass sie den achten Stock erreicht hatten. Lachend sprangen sie auseinander und bemühten sich, möglichst seriös auszusehen, als sie in den Korridor traten. Lukas' Ohren waren feuerrot, die Haare standen in alle Richtungen, sein Blick war entrückt und sein Jackett nachlässig über die Schulter gerutscht. Um es auf den Punkt zu bringen: Er sah bezaubernd aus.

Der Teppich unter ihren Füßen schluckte jedes Geräusch und ließ sie lautlos nebeneinander den Gang entlangschweben. Sie sprachen nicht miteinander, grinsten nur still vor sich hin. Es gelang ihr nicht, klar zu denken.

»Unser Nachtlager.« Lukas schob die Keycard in die Vorrichtung. Seine Hand zitterte leicht. War er etwa so nervös wie sie? Der goldene Knauf ließ die Tür edler wirken, als sie war, denn sie klappte wie ein Pappdeckel auf. Cecilia trat vor Lukas in das dunkle Zimmer, blieb stehen und wartete, bis er das Licht eingeschaltet hatte. Es war steril und unpersönlich, wie man es von Hotelzimmern gewohnt war.

»Keine Suite, sorry. Für mehr reicht das Budget noch nicht«, erklärte er und zog sein Jackett aus.

Nachdem sie ihren Rucksack abgestellt hatte, schob sie die Vorhänge beiseite. Hinter den Bäumen erkannte sie den Main, dessen Wasser vom Mond versilbert wurde. Gerade hatte sie den Zeigefinger gegen das Glas gedrückt, um Lukas darauf aufmerksam zu machen, als er die Arme um sie schlang und sich an ihren Rücken drückte.

»Ich gehe kurz duschen, okay?«, flüsterte er nah an ihrem Ohr. Cecilia erschauderte, als sie seine Lippen spürte, die ihren Hals, dann ihre Schulter küssten. Er seufzte, raffte mit einem Ruck ihr Kleid hoch und ließ eine Hand daruntergleiten, um seine Finger ihren Oberschenkel hinaufwandern zu lassen. »Es ist so gut, dass du hier bist«, wisperte er. »Du hast keine Ahnung, wie viel mir das bedeutet. Du hast mir gefehlt.«

Mit klopfendem Herzen drehte sie sich zu ihm um. Sie spürte seine Hüfte an ihrer, die Hitze seines Körpers und seinen Atem auf der Haut. Lukas schaute sie unverwandt an.

»Du mir auch.« Behutsam schob sie ihre Hände unter sein Shirt und streichelte seinen Rücken. Obwohl er unter ihren Berührungen sofort eine Gänsehaut bekam, bemerkte sie, wie feucht und erhitzt seine Haut war.

Lukas fuhr mit dem Daumen über ihre Unterlippe, dann küsste er sie. »Beweg dich nicht vom Fleck.« Er trat einen Schritt zurück und grinste sie an. »Ich gehe nur schnell duschen. Bleib genau so hier stehen. Ich bin gleich wieder zurück!«

Ihre Hände zitterten, als sie die Bettdecke zurückschlug und sich auf die Matratze setzte, um sich die Schuhe auszuziehen. Sollte sie das Kleid anlassen? Mit beiden Händen ordnete sie ihr Haar, dann bückte sie sich und kramte Deo und Zahnbürste aus ihrem Rucksack hervor. Sie hatte gerade nach ihrem Handy gegriffen, um Kat eine Mitteilung zu schreiben, als die Badezimmertür aufflog.

»Du warst aber schnell.« Sie steckte das Telefon zurück. Heiße Luft strömte ins Zimmer und verbreitete einen süßlichen Duft. Lukas hatte ein Handtuch um die Hüfte geschlungen und fuhr sich durchs Haar, das feucht und strähnig in sein Gesicht fiel.

»Ich hatte es eilig.«

Langsam kam er näher. Wassertropfen glitzerten auf seinen Schultern. Als er so dicht vor ihr stand, dass sie auch die Tropfen erkennen konnte, die sich in seinen Wimpern verfangen hatten, legte er eine Hand in ihren Nacken und küsste sie zärtlich.

»Ich muss auch noch kurz ins Bad.«

»Musst du nicht!« Er schob die Träger des Kleids von ihren Schultern.

»Geht ganz schnell.«

* * *

Ihre Wangen waren feuerrot. Die Mascara war verlaufen und hatte unter ihren glasigen Augen einen dunklen Schatten hinterlassen. Sie sah zwar mitgenommen aus, aber so glücklich, dass sich ihre Brust weitete.

Cecilia nickte ihrem Spiegelbild zu, als würde ihr eine Freundin gegenüberstehen, dann drehte sie den Wasserhahn auf und ließ eiskaltes Wasser über ihre Hände fließen. Sie wusch ihr Gesicht, putzte die Zähne und konnte nicht aufhören, still vor sich hin zu lächeln. Gedankenverloren schlüpfte sie aus dem hellblauen Leinenkleid und hängte es an einen Haken an der Tür. Lukas hatte seine Klamotten achtlos auf den Boden geworfen. Ein wirrer schwarzer Haufen. Sie schüttelte das feuchte Shirt aus und hängte es über die Duschstange, damit es trocknen konnte. Selbst seine Jeans fühlte sich klamm an.

Als sie die Hose ausschüttelte, fiel etwas aus der Tasche. Aus dem Augenwinkel erkannte sie ein silbernes Funkeln – ein leises Klirren – dann kullerte etwas über die Marmorfliesen. Unter dem Waschbeckenschrank kam es zum Liegen. Cecilia kniete sich hin und streckte die Hand aus. Angewidert verzog sie das Gesicht, als sie die weichen Wollmäuse spürte, doch kurz darauf ertastete sie, wonach sie gesucht hatte.

Ein filigraner Ring, fein gearbeitet. Silber oder Weißgold. Ihr Atem beschleunigte sich und das Blut rauschte durch ihre Adern, als sie sich auf dem Hocker niederließ und für einen Moment die Augen schloss. Sie ballte eine Faust um den Ring. *Nur ein Fundstück. Gehört nicht ihm. Nur eine Erinnerung.* Ihre Hand zitterte, als sie den Ring dicht vor ihr Gesicht hielt, um die Gravur in der Innenseite zu erkennen: *Lukas & Juli 14.04.2014*

Sekundenlang starrte sie auf die hellbraunen Marmorplatten, auf denen ihre Füße standen, als würden sie nicht zu ihrem Körper gehören. Verzweifelt versuchte sie zu verstehen, was sie gerade entdeckt und was das mit ihr zu tun hatte. Unschuldig lag der Ring in ihrer Hand.

Was bedeutete das? Seine Cousine. Ihre Gedanken stürzten panisch weiter. Sankt Anna. Die nächtlichen Anrufe. Julia. Konnte das wahr sein? Cecilia spürte Tränen emporsteigen, als sich ihr Herz verkrampfte. Der Schmerz kam stoßweise. Mit geschlossenen Augen wartete sie, bis die erste Welle abebbte. Sie versuchte, gleichmäßig zu atmen, um sich zu beruhigen. Ihr wurde schwindelig. Es war ihrem Verstand unmöglich, die Fragmente aufzuklauben, um sie zu einem sinnvollen Konstrukt zusammenzusetzen.

Lukas. Sankt Anna. Cecilia. Julia. Juli.

Sie legte den Kopf in den Nacken, dann atmete sie tief durch und betrachtete den Ring, der auf ihrer Handfläche lag. Ein hässliches Stück Metall. Kein Zeichen der Liebe, sondern des Betrugs. Abrupt ließ Cecilia den Ring fallen und beobachtete, wie er über den Boden kullerte, bis er an der Wand liegen blieb.

Mit beiden Händen tätschelte sie ihre Wangen, dann stand sie auf und schlüpfte wieder in ihr Kleid. Aus dem Spiegel starrte sie eine junge Frau an: kreidebleich und äußerlich erstarrt. Hatte in ihrem Kopf gerade noch betäubende Stille geherrscht, so wirbelten ihre Gedanken nun chaotisch umher.

Lukas hatte den Ring versteckt. Jedes Mal, wenn sie sich gesehen hatten, lag dieses Geheimnis verborgen in seiner Hosentasche. Wenige Minuten zuvor war sie berauscht vor Glück gewesen – und jetzt? Mehr als nur bestürzt.

Cecilia kannte das Gefühl, von einem geliebten Menschen betrogen zu werden. Es war nicht das erste Mal. David hatte sie hintergangen, war monatelang mit einer anderen Frau zusammen gewesen, ohne dass Cecilia auch nur den Hauch eines Verdachts gehabt hätte. Und jetzt hatte sie sich schon wieder in einem Menschen getäuscht. Schon wieder!

Insgeheim hatte sie es geahnt. Jedes Mal, wenn sein Telefon geklingelt hatte, war sie hellhörig geworden und hatte es einfach nicht wahrhaben wollen. Abenteuer, Romantik – was auch immer er gesucht hatte, er hatte sie dazu benutzt.

Menschen wie er, die im Rampenlicht lebten, waren daran gewöhnt, umschwärmt zu werden. Sie waren der Meinung, sie könnten sich nehmen, was sie wollten, weil es ihnen aus unerfindlichen Gründen zustünde. Cecilia kniff die Lippen zusammen und ballte die Hände zu Fäusten.

Energisch stieß sie die Tür auf.

Lukas saß auf dem Bett und schaute ihr entgegen. Seine Augen glänzten feucht. Durch das Mondlicht, das ins Zimmer fiel, schienen sie von innen heraus zu glühen. »Endlich. Komm zu mir.« Das Lachen wirkte heimtückisch, falsch, wie blanker Hohn.

Wortlos griff sie nach ihrem Rucksack, nahm ihr Telefon vom Schreibtisch und marschierte zur Tür. Sie spürte seinen irritierten Blick im Rücken, hörte sein verwundertes »Cecilia?« und trat hinaus auf den Flur.

Sie hatte sich so sehr darauf konzentriert, die Fassung zu wahren, dass sie vergessen hatte, ihre Schuhe anzuziehen. Ihr fiel erst auf, dass sie barfuß war, als sie den dicken Teppich unter ihren Fußsohlen spürte. Egal. Sie rannte los und hörte schon, wie die Tür wieder aufgerissen wurde.

»Was zur Hölle machst du da?« Seine Stimme klang verwirrt, doch sie meinte, einen Anflug von Panik herauszuhören. Würde er ihr folgen? Selbst wenn – Lukas musste sich erst anziehen, bevor er sich an ihre Fersen heften konnte.

Was jetzt? Sollte sie den Fahrstuhl nehmen? Die Treppe? Für einen Atemzug zögerte sie, dann riss sie die schwere Tür zum Treppenhaus auf.

»Scheiße, was machst du? Bleib stehen.«

Sie riss den Kopf herum und sah ihn halb nackt hinter sich. Er hielt das Handtuch mit beiden Händen fest, damit es ihm nicht von der Hüfte rutschte. Sein Blick war wild und entschlossen. In großen Schritten eilte er ihr entgegen.

Wütend schüttelte sie den Kopf. *Dieser verfluchte Heuchler.* Sie ließ die Eisentür hinter sich ins Schloss fallen und sprang die

Treppe in großen Sätzen hinunter. Obwohl sie nichts anderes im Sinn hatte, als so schnell wie möglich abzuhauen, registrierte sie, dass sich der Beton unter ihren Füßen warm anfühlte und dass es im Hausflur nach abgestandenem Rauch roch.

»Was ist denn los?« Lukas war inzwischen ins Treppenhaus gelangt. Er klang mittlerweile im höchsten Maße irritiert, sogar ängstlich. Sie hörte seine Schritte, vernahm das Quietschen, wenn er seine Hand über das Geländer nachzog. Anstatt sich umzudrehen, rannte sie noch schneller, nahm zwei Stufen auf einmal. Er versuchte sie laut fluchend, streng, verzweifelt und weinerlich zum Stehenbleiben zu bewegen. Vergebens. Cecilia rannte unbeirrt weiter. Seine Stimme wurde leiser.

Als sie endlich die stahlgraue Tür zur Lobby im Visier hatte, brüllte er: »Verdammt. Jetzt hör auf mit dieser Scheiße. Das habe ich nicht verdient!«

»Was?« Sie blieb wie angewurzelt stehen, riss den Mund auf und drehte sich nach Luft ringend zu ihm um. Auch er stand atemlos da und starrte ihr entgegen. Im grellen Licht der Halogenlampe glitzerte Schweiß auf seiner Stirn und seine Brust war übersät von roten Flecken. Mit dem Handtuch um die Hüften und seinem speckigen Bauch sah er vor der kahlen Betonwand lächerlich aus. Cecilia rümpfte die Nase. Wie war es möglich, dass die Wärme zwischen zwei Menschen so schnell verpuffen konnte? Da war nichts mehr. Nur Unverständnis und das Gefühl der völligen Entfremdung.

»Das habe ich nicht verdient«, wiederholte er.

Sie spürte zu ihrer Verärgerung, dass sie weinte. Mit dem Unterarm versuchte sie, umständlich ihre Wangen zu trocknen. »Das hast du wirklich nicht verdient«, fauchte sie. »Du hast keine einzige Sekunde meiner Zeit verdient. Nicht einen Blick. Nicht ein Wort. Nicht einen Gedanken. Und schon gar kein Gefühl. Gar nichts.«

Lukas wich einen Schritt zurück und hob abwehrend die Hände. »Warum sagst du so was?« Er starrte sie schockiert an. »Was habe ich dir denn getan?«

»Ich habe deinen beschissenen Ring gefunden«, erklärte sie kalt und verschränkte die Arme vor der Brust.

Lukas öffnete den Mund, schloss ihn wieder und legte sich die Hand wie zum Schwur auf die nackte Brust. »Der Ring, Gott, ich kann das erklären, bitte.« Seine Stimme brach. Er streckte hilfesuchend die Arme nach ihr aus. »Es ist nicht so, wie du denkst.«

»Ich höre mir deine Märchen nicht länger an«, stieß sie aus und legte ihre Hand auf den Türgriff. »Ich brauche keine Erklärungen.«

Nach einem sportlichen Sprung stand er vor ihr. Der süßliche Geruch des Duschgels widerte sie an. »Warte! Julia ist … Wie soll ich dir das erklären?« Er suchte verzweifelt nach den passenden Worten, raufte sich das Haar. »Julia ist nicht mehr wie früher.«

»Sie ist deine Frau!«, bellte sie ihn an, riss die Tür auf und trat in die Lobby. Sie hörte ihn ihren Namen rufen, doch als die Tür ins Schloss fiel, erstarb seine Stimme.

* * *

Die junge Frau an der Rezeption beäugte sie und hob irritiert die Augenbrauen, als sie die nackten Füße entdeckte. Cecilia stürzte hinaus an die frische Nachtluft. Die Kieselsteine des Parkplatzes bohrten sich in ihre Fußsohlen, doch sie war so betäubt, dass sie diesen Schmerz nur am Rande wahrnahm. Es waren nur noch wenige Meter bis zum Auto.

Der große Künstler, dachte sie wutschnaubend. Der ach so gefühlvolle Komponist mit den ach so tiefgründigen Gedanken. Der leidenschaftliche Pianist mit den dunklen Augen und mit diesem Lächeln, das wärmer war als jeder Brennofen. Und Cecilia – die naive Servierdame, deren Herz er sich auf dem Silbertablett servieren ließ, um es dann in seinen beschissenen Brennofen zu werfen. Nahrung für sein Ego! Gott, wie dumm war sie gewesen!

Mit zitternden Fingern zog sie den Autoschlüssel aus dem vorderen Fach ihres Rucksacks und schloss den Wagen auf. Schnell ließ sie sich auf den Fahrersitz gleiten und zog die Tür zu – dann lehnte sie die Stirn gegen das Lenkrad. *Scheiße, verdammt.*

Ihr war bewusst, wie sehr man sich täuschen konnte – vor allem, wenn man getäuscht werden wollte, um sich den Schmerz der Wahrheit zu ersparen.

Cecilia ballte die Hände zu Fäusten und schlug auf das Lenkrad ein. Er hatte sich ihre Geheimnisse angehört und ihr vorgegaukelt, sie hätten eine magische Verbindung zueinander, während zu Hause seine Frau auf ihn wartete. Er hatte sie mit den Lippen geküsst, mit denen er seine Frau küsste, und mit denselben Händen berührt, mit denselben Augen betrachtet. Und all diese Worte – was war damit?

Plötzlich hörte sie Kieselsteine knirschen. Lukas rannte über den Parkplatz auf sie zu. Unter seinem grünen Samtjackett trug er nur ein Feinrippunterhemd.

Sie hätte es wissen müssen. Schnell verriegelte sie den Wagen, dann schob sie mit zitternden Händen den Schlüssel ins Zündschloss und ließ die Fensterscheibe ein winziges Stück hinab.

»Verschwinde«, zischte sie.

»Ich will nur fünf Minuten.«

»Nein!«

»Ich muss mit dir reden. Ich kann das erklären, Cecilia. Es ist wichtig, dass du die ganze Geschichte kennst!«

Für einen Augenblick starrte sie ihn an. Ihr Fuß schwebte über dem Gaspedal, ihre Hand hielt den Schlüssel – kurz davor, ihn umzudrehen.

»Ich will dir die Wahrheit sagen.«

Stöhnend legte sie den Zeigefinger auf den Knopf. Kaum war das knackende Geräusch der Türentriegelung ertönt, saß Lukas schon neben ihr im Wagen.

»Rede!«, forderte sie ihn auf.

»Wo soll ich anfangen? Das ist so kompliziert.« Er knetete seine Hände. »Es tut mir wahnsinnig leid, dass du …«

»Von mir aus kannst du fünf Minuten rumstottern, Lukas, aber nach fünf Minuten ist die Sache hier beendet.« Es war ihr nicht möglich, ihn anzusehen. Stattdessen studierte sie den silbernen Stern, der in das Lenkrad eingelassen war.

»Ich habe mich in dich verliebt. Ich war nicht auf der Suche. Es ist einfach passiert und je mehr Zeit ich mit dir verbracht habe, umso intensiver wurden diese Gefühle. Ich dachte, es wäre eine Schwärmerei, aber die Wahrheit ist, dass es Liebe …«

»Hör auf damit«, unterbrach sie ihn und starrte auf die dunklen Umrisse der Fahrzeuge, die auf dem Parkplatz standen. »Wie kannst du es wagen, jetzt noch von Liebe zu reden? Du bist verheiratet.«

»Das stimmt«, sagte er tonlos. »Ich bin verheiratet.«

»Mit deiner eigenen Cousine.« Sie rümpfte die Nase. »Wie geht das überhaupt?«

»Das war gelogen.«

Cecilia klammerte ihre Finger um das Lenkrad. Mit einer gewissen Faszination beobachtete sie, wie feine Knochen hervortraten und die Adern anschwollen. »Und was ist die Wahrheit?« Sie atmete tief durch und ließ das Lenkrad los.

Lukas hatte nun die Arme auf den Oberschenkeln abgestützt und saß in sich zusammengesunken neben ihr. Das Haar hing lose in sein Gesicht. »Wir sind nicht verwandt.«

150

»Aha. Und was ist mit dieser Schlaganfallgeschichte?«

Langsam richtete er sich auf, lehnte sich in den Sitz und blickte sie mit zusammengekniffenen Lippen an. Fast schien es, als wäre er über ihr Misstrauen empört. Seine Augen glitzerten in der Dunkelheit und sie war sich nicht sicher, ob es Tränen waren. Er würde doch nicht weinen?

»Nach unserer Hochzeit hatten wir nicht mehr viel Zeit. Siebeneinhalb Monate, dann gingen die Lichter aus. Für Julia und auch für mich.« Er machte eine Pause und ließ seinen Blick über den Parkplatz wandern. »Julia hat das apallische Syndrom. Sie liegt im Wachkoma. Sie kommt nicht mehr zu Bewusstsein, weil ihre Großhirnrinde« – er tippte sich an die Stirn – »nicht mehr funktioniert. Jedenfalls fehlt die Verbindung. Als hätte jemand den Stecker gezogen. Sie ist irgendwie am Leben, aber ihr Geist, ihre Seele – das ist verschwunden.«

Lost Connection, schoss es ihr durch den Kopf. Das unveröffentlichte Album, sein emotionales Ventil. Cecilia zog den Schlüssel aus dem Zündschloss, was eine geradezu groteske Parallele zum Inhalt seiner Worte darstellte, und lehnte sich erschöpft an die Wagentür. Vor ihrem inneren Auge sah sie den Körper einer Frau in weiße Laken gehüllt, sah Schläuche und unheimliche Apparaturen.

»Ich frage mich …« Er fuhr sich einige Male durch das volle Haar, bevor er weitersprach. »Ich frage mich manchmal, ob Julia nicht schon längst fortgegangen ist, ob das nur noch eine Hülle ist, dieser Körper.«

Cecilia lauschte dem Wind, der um das Auto strich. Auch wenn die Wut immer noch in ihr brannte, rührte seine Traurigkeit sie an. Seine Stimme zitterte, als er das Wort ergriff, und ihr Herz wurde mit einem Schlag wachsweich.

»Es war sehr schwer. Es ist immer noch sehr schwer. Ich denke, es wird nie wieder leicht. Die Tage sind so leise geworden, mein ganzes Leben im Grunde.«

Für einen Moment begegneten sich ihre Blicke und sie drohte, in seinen Augen zu versinken. Schnell wandte Cecilia sich zur Straße um. Zwei Jugendliche saßen an der Bushaltestelle und starrten in ihre leuchtenden Telefone.

»Erst hatten wir noch Hoffnung, dass sie wieder aufwacht, aber aus Wochen wurden Monate. Und jetzt sind es bald fünf Jahre.« Er schüttelte den Kopf, als müsste er sich das Unbegreifliche immer wieder vor Augen führen, um es glauben zu können. »Sie lebt und gleichzeitig ist sie weg. Ich kann nicht trauern, als wäre sie tot. Ich hasse mich selbst dafür, aber ich kann mich auch nicht darüber freuen, dass sie lebt. Was soll ich tun?«

»Vielleicht kommt sie irgendwann zurück«, sagte sie mit belegter Stimme. »Ich habe von Menschen gehört, die jahrelang im Koma lagen und irgendwann wieder aufgewacht sind.«

»Die Ärzte wollen keine Prognosen abgeben. Julia lebt schon so lange in dieser Schattenwelt. Je länger sie dortbleibt, umso schlechter stehen die Chancen. Doch wenn das Wunder geschieht und sie aufwacht …« Lukas schluckte trocken. »Sie wird nie wieder der Mensch sein, in den ich mich damals verliebt habe.«

Cecilia fühlte sich zerrissen. Anstatt ihm ins Gesicht zu sehen, studierte sie ihre Hände, berührte ihren goldenen Ring und suchte nach den richtigen Worten. Einerseits wollte sie ihn anbrüllen, wollte den ganzen Schmerz an ihm auslassen, andererseits hätte sie gern seine Hand genommen, um ihn zu trösten. Cecilia schwieg.

»Nachdem es passiert ist, habe ich alles abgebrochen, Verträge aufgelöst, um bei ihr zu sein. Mein Leben hat sich nur noch um Julia gedreht. Therapien und so. Ich dachte: Sie kommt zurück, das ist 'ne harte Zeit, die irgendwann vergeht, wenn wir hart genug kämpfen und den Glauben nicht verlieren.

Aber jetzt …« Er zuckte hilflos mit den Achseln. »Wir haben besprochen, dass ich mich wieder auf die Musik konzentriere. Dass ich versuche, alles herauszuholen. Noch mal die große Karriere.«

»Wer hat das besprochen?«

»Beatrix und ich. Ihre Mutter – wir haben viel zusammen durchgemacht in den letzten Jahren.«

Cecilia nickte langsam. Voller Hoffnung waren sie in die Ehe gestartet, hatten von einer eigenen kleinen Familie geträumt und sich die Zukunft in den buntesten Farben ausgemalt. Wie fragil das Leben war, dachte sie. Plötzlich lag kein Stein mehr auf dem anderen. Plötzlich wurde Julia unerreichbar, obwohl man sie berühren und ihre Wärme spüren konnte. Während ihr Geist in einen Dämmerzustand abgedriftet war, kämpfte Lukas gegen die Hoffnungslosigkeit. Er musste Abschied nehmen, obwohl Julia bei ihm war. Paradox.

Wie konnte man so etwas je verstehen?

Cecilia ahnte, wie schwer sein Leben erschüttert worden war, doch es änderte nichts daran: Sein Schmerz gab ihm nicht das Recht, andere Menschen zu verletzen. Wochenlang hatte Lukas ihr das Leben eines freien Künstlers vorgegaukelt. Mehr noch: Er hatte sie an eine Liebe ohne Hindernisse glauben lassen.

»Was ist aus eurer Liebe geworden?«, fragte sie tonlos.

Seine Finger trommelten nervös auf dem Armaturenbrett herum. »Tja, was ist daraus geworden? Diese Liebe lebt vor allem von Erinnerungen. Versteh mich nicht falsch. Ich liebe Julia. Das wird nie aufhören, aber die Gefühle haben sich mit den Jahren natürlich verändert. Ich will wieder etwas spüren, lachen, unbeschwert sein. Mensch, ich muss die ganze Zeit an dich denken, Cecilia. Ich hab's einfach nicht hinbekommen, dir die Wahrheit zu sagen.«

Bei seinen Worten bekam sie eine Gänsehaut, doch alles in ihr sträubte sich dagegen, nachzugeben. Das Gespräch laugte sie aus. Was sollte sie mit dieser Wahrheit und ihren Gefühlen anfangen? Hinter der Stirn spürte sie ein schmerzhaftes Pochen.

»Du gehörst zu Julia«, brach es aus ihr heraus. »Es tut mir leid, was euch passiert ist, aber ich kann dir nicht helfen.«

»Ich wollte dich nicht belügen.« Er berührte flüchtig ihre Hand. »Aber ich hätte niemals eine Chance gehabt, wenn ich dir gesagt hätte, dass ich verheiratet bin.«

»Natürlich nicht. Was glaubst du denn?« Sie warf ihm einen entrüsteten Blick zu.

»Aber ich wollte eine Chance. Seit ich dich das erste Mal gesehen habe, wollte ich dich kennenlernen.«

»Als könntest du dir einfach nehmen, was du willst? Ohne Rücksicht auf meine Gefühle? Oder auf Julia?«, schnauzte sie ihn an. »Meine Güte. Ich bin kein Auffanggefäß für deinen Schmerz! Hattest du jemals vor, mir die Wahrheit zu sagen?«

»Ich dachte, wenn wir Zeit haben, wenn du mich liebst … dass du dann erkennst, dass … Irgendwann? Ich dachte, dass wir vielleicht einen Weg finden.«

Das Pochen hinter ihrer Stirn war zu einem grellen Stechen geworden. Angestrengt massierte sie ihre Schläfe. Schmerz durchzuckte ihren Kopf. Irgendwo in ihrem Rucksack hatte sie bestimmt eine Tablette, aber erst musste sie hier weg.

Für einen Moment schloss sie die Augen, um sich zu sammeln, dann atmete sie tief durch und legte beide Hände auf das Lenkrad. »Ich fahre jetzt.«

»Was ist mit uns?« Er legte seine Hand auf ihren Unterarm.

»Was soll schon sein? Nichts mehr.«

»Bleib noch.« Seine Hand glitt hinab zu ihrer und umschloss sie. Aus irgendeinem Grund zuckte sie nicht zurück. Ihr Kopf dröhnte und sie lehnte ihn gegen die kühle Scheibe. Das war alles zu viel.

Inzwischen dämmerte es und das Nachtblau wurde heller. Zaghaftes Vogelgezwitscher ertönte. Sie war noch nicht bereit für das grelle Licht und die lauten Geräusche.

»Du weinst ja«, flüsterte er, beugte sich zu ihr hinüber und berührte vorsichtig ihre Wange, dann betrachtete er seine Fingerspitzen. Cecilia drehte ihren Kopf weg, doch Lukas rückte noch näher an sie heran. Zärtlich streichelte er ihre Wange, dann vernahm sie seine Stimme. »Ich kam dir entgegen, als du gerade einem Skateboarder hinterhergerannt bist, der vergessen hatte zu bezahlen. Das war unsere erste Begegnung. Erinnerst du dich?«

»Weiß ich nicht mehr.«

»Du hast ihn nicht erwischt und, Gott, du hast geflucht wie ein Hafenarbeiter. Das hat mir echt gefallen. Und dann bin ich jeden Tag vorbeigekommen. Ich wusste ja, dass es nicht sein darf, aber ich konnte nicht anders.«

Schon während er sprach, redete sie innerlich gegen seine Worte an. Sie wollte Stärke beweisen und das bedeutete, sich nicht schon wieder von ihm einlullen zu lassen.

»Ich kann dich verstehen, Lukas, aber das ändert nichts daran, dass du verheiratet bist und mich angelogen hast. Es tut mir wirklich von ganzem Herzen leid, aber wir können uns nicht mehr sehen.« Sie setzte sich auf und ließ die Scheibe hinab, um eiskalte Morgenluft ins Wageninnere strömen zu lassen.

»Ich will mit dir zusammen sein!«, insistierte er. Sein Gesicht wirkte eingefallen und um Jahre gealtert.

»Das glaube ich dir sogar. Aber wie?« Cecilia hob die Augenbrauen. »Würdest du ihrer Mutter sagen, dass du jetzt eine neue Freundin hast, obwohl du mit Julia verheiratet bist? Würdest du dich von jemandem scheiden lassen, der deine Liebe und Hilfe jetzt mehr braucht als alles andere auf der Welt? Würdest du bei mir bleiben, wenn Julia aufwacht?«

13

Obwohl nicht nur ihr Herz, sondern ihr ganzer Körper schmerzte, saß Cecilia am nächsten Morgen in der letzten Reihe einer Basilika. Sie betrachtete die hohen Buntglasfenster, durch die das Licht auf den Boden fiel und die Skulpturen aus weißem Alabaster in sanfte Farben tauchte. Überall funkelten langstielige Kerzen, üppiger Blumenschmuck zierte die Kirchenbänke entlang des Mittelgangs – doch nichts davon berührte sie. Es war ihr völlig gleichgültig. Der Geruch nach Weihrauch, Holz und parfümierten Körpern erinnerte sie an Beerdigungen. Passend zu ihrer Stimmung. Cecilia saß eingequetscht in ein rotes Etuikleid auf der Kirchenbank und fühlte sich vollkommen deplatziert. Sie starrte auf sorgfältig frisierte Hinterköpfe und fürchtete sich vor den gekünstelten Gesprächen mit halb- und wildfremden Menschen. Ihr Herz war zu schwer. Den ganzen gestrigen Tag hatte sie mit sich gerungen, weil es ihr vorkam, als könnte sie sich nicht bewegen – nicht mal die Mundwinkel heben. Letztlich hatte sie sich dazu überwunden, wenigstens für die Trauung in die Kirche zu gehen.

David saß in einem hellblauen Anzug in einer der vorderen Bänke. Das helle Haar glänzte und klebte an seinem Kopf. Einige Male hatte er sich suchend umgeblickt. Sie wusste, dass er nach ihr Ausschau hielt.

Marie sah bildschön aus, als sie von ihrem Vater zum Altar geführt wurde. Das Kleid schmiegte sich an ihren zarten Körper und verlieh ihr etwas Hoheitsvolles. Cecilia heulte und versuchte dabei, ihre getuschten Augen zu trocknen, obgleich die Mascara darin brannte.

Marie schritt anmutig an den Kirchenbänken vorbei, lächelte und richtete dann ihren Blick auf Lukas, der ebenso fasziniert und – halt! Cecilia schüttelte den Kopf. Ihre Gedanken verselbstständigten sich. Irgendwann war Julia mit diesem Glück auf den Lippen zum Altar geschritten, wo Lukas auf seine Braut wartete. Er war nie glücklicher, nie hoffnungsvoller gewesen. Und dann standen sie voreinander, konnten den Blick nicht voneinander losreißen, waren gefesselt von dem Versprechen, das sie einander geben würden. Für immer.

Cecilia stand noch, als sich die Hochzeitsgäste längst wieder gesetzt hatten. Erschrocken schaute sie sich um, ließ sich sinken und knetete ihre Hände.

Es war kaum zu ertragen, den Worten des Priesters zu lauschen, der über das größte Geschenk sprach, das Menschen einander geben konnten: Liebe. Es war kaum auszuhalten, denn wenn sie sich nicht zusammenriss, kam es ihr vor, als säße sie auf der Hochzeit von Lukas und Julia. Irrsinnig, natürlich, aber ihr Geist wanderte. Wie sollte sie diese Zeremonie nur überstehen? Zähne zusammenbeißen. Stark sein.

Die Ringe wurden auf einem roten Samtkissen nach vorn gebracht und gesegnet. Es fiel ihr schwer, den Worten zu lauschen, die Hannes mit einer solchen Wärme aussprach, dass es ihr kalt den Rücken hinunterlief.

»Ich verspreche dir die Treue in guten und bösen Tagen, in Gesundheit und Krankheit …«

Sie konnte keine Minute länger sitzen bleiben. Gedankenlos stürzte sie zum großen Portal der Basilika, öffnete eine der Türen und fiel hinaus ins grelle Tageslicht.

Weinend saß sie im Auto und versuchte, ihre Gedanken zu ordnen. Die Enttäuschung hatte sie wie eine Decke unter sich begraben – sie fühlte sich um ihr Glück betrogen.

Lukas versuchte ununterbrochen, sie zu erreichen. Unzählige Anrufe und Nachrichten. Unbekannte Worte, weil Cecilia sich sträubte, sie zu lesen. Sie würde sich nicht damit befassen, welche Gedanken ihn umtrieben und welche Gefühle ihm die Brust zerrissen. Es waren ihre eigenen Emotionen, um die sie sich kümmern musste, nicht seine.

* * *

Es war ihr schleierhaft, wie sie es durch den Stadtverkehr und über die holprigen Landstraßen nach Hause geschafft hatte. Sie war völlig durch den Wind, als sie ins Haus stolperte.

»Cecilia, bist du das?«, hörte sie die Stimme ihrer Mutter aus dem Wohnzimmer rufen.

In Zeitlupe schlüpfte Cecilia aus ihren Schuhen, hängte den Mantel an die Garderobe, zog die Ohrringe aus und legte sie auf die Kommode neben das Telefon. Obwohl sie jetzt lieber allein gewesen wäre, trat sie ins Wohnzimmer, in dem Marlene eingehüllt in eine Decke auf dem Sofa saß.

»Du siehst ja furchtbar aus. Was ist los?«, fragte ihre Mutter alarmiert. »Warum bist du schon wieder zurück?«

»Ich hab's nicht länger ausgehalten.« Cecilia ließ sich in den Lesesessel fallen und starrte aus dem Fenster in den Garten. »Diese beschissene Glückseligkeit.«

»Seitdem du bei diesem Pianisten warst, bist du wie ausgewechselt. Völlig durch den Wind, aufgelöst.« Marlene legte das Buch beiseite, beugte sich vor und taxierte sie. »Was ist dort passiert? Was hat dieser Mann getan?«

Vor ihrem inneren Auge kullerte ein silberner Ring unter den Schrank, saß Lukas eingesunken neben ihr im Auto. »Er ist verheiratet«, flüsterte sie und spürte, wie sich eine Träne löste. Sie leckte über ihre Lippen. »Er hat mich die ganze Zeit belogen.«

»Verheiratet, sagst du? Ach herrje.« Marlene stand auf, trat auf sie zu und setzte sich vorsichtig auf die Lehne des Sessels. Eine warme Hand legte sich auf ihre Schulter. »Und jetzt hat er dir alles gebeichtet?«

»Er war zu feige. Ich habe seinen Ehering entdeckt, als ich seine Hose aufhängen wollte.« Sie wischte sich mit dem Ärmel ihrer Strickjacke über die Wangen. »Ich hab mir wirklich gewünscht, mit ihm zusammen zu sein. Wir hatten so eine wunderschöne Zeit in London, so tiefgründige Gespräche. Alles, was er gesagt hat – ich wollte alles glauben. So unbedingt, dass ich keine Zweifel zugelassen habe.«

»So ist das mit der Liebe. Sie macht einen alles glauben, alles hoffen.« Liebevoll strich Marlene ihr eine Locke aus dem Gesicht. »Ich verstehe, wie verletzt du sein musst. Nicht jeder hat ein ehrliches Herz.« Während Cecilia die Lippen aufeinanderpresste und Mühe hatte, ihre Tränen zurückzuhalten, saß Marlene still neben ihr und streichelte über ihre Schulter.

Es dauerte eine Weile, bis Cecilia sich wieder gefasst hatte. »Ich fühl mich so zerrissen«, sagte sie mit brüchiger Stimme. »Ich bin verletzt, so wahnsinnig wütend, und gleichzeitig tut er mir leid.«

»Ich verstehe nicht …« Die Hand ihrer Mutter verharrte in der Bewegung, wurde warm und schwer.

»Es ist nicht so, dass er ein Abenteuer gesucht hätte.«

Zögerlich erzählte Cecilia von Lukas und seiner Frau. Sie versuchte, sich kurzzufassen und den Namen Julia nicht in den Mund zu nehmen. Es wäre ihr viel zu intim vorgekommen.

»Und dann kam er jeden Tag im Cinnamoon vorbei. Wahrscheinlich hat er sich einsam gefühlt, wollte Ablenkung, ein bisschen Trost. Was auch immer.« Sie hob die Schultern.

»Wir sind stundenlang durch die Stadt spaziert, haben geredet und geredet, und dann hat er mich geküsst. Ich verstehe nicht, wie er das tun konnte.«

»Wir haben alle Bedürfnisse«, murmelte Marlene.

»Ich habe das Bedürfnis nach Ehrlichkeit«, erwiderte Cecilia bissig. »Außerdem hat er seiner Frau versprochen, in Zeiten der Krankheit für sie da zu sein. Was ist so ein Schwur noch wert, wenn man ihn einfach über Bord wirft, sobald der Partner nicht mehr richtig funktioniert?«

»Das sind komplizierte Gefühle, denke ich. Liebe verändert sich. Lukas drückt sich ja nicht vor der Verantwortung. Er kümmert sich um seine Frau, aber er muss sich auch um sein eigenes Leben kümmern, oder nicht?« Trotz des bunten Kimonos und dem wirren Haarnest auf ihrem Kopf wirkte Marlene in diesem Moment so erhaben, dass Cecilia es nicht wagte, ihr zu widersprechen. Stattdessen drehte sie an ihrem goldenen Ring. Sie drehte und drehte, als würden dadurch Wünsche in Erfüllung gehen.

»Es muss sehr schwer für ihn sein, dieses Leben«, sagte ihre Mutter nach einer Weile.

»Aber ich kann ihm nicht helfen. Ich ertrage keine Lügen.«

»Das ist dein wunder Punkt, ich weiß.« Marlene lächelte sie erschöpft an. »Meiner auch. Und trotzdem kann ich ihn irgendwie verstehen, deinen Lukas. Er hat einen Weg gesucht, um alles unter einen Hut zu bringen.«

Cecilia hielt den Atem an. Was war mit dem wunden Punkt? *Meiner auch,* hatte Marlene gesagt. Wollte sie damit andeuten, dass Franz sie belogen hatte?

14

Cecilia hatte sich auf einen milden Spätsommer gefreut, doch seitdem sie zurück war, glänzte London mit dem typischen Inselwetter. Wolken schoben sich über den Himmel und ließen die Sonne nur kurz hervorblinzeln, um die Menschen daran zu erinnern, dass es sie noch gab. Aus der Themse, die sich verdrossen durch die Stadt schlängelte, stiegen süßlich-würzige Gerüche auf. Die Baumkronen rauschten im Wind wie die Brandung des Meeres und wurden vom Kreischen der Möwen begleitet, die von der Küste in die Stadt gezogen waren. Kaum hatte man die Jacke ausgezogen, weil man darin schwitzte, musste man schon wieder hineinschlüpfen, weil sich ein Regenschauer über der Stadt ergoss.

Nach den aufwühlenden Tagen in Deutschland war es heilsam, wieder in London zu sein und sich vom Puls der Stadt antreiben zu lassen. Cecilia stürzte sich ins Cinnamoon, zimmerte ein Pflanzenregal, lackierte die Sitzbänke und traf sich nach der Arbeit mit Matt, um mit ihm den *Primrose Hill* zu erklimmen. Nebeneinander saßen sie auf einer Decke, tranken Tee aus Thermobechern und schauten zu, wie die Sonne unterging und die Nacht tiefer wurde. Die Straßen breiteten sich wie ein Netz aus Licht vor ihnen aus.

»Wie ist es heute?«, wollte Matt jedes Mal wissen. »Geht's dir ein bisschen besser?«

»Unverändert.«

Obwohl sie sich gefasst hatte, wachte Cecilia mit schwerem Herzen auf und ging mit schwerem Herzen zu Bett. Ihre Gedanken kreisten immerzu um Lukas, doch wenn er anrief, starrte sie auf das Display und wartete, bis es wieder schwarz wurde. Seine Nachrichten hatte sie zwar registriert, aber keine davon je gelesen. Dabei war sie nicht mal mehr wütend, nur sprachlos und traurig.

Im Internet las sie einige Artikel über das apallische Syndrom. Sie schaute sich Dokumentationen an, sprach stundenlang mit Kat und schrieb seitenweise in ihr Tagebuch. Es war unmöglich, mit Lukas zusammen zu sein. Es war unmoralisch. Und es war trotzdem genau das, was sie wollte.

In inneren Monologen überzeugte sie sich davon, dass diese Gefühle mit der Zeit abklingen würden.

* * *

Es war spät am Abend. Die Sonne blinzelte ein letztes Mal hinter den Dächern hervor, dann verschwand sie. Auch die Gäste waren gegangen. Die Küche war geputzt, die Kasse abgerechnet. Cecilia saß mit einem Glas Wein auf der Fensterbank und beugte sich über ihr Telefon.

»Hat er schon wieder angerufen?« Kat ließ sich neben ihr nieder, griff zu der halb leeren Flasche und goss sich ebenfalls ein Glas Wein ein.

»Geschrieben«, murmelte sie. »Lukas schreibt jeden Morgen und jeden Abend. Das ist seine achtundzwanzigste Nachricht.«

»Wie viele Nachrichten willst du noch sammeln, bevor du sie liest?«

»Weiß nicht.« Sie blies die Wangen auf. »Vielleicht wäre es besser, wenn ich nie erfahre, was er schreibt. Das bringt mich nur in die Bredouille.«

»Lesen, löschen und vergessen. Glaub mir, das funktioniert. Jedes Mal, wenn du auf dein Handy schaust, siehst du die ganzen ungelesenen Nachrichten. Und jedes Mal musst du der Versuchung widerstehen. Wie sollst du so jemals abschließen?«

Zwei Minuten später schaute Kat ihr über die Schulter, als Cecilia das Postfach öffnete und die erste Nachricht antippte.

Wenn du wüsstest, wie es sich anfühlt, so zu leben. Wenn du dir Gefühle verbietest, weil sie egoistisch sind, wenn du Gedanken nie zu Ende denkst, aus Angst, dass du damit deine Frau verrätst. Jedes Lachen hat sich falsch angefühlt. Als hätte ich plötzlich kein Recht mehr darauf, glücklich zu sein. Es kam mir vor, als wäre es meine Pflicht als Ehemann, mich neben sie zu legen und aufzuhören, etwas anderes vom Leben zu wollen, weil Julia nichts anderes haben kann.

Und dann bin ich nach London geflogen, um Musik zu machen. Ich wollte mich einfach treiben lassen, aber stattdessen wurde ich mitgerissen. Ich habe alles ausgelebt, was ich vermisst habe, und es hat sich so verdammt gut angefühlt. Mit dir war ich der Mensch, der ich sein will, und dieses Gefühl kann ich nicht mehr vergessen. Es tut mir wahnsinnig leid …

Während sie eine Mitteilung nach der anderen öffnete und ihre Augen über seine Zeilen wanderten, wurde ihr bewusst, dass sie keine dieser Nachrichten nach dem Lesen löschen und vergessen konnte.

* * *

Nach einem langen Arbeitstag ließ sich Cecilia auf ihr Bett fallen und hielt das Telefon dicht vor ihre Nase. Sie schaltete es ein, schaltete es aus. Es funktionierte einwandfrei. Erst vorhin hatte sie noch mit Marlene telefoniert, während sie auf einer Bank am Flussufer gesessen hatte.

Heute war der zweite Tag, an dem Lukas sich nicht gemeldet hatte. Keine Nachricht, kein Anruf. Er wünschte ihr keinen schönen Tag, erzählte ihr nicht von Nachhallzeiten oder der Raumakustik. Ihr Telefon blieb stumm. Immer wieder überprüfte Cecilia, ob sich nicht doch unbemerkt eine Nachricht in ihren Posteingang geschlichen hatte. Fehlanzeige.

Und wenn ihm etwas zugestoßen war? Sie rief die Anrufliste auf, in der mit wenigen Ausnahmen sein Name stand. Eine halbe Ewigkeit schwebte ihr Zeigefinger darüber.

Die Verbindung wurde aufgebaut. Freizeichen. »Das ist die Mailbox von Lukas Tanner. Hinterlassen Sie eine Nachricht nach dem Piepton.« Doch anstatt ein paar Worte auf seinem Anrufbeantworter zu hinterlassen, legte Cecilia auf. Das Telefon landete auf ihrem Nachttisch, dann trat sie ans Fenster. Was wollte sie ihm überhaupt sagen? *Kein Problem, dass du verheiratet bist. Kein Problem, dass du gelogen hast. Unsere Lebenslinien haben sich ineinander verheddert und ich bekomme dieses Knäuel nicht mehr entwirrt.*

Die Scheibe beschlug von ihrem Atem und der Vollmond leuchtete dahinter wie eine Laterne im Nebel, die jemand vor sich hertrug, der sich verirrt hatte. In Gedanken formulierte sie Worte, als das Telefon dumpf auf ihrem Nachttisch vibrierte. Sie hechtete zum Bett. »Lukas, hallo!«, meldete sie sich mit heller Stimme.

»So ist das also: Wenn man nicht anruft, erreicht man dich.« Er lachte. »Das ist der Trick?«

Cecilia spürte Hitze in sich aufwallen. »Du hast dich jeden Tag gemeldet. Sogar mehrmals. Ich habe mir Sorgen gemacht, weil du plötzlich damit aufgehört hast. Seit zwei Tagen herrscht Stille.«

»Du hast nie abgenommen, nie reagiert, also lag die Vermutung nah, dass du nicht angerufen werden möchtest.«

»Na ja, ich hab Zeit für mich gebraucht, aber es war ein schönes Gefühl zu wissen, dass du noch da bist.«

Sie hörte seinen Atem und bildete sich ein, die warme Luft an ihrem Ohr zu spüren, bis sie bemerkte, wie heftig sie das Telefon an sich presste.

»Ich bin noch da.« Seine Stimme war samtig. »Aber gerade besuche ich Julias Eltern. Deswegen habe ich mich nicht gemeldet. Wir waren gestern den ganzen Tag bei ihr. Heute auch. Sind gerade erst zurückgekommen.«

»Oh, schön.« Sie schluckte trocken. »Wie geht es ihr?«

»Viel besser. Sie erholt sich von einer Lungenentzündung, aber heute war sie unruhig und hat sich oft verschluckt. Ich weiß nicht, was los war. Das weiß keiner so genau.«

Cecilia wollte Größe beweisen, obwohl sie sich mickrig fühlte. Wenn es einen gemeinsamen Weg geben sollte, dann musste er breit genug sein, um zu dritt darauf zu gehen. »I... ich hoffe, es geht ihr bald besser.«

»Danke. Das hoffe ich auch. Und wie geht's dir?«

»Ich bin okay.« Sie atmete tief durch, straffte die Schultern. »Aber du fehlst mir. Trotz allem. Ich wache morgens auf und dann trifft es mich wie ein Schlag.«

»Geht mir auch so. Es hat geholfen, mir die Ansage auf deiner Mailbox anzuhören und dir Nachrichten zu schreiben. Irgendwann kam's mir vor wie Beten. Man macht's in der Hoffnung, erhört zu werden, aber vor allem für sich selbst.«

»Tut mir leid.«

»Nein, nein.« Seine Stimme war weich wie Butter. »Dir muss nichts leidtun. Du hast keine Fehler gemacht. Ich hab's verbockt und kann mich nicht oft genug dafür entschuldigen. Wenn ich nicht so ein feiges ...«

»Schon gut«, unterbrach sie ihn.

»Ich bin aus der Nummer irgendwie nicht mehr rausgekommen, weil sich schon viel zu viel zwischen uns entwickelt hatte.«

»Es war so schön am Anfang«, murmelte sie und dachte an die Nacht im Cinnamoon, als sie sich mit Pizzaschachteln gegenübergesessen hatten. So unbeschwert würden sie nie wieder sein. Cecilia setzte sich auf den Boden und schlang die Arme um ihre angewinkelten Beine. »Angenommen, wir geben der Sache eine Chance und versuchen, zusammen zu sein. Wie stellst du dir das vor?«

»Ich kann's dir nicht genau sagen. Mein Leben ist kompliziert. Du müsstest Julia akzeptieren. Das wäre wohl der erste Schritt.«

Cecilia nagte an ihrer Unterlippe. Die Vorstellung, dass Lukas mit einer anderen Frau verheiratet blieb, widerstrebte ihr und brachte ihr Konzept von Partnerschaft durcheinander. »Und was ist mit euren Freunden, euren Familien? Sie müssten mich an deiner Seite akzeptieren. Ich will kein Geheimnis sein und auch nicht die Böse, die dich deiner kranken Frau ausgespannt hat.«

Lukas schwieg. Wie sollte er diesen Menschen begreiflich machen, dass er ein neues Kapitel aufgeschlagen hatte, weil er schon seit Jahren vermisste, was Cecilia ihm gab? »Da würde uns eine schwere Aufgabe bevorstehen«, gestand er mit brüchiger Stimme. »Ich muss es ihnen schonend beibringen. Beatrix gibt die Hoffnung nicht auf, dass Julia irgendwann zurückkommt.«

Es war möglich, dass sich ein Gehirn regenerierte und der Mensch wieder das Bewusstsein erlangte, auch wenn die Chancen mit der Zeit schwanden. Cecilia hatte davon gelesen und trotzdem trafen seine Worte einen Nerv in ihr. »Und dann?«, fragte sie mit erstickter Stimme.

»Die Julia, die wir alle kannten, gibt es nicht mehr. Wir müssen uns von diesen Wunschträumen verabschieden. Auch wenn's klingt, als würde man kapitulieren. Niemand kann jahrelang im Wachkoma liegen, plötzlich die Augen aufmachen und in sein altes Leben zurückkehren. Das ist vorbei.« Er räusperte sich. »Und trotzdem wird Julia immer zu mir gehören. Ich kann nicht von dir erwarten, dass du damit klarkommst. Das ist eine Zumutung.«

»Das stimmt.« Cecilia rappelte sich auf und trat ans Fenster. Es gab keine Garantie, keine Sicherheit. Vor ihnen lag Dunkelheit, aber darin befanden sich sämtliche Möglichkeiten, ihre ganze ungewisse Zukunft.

»Lass es uns trotzdem versuchen«, sagte sie sanft und hatte keine Ahnung, worauf sie sich einließ.

Ein Prickeln wanderte durch ihren Körper, als er ihren Namen aussprach.

15

Die Messingglocke kündigte einen Besuch an. Cecilia wirbelte herum und blickte in ein freundliches Augenpaar, das sie sofort wiedererkannte.

»Ach, schau an.« Sie lächelte. »Du bist doch Jonathan, der Toningenieur aus dem schwimmenden Musikstudio, richtig?«

»Ganz genau. Ich wollte mal vorbeikommen und mir dieses Café ansehen, von dem Lukas so geschwärmt hat.«

»Dann hast du's also tatsächlich von Bord geschafft.«

»Aber nur knapp. Der Seegang war heute echt heftig. Hast du die Springflut gesehen?« Jonathan zog sich einen Stuhl an den Tresen.

»Ich bekomme hier überhaupt nichts mit. Der Mond ist eine Welt für sich, musst du wissen«, erwiderte sie schmunzelnd, wischte ihre Hände an der Schürze ab und trat näher an ihn heran. »Willst du eine Zimtschnecke probieren?«

»Ein andermal. Heute ist Kuchentag bei mir.« Jonathan tätschelte seinen Bauch, dann deutete er auf den Pflaumen-Streuselkuchen. »Und dazu bitte einen Kaffee. So schwarz wie die Themse bei Nacht.«

Während sie den Kuchen anschnitt und Kaffee machte, erzählte er von der aktuellen Musikproduktion mit einem schwedischen Künstler, der ihm den letzten Nerv raubte. »Mit

Lukas ist das Arbeiten angenehmer«, erklärte Jonathan und griff nach der Kuchengabel. »Der ist zwar auch wahnsinnig, wenn's um seine Musik geht, aber er ist weit davon entfernt, arrogant zu sein.«

»Kennst du Lukas eigentlich schon lange?«

»Wir haben damals zwei Alben zusammen produziert, dann war eine Weile Funkstille, aber jetzt geht's wieder los.«

»Dann kennt ihr euch schon ein paar Jahre«, schlussfolgerte sie nachdenklich. »Ihr seid Freunde, oder?«

»Nein, das ist ein rein professioneller Kontakt.« Jonathan winkte ab. »Klar, du bekommst eine Menge mit, wenn du stundenlang aufeinanderhockst, aber ich würde ihn nicht anrufen, wenn mich meine Frau verlässt.«

Ihr Blick wanderte zu seinen Händen – kein Ring – und zurück zu seinen rehbraunen Augen.

»Ich habe keine Frau«, brummte er. »Das war nur ein Beispiel. Wir sind nicht befreundet.«

»Kennst du Julia?«

»Oh, dann weißt du also davon. Ich war mir nicht sicher, ob du eingeweiht bist.« Er leckte sich Kuchenkrümel aus dem Mundwinkel, dann richtete er sich auf. »Es ist wirklich tragisch, was mit ihr passiert ist.« Sein Tonfall hatte sich verändert und seine ohnehin tiefe Stimme wurde düsterer.

»Kanntest du sie davor?« Cecilia griff nach einem Apfel, betrachtete ihn, als wüsste sie nichts damit anzufangen, und legte ihn wieder zurück.

»Ja. Sie kam oft ins Studio und hat uns besucht. Damals haben wir noch in Bogenhausen gearbeitet. Manchmal waren wir zusammen spazieren, wenn ich eine Pause eingelegt habe.«

»Könntest du mir vielleicht …«

Das Messingglöckchen bimmelte wieder. Cecilia fuhr herum und registrierte mit Unbehagen, wer das Café betreten hatte. David besaß die Augen eines Raubvogels und hatte sie sofort erspäht. Leichte Beute. Für einen Moment blieb er mitten im Raum stehen, als müsste er sich kurz orientieren. In Wahrheit wollte er seine Erscheinung auf alle Anwesenden wirken lassen und den Moment auskosten, in dem Cecilia ihn aus großen Augen anstarrte.

Sein goldblondes Haar war etwas zu lang und hing ihm verwegen in die Stirn. Offensichtlich kam er aus dem Institut, denn er trug die alte Aktentasche über der Schulter, die er schon zu Studienzeiten mit sich herumgeschleppt hatte.

»Grüß dich, Cecilia. Du siehst echt gut aus, weißt du das? Du leuchtest regelrecht.« David beugte sich über den Tresen und schloss sie fest in die Arme. »Ich musste einfach sehen, ob es dir gut geht.«

»Ob's mir gut geht?«, echote sie und wich zurück, um nicht wieder von ihm berührt zu werden. »Mir geht es ausgezeichnet.«

Argwöhnisch beäugte sie den Mann, dessentwegen sie hier gelandet war – nicht nur in London, sondern auch in diesem Café. Was wollte er?

»Auf der Hochzeit …«, hob er an, »ihr seid einfach abgehauen und wir haben uns alle gefragt, ob wohl etwas passiert ist. Man reist ja nicht aus London an, um gleich wieder zu verschwinden.« David lehnte sich auf die Holzplatte, sodass Jonathan seinen Teller beiseiteschieben musste, um zu verhindern, dass ein tannengrünes Tweed-Sakko in seinem Kuchen landete.

»Ich hatte Migräne. Du weißt doch, wie heftig die Anfälle manchmal sind«, log sie. »Außerdem habe ich mich bei Marie entschuldigt. Sie wusste, dass es mir nicht gut ging. Ich wäre gern geblieben.«

»Sehr schade. Da habt ihr echt eine tolle Feier verpasst. Die Stimmung war super, das Essen formidabel.« Cecilia runzelte die Stirn und überlegte fieberhaft, warum David im Plural von ihr sprach, während er von der Party schwärmte. »Es war so wie damals in Regensburg. Weißt du noch? Die Leute von früher. Ihr hättet es geliebt. Ich bin mir gerade nicht sicher … ähm … war dein Freund überhaupt dabei?«

»Keine Zeit«, antwortete sie knapp und lächelte gequält.

»Ihr seid aber noch zusammen, nehme ich an.«

Ein kurzes Kopfnicken, dann schnappte sie sich eine Tasse vom Haken und deutete auf den Wasserkessel. »Darf ich dir vielleicht einen Tee anbieten? Oder Kaffee?«, fragte sie mit einer so lieblichen Stimme, dass sie davon selbst fast einen Zuckerschock bekommen hätte.

»Ich nehme einen Espresso«, schnurrte er. »Schwarz und kräftig. Du weißt ja, wie ich ihn mag.«

Cecilia hoffte, er würde sich nun an einen der Tische setzen, doch er blieb bei ihr stehen, als wäre er dort festgewachsen. Seine lederne Aktentasche stellte er neben das Glas mit den Schokoladenkeksen.

Im Moment schien sich ihr Leben zunehmend zu verkomplizieren. Lukas war verheiratet und David stand wieder auf der Matte. Unwillig öffnete sie den Jutesack mit den dunkel glänzenden Kaffeebohnen, füllte eine Handvoll in die Mühle und drehte mit verbissener Miene an der Kurbel.

»Weißt du, Cecilia, ich hätte mich echt gern mit dir unterhalten«, hob David an. »Über früher, über uns und alles, was passiert ist. Ich dachte, auf der Hochzeit hätten wir vielleicht die Gelegenheit dazu.«

»Ach, wozu denn? Worte ändern ja nichts.« Sie schüttete das Kaffeepulver in das Pulversieb, drückte es mit dem Tamper etwas herunter und spannte den Filterhalter in die Handhebel-Espressomaschine.

David lachte leise. »Wozu denn auch, ja. Ich bin echt froh, dass du deinen Platz gefunden hast. Schau dich an. Der Laden brummt und auch in der Liebe geht's bergauf.«

Genervt rollte sie mit den Augen, dann warf sie ihm über die Schulter ein schmales Lächeln zu. »Danke dir.« Langsam drückte sie den Handhebel herunter und beobachtete, wie die braune Flüssigkeit in einem dünnen Rinnsal in die Tasse floss.

»Worin hat er eigentlich promoviert?«

»Wer?« Kaum hatte sie die Frage ausgesprochen, verfluchte sie sich selbst und hoffte inständig, dass ihm der Name entfallen war.

»Dein Freund. Er hat doch einen Titel.«

»Musik«, presste sie hervor und wagte nicht, Jonathan anzusehen, der unbeteiligt auf seinem Stuhl saß und den Blick scheinbar ziellos umherschweifen ließ.

»Musikwissenschaft? Wahnsinn, dann kennt er sich bestimmt mit prähistorischen Musikinstrumenten aus. Ich habe da kürzlich einen Artikel gelesen. Flöten aus Knochen und so. Das ist ein hochinteressantes Feld.«

»Er ist in seiner Disziplin sehr bewandert, ja.«

Sie stellte die Porzellantasse vor David auf den Tresen. Innerlich beschwor sie ihn, den Namen nicht in den Mund zu nehmen.

»Wer weiß, vielleicht habe ich ja mal das Vergnügen, mit ihm zu plaudern.« Er führte die Tasse zu seinen gespitzten Lippen und pustete vorsichtig hinein. »Mit dem Doktor der Musikwissenschaft. Wie war der Name doch gleich? Tanner?«

»Ja, genau.« Ihre Stimme klang kindlich. Jonathan starrte so angestrengt auf seinen leeren Teller, als würde er aus der Anordnung der Krümel seine Zukunft vorhersagen können.

»Lebt er hier in London?«

»Nein, ich meine, manchmal, ja.« Sie schnappte sich einen Lappen und fing an, die Bilderrahmen an der Wand von einer hauchdünnen Staubschicht zu befreien. Was jetzt? Sie fühlte sich in die Enge getrieben.

»Ich habe ihn in Deutschland getroffen. Ungefähr alle drei-ßig Meter. Sein Poster hing nämlich an jeder Straßenlaterne, an der ich vorbeigekommen bin.« David leckte sich über die Lippen. »Doktor Tanner scheint ein begnadeter Pianist zu sein.«

»Multiinstrumentalist«, würgte sie hervor.

David nahm den letzten Schluck Kaffee, bewegte die Flüssigkeit in seinem Mund und sog sie dann geräuschvoll ein. »Mein Leben war dir immer zu unbeständig. Heute hier, morgen dort. Weißt du noch? Und jetzt bist du mit einem Musiker zusammen. Das ist ...«

»Ich habe mich eben verändert.« Cecilia stemmte die Hände in die Hüften und funkelte ihn an. »David, du lässt dich jahrelang nicht blicken. Warum kommst du ausgerechnet jetzt vorbei?«

»Warum denn nicht?« Er beugte sich vor und senkte die Stimme, während seine Augen forschend über ihr Gesicht wanderten. »Mann, manchmal vermisse ich die alten Zeiten. Wir waren so lange zusammen, waren uns so nah. Jetzt wohnen wir in der gleichen Stadt, aber sehen uns nie. Das macht mich echt traurig.«

»Nach allem, was zwischen uns passiert ist, habe ich da so meine Zweifel«, erwiderte sie bissig.

»Du weißt ganz genau, dass du mir am Herzen liegst. Ich will, dass du glücklich bist.«

»Ich bin glücklich, keine Sorge, und ich habe jede Menge um die Ohren«, erwiderte sie und legte ihr schweres Portemonnaie auf den Tresen. David verstand den Hinweis, doch er ließ sich Zeit. Langsam öffnete er seine Aktentasche, holte seinen Geldbeutel hervor und blätterte durch die Scheine.

Nachdem er gezahlt hatte, begleitete sie ihn zur Tür.

»Da wäre noch etwas, worum ich dich bitten möchte«, hob sie an und suchte seinen Blick. »Es war schön, dich mal wieder gesehen zu haben, David, aber bitte komm nicht mehr hierher.«

»Äh! Erteilst du mir Hausverbot?« Er schüttelte verständnislos den Kopf. »Das meinst du doch nicht ernst.«

»Unsere Zeit ist vorbei. Ich will nichts aufwärmen, keinen Neuanfang. Ich möchte einfach abschließen.« Sie öffnete die Tür. »Hinter dir.«

»Ist es nicht langsam mal an der Zeit, die Sache auf sich beruhen zu lassen, Cecilia? Es ist so lange her.«

»Eben. Genau aus diesem Grund.«

»Ich war damals in einer schwierigen Situation. Ich war total überfordert und habe geglaubt, dass wir an…«

»Du musst dich nicht erklären. Alles gut«, unterbrach sie ihn ruhig. »Es ist einfach nur vorbei, und das ist okay.«

Die Tür fiel hinter ihm ins Schloss. Cecilia blieb stehen und schaute ihm nach, bis sein blonder Haarschopf verschwunden war, dann trat sie hinter den Tresen und fing an, die Tasse abzuspülen. Erst jetzt realisierte sie, wie heftig ihr Herz schlug. Cecilia stierte in das lauwarme Spülwasser mit den eingesunkenen Schaumkronen und stellte fest, wie gut es sich anfühlte, selbst einen Schlussstrich gezogen zu haben.

»So ist das also?« Jonathan riss sie aus ihren Gedanken. Er grinste und Cecilia war sich nicht sicher, ob er sich über sie lustig machte. »Ihr seid zusammen? Lukas und du?«

»Das war doch nur ein Spaß«, beeilte sie sich zu sagen und lachte affektiert. »Lukas hat so getan, als wäre er mein Freund, weil David … Er war auch mal mein Freund.«

»Verstehe.« Er schob das leere Geschirr über den Tresen und verschränkte die Arme vor der Brust. »Was wolltest du denn über Julia wissen?«

Cecilia versenkte Teller und Tassen im Spülwasser. »Ach.« Sie zuckte mit den Schultern. »Mich würde einfach interessieren, wie sie war.«

»Meinst du nicht, dass Dr. Tanner dir dazu viel mehr sagen kann? Immerhin ist er mit ihr verheiratet.« Rehbraune Augen blitzten sie an. »Ich kannte sie ja nur oberflächlich.«

»Ich weiß.« Cecilia trocknete ihre Hände an einem Geschirrtuch ab. »Ich will ja nur eine Idee von ihr bekommen. Was für ein Mensch war sie?«

Jonathan lehnte sich zurück und kraulte seinen Bart, während er sie musterte. Auch wenn er ernst dreinblickte und die Stirn dabei runzelte, besaß sein Blick etwas Wohlwollendes. Cecilia konnte nicht beurteilen, woher das Gefühl kam, doch sie vertraute ihm.

»Wie war Julia? Das ist lange her. Aber ich habe sie eigentlich nur lachend in Erinnerung.« Er krempelte die Ärmel seines Hemdes hoch und stützte sich mit den Ellbogen auf dem Tresen ab. »Und sie war verflucht neugierig. Sie wollte alles ganz genau wissen. Wofür ist dieser Knopf? Was passiert, wenn ich den Stecker ziehe? Kannst du meine Stimme verzerren? Sie war ein echter Sonnenschein, voller Energie. Und sie war witzig – auf 'ne geistreiche Art.«

»Ich hätte sie bestimmt gemocht, oder?« Sie schenkte ihm über die Schulter hinweg ein mattes Lächeln, während sie die Tassen zurück an die Haken hängte.

»Dafür würde ich meine Hand ins Feuer legen.« Jonathan nahm die Kappe vom Kopf und fuhr sich über das kurz geschorene Haar, bevor er sie wieder aufsetzte. Seine Augen verengten sich. »Hast du sie mal gesehen? Ein Foto vielleicht?«

Sie schüttelte den Kopf und zog den Stöpsel.

»Schon lustig, wie das Leben manchmal so spielt.« Er kramte sein Portemonnaie hervor und legte ein paar Münzen auf den Tisch. »Du siehst ihr echt ähnlich. In manchen Momenten, wenn du lachst, na ja …«

Das Wasser verschwand gurgelnd im Abfluss. Cecilia legte ihre Hand auf die Münzen, dann schob sie das Geld zurück.

* * *

Es war ein lauer Abend. Der Himmel mit der untergehenden Sonne leuchtete in allen Farben und tauchte die Stadt in ein sanftes Licht. Die Atmosphäre war viel zu schön, um nach Hause zu gehen. Deswegen setzte sich Cecilia nach der Arbeit auf eine Bank am Ufer und schaute hinaus auf den Fluss, der die Lichter reflektierte und selbst zu leuchten schien.

Ganz in der Nähe saß eine junge Frau, die in einer fremden Sprache telefonierte. Eine Weile lauschte Cecilia dem Singsang ihrer Stimme, ohne ein Wort zu verstehen, und beobachtete dabei zwei Möwen, die auf einer Laterne saßen und ins Wasser hinabspähten.

Heute war sie wieder mit Lukas verabredet. Sobald er im Hotel angekommen wäre, wollte er sie anrufen.

Cecilia zog den Walkman aus ihrem Rucksack und setzte die Kopfhörer auf. *Open Air, München, Trixi 1982.* Ein Lächeln schlich sich auf ihre Lippen, als die Musik ertönte und alle anderen Geräusche verstummten. *Diamonds & Rust.* Franz hatte die Musik von Joan Baez geliebt und oft darüber gefachsimpelt. Daher wusste Cecilia auch, dass die Sängerin ihr Herz an Bob Dylan verloren hatte – *Diamonds & Rust* erzählte von den ambivalenten Erinnerungen an diese Liebe.

Sie packte das Sandwich aus, das sie aus dem Cinnamoon mitgenommen hatte, und biss hinein. Die Salatblätter waren welk, der Käse unter den Tomatenscheiben aufgequollen.

Als das Telefon in ihrer Hosentasche vibrierte, schmiss sie das Sandwich in den Abfalleimer. Hastig wischte sie sich die Hände an ihrer Jeans ab. »Na du?«, meldete sie sich. »Bist du im Hotel?«

»Liege sogar schon im Bett.« Er gähnte. »Ich werde alt. Dieses Tourleben frisst mich langsam auf.«

»Wie war euer Konzert? Hat alles geklappt?«

»Ich habe zweimal den Einsatz verpasst, aber ich glaube, das ist niemandem aufgefallen. Nach dem Konzert standen zwei Frauen auf dem Parkplatz und haben auf mich gewartet. Kannst du dir das vorstellen?«

»Was wollten sie von dir?«

»Eine Unterschrift«, raunte er in den Hörer. »Ich habe schon seit Ewigkeiten keine Autogramme mehr gegeben. Ich war so nervös, dass mir mein eigener Name nicht mehr eingefallen ist. Also habe ich deinen hingeschrieben.«

»Ach, du bist doch ein Spinner!« Lachend stand sie auf und trat an die Brüstung. Auf den Wellen tanzten die Stadtlichter.

»Wenn ich keine Musik mache, denke ich an dich. Und das ist im Grunde auch Musik.«

Ihr Herzschlag beschleunigte sich und sie stellte sich vor, wie Lukas auf dem Rücken lag, die Arme hinter dem Kopf verschränkt, während er das Telefon auf seiner nackten Brust positioniert hatte. So wie immer.

»Lukas, es gibt da etwas, worüber ich nachgedacht habe, aber ich weiß nicht, was du davon hältst.«

»Das weiß ich auch nicht. Um was geht's denn?«

»Mein Opa feiert nächste Woche seinen Geburtstag. Er wird neunzig.«

»Oh, das ist …« Er räusperte sich. »Ganz schön alt.«

»Ich komme für ein paar Tage nach Deutschland und bei der Gelegenheit könnte ich dich vielleicht besuchen.«

»Du meinst, zu Hause?«, fragte er zögerlich, dann vernahm sie das Klicken eines Lichtschalters.

»Wir müssen doch herausfinden, was aus uns wird, und das funktioniert nur, wenn wir uns sehen.«

»In der Gegend gibt's viele Pensionen. Da könnte ich was raussuchen und nachfragen, ob noch ein Zimmer …«

»Ich will wissen, wie du lebst, welche Bücher in deinem Regal stehen, wie die Möbel aussehen, welche Bilder an der

Wand hängen. Ich glaube, das würde mir helfen, dein Leben besser zu verstehen«, erklärte sie und beugte sich so weit über die Brüstung, dass sie ihren Schatten auf dem Wasser erkennen konnte.

»Puh!« Er lachte verhalten. »Ich bin ein bisschen überrumpelt, muss ich sagen.«

»Was wir sind, kann nur sein, wenn Julia ein Teil davon ist. Das hast du selbst gesagt.« Ihre Stimme bebte. »Ich kann dir nicht versprechen, dass ich's hinbekomme, aber das wäre zumindest ein erster Schritt.«

»Wie kannst du das nur wollen?«, fragte er. »Alles ist so kompliziert mit mir.«

»Du hast nichts getan, um mich davon abzuhalten. Im Gegenteil«, erinnerte sie ihn. »Du wolltest, dass ich mich in dich verliebe.«

»Das ist wahr«, räumte er ein. »Bin ich ein schlechter Mensch?«

Cecilia hob den Blick. Am anderen Ufer glommen die Lichter der Stadt und funkelten ihr entgegen. Dort draußen gab es über 7,7 Milliarden andere Menschen. Über 7,7 Milliarden andere Geschichten, die sie niemals erzählen könnte. Alles, was sie vom Leben wusste, war ihr eigener winziger Ausschnitt. Selbst wenn sie versuchte, sich in das Leben eines anderen Menschen einzufühlen, würde sie jedes Mal auf sich selbst zurückfallen.

»Du willst nur glücklich sein«, sagte sie leise. »Wie jeder andere Mensch auf der Welt.«

16

Der Wind wälzte goldenes Laub über den Asphalt. Die Bäume, die das Ufer der Themse säumten, trugen zwar üppige Kronen, doch der Herbst hatte den Pinsel geschwungen und die Blätter verfärbt. Kat hatte angeboten, Cecilia zum Flughafen zu bringen. Der alte Saab pfiff aus dem letzten Loch, als sie über die *Wandsworth Bridge* fuhren. Kat verfluchte einen Fahrradkurier, der ihr den Weg abschnitt, und schimpfte über eine Ampel, die nach zwei Sekunden wieder rot wurde, sodass sie kaum das Gaspedal durchdrücken konnte. Kalter Schweiß stand auf ihrer Stirn, als sie den Motorway erreichten, der sie nach Heathrow bringen würde. Hier war der Verkehr zwar immer noch zäh, doch es gab keine Fußgänger, keine Fahrradkuriere und auch keine Routemaster, die gemächlich über die Straßen tuckerten.

Kat kurbelte das Fenster hinab und ließ die Herbstluft ins Wageninnere strömen. »Ich weiß nicht, was ich davon halten soll«, erklärte sie und zündete sich eine Zigarette an. »Du wünschst dir nichts sehnlicher, als mit ihm zusammen zu sein. Das weiß ich ja. Aber damit sind so viele Probleme verbunden. Warum tust du dir das an, Cecilia?«

»Das ist nicht rational erklärbar.« Sie ordnete mit beiden Händen ihr Haar. »Ich muss einfach herausfinden, ob wir eine Chance haben. Ganz objektiv betrachtet gibt es tausend Gründe, auf der Stelle umzudrehen und nie wieder mit ihm zu sprechen, aber ich kann nicht anders. »Kat grinste und schnippte Asche aus dem Fenster.»Wenn ich dir vor ein paar Monaten erzählt hätte, dass ich mich unsterblich in einen verheirateten Mann verliebt habe, der von mir verlangt, seine Frau zu akzeptieren – wie hättest du reagiert?«

»Vor ein paar Monaten hätte ich versucht, dich entmündigen zu lassen, weil ich davon überzeugt gewesen wäre, dass du dich ins Unglück stürzt.« Cecilia schmunzelte. »Jetzt würde ich sagen, dass du es auf einen Versuch ankommen lassen solltest.«

Die Zigarette steckte schief zwischen ihren Lippen, während Kat am Lautstärkeregler kurbelte, um die Musik verstummen zu lassen. »Weißt du noch, als wir das Cinnamoon eröffnet haben? Deine Eltern waren stinksauer, vor allem deine Mutter. Meine Eltern waren völlig entsetzt. Nur wir beide haben daran geglaubt, dass es klappt.«

Cecilia schob sich die Sonnenbrille ins Haar und lächelte ihre Freundin an. »Zu wissen, dass wir beide daran glauben, war alles, was wir gebraucht haben.«

Eine Weile herrschte Stille. Sie schaute hinaus auf die weitläufigen Wiesen des *Osterley Park*, an denen sie vorbeirauschten.

»Was ist eigentlich aus dem Brief geworden?«, fragte Kat unvermittelt. »Du sprichst gar nicht mehr davon.«

»Welcher Brief?« Kaum hatte sie die Worte ausgesprochen, wusste Cecilia wieder, worum es ging.

»Der Brief, wegen dem du dich schon so lang verrückt machst.« Kat warf ihr einen ungläubigen Blick zu.

»Na ja, es gibt niemanden mehr, der ihn beenden könnte. Von daher wäre es vielleicht gut, wenn ich mich auf andere Erinnerungen konzentriere. Seine Kassetten zum Beispiel.« Erst vorgestern hatte sie den Brief wieder in der Hand gehalten, ohne ihn jedoch zu lesen. Sie hatte das Papier zusammengefaltet und zurück in die Schublade gelegt. In diesem Moment hatte ihr unmittelbar eingeleuchtet, dass sie den Tod ihres Vaters nur bewältigen konnte, wenn sie seine Geheimnisse akzeptierte.

Am Flughafen herrschte geschäftiges Treiben. Menschen schoben Kofferwagen vor sich her, schleppten pralle Rucksäcke mit sich herum, lagen sich in den Armen, suchten nach dem richtigen Terminal. Vor den Parkhäusern hatten sich lange Schlangen gebildet.

»Das ist ja schlimmer als am Black Friday in der Oxford Street«, stöhnte Kat und bremste hinter einem Taxi. »Sei mir nicht böse, aber ich fahr gleich wieder zurück. Sonst sitze ich hier Stunden fest.«

Nach einem kurzen Abschied sprang Cecilia aus dem Auto, schulterte ihre Tasche und machte sich auf den Weg.

* * *

Nicht nur die Familie, sondern auch das halbe Dorf war gekommen. Selbst der Bürgermeister hatte es sich nicht nehmen lassen und war im Gefolge des Priesters erschienen, um Ignaz zu seinem runden Geburtstag zu gratulieren. Cecilia stand entweder in der Küche, um Marlene zu helfen, sammelte Geschirr und Geschenkpapier auf oder versuchte, Gesprächen aus dem Weg zu gehen. Sie hatte keine Lust, ständig von London und dem Café erzählen zu müssen. Außerdem war Tante Ruth ihr auf den Fersen, um ihr von der Oberpfälzer Kirschtorte vorzuschwärmen, die sie einmal im Monat für den Gebetskreis zubereitete.

Als Cecilia nach einer Verschnaufpause wieder in die Küche trat, war ihre Mutter damit beschäftigt, die Etagere zu säubern. Auf dem Tisch stapelten sich Teller und zerknüllte Papierservietten. Marlene summte gedankenverloren vor sich hin.

»Na?«

»Herrgott!« Erschrocken wirbelte sie herum. »Mein armes Herz! Wie dein Vater. Der hat sich auch immer angeschlichen und mich zu Tode erschreckt.«

»War Papa früher nicht bei den Pfadfindern?« Cecilia sammelte Kuchengabeln ein, um sie in die Spülmaschine einzuräumen.

»Pfadfinderstamm Murnau. Dort waren wir alle. Der Martin und der Franz, Ina und Trixi – alle eben.«

»Ich erinnere mich noch gut an seine Geschichten. Zum Beispiel, als Papa versehentlich Feuer gelegt hat, um es dann als großer Held wieder zu löschen.« Grinsend lehnte sich Cecilia gegen den Küchenschrank. »Es ist merkwürdig – erst jetzt habe ich das Gefühl, wirklich zu realisieren, dass er tot ist und dass er nicht mehr zurückkommt. Ich wollte es einfach nicht wahrhaben, aber jetzt merke ich, dass es leichter wird, mich an ihn zu erinnern.«

»Das ist schön, Schatz. Die Zeit schafft Distanz. Trauer verändert sich.« Marlene trocknete ihre Hände ab. »Puh, die Herrschaften essen mehr Sahne als Kuchen. Vielleicht sollte ich noch einen Becher aufschlagen.« Leise vor sich hin murmelnd trat sie an den Kühlschrank.

»Ich habe übrigens angefangen, die Kassetten von Papa anzuhören. Was sagt dir *Murnau, Juli, Tretboot 1990*?«

Marlene blieb ein paar Sekunden regungslos vor dem geöffneten Kühlschrank stehen, dann schloss sie ihn und blinzelte Cecilia an. »Das ist sehr lange her.«

»Waren wir im Juli 1990 dort?«

»Gut möglich. Franz ist ja bei jeder Gelegenheit nach Murnau gefahren, um seine Mutter zu sehen.« Marlene räusperte sich und nahm das Rührgerät aus dem Schrank.

»War es ein kurzer Besuch oder waren wir …«

»Ach, Cecilia. Das weiß ich nicht mehr. Ihr wart so oft bei Oma Elli, dass ich mich nicht mehr daran erinnern kann. Ein

182

paar Tage, zwei Wochen?«, wurde sie von Marlene mit ungewohnt scharfer Stimme unterbrochen.

»Juli könnte auch eine Katze gewesen sein.«

»Diese Raubtiere. Wenn ich nur daran denke, bekomme ich einen allergischen Schock.« Marlene riss den Deckel des Sahnebechers ab und warf ihn in die Mülltüte, die am Türgriff hing. »Fährst du morgen eigentlich direkt nach dem Frühstück zu Lukas?«

* * *

Am nächsten Morgen stand Cecilia mit einer Tasse Kaffee vor dem Küchenfenster, hielt ihr Telefon in der Hand und blickte erwartungsvoll zur Straße. Lukas hatte ihr gerade geschrieben, dass er losgefahren war. Bald würde er um die Kurve biegen. Ihre Taschen waren gepackt. Sie war bereit.

»Kommst du noch ein bisschen zu mir?«, rief eine Stimme aus dem Wohnzimmer. »Nur noch ein paar Minuten?«

Als sie ihre Mutter auf dem Sofa sitzen sah, musste sie lächeln. Marlene hatte die Haare zu einem granatroten Nest auf ihrem Kopf zusammengebunden.

»Hallo Eule.« Cecilia kroch unter die Decke, die Marlene sich über die Beine gelegt hatte.

»Eule?« Die Augen ihrer Mutter leuchteten auf, als würden Erinnerungen wach werden.

»So hat Papa dich immer genannt.«

»Und ich frage mich bis heute, wie er darauf gekommen ist.« Marlene nahm die Brille mit den dicken Gläsern ab. »Weißt du, dass ich die ganze Nacht kein Auge zugebracht habe?«

»Weil Opa so laut geschnarcht hat?«

»Wegen Papa. Wenn ich dich anschaue, kommt es mir manchmal vor, als würde Franz vor mir stehen. Ihr seid euch so ähnlich. Eure Augen, dieses Lächeln.«

»Fällt es dir schwer, mich anzusehen?«

»Du bist mein Kind, und mein liebster Anblick ist dein Gesicht«, erwiderte Marlene und musste über ihre eigenen Worte lachen.

»Aber du wirst nicht gern an Papa erinnert.«

»Das ist ein bisschen kompliziert.« Der Blick ihrer Mutter wanderte zu den Fenstern, hinter denen das Blumenmeer leuchtete, das Marlene so hingebungsvoll pflegte.

»Was ist damals zwischen euch passiert?«

»Viele Dinge. Wir waren ewig zusammen.« Marlene tätschelte ihre Hand. »Das weißt du doch.«

»Und der Brief? Was wollte er mir erzählen?«

»Ach, du darfst diesem Brief nicht so viel Bedeutung beimessen. Wer weiß, was deinem Vater durch den Kopf gegangen ist? Er hat dich eben sehr vermisst.« Die Stimme ihrer Mutter klang versöhnlich. »Manchmal saß er neben mir im Garten, hat Flugzeugen nachgeschaut und sich gefragt, ob sie wohl nach London fliegen. Er hat jeden Tag den Wetterbericht für London gelesen. Wahrscheinlich sogar die Verkehrsmeldungen. Und ich vermisse dich auch. Du kannst dir gar nicht vorstellen, wie sehr du mir fehlst. An manchen Tagen kommt's mir vor, als hätte ich nicht nur deinen Vater verloren.« Marlene fing an, die Brillengläser mit dem Stoff ihrer Bluse zu polieren.

»Sag das nicht! Ich bin doch hier«, erwiderte Cecilia und griff nach der Hand ihrer Mutter, um sie zu drücken.

»Du standest deinem Vater immer näher als mir. Damit hatte ich zu kämpfen. Selbst jetzt fällt's mir noch schwer. Ist das nicht verrückt?«

»Warum bist du nur so selten mitgekommen, wenn wir nach Murnau gefahren sind?«, fragte Cecilia zögerlich. »Es lag nicht an den Katzen. Das war nur ein Vorwand.«

Marlene stieß einen lang gezogenen Seufzer aus. »Es lag vor allem am schwierigen Verhältnis zu deiner Großmutter. Zu viel Zucker, zu wenig Liebe. Zu anmaßend, zu verschwiegen. In ihren Augen war ich immer zu viel oder zu wenig – nie genau richtig.«

»Ich erinnere mich noch an euren Streit in der Küche. Danach war alles kaputt«, erwiderte Cecilia und fing den Blick ihrer Mutter auf. »Du hast ihr die Schuld an Julius' Tod gegeben.«

»So war das nicht. Ich habe nur gefragt, warum sie ihre Buben auf den gefrorenen See lässt, ohne sich zu vergewissern, dass das Eis trägt. Wie konnte sie das zulassen? Ich verstehe es bis heute nicht.«

»Diese Frage muss ihr unwahrscheinlich wehgetan haben. Sie hat seinen Tod ja nie überwunden.«

Im Obergeschoss wurde eine Tür geöffnet. Schleppende Schritte, dann rauschte Wasser durch die Leitungen. Offensichtlich war Ignaz aufgewacht. Marlene löste den Dutt und kämmte mit den Fingern durch ihr rotes Haar.

»Elisabeth hat sich an Franz festgeklammert und von ihm erwartet, dass er den Verlust kompensiert. Und er hatte so ein schlechtes Gewissen, dass er ständig zu ihr gefahren ist. Sie konnte mich nie als seine Frau akzeptieren. In ihren Augen hätte er wahrscheinlich Trixi heiraten sollen.«

»Deine Schulfreundin Trixi?« Cecilia schüttelte verständnislos den Kopf. »Warum denn ausgerechnet sie?«

»Ach, Kind aus reichem Hause, Töchterchen des Bürgermeisters. Mein Vater war nicht nur ein sonderbarer Bastler, sondern zu allem Übel auch noch alleinerziehend.

Mutter über alle Berge. Das kam im Dorf nicht so gut an. Ich hatte immer das Gefühl, dass man uns deswegen ablehnt.«

»Aber Papa hat dich nicht abgelehnt. Im Gegenteil. Du warst seine erste große Liebe und bist es immer geblieben.«

»Daran möchte ich glauben«, erwiderte Marlene leise. Cecilia streichelte über die Hände ihrer Mutter. Die Haut war trocken, pergamentartig und zeigte erste Altersflecken.

»Weißt du, vielleicht packe ich Opa ins Flugzeug und komme dich besuchen. Es gibt doch diese Boxen, in denen Hunde transportiert werden.«

Lachend schloss sie ihre Mutter in die Arme. Moschus. Marlene roch immer nach Räucherstäbchen. Dieser Geruch hing stundenlang in den Räumen, durch die sie gegangen war, hing selbst in ihren Erinnerungen fest.

»Bitte versprich mir, dass du Opa in keiner Hundebox unterbringst«, flüsterte sie ihr ins Ohr.

17

Cecilia schaute dem schwarzen Kombi entgegen, der langsam auf sie zurollte. Kurz darauf hielt er an und die Fahrertür schwang auf. Lukas stieg aus – strahlend wie die Morgensonne. Er trug eine ausgeblichene Jeans – tief sitzend wie immer – und ein schwarzes Shirt.

Mit einem Satz stand er vor ihr und drückte sie so fest an sich, dass sie das Gefühl hatte, er müsste ihren Herzschlag an seiner Brust spüren. Es fühlte sich gut an. Viel besser, als sie es sich vorgestellt hatte. Cecilia vergrub ihr Gesicht in seiner Halsbeuge. Die Haut roch nach einem herben Parfüm, das schon fast verflogen war. Sie erinnerte sich an diesen Duft. Es war eine Spur, die er auf ihrem Kopfkissen hinterlassen hatte. Seine Hände wanderten über ihren Rücken.

»Sie sind sehr neugierig«, flüsterte sie und rückte von ihm ab. »Meine Mutter und mein Großvater«, erklärte sie dann.

Abrupt ließ er die Arme sinken. Seine Augen wanderten zum Haus, dann winkte er grinsend. »Haben sie Ferngläser?«, fragte er flüsternd, während er immer noch zum Haus schaute und dabei winkte.

»Es wäre ihnen zuzutrauen.«

»Dann sollten wir schleunigst verschwinden.«

Kaum hatten sie die Tasche im Kofferraum verstaut und sich ins Auto gesetzt, legte er die Hand in ihren Nacken und zog sie zu sich heran.

»Es tut so gut, dich zu sehen. Du hast keine Ahnung, wie erleichtert ich bin, dass du wirklich hier bist. Ich dachte bis zum Schluss, dass du abspringst.«

* * *

Sie fuhren auf der A 95 entlang des Starnberger Sees, immer weiter gen Süden. Wenn er nicht den Gang wechselte, ruhte seine Hand auf ihrem Knie. Warm, beruhigend, schwer. Sie lauschten der Musik und dem Brummen des Motors. Cecilia ließ sich davon einlullen, hing ihren Gedanken nach und schaute aus dem Fenster. Bei ihrem Besuch ging es nicht nur darum, Lukas zu sehen und sein Haus zu besichtigen. Vor allem wollte Cecilia prüfen, ob sie die Kraft besaß, sich auf sein Leben einzulassen. Sie wollte sich beweisen.

Das Licht der Sonne hatte sich inzwischen verändert, war weicher und verträumter geworden. Grüne Hügel erstreckten sich vor ihren Augen und berührten am Horizont den Himmel. Dunkle Nadelwälder stachen daraus hervor. Das Land war von glänzenden Bachläufen durchzogen. Rauch kroch aus Schornsteinen der Häuser und verflüchtigte sich in den Höhen.

»Hier wohnst du also«, murmelte sie.

»Nur noch selten. Meistens bin ich unterwegs. Das Haus ist zu groß, um dort allein zu wohnen. Man kommt sich manchmal vor wie der einzige Mensch auf der Welt.« Sonnenstrahlen tanzten über sein Gesicht und ließen seine Augen immer wieder aufleuchten.

»Jetzt bin ich da.«

Sein Lächeln drang tief in sie ein und überzeugte sie, die richtige Entscheidung getroffen zu haben.

Nachdem sie eine Ortschaft mit grauen Häusern und schmalen Gassen durchfahren hatten, parkte er den Wagen vor einem Haus mit hölzernem Balkon auf der Frontseite. Leere Pflanzenkästen erinnerten daran, dass dort vor langer Zeit Blumen gewachsen waren.

Cecilia öffnete die Wagentür und sprang an die frische Luft. Aus unerfindlichen Gründen hatte sie sich immer vorgestellt, dass er in einem Fachwerkhaus wohnte – freundlich und einladend. Die Realität war ernüchternd. Nicht, weil das Haus hässlich gewesen wäre, sondern weil es verlassen wirkte. Im Vorgarten lag eine umgekippte Gießkanne, zwischen den Natursteinplatten wucherte Unkraut.

»Hier hast du mit Julia gewohnt«, sagte sie mehr zu sich selbst als zu Lukas. »Das ist euer Haus.«

»War's mal. Julia wollte unbedingt in der Nähe der Berge wohnen, weil sie so gern wandern gegangen ist. Deswegen sind wir in diese Einöde gezogen.«

»Wolltest du nicht aufs Land?«, fragte Cecilia und betrachtete das Namensschild aus Keramik. *Familie Tanner.*

»Mir war's egal. Ich war ja die meiste Zeit unterwegs und kaum zu Hause, aber wahrscheinlich hätte ich's bevorzugt, näher am Flughafen zu wohnen.« Er öffnete den Kofferraum und schulterte ihre Tasche.

* * *

Das Haus roch nicht nach Lukas, sondern unangenehm nach einem Putzmittel oder einer Möbelpolitur.

Während er ihren Mantel in den Bauernschrank hängte, sah sie sich um. Auf einer Kommode türmten sich ungeöffnete Briefe neben einem Telefon, dessen Anzeige blinkte und an 21 Nachrichten auf dem Anrufbeantworter erinnerte.

»Tja, also.« Er grinste schief, während er mit in den Hosentaschen vergrabenen Händen vor ihr stand. »Soll ich dir das Haus zeigen? Hast du Hunger oder Durst? Du musst mir helfen. Ich bin kein guter Gastgeber, fürchte ich.«

Sie rieb die Handflächen aneinander. »Es ist eiskalt hier drin. Du zeigst mir dein Reich und wir schalten nebenbei die Heizung ein, ja?«

Lukas führte sie zuerst in eine geräumige Wohnküche, die mit honigfarbenen Holzmöbeln ausgestattet war. Ein angebissener Schokoladenkeks lag neben einer leeren Kaffeetasse auf dem Tisch. Hier roch es besser – süßlich wie Obst. Cecilia trat zu den Sprossenfenstern und blickte hinaus in einen kleinen Garten. Das Gras stand kniehoch. Zwischen zwei Apfelbäumen verwitterte ein Stuhl – sein Holz war gräulich und zerfurcht. Entlang der Mauer, die den Garten umschloss, wuchsen rosafarbene Dahlien, Sonnenhut und violetter Mönchspfeffer. Vielleicht würde sie später noch einen Strauß pflücken und ihn auf den Küchentisch stellen, dachte Cecilia und drehte sich lächelnd zu ihm um.

»Es ist traumhaft hier.«

»Traumhaft, na ja!« Er winkte ab. »Aber freut mich, dass es dir gefällt. Nachher koche ich was für uns, okay? Ich habe so viel Zeug eingekauft, dass wir hier problemlos überwintern könnten.«

»Klingt gut. Was gibt's denn?«

Er rieb sich den Nacken. »Pasta oder Pizza?«

»Weißt du noch, als wir uns ins Cinnamoon verzogen haben, weil in der ganzen Stadt kein einziger Tisch frei war? Pizza und Wein. Das war das schönste Date meines Lebens.«

Eine kribbelnde Wärme breitete sich in ihrem Körper aus, als er seine Schultern sinken ließ und sie anstrahlte.

Im Haus gab es keinen Schnickschnack, keine unnötige Spielerei. Einzig Bücher und Zeitschriften schienen im Überfluss vorhanden zu sein. Überall entdeckte Cecilia bunte Stapel oder einzelne Exemplare. Sie lagen auf dem Fenstersims, auf einer Treppenstufe und auf der Lehne des grauen Ohrensessels. Es war merkwürdig, den Ort zu erkunden, an dem Lukas mit seiner Frau gelebt hatte, weil sie sich unweigerlich vorstellte, wie Julia durch diese Räume schritt, auf dem Sofa saß, seinen Namen rief.

Das Wohnzimmer besaß eine bodentiefe Fensterfront, die Blick auf weitläufige Wiesen und den angrenzenden Wald bot. Davor stand ein Konzertflügel. Lukas strich so sanft über die Tasten, als wäre es die Wange eines Kindes.

»Den habe ich von meinem Mentor geerbt. Der Klang ist gewaltig. Später musst du dich mal drunterlegen«, sagte er. »Smirnow wollte immer, dass ich mich unter den Korpus lege, während er spielte. Die Töne fallen wie Regen auf deinen Körper. Du kannst die Musik in den Knochen spüren, die Vibrationen.«

»Bekomme ich etwa ein Privatkonzert?«

»Selbstverständlich«, entgegnete er grinsend und verneigte sich leicht. »Für diesen Moment habe ich schließlich jahrelang geprobt.«

Neben dem Sofa stand ein Kachelofen mit dunkelgrünen Keramikfliesen. Auch bei Oma Elli hatte es einen Ofen gegeben, an dem sie sich im Winter die Füße gewärmt hatten. Nichts war heimeliger als das Knistern und der Geruch, den die brennenden Holzscheite verströmten.

»Schüren wir ihn später ein?«, fragte sie und wollte sich zu Lukas umdrehen, als ihr Blick von einem Bild gefesselt wurde. Eine Frauengestalt trug ein weißes Gewand. In ihren Armen lagen ein schlafendes Kind und ein Lamm – nur das Tier schaute dem Betrachter entgegen.

»Das ist von Bouguereau. Julia hat es hier aufgehängt. Sie war ja Kunsthistorikerin.« Er hielt inne und schüttelte den Kopf. »Sie *ist* Kunsthistorikerin, meine ich. Dieses Bild hat's ihr angetan. Dabei war sie nicht sonderlich religiös. Es ging ihr vielmehr um die Lebendigkeit.«

Cecilia trat neben ihn, um das Gemälde aus der Nähe zu betrachten. »Es sieht wirklich so aus, als würden sie jeden Moment blinzeln. Als würden sie gleich aus dem Bild steigen, um in die Küche zu spazieren und sich einen Tee zu kochen.«

Lukas führte sie über eine knarrende Treppe ins Obergeschoss. Nachdem er ihr sein Arbeitszimmer gezeigt hatte – an den Wänden hingen goldene Schallplatten, auf einer Kommode reihten sich unzählige Preise aneinander –, ließ er sie einen kurzen Blick ins Schlafzimmer werfen. Ehebett, zwei Nachttische, zwei Decken, zwei aufgeplusterte Kissen. Cecilia war froh, als er die Tür wieder schloss und sie ins letzte Zimmer führte. Cecilia betrachtete eine Blumentapete, Kerzen auf dem Fenstersims und eine Spiegelkommode, über der eine Lichterkette baumelte – alles trug Julias Handschrift. Auf dem Schreibtisch lag ein Notebook, daneben bunte Magazine und eine leer gequetschte Tube Handcreme.

»Sie war am liebsten hier oben. Das war ihr Zimmer. Hier drin stecken echt viele Erinnerungen«, erklärte Lukas und wischte mit dem Ärmel seines Shirts einen Staubschleier von der Kommode.

Über der Stuhllehne hing eine graue Strickjacke. Gerade ausgezogen. Vorhin vergessen. Cecilia riss ihren Blick davon los und ließ ihn zum Fenster wandern. Die weißen Vorhänge waren zugezogen. Davor stand eine Staffelei. Auf der Leinwand erkannte man die Bleistiftskizze eines halben Frauengesichts.

Nachdem er die Tür wieder geschlossen hatte, trat er vor sie und suchte ihren Blick. »Die gehören zu mir, diese Erinnerungen.«

»Ich weiß. Das ist okay.« Ihr Herzschlag beschleunigte sich, als er seine Hände auf ihre Hüfte legte. Warme Lippen berührten ihre Stirn. »Wäre das auch okay?«

Cecilia nickte. Wie lange hatten sie sich nicht mehr geküsst? Eine Ewigkeit. Seine Lippen strichen über ihre Wange, wanderten zu ihrem Mund. Mit der Zunge öffnete er ihre Lippen und fing an, sie langsam zu küssen. Fast andächtig. Wenn es eine Chance gab, dann diese, schoss es ihr durch den Kopf, als sie sich gegen die Wand lehnte und seinen Körper an ihrem spürte. In diesem Haus vermischten sich erblühende und welke Gefühle, Zukunft und Vergangenheit, Träume und Erinnerungen. Ihr Gefühl hatte sie nicht getäuscht: Sie musste sich mit seinem Leben konfrontieren – mit allem, was dazugehörte –, um ein Teil davon werden zu können.

* * *

Nachdem sie sich mit Pizza die Bäuche vollgeschlagen und gemeinsam den Abwasch erledigt hatten, setzte Lukas sich an seinen *Bechstein* und deutete auf den Boden.

»Schnapp dir ein Kissen und komm her.«

»Soll ich mich wirklich unter dein Klavier legen?«

»Du wirst nie wieder aufstehen wollen«, versprach er und fing an, seine Hände zu dehnen. Er ließ die Handgelenke kreisen, beugte und spreizte jeden einzelnen Finger.

Cecilia krabbelte währenddessen mit einem Kissen unter den schwarzen Flügel und legte sich auf den Rücken.

»Ich spiele dir etwas von Beethoven vor.« Sie hörte, wie Lukas mit einem Pedal das Spielwerk verschob. »Es ist eins seiner berühmtesten Werke.«

»Wie heißt es?«

»Weißt du, der Mond hat für mich eine besondere Bedeutung, seitdem ich in London war. Ich werde nachts nie mehr in den Himmel schauen können, ohne dabei sofort an eine charmante Servierdame denken zu müssen, die in der Half Moon Street arbeitet«, erklärte er amüsiert. »Deswegen spiele ich die Mondscheinsonate.«

Die Melodie war schwermütig, majestätisch. Ein paar Takte genügten und das Lächeln auf ihren Lippen erlosch. Ihr Körper nahm die Schwingungen auf und vervielfachte sie zu Gefühlen. Vor ihrem inneren Auge erschienen gesichtslose Gestalten, glommen Lichter auf, dann sah sie das Gesicht ihres Vaters. Sie versuchte, sich an seine Stimme zu erinnern. Wie hatte sie geklungen, wenn er ihren Namen aussprach? Sie vermisste seine warmen Augen und das Zwinkern über den Küchentisch hinweg, sein Lachen und das Gefühl, bei ihm Zuflucht suchen zu können. Tränen flossen ihre Schläfen hinab und versickerten in ihrem Haar. Es war nicht nur ein Ausdruck von Traurigkeit, sondern auch Erleichterung, weil sie ihn endlich wieder fühlen konnte. Sie weinte noch, als die Melodie in ein dynamisches Allegretto überging.

Lukas nahm den Fuß vom Pedal. Einige Sekunden verstrichen, in denen sich die Klänge langsam aus dem Raum zurückzogen, bis Stille herrschte. »Beethoven hat das Stück seiner Klavierschülerin gewidmet. Sie hieß Julie. Den Nachnamen habe ich vergessen.«

»Er muss sie sehr geliebt haben, aber zwischen den Tönen hört man, dass er zutiefst unglücklich war«, erklärte sie mit belegter Stimme, während sie in Gedanken den Namen wiederholte, den er so leichthin ausgesprochen hatte. Julie.

Lukas griff wieder in die Tasten. Die Musik legte sich warm auf ihr Gesicht und ließ es strahlen. Es war ein Lied der Rolling Stones.

»Du spielst *Wild Horses*?«

»Das war doch das Lieblingslied deines Vaters, wenn ich mich richtig entsinne? Es gibt doch diese Kassette …«

Ihr Herz wurde schwer und gleichzeitig fühlte sie sich beflügelt, weil es sie rührte, wie aufmerksam Lukas war. Tatsächlich besaß sie eine Kassette, auf die ihr Vater in Endlosschleife dieses Lied aufgespielt hatte. »Es kam sogar auf seiner Beerdigung.«

Cecilia rappelte sich auf, kroch unter dem Flügel hervor und schob sich auf seinen Schoß. Lukas war professionell genug, um weiterzuspielen, obwohl er ständig danebengriff und aus dem Takt kam, als sie ihn küsste.

* * *

Spätabends saßen sie mit dampfenden Teetassen auf den Dielenbrettern und beobachteten die Flammen im Ofen. Lukas hatte eine Hand unter ihren Pullover geschoben und kraulte ihren Rücken. Draußen herrschte Dunkelheit. Dort, wo der Wald die Wiesen säumte, war nur Schwarz. Kein Licht, an dem man sich hätte orientieren können. Keine Geräusche, die ins Innere des Hauses drangen. Nur das Ticken der Küchenuhr, nur das Knacken der Holzscheite und gelegentlich ein wohliges Seufzen.

Cecilia hatte die Arme um ihre angewinkelten Beine gelegt und genoss seine sanften Berührungen. »Wie hast du Julia eigentlich kennengelernt?«

Die Hand, die ihre Wirbelsäule hinaufgewandert war, hielt inne und legte sich warm auf ihr Steißbein. »Willst du das wirklich hören?«

»Warum nicht? Dadurch verändert sich ja nichts.«

Lukas zog das graue Wollplaid vom Sofa und breitete es über ihnen aus, dann rutschte er so nah an sie heran, als würde er ihr ein Geheimnis anvertrauen, das nur für ihre Ohren bestimmt war. »Ich habe meine Mutter zu einem Oratorium von Händel begleitet. Eigentlich hatte ich keine Lust, weil Händel nicht mein Fall ist, aber du hättest den Sound hören müssen: die

Streicher, die Orgel, dieser Hall und die Atmosphäre ... Das hat mich echt umgehauen. Nach dem Konzert habe ich gewartet, weil ich unbedingt ein paar Takte mit der Organistin sprechen wollte. So habe ich Beatrix kennengelernt. Sie ist brillant an den Tasten, wirklich außergewöhnlich. Wir haben uns gut unterhalten und ich habe sie spontan zu meinem Konzert ins Prinzregententheater eingeladen. Beatrix kam tatsächlich und sie hat ihre Tochter mitgebracht. Ich bin Julia zum ersten Mal begegnet, als ich fluchend von der Bühne gedonnert bin, weil ich mit meiner Leistung so unzufrieden war.«

Lukas hob ihre Hand zu seinem Mund und küsste sie, als wollte er sich dafür entschuldigen. »Danach haben wir oft gegenseitig unsere Konzerte besucht. Julia war meistens dabei, aber wir hatten nie Gelegenheit, uns wirklich kennenzulernen. Irgendwann hat Beatrix mich zu ihrem Geburtstag eingeladen und, tja, was soll ich sagen? Da hat's zwischen Julia und mir ordentlich gefunkt.« Lukas richtete sich auf. »Du weißt ja, wie's weitergeht. Hochzeit, Schlaganfall und dann wurde alles leise.«

Zärtlich streichelte sie die Hand, auf der er sich abgestützt hatte, ließ ihre Finger seinen Arm emporwandern und registrierte die Gänsehaut.

»Ich liebe Musik, aber durch Julia habe ich gelernt, auch die Stille zu lieben. Wenn es um dich herum so still wird, dass du deinen eigenen Herzschlag hörst – das kannte ich früher nicht«, fuhr er fort und erwiderte ihr Lächeln. »Mein Leben war so turbulent und ich bin durch die Tage gerast, als wollte ich selbst die Zukunft überholen. Mir hat die Ruhe gefehlt. Das hat sich verändert. Ich glaube, die schönsten Dinge sind leise.« Er beugte sich über sie und ließ seine Augen über ihr Gesicht wandern. Mit dem Zeigefinger fuhr er ihre Nase entlang, zeichnete den Schwung ihrer Lippen nach, dann küsste er sie.

18

Am nächsten Morgen zogen graue Wolken über den Himmel. Inmitten der Wiese hatte sich über Nacht Regenwasser zu einem kleinen See gesammelt. Der Wind pfiff ums Haus, drückte sich gegen die Fensterscheiben und ließ die hölzernen Rahmen knarzen. Cecilia genoss die behagliche Wärme im Wohnzimmer und lauschte dem Knistern des Feuers, während sie beobachtete, wie sich die Hagebuttensträucher bogen und der Sturm durch die Baumkronen rauschte.

Nackt lag sie in Lukas' Armen und spielte mit seinen Fingern, während sich sein Brustkorb unter tiefen Atemzügen gegen ihren Rücken drückte. Er war schon wieder eingedöst.

Cecilia ließ den Blick durch den Raum schweifen. Irgendetwas störte sie. Irgendetwas fehlte. Es war gemütlich, aber unvollständig. Im ganzen Haus gab es keine einzige Fotografie, die seine Bewohner zeigte. Kein Kalender mit Urlaubsbildern, kein Fotomagnet am Kühlschrank, keine alten Passbilder an der Pinnwand – nichts. Plötzlich fielen ihr Jonathans Worte ein: *»Du siehst ihr echt ähnlich.«*

Lukas brummte etwas Unverständliches, als sie hektisch aufstand und den Raum verließ. Wie sah Julia eigentlich aus? In ihrer Vorstellung war sie hell, elfenhaft und besaß eine klare Stimme. Dabei hatte Cecilia nie ein konkretes Gesicht vor

Augen gehabt. Vielleicht, weil Julia ihr auf diese Weise weniger real und bedrohlich erschien.

Entschlossen marschierte Cecilia in den Flur und wollte schon die Treppe hinaufsteigen, als ihr einfiel, dass sie nicht ungefragt in seine Intimsphäre vordringen durfte. Anstatt zurück ins Wohnzimmer zu gehen, verbarrikadierte sie sich im Bad und wählte die Nummer des Cinnamoon.

»Vielleicht seht ihr euch ja tatsächlich ähnlich, aber deswegen würde ich mir keine Sorgen machen«, erklärte Kat. Im Hintergrund hörte man dumpfes Gemurmel, das verstummte, als sie die Tür hinter sich geschlossen hatte. »Am Ende siehst du Ähnlichkeiten, weil du sie erwartest, nicht weil sie tatsächlich vorhanden sind. Außerdem hat doch jeder einen Doppelgänger irgendwo auf der Welt.«

»Aber lass es bitte nicht ausgerechnet Julia sein.«

»Vielleicht hat dieser Jonathan einen gewaltigen Knick in der Optik«, mutmaßte ihre Freundin.

»Ich glaube, er schielt ein bisschen.«

Das Lachen wirkte beruhigend. Möglicherweise bildete sich Jonathan nur ein, dass es eine frappierende Ähnlichkeit zwischen Julia und ihr gab. Zudem war es normal, dass Menschen bei der Partnerwahl eine gewisse Erscheinung bevorzugten.

Nachdem sie sich von ihrer Freundin verabschiedet hatte, stellte sie sich vor den Badezimmerspiegel und betrachtete sich. *Doppelgängerin*, dachte sie verächtlich, *so ein Schwachsinn.* Cecilia lehnte sich so weit über das Waschbecken, dass sie die Kälte spürte, die der Spiegel ausstrahlte. Sie hatte ein herzförmiges Gesicht mit spitzem Kinn, hohen Wangenknochen und einer breiten Stirn, weshalb sie meist einen Seitenscheitel trug. Unter ihrem rechten Auge, genau in der Mitte, befand sich ein kleines Muttermal, das aussah wie ein umgedrehtes Herz.

Die hochgeschwungenen Augenbrauen hatte sie von ihrem Vater geerbt. Es sah aus, als würde sie ständig *Huch* denken.

Huch, ich bin so gelangweilt. Huch, ich bin genervt. Huch, ich bin so wütend.

Ihre Oberlippe war voller als die Unterlippe, ihr Haar schimmerte kupfern und ihre Augen waren zwar groß und dunkelgrün, standen aber für ihren Geschmack zu nah beieinander. Sie fuhr mit dem Zeigefinger über ihren Nasenrücken. Gerade.

Ein Durchschnittsgesicht. Gut möglich, dass Jonathan darin eine pauschale Ähnlichkeit gesehen hatte.

* * *

Während der Herbststurm an den Bäumen rüttelte, saßen sie in der Küche. Kerzen flackerten auf dem Tisch. Satt und ein bisschen betrunken vom Wein vertieften sie sich in ein Gespräch. Cecilia erzählte von einem Ausflug mit ihrem Vater, als sie quer durch die Republik gefahren waren, um eine seltene Lokomotive für seine Sammlung abzuholen. Lukas erzählte von seinem Musikstudium und der Versicherung seiner Hände.

»Das sind wertvolle Instrumente.« Er hielt ihr beide Hände unter die Nase. Cecilia griff danach, streichelte über die weiche Haut, unter der sich die Adern deutlich abzeichneten. Seine Hände waren kräftig und warm. »Es kommt auf die Flexibilität und Spannweite an. Bach hatte zum Beispiel riesige Pranken. Ich greife gerade mal eine Dezime.«

»Sehen aus wie ganz normale Hände, wenn du mich fragst«, zog sie ihn auf. »Zehn Finger. Gleichmäßig verteilt.«

»Entschuldige mal. Diese Hände verwandeln schwarze und weiße Tasten in Musik und machen daraus Gold.«

»Und meine Hände machen satt und glücklich.«

»Das stimmt.« Lukas umschloss ihre Hände mit seinen. »Sehr glücklich.«

Als er ihren Blick auffing, lächelte sie. Die beiden Kerzen, die auf dem Tisch standen, ließen Licht und Schatten über sein Gesicht tanzen. Cecilia wandte sich zu den Fenstern um und erkannte darin ihre Reflexion. *Jetzt*, flüsterte eine innere Stimme.

»Mir ist im Haus etwas aufgefallen«, hob sie an.

»Die Fenster könnten mal wieder geputzt werden, oder?«

»Ach, die Fenster sind mir doch egal. Ich habe mich nur gefragt, wo eure ganzen Fotos sind.« Sie spülte die Worte mit Wein nach, während sie ihn aufmerksam beobachtete.

Er nickte, als hätte er mit der Frage gerechnet. »Weggeräumt. Es war schwer, ständig damit konfrontiert zu werden, wie sehr Julia sich verändert hat. Jetzt sieht sie so anders aus. Die Mimik, der Ausdruck ihrer Augen …«

»Ich würde gern wissen, wie Julia aussieht.«

Lukas kratzte sich am Kinn. »Warum willst du das?«

»Sie ist deine Frau und ich kann nicht so tun, als würde sie nicht existieren. Ich hätte gern ein Bild vor Augen, wenn du von ihr sprichst. Das würde es einfacher machen, denke ich.«

Nachdem er eine Weile im Obergeschoss verschwunden gewesen war, stellte er eine Holztruhe auf den Tisch und setzte sich dicht neben sie.

»Also, dann wollen wir mal.« Er schenkte ihr ein flüchtiges Lächeln und hob den Deckel an. Cecilia war so nervös, als würde Julia jeden Moment leibhaftig aus dieser Kiste steigen.

Vorsichtig griff er in die Truhe. »Das ist ihr Telefon«, erklärte er und hob ein aufklappbares Handy empor. »Ich habe so oft angerufen, um ihre Stimme auf der Mailbox zu hören. Dieses fröhliche *Julia Tanner*. Und ich habe ihr geschrieben. Wenn ich im Bett lag und nicht pennen konnte, wenn ich aufgewacht bin, zwischendurch. Ich habe ihr ständig geschrieben und das Telefon immer angelassen, damit ich eine Lesebestätigung erhielt. Man entwickelt schräge Rituale, um sich nicht so einsam zu fühlen.«

»Das verstehe ich. Hat es dir geholfen?«

»Ich denke schon. Plötzlich war da wieder ein Gegenüber. Es hat sich jedenfalls so angefühlt.« Er schob eine Hand unter ihren Pullover, um ihren Rücken zu streicheln. »Dabei war es nur die Imitation von Nähe.«

»Es war dein Trost.«

»In London habe ich damit aufgehört. Nach meinen ersten Besuchen im Cinnamoon habe ich die letzte Nachricht losgeschickt.«

»Was hast du geschrieben?«

Er ließ das Display aufleuchten, ein Jingle ertönte, dann drückte er ein paar Tasten.

Ich habe sie gefunden, Jules! Sie ist unglaublich. Ich bin mir sicher, dass du sie lieben würdest.

Überrascht schaute Cecilia ihn an. »Wen hast du damit gemeint?«

»Die Tarte«, erwiderte er trocken.

Ein Lächeln erklomm ihre Lippen. Cecilia stand auf, zwängte sich auf seinen Schoß und ließ ihren Blick über sein Gesicht wandern. »Du flunkerst, Lukas Tanner. Du hast die Servierdame gemeint. Stimmt's?«

Sie liebte die Fältchen, die sich um seine Augen auffächerten, als er grinste. Ihre Brust weitete sich, um ihrem kräftig schlagenden Herzen Platz zu machen.

»Ich bin eben leicht zu beeindrucken.« Er strich ihr eine Haarsträhne hinters Ohr. »Nein, um ehrlich zu sein, hätte ich nie geglaubt, dass es mich noch mal so erwischen würde.«

Cecilia versank in seinem Blick. Alles an ihm rührte sie an, machte sie weich und hoffnungsvoll. »Ich will, dass wir das hinbekommen, Lukas. Ich will mit dir zusammen sein. Egal, wie kompliziert das wird.« Sie beugte sich vor und flüsterte in sein Ohr. »Aber ich gehe nicht aus London fort.«

»Das verstehe ich natürlich.« Er nickte. »Alles andere wäre unverantwortlich. Du bist quasi ein Wahrzeichen der Stadt. Die Queen würde vom Thron fallen, wenn du gehst. Die Themse würde austrocknen und Big Ben nie wieder läuten.«

»Das musst du verstehen. Die Londoner lieben ihre Zimtschnecken«, erklärte sie und glitt mit den Fingern durch sein volles Haar.

»Und ich liebe dich.«

»Lass uns rübergehen.« Sie stand auf, zog den Pullover zurück über ihre Hüften und griff nach seiner Hand.

»Was ist mit den Fotos?«

»Morgen vielleicht.«

* * *

Selbst hier schrillte ihr innerer Wecker. Cecilia wachte auf, als die Sonne hinter den Bäumen hervorblinzelte. Lukas hatte sich im Schlaf abgedeckt. Behutsam zog sie die Decke zurück über seine nackte Brust, dann stand sie auf.

Barfuß tapste sie über den kühlen Steinboden, schaltete erst das Licht und dann die Kaffeemaschine an. Auf dem Küchentisch stand immer noch die Truhe mit den Erinnerungen an Julia. Sie öffnete den Schrank und griff zu der Tasse, die sie in einem Souvenirladen in London gekauft und Lukas geschenkt hatte. Das Konterfei von Queen Elizabeth blickte ihr hoheitsvoll entgegen.

»Guten Morgen, Eure Majestät. Wie haben Sie geruht? Ich …«

»Mit welcher Tasse redest du da?« Lukas stand im Türrahmen. Er trug ein zerknittertes Shirt, weiß mit Grauschleier, und gestreifte Shorts. Das Kissen hatte Abdrücke auf seiner rechten Wange hinterlassen.

»Mit der Londontasse.«

»Hätte ich mir denken können.«

Kaum hatte sie sich wieder umgedreht, spürte sie warme Lippen, die ihren Hals küssten.

»Sag mal, hast du deiner Familie eigentlich erzählt, wer ich bin?« Sein Atem kitzelte in ihrem Ohr. Als sie nickte, drückte er sie noch fester an sich. »Die halbe Wahrheit oder alles? Von Julia und so.«

»Die ganze Wahrheit, aber nicht alles.« Sie lächelte und deutete zur Truhe. »Können wir uns jetzt die Bilder von Julia ansehen?«

»Wenn's unbedingt sein muss.«

Ein Kleinkind, das lachend in einer Badewanne saß und eine riesige Schaumkrone auf dem Kopf trug. Auf dem nächsten Bild sah man ein Mädchen, das stolz eine Schultüte in den Armen hielt. Julia hatte blonde Locken und dunkle Augen. Ihr Gesichtsausdruck war außergewöhnlich. Er war Cecilia sofort aufgefallen. Julia blickte verwundert drein.

»Kann ich ein aktuelleres Bild von ihr sehen? Euer Hochzeitsbild zum Beispiel?«

»Das Hochzeitsbild? Ernsthaft?«

Als sie seinen bestürzten Gesichtsausdruck bemerkte, kniff Cecilia die Lippen zusammen und dachte einen Moment darüber nach, doch dann nickte sie. »Warum nicht?«

»Okay, okay, okay.« Er wiederholte das Wort, als wollte er sich auf diese Weise selbst davon überzeugen. Lukas krempelte die Ärmel seines Shirts hoch. Kurz darauf hielt er einen silbernen Rahmen in den Händen. Er seufzte, als sein Blick darüberglitt.

»Das sind wir, waren wir«, erklärte er, reichte ihr den Rahmen und trat dann um den Tisch herum. Cecilia hielt das Bild unter die Küchenlampe und spürte im selben Moment eine Hand, die sich schwer auf ihre Schulter legte.

Vor einem neugotischen Kirchenportal aus dunklem Gestein stand eine Hochzeitsgesellschaft. Zwei Mädchen mit

Blumenkränzen im Haar saßen auf der Treppe und hielten Weidenkörbchen auf ihren Schößen. Das eine Kind hatte seine Hand immer noch tief darin vergraben, während das andere fasziniert auf seine Finger starrte, an denen rosafarbene Blüten klebten.

Die Kostüme der Damen besaßen leuchtende Farben. Manche trugen Hüte, wie man sie vom *Royal Ascot*, dem britischen Pferderennen, kannte: Mit nervös wippenden Federn und asymmetrischen Kreationen schrien sie förmlich nach Beachtung. Alle hatten ein Grinsen auf den Lippen, das sofort verriet, wie sentimental sie waren. Mit glänzenden Augen schauten sie auf zwei Menschen in der Bildmitte. Lukas trug einen dunklen Smoking in Marineblau. Darunter glänzte eine cremeweiße Weste über einem schlichten Hemd. Es war die Essenz von Glück, die aus seinen Augen strahlte. Selbst Jahre später konnte man ihm durch die Fotografie direkt ins Herz blicken und wurde von seinen Gefühlen berührt. Er hielt sie im Arm und betrachtete sie mit einer gewissen Fassungslosigkeit.

Julias dunkelblondes Haar fiel ihr seidig über die Schultern. Ihre Haut war elfenbeinfarben und zu hell für das weiße Kleid, das sich an ihren Körper schmiegte und ihre zierliche Taille betonte. Dennoch wirkte es, als wäre es eigens für sie geschneidert worden und hätte von keiner anderen Frau getragen werden können. In den Händen hielt sie einen Strauß mit rosafarbenen Rosen und jeder Menge Schleierkraut.

Cecilia hielt inne. Ihre Augen sprangen zurück zu dem herzförmigen Gesicht. Zufall. Hohe Wangenknochen, spitzes Kinn und große Augen – verheißungsvoll funkelnd, glücklich und erleichtert. Sie schien sagen zu wollen: *Huch, verheiratet.* Als wäre sie in die Kirche gestolpert und hätte sich versehentlich für den Rest ihres Lebens einem anderen Menschen versprochen. Cecilia blinzelte. Zufall.

Die Hand auf ihrer Schulter wurde schwerer und schwerer. Lukas räusperte sich. »Soll ich dir …«

»Sie sieht aus wie ich.« Cecilia hob den Kopf und starrte ihn an. »Julia sieht aus wie ich.«

»Quatsch.«

Sie hatte geglaubt, binnen Sekunden ein Urteil fällen zu können und sich selbst im Spiegel zu erkennen, doch nun war sie verunsichert. Lukas trat einen Schritt zurück, verschränkte die Arme und betrachtete sie so lange und intensiv, als würde er sie zum ersten Mal sehen.

»Sie sieht aus wie ich«, wiederholte sie mit Nachdruck und hoffte dabei inständig, dass er ihr widersprechen würde.

Er senkte den Kopf und rieb sich den Nacken. »Irgendwie …«

»Ihr Gesicht, mein Gesicht, diese Ähnlichkeit – das hast du nie bemerkt?«

Schweigen. Er räusperte sich, schürzte die Lippen und schien krampfhaft nach den richtigen Worten zu suchen. »Am Anfang ist mir die Ähnlichkeit natürlich noch aufgefallen, rein äußerlich, aber das war wie weggewischt, als ich dich kennengelernt habe.«

Cecilia versuchte auszumachen, was sie fühlte. Was bedeutete das Klopfen ihres Herzens? Was bedeuteten die klammen Finger, das Rumoren ihres Magens und dieses oszillierende Surren in ihrem Kopf? Sie hatte keine Ahnung.

»Ich war wie vom Blitz getroffen, als ich dich zum ersten Mal gesehen habe. Du hast mich an sie erinnert, ja, und dann bin ich jeden Tag ins Café gekommen.« Er zog sich einen Stuhl heran, setzte sich und griff nach ihrer Hand. »Ich wollte einfach nur in deiner Nähe sein. Das hat mir schon gereicht. Zumindest am Anfang.«

»Und dann?«

»Du warst so charmant. Beim Kopfrechnen hast du immer die Lippen bewegt und dabei in den Himmel geschaut, als wär's Astrophysik. Dein Lachen, dieser Klang und alles andere … Ich habe das nicht mehr aus dem Kopf bekommen.«

»Ich habe Julia wieder zum Leben erweckt.«

»Blödsinn! So war das nicht.« Lukas starrte sie eindringlich an. Das Blau seiner Augen kräuselte sich wie Wellen, als wäre alles darin bewegt. »Bevor ich dich getroffen habe, dachte ich, dass da nichts mehr kommt, dass mir das Glück eben durch die Lappen gegangen ist. Ich wollte Musik machen. Das war's. Aber dann habe ich dich gesehen. Viel mehr als an Julia erinnerst du mich an mich selbst und alles, was ich sein will.« Er küsste Entschuldigungen und Geständnisse auf ihre Haut.

Trotzdem löste sie ihre Hände aus seinen und griff nach der Tasse. Leer. »Ich gehe jetzt duschen«, erklärte sie mechanisch. Sie stand auf und warf einen letzten Blick auf das Hochzeitsbild. Auch als sie die Augen längst abgewandt hatte, sah sie Julia vor sich. Das jähe Kopfschütteln half nicht dabei, den Anblick zu verscheuchen. War die Ähnlichkeit so groß? Cecilia flüchtete ins Badezimmer und betrachtete sich lange im Spiegel.

* * *

Lukas schien sich keinen Millimeter bewegt zu haben, als sie eine halbe Stunde später zurück in die Küche trat.

»Kann ich es noch mal sehen?«, fragte sie vorsichtig, griff nach dem Hochzeitsbild und betrachtete es. Nach einer Weile stand Lukas auf und spähte über ihre Schulter. Sie hörte ihn atmen, spürte die Wärme seines Körpers und Arme, die sich um sie legten.

»Wer ist ihre Mutter?«

Cecilia hatte richtig vermutet: Es war die zierliche Frau mit dem rehbraunen Haar. Sie sah ihrer Tochter ähnlich, auch wenn sie nicht sicher sagen konnte, worin die Ähnlichkeit bestand. Zu ihrer blauen Bouclé-Jacke trug sie ein zitronengelbes Kleid, das ein wenig zu eng war und verriet, wo der Bund der Nylonstrumpfhose ins Fleisch schnitt.

»Und das ist Robert, der Mann von Beatrix«, erklärte Lukas und legte den Zeigefinger auf einen korpulenten Mann in grauem Smoking. »Der Schlaganfall hat uns zusammengeschweißt. Sie behandeln mich wie ihren eigenen Sohn.«

Cecilia schenkte ihm ein flüchtiges Lächeln, dann starrte sie wieder auf das Bild. Je länger sie die Gesichter betrachtete, desto vertrauter und lebendiger wurden die Menschen. Fast so, als wäre Cecilia damals selbst dabei gewesen und würde dieses Bild betrachten, um sich den Tag in Erinnerung zu rufen.

»Zeigst du mir noch mehr Bilder von Julia?«

Sie wandte sich um. Plötzlich war sein Gesicht so nah, dass sie die feinen Linien auf seinen Lippen erkannte. Als sich ihre Blicke begegneten, spürte sie Hitze aus ihrer Körpermitte aufsteigen. In seinen Wimpern hatte sich ein winziger Fussel verfangen. So nah. Er wollte etwas erwidern, doch Cecilia küsste ihn.

Ein Bild nach dem anderen zogen sie aus der Truhe und betrachteten es eingehend. Die Ähnlichkeit war nicht zu leugnen, aber ihre Augen hatten sich an den Anblick gewöhnt und ihr Herz war darüber nicht mehr empört. Lukas erzählte kleine Anekdoten zu den Bildern, und obwohl er mit ruhiger Stimme sprach, kam es ihr vor, als zeigte er ihr eine offene Wunde. Irgendwann griff Cecilia zum Deckel und verschloss die Truhe.

Sie lächelte ihn an. »Danke, dass ich eure Bilder sehen durfte. Das war schön.«

»Ich habe ehrliche Absichten. Ich weiß, es ist schwer für dich, aber ... Ich liebe Julia nicht mehr.« Kaum hatte er es ausgesprochen, riss er die Augen auf, als wäre er bestürzt über seine eigenen Worte. »Ich will eigentlich sagen, dass sich meine

Gefühle verändert haben. Ich liebe sie wie eine Schwester. Bei dir ist alles anders. Mein Herz schlägt wie verrückt, wenn ich an dich denke. Also ständig. Ich will Musik komponieren, die klingt wie du. Ich würde bei der Queen um deine Hand anhalten, wenn ich könnte.«

Sie glaubte ihm jedes Wort. Sie war keine Kopie von Julia. Keine Doppelgängerin. Bei einer Weltbevölkerung von über 7,7 Milliarden war es kein Wunder, dass zwei Menschen einander ähnelten.

* * *

Am nächsten Tag standen sie früh auf, tranken einen Kaffee und fuhren dann durch dichte Nadelwälder, bis sie den Berg erreichten, den Lukas für ihren Ausflug auserkoren hatte. Es gebe dort einen türkisblauen Bergsee, hatte er versprochen. An dessen Ufer würden sie Rast machen, im Gras liegen und in die Wolken schauen. Nackt baden. Murmeltiere beobachten. Vom Gipfel aus könne man endlos weit sehen. Cecilia hatte zwar keine Wanderschuhe dabei, aber Lukas beteuerte, dass es ohnehin vielmehr ein Spaziergang sei.

»Hoch, runter, hoch und dann steht man schon beim Gipfelkreuz. Es ist im Grunde keine Wanderung.«

Kurz darauf fand Cecilia sich jedoch vor einem felsigen Steilhang wieder, den man ohne Steigeisen und Pickel vermutlich nicht besteigen sollte. Sie wünschte Lukas die Pest an den Hals, als sie mit ihren Halbstiefeln über den Schotter stolperte und sich immer wieder an dürrem Gewächs oder an Wurzeln festkrallen musste, um nicht den Halt zu verlieren.

Nach ein paar Metern schaute er sich um und reichte ihr die Hand. »Komisch. Ich glaube, ich habe den Berg verwechselt. Das ist wahrscheinlich der große. Es gibt aber auch noch einen kleineren. Ist echt lange her, dass ich hier wandern gegangen bin«, überlegte er.

»Na toll, Herr Bergführer«, ächzte sie. »Wenn Sie nicht mal groß und klein auseinanderhalten können, sollten Sie sich beruflich vielleicht umorientieren.«

Obwohl sie im Schatten gingen und die Sonne nicht unbarmherzig auf sie niederbrannte, war der Aufstieg anstrengend und ließ ihre Muskeln brennen. Sie mussten immer wieder Rast machen, um Kraft zu schöpfen. Die meiste Zeit schwiegen sie, während sie nebeneinander herstapften – für ein Gespräch fehlte ihnen die Puste.

Cecilia führte Gespräche mit sich selbst. Sie dachte unentwegt an Julia. Woher kam ihr tiefes Interesse für diese Frau? Wollte sie herausfinden, ob es neben der äußerlichen Ähnlichkeit auch eine innere gab?

»Ich würde sie gern besuchen«, erklärte sie kurz entschlossen und blieb stehen.

»Wen?« Lukas drehte sich zu ihr um und stemmte die Hände in die Hüften. Schweiß floss in Strömen über seine Stirn, tropfte ihm von der Nasenspitze. Sein schwarzes Shirt hatte sich damit vollgesogen.

»Julia. Ich möchte sie kennenlernen«, erklärte sie lächelnd. »Wir könnten vielleicht einen Spaziergang machen, wenn das Wetter so schön ist wie heute?«

»Das geht nicht.« Er schaute sie ungläubig an und schüttelte den Kopf. »Julia kann nicht laufen.«

»Aber sie sitzt doch bestimmt in einem Rollstuhl.« Ihre Entschlossenheit bröckelte.

»Manchmal wird sie mobilisiert und dann sitzt sie ein bisschen, ja.« Er räusperte sich und kramte die Wasserflasche aus seinem Rucksack hervor. »Warum willst du das, Cecilia? Das kann doch nicht dein Ernst sein.«

»Weil sie zu dir gehört.« Sie bohrte die Spitze ihres Stiefels in dunkle Erde.

»Du musst mir nichts beweisen.« Er trat einen Schritt auf sie zu und reichte ihr die Flasche.

Ging es ihr um eine zwischenmenschliche Begegnung oder wollte sie vielmehr Lukas davon überzeugen, dass sie souverän genug war, um mit der Situation umzugehen? Sie setzte die Flasche an und trank abgestandenes Wasser, das ungesund nach Plastik schmeckte. »Julia ist deine Frau. Wir sollten uns kennenlernen, wenn ich mit dir zusammen sein will.« Die Worte klangen verquer. Sie passten nicht zueinander und trotzdem entsprachen sie der Wahrheit.

»Ich weiß nicht, was ich davon halten soll«, erwiderte Lukas und packte die Flasche zurück in seinen Rucksack.

19

Inmitten des gepflegten Gartens mit akkurat gemähtem Rasen und Buchsbaumhecken, die entlang des Weges gepflanzt worden waren, befand sich ein naturbelassener See mit hohen, sich sanft im Wind wiegenden Schilfhalmen. Am Ufer wuchs eine Trauerweide, die sich über das Gewässer beugte und ihre Äste ins Wasser tauchte. Darunter stand ein Rollstuhl.

»Ich hab's Ihnen doch schon mal gesagt!«

Wutentbrannt stürmte Lukas auf den Baum zu, hinter dessen Stamm Rauchwolken in die Luft gepafft wurden. Cecilia blieb wie angewurzelt auf dem Weg stehen. Zwei junge Frauen in weißer Schwesternkluft traten vor. Hektisch schmissen sie ihre Zigaretten auf den Boden und zerdrückten sie mit den Schuhspitzen.

»Entschuldigung, sorry!« Die Blonde strich ihren Kittel glatt und wickelte eine Haarsträhne um ihren Zeigefinger.

»Wenn meine Frau dabei ist, wird nicht geraucht«, bellte er sie an. »Das ist Arbeitszeit, kapiert? Und Sie stehen hier wie die Teenager und rauchen?«

»Sorry, Herr Tanner. Wir sind doch an der frischen …«

»Sie haben mitbekommen, dass meine Frau eine schwere Lungenentzündung hatte. Und dann stehen Sie neben ihr und rauchen? Das soll ein Witz sein, oder?« Er schüttelte fassungslos den Kopf und hielt die Griffe des Rollstuhls fest umklammert. Sein Gesicht hatte sich inzwischen rot verfärbt. Nie zuvor hatte Cecilia ihn so herrisch erlebt – sie hätte es ihm auch nicht zugetraut. *Meine Frau*, hatte er sie genannt. Diese Bezeichnung ging ihm so flüssig über die Lippen wie sein Atem.

»Natürlich, Herr Tanner, wir dachten nur …«

»Interessiert mich nicht. Mein Gott! Sie haben sich um Ihre Patientin zu kümmern. Nach der Arbeit können Sie so viel rauchen, wie Sie wollen.«

»Natürlich, es tut uns wirklich leid.«

Cecilia konnte die Gestalt, die im Rollstuhl saß, nicht erkennen. Die gepolsterte Rückenlehne mit der Kopfstütze verdeckte alles. Doch sie meinte, kurz einen Blick auf einen blonden Kopf erhascht zu haben. Sie schlang die Arme um ihren Oberkörper und starrte hinab auf ihre Stiefelspitzen. Es war ein Fehler. Was hatte sie da nur eingefordert?

Lukas war heute sehr früh aufgestanden und hatte sich mit einer Tasse Tee ans Klavier gesetzt. Sanfte Klänge erfüllten das Haus, ließen die Dielenbretter vibrieren. Für eine Weile saß Cecilia dicht neben ihm auf dem Hocker, lehnte sich an seine Schulter, lauschte seiner Musik. Obwohl ein Lächeln auf seinen Lippen gelegen hatte, wirkte er traurig – gedanklich weit entfernt.

Erst jetzt wurde Cecilia bewusst, was sie ihm abverlangte, und spielte mit dem Gedanken, zurück zum Auto zu gehen. Schnell und leise.

»Hallo, hörst du mich?« Lukas winkte ihr zu. »Bleiben wir noch draußen oder sollen wir mit Julia reingehen?«

»Ich …«

Die Schwestern musterten sie von Kopf bis Fuß. Cecilia spürte den Verdacht hinter ihren Blicken. *Ist das seine Neue? Gott, wie unverschämt.*

»Sie können gehen«, wies Lukas die beiden Frauen an und bedachte sie mit einem eisigen Lächeln. »Ich kümmere mich um Julia und alles Weitere.«

Er zerrte ein Taschentuch aus seiner Hosentasche und beugte sich hinunter. Es sah aus, als würde er Julia damit etwas aus dem Gesicht wischen. Lächelnd sprach er mit ihr, während seine Hand über ihren Kopf streichelte – liebevoll, väterlich. Cecilia verstand nicht, was er sagte, und wagte nicht, die beiden zu stören. Es war falsch, in ihre Welt einzudringen. Bei diesem Besuch ging es einzig und allein um ihre eigene Gefühlswelt. Keinen Gedanken hatte sie daran verschwendet, ob Julia sie kennenlernen wollte. Wahrscheinlich nicht. Selbst wenn sie nur wenig davon mitbekam – es war respektlos, bei ihr aufzutauchen und ihr diese Begegnung aufzudrängen. *Es ist eine Grausamkeit,* dachte Cecilia. *Ekelhaft. Egoistisch. Nein, nein. Hör auf, so zu denken. Gedanken machen Gefühle. Gedanken machen Gefühle.*

»Kommst du?« Lukas lächelte matt. »Julia wäre so weit.«

»Was soll ich machen?«

»Na, wie wäre es mit einer Begrüßung?« Er wuchtete den schweren Rollstuhl herum. Am liebsten hätte Cecilia das Gesicht hinter den Händen verborgen, so sehr flatterten ihre Nerven. *Reiß dich zusammen.*

Ein großes Augenpaar streifte sie, doch dann verlor sich der Blick. Julia hatte den Kopf mit dem kurzen Haar an die Kopfstütze gelehnt, ihr Mund war leicht geöffnet. Es sah aus, als würde sie über etwas staunen. Ihr Gesicht besaß immer noch diesen besonderen Ausdruck, auch wenn aus dem *Huch* ein verwundertes *Oh* geworden war.

Eine flauschige Decke lag über ihrem Schoß und war so weit hochgezogen, dass sie auch die Hände verdeckte, die Julia vor der Brust hielt. Sie trug ein hellblaues Halstuch, das ein wenig verrutscht war und die weißen Pflaster erkennen ließ, welche die Trachealkanüle schützten. Cecilia dachte an die strahlende Frau, die sie auf den Fotografien gesehen hatte. Die Erinnerung ging ihr durch Mark und Bein.

Julia sah anders aus, klein und zerbrechlich. Ihr Gesicht war so ausgemergelt, dass die hohen Wangenknochen stärker hervortraten und das Kinn noch spitzer wirkte. *Sie sieht aus wie Oma Elli, kurz bevor sie gestorben ist,* dachte Cecilia mit Entsetzen.

Es tat ihr leid. Julia tat ihr leid. Lukas. Sie standen so nah beieinander und trotzdem trennten sie Welten. Nach der Fassungslosigkeit kam die Trauer, kam die Einsamkeit. Jetzt stand er da und sehnte sich nach Augen, die aufleuchteten, weil sie ihn erkannten. Wie kalt war ein Leben, wenn man für den Menschen unsichtbar wurde, den man liebte? Das Herz sprang ihr an die Kehle. Cecilia spürte, wie Tränen in ihre Augen stiegen. Es rührte sie zutiefst, die beiden unter der Weide stehen zu sehen – die bleichen Gesichter ihr zugewandt, als würden sie Hilfe erwarten. Während Lukas' Augen sie musterten, blickte Julia durch sie hindurch.

»Kommst du?«

Sie blinzelte, dann nickte sie. Mechanisch stapfte Cecilia über die Wiese und ging schließlich vor dem Rollstuhl in die Hocke. »Hallo Julia.« Vorsichtig tastete sie nach einer Hand und fand sie unter der Decke. Knöchern und steif – das Handgelenk merkwürdig abgeknickt. »Äh, ich bin Cecilia und ich finde es echt schön, dich kennenzulernen.«

* * *

Sie spazierten um den See. Lukas schob Julia vor sich her und erzählte ihr, wie er die letzte Zeit verbracht hatte. Eine neue Komposition. Ein neues Projekt. Ein neuer Bäcker im Dorf. Dabei erwähnte er nicht, dass es eine neue Frau gab, die seit Tagen bei ihm lebte.

»Mehr ist nicht passiert. Alles geht seinen gewohnten Gang. Vielleicht will dir Cecilia ja noch was erzählen?«

»Ich?« Sie warf ihm einen irritierten Blick zu. »Ach, ich weiß nicht.«

»Erzähl ihr von London. Das wäre toll, Jules, oder? Dorthin haben wir es leider nicht mehr geschafft.« Er räusperte sich. »Zusammen nicht mehr geschafft.«

Lukas blieb stehen, sein Blick brannte auf ihrer Haut, dann griff er nach ihrer Hand und lächelte. »Du weißt, wie es geht«, raunte er ihr zu. »Stell dir einfach vor, du würdest mit einer Freundin sprechen. Kat zum Beispiel. Ganz entspannt.«

Das Herz schlug ihr bis zum Hals, während sie seinen Blick erwiderte und gedanklich Worte sammelte. Als der Wind durch die Baumkronen strich, ließ sie seine Hand los.

»Also, dann fange ich einfach mal an. Ich bin vor ein paar Jahren nach London gezogen. Am Anfang dachte ich, dass ich mich dort nie wohlfühlen könnte, aber die Stadt wird richtig heimelig, wenn man eine Weile dort lebt.« Cecilia beeilte sich, um nicht mehr hinter dem Rollstuhl, sondern neben Julia herzugehen. »In Mayfair gibt es eine Straße, eher eine Gasse. Sie heißt Half Moon Street. Die meisten Menschen gehen einfach daran vorbei, dabei gibt es in dieser Straße ein süßes Café, in dem man die allerbesten Zimtschnecken der Stadt essen kann. Das weiß ich so genau, weil ich dafür jeden Tag in der Küche stehe.«

Die ersten Sätze kamen noch schwerfällig über ihre Lippen, doch dann kullerte Wort um Wort. Es war verblüffend einfach. Cecilia plapperte, erzählte von Matt und seinem roten Bus, von ihrem *shoebox house* und dem Nebel, der über der Themse aufstieg. Irgendwann vergaß sie sogar, dass Lukas hinter ihnen ging. Es war, als wäre sie mit Julia allein. Ohne darüber nachzudenken, hatte sie eine Hand auf ihre Schulter gelegt.

Kaum hatte sie das Zimmer betreten, in dem Julia wohnte, fiel ihr Blick auf das Gemälde über dem Krankenbett. *L'Innocence* von Bouguereau. An den Wänden hingen ohnehin viele Bilder. Kunstdrucke und unzählige Fotografien. Cecilia wagte nicht, sie näher zu betrachten, doch das Hochzeitsbild stach ihr sofort ins Auge. Sie wandte sich ab und schlüpfte aus ihrem Mantel. Neben dem Sofa stand ein elektronisches Piano. Vorsichtig strich sie mit dem Zeigefinger über die Tasten.

»Das ist hübsch«, bemerkte sie und legte schließlich ihren Mantel auf dem Klavierhocker ab.

»Beatrix ist ja Organistin. Wenn sie zu Besuch kommt, spielt sie darauf. Und ich natürlich auch. Wir machen oft Musik zusammen. Stimmt's, Jules?« Liebevoll streichelte er über die Wange seiner Frau. »Du liebst Ludovico Einaudi, aber bei meinen Kompositionen regst du dich auf, obwohl ich mich wirklich anstrenge. Du warst eben schon immer meine schärfste Kritikerin.«

Neben dem Bett stand ein großes Gerät mit einem milchigen Schlauch. Als Lukas ihren fragenden Blick bemerkte, deutete er auf die Trachealkanüle unter dem hellblauen Halstuch. »Zum Absaugen. Da sammelt sich oft Speichel und Julia kann nicht mehr so gut schlucken.«

Während er sprach, kniete er sich vor den Rollstuhl und fing an, die Klettverschlüsse ihrer Turnschuhe zu öffnen. Cecilia schluckte, als wollte sie sich vergewissern, dass ihr Körper diese Funktion noch besaß, dann trat sie ans Fenster. Der Garten war so grün, als hätte er noch nicht bemerkt, dass sich der Herbst über das Land gelegt hatte.

Lukas hob Julia anscheinend mühelos aus dem Rollstuhl. Behutsam legte er sie auf die Matratze und schob ein flaches Kissen unter ihre Beine. Durch die Reflexion konnte Cecilia beobachten, wie er sie zudeckte und sich dann auf den Bettrand setzte. Seine Stimme war so leise, dass Cecilia nichts verstehen konnte. Trotzdem klangen die Worte liebevoll. Lukas streichelte über das blonde Haar seiner Frau, dann küsste er ihre Stirn und stand auf.

»Du, Cecilia, da wäre noch was!«

Sie drehte sich zu ihm um und schielte zu Julia. Ihre Lider flatterten, als wäre sie kurz davor, einzuschlafen.

»Geht es ihr gut?«

»Cecilia!«, wiederholte er und atmete tief durch. »Ich muss dir etwas sehr Wichtiges sagen. Ich hätte es längst tun müssen. Schon vor Wochen.« Hilfesuchend schaute er sich zur Tür um. »Vielleicht mache ich uns zuerst einen Tee. Tee wäre gut, denke ich.«

»Lass uns lieber vor die Tür gehen, dann muss Julia nicht zuhören.«

»Sie kann dabei sein. Das sollte sie sogar.«

»Meinst du nicht, es wäre besser, wenn …«

»Warte hier. Ich muss dir endlich etwas sagen, Cecilia. Es ist sehr wichtig! Davon hängt alles ab.«

Sein Lächeln sah traurig aus. Plötzlich wallte die Überzeugung in ihr auf, ihn nie wieder so sehen zu können. Als würde er durch die Tür gehen und als anderer Mensch zurückkehren. Sie trat einen Schritt auf ihn zu. »Was musst du mir sagen?«

Lukas hob die Schultern und presste die Lippen aufeinander, dann deutete er zur Tür. »Gleich.«

»Gibt es Gewürztee?«, fragte sie mit dünner Stimme, doch er war schon auf dem Korridor verschwunden. Die Tür fiel hinter ihm ins Schloss. Sie war allein.

Langsam ging sie auf das Bett zu, zog einen Stuhl heran und setzte sich zu Julia.

»Hallo.« Sie berührte eine kühle, kleine Hand. »Hier ist Cecilia. Erinnerst du dich? Wir waren gerade spazieren. Lukas holt Tee, aber er kommt gleich zurück und dann …« Ihre Kehle schnürte sich zu, als sie den Ring entdeckte, der neben einem Wecker auf dem Nachttisch lag, als hätte Julia ihn gerade erst ausgezogen.

»Ich hoffe, es ist für dich in Ordnung, dass wir uns heute kennenlernen, Julia. Ich will mich nicht aufdrängen.«

Ohne darüber nachzudenken, hob sie die Hand und streichelte über die weiche Haut eines dünnen Unterarms. Es fühlte sich nicht so an, als würde sie eine Fremde berühren. Julia blinzelte. Sonst geschah nichts.

»Lukas kam jeden Tag in unser Café und hat *Tarte & Tea* bestellt. Nie etwas anderes.« Cecilia lächelte, als sie sich daran erinnerte, wie er mit seinem Buch vor dem Cinnamoon saß und nicht mal aufblickte, wenn er sich eine Gabel in den Mund schob. »Er hat immer gelesen. Die meisten Gäste, die einsam sind, suchen Anschluss oder zumindest eine Unterhaltung, aber Lukas wollte seine Ruhe. Jedenfalls hat es den Anschein gemacht. Doch dann gab es einen Unfall …«

Mit gesenkter Stimme erzählte sie von Dorie mit ihrem rosafarbenen Fahrradhelm, den Spaziergängen durch die schlafende Stadt und den *nightcalls*. Behutsam und ehrlich.

»Ich hatte sofort das Gefühl, ihm vertrauen zu können. Lukas hört zu. Das ist selten, oder? Die Menschen reden gern und sie hören hin, wenn man ihnen etwas erzählt, aber sie hören viel zu selten zu.« Ihr Blick wanderte über das Gesicht mit den grünen Augen, die staunend eine andere Welt zu betrachten schienen.

»Er vermisst dich sehr«, flüsterte sie. »Er versucht's vor mir zu verbergen, aber ich weiß es. Wenn es so ist wie jetzt und du hier …« Sie nagte an ihrer Unterlippe, dann starrte sie hinab zu ihren Händen. »Es fühlt sich so an, als würde ich dir den einzigen Grund wegnehmen, zurückzukommen. Das will ich nicht.«

Ihr war speiübel. Sie stand auf, um das Fenster aufzureißen – frische Luft –, dann schloss sie die Augen und konzentrierte sich auf die rhythmischen Bewegungen ihres Brustkorbs. »Entschuldige«, murmelte sie mehr zu sich selbst. »Ich bin zurzeit sehr empfindlich, könnte ständig heulen. Das ist alles ein bisschen viel für mich.«

In diesem Moment flog die Tür auf. Absätze knallten wie Pistolenschüsse durch den Raum. »Ich muss heute unbedingt dieses furchtbare Kissen …«

Cecilia wirbelte herum und erstarrte. Zwei Menschen standen vor ihr. Graues Haar, erschrockene Gesichter, Mäntel, auf denen winzige Regentropfen glitzerten. Beatrix und Robert. Mutter und Vater von Julia. Wo war Lukas? Panik stieg in ihr auf.

»Ach, hallo? Wer sind Sie denn?«

»I… ich bin Cecilia Rosenmeyer«, stammelte sie und spürte, wie sich ihre Wangen erhitzten. »Entschuldigung. Ich wollte nicht stören.«

»Oh, du meine Güte.« Beatrix blickte sich hilfesuchend nach ihrem Mann um. Jegliche Farbe war aus ihrem Gesicht gewichen.

»Wie sind Sie denn hierhergekommen?«, fragte Robert mit tiefer Stimme und trat einen Schritt näher auf sie zu. Misstrauisch beäugte er sie.

»Lukas.« Cecilia spürte das Fenster in ihrem Rücken, als sie zurückwich. »Ich habe Lukas Tanner hierherbegleitet.«

»Woher kennen Sie sich?« Beatrix legte beide Hände auf ihre Wangen und starrte sie an.

Was sollte sie antworten? Die Wahrheit? Eine Geschichte, die alle Anwesenden beruhigen würde?

In diesem Moment schwang die Tür auf und Cecilia atmete erleichtert auf. Lukas trat mit zwei Tassen ins Zimmer. Als er Beatrix und Robert erblickte, blieb er wie angewurzelt stehen. »Was macht ihr denn hier?«, fragte er irritiert. »Ich dachte, ihr wolltet heute nach München fahren. Beatrix wollte doch … Äh, ich dachte, ihr wolltet in die Pinakothek?«

Beatrix ignorierte seine Frage. »Kannst du mir bitte erklären, wie das alles zusammenhängt? Was hast du mit dieser Frau hier verloren?«

Er stellte die Tassen so hektisch auf dem Piano ab, dass rötliche Flüssigkeit überschwappte, dann schnappte er sich ihren Mantel, trat auf Cecilia zu und griff nach ihrem Arm. »Nicht vor ihr. Sie muss das nicht hören.« Lukas bugsierte sie aus dem Zimmer.

Kaum war die Tür hinter ihnen ins Schloss gefallen, drehte Cecilia sich um. »Verdammt, Lukas, wusstest du nicht, dass sie kommen?«

»Ich hatte keine Ahnung. Eigentlich wollten sie heute nach München. Ich dachte, wir wären ungestört.«

»Scheiße!« Sie stöhnte auf.

»Warte hier, okay?« Er kratzte sich an der Stirn. »Ich kläre das und dann fahren wir.«

Wieder fiel die Tür ins Schloss, doch dieses Mal stand Cecilia auf der anderen Seite. Auf dem Flur roch es nach Früchtetee und Desinfektionsmittel. Ihr war schlecht.

»Woher kennst du sie?«, drang Beatrix' schrille Stimme auf den Gang hinaus.

»Aus London. Ich war in ihrem Café, ziemlich oft, und dann haben wir angefangen …«

»Ihr habt angefangen? Womit angefangen?«

Einen Moment herrschte Stille.

»Bist du von allen guten Geistern verlassen, Lukas Tanner? Ich weiß gar nicht, was ich sagen soll. Spinnst du eigentlich? Was denkst du dir dabei?«

Gedankenlos stürzte Cecilia durch grell erleuchtete Flure, an Zimmern vorbei, in denen Menschen lagen, die in Schattenwelten lebten. Raus. Am liebsten wäre sie aus ihrer Haut geschlüpft. Hätte sie einen Autoschlüssel dabeigehabt, wäre sie gefahren. Möglichst schnell und möglichst weit weg.

Ein kühler Wind fegte über den Parkplatz. Die Wolken am Himmel rotteten sich zusammen, wurden dunkler und kündeten Regen an. Cecilia trug nur einen dünnen Mantel. Sie fröstelte, weswegen sie anfing, stupide im Kreis zu laufen. Ihre Füße bewegten sich wie von selbst. Sie schlang die Arme um den Oberkörper und nagte geistesabwesend an ihrer Unterlippe, während sie sich fragte, woher sie die Kraft nehmen sollte, die Situation auszuhalten. Es war doch schon hart genug, dass sie Julia so ähnlich sah. Es war doch schon hart genug, dass es eine Frau gab, mit der Lukas bis zum Schluss verheiratet wäre.

Der letzte Blick, den Beatrix ihr zugeworfen hatte, brannte auf ihrer Haut. Cecilia hatte nicht erwartet, dass man sie freudig empfangen würde – sie war nicht naiv –, aber dieses Entsetzen verletzte sie zutiefst.

Es musste Beatrix regelrecht sadistisch vorgekommen sein, dass Cecilia ans Bett ihrer Tochter trat. Als wollte sie das Glück demonstrieren, das sie Julia aus den Händen gerissen hatte. Sie schüttelte den Kopf. Fassungslos über sich selbst. Warum hatte sie nicht kapiert, wie unangemessen es war, hier aufzutauchen?

Ein Räuspern ließ sie herumwirbeln. Lukas sah aus, wie sie sich fühlte: erschöpft und erschrocken, doch als er ihren Blick auffing, lächelte er. Cecilia war so erleichtert, ihn zu sehen, dass ihr Tränen in die Augen stiegen.

Er schloss sie in die Arme und hielt sie fest. »Tut mir leid«, flüsterte er immer wieder und küsste ihr Haar. »Das hätte nicht passieren dürfen.«

Fremde Menschen gingen an ihnen vorbei. Cecilia hörte nur das Knirschen der Kieselsteine und hielt den Atem an, weil sie fürchtete, es könnten Beatrix und Robert sein, doch als sie versuchte, sich aus seiner Umarmung zu lösen, drückte Lukas sie noch fester an sich. »Das wird schon wieder!«

Sie strengte sich an, seinen Worten zu glauben.

Auf der Heimfahrt sprachen sie kaum. Mit kreidebleichen Gesichtern saßen sie nebeneinander und starrten auf die Straße. Plötzlich wirkte alles kälter, kleiner, greller. Cecilia wollte gar nicht wissen, was Lukas sich hatte anhören müssen. Sie konnte es sich denken: *Hier liegt deine Ehefrau. Sie kann sich nicht wehren und muss alles ertragen, was du ihr zumutest. Und du hast nichts Besseres zu tun, als deine neue Freundin an ihr Bett zu schleppen?*

Plötzlich spürte Cecilia eine warme Hand auf ihrer. Sie hob den Kopf und blickte in gerötete Augen.

»Sie haben nicht damit gerechnet, dass ich jemanden zu Julia mitbringe, den sie nicht kennen. Das ist noch nie vorgekommen.« Das Telefon in seiner Hosentasche vibrierte, was Lukas mit einem inbrünstigen Seufzer quittierte. »Tja, das wird wohl Beatrix sein!«

»Sie ist ganz schön sauer, oder?«

»Ich rufe sie zurück, wenn wir zu Hause sind. Sie wird sich schon wieder einkriegen. Es war ja nur ein Besuch, mehr nicht.«

»Nur ein Besuch?« Cecilia schüttelte den Kopf. »Ich glaube, sie hat schon in der ersten Sekunde kapiert, dass ich nicht nur eine Bekannte für dich bin.«

»Vielleicht«, entgegnete er mit matter Stimme. Lukas ließ ihre Hand los und legte sie zurück ans Steuer, doch dann streckte er sie wieder aus, um das Radio einzuschalten und die Lautstärke aufzudrehen, als könnte er die Stille nicht ertragen.

Zehn Minuten später parkte er den Wagen in der Einfahrt, stieg aus und zückte, noch während er die Treppe zur Haustür hinaufstapfte, sein Telefon. »Stört es dich, wenn ich jetzt erst mal telefonieren gehe?«

* * *

Lukas hatte sich ins Schlafzimmer zurückgezogen. Kein Laut drang nach unten in die Küche, in der Cecilia darauf wartete, dass er das Telefonat mit seiner Schwiegermutter beendete. Sie schrieb eine Nachricht an Matt, ohne jedoch den Besuch bei Julia zu erwähnen, dann spielte sie mit dem Gedanken, etwas zu kochen. Nicht, weil sie hungrig gewesen wäre, sondern weil es sie ablenkte. Gerade hatte sie den Kühlschrank geöffnet, um seinen Inhalt zu inspizieren, als im Obergeschoss eine Tür geöffnet wurde. Lukas trabte die Treppe hinab. Kurz darauf trat er in die Küche. Er hatte sich umgezogen und trug nun einen gestreiften Pullover, in dem er sie unweigerlich an einen Matrosen erinnerte. Das dunkle Haar war ungewaschen, etwas zu lang und stand von seinem Kopf ab, als wäre der Wind hindurchgefahren.

»Ich weiß, ich weiß«, sagte er. »Bevor ich wieder eine Bühne betrete, muss ich dringend zum Friseur, was?«

»Bloß nicht. Mir gefällt's so.« Schmunzelnd trat sie auf ihn zu und wollte ihn berühren, doch er wich zurück.

»Cecilia, warte bitte.« Als sie seinen düsteren Gesichtsausdruck bemerkte, erstarb ihr Lächeln. »Ich muss dir etwas Wichtiges sagen.«

»Schon wieder?«

»Ich wusste immer, wer du bist. Von Anfang an.«

»Was meinst du damit?«

Lukas schüttelte den Kopf, griff nach ihrer Hand und zog sie nah zu sich heran. »Ich will, dass du's von mir hörst.«

»Was denn?«, fragte sie und lachte irritiert.

»Es war kein Zufall, dass wir uns kennengelernt haben. Ich kannte deinen Namen, bevor ich dich zum ersten Mal gesehen habe. Es tut mir sehr leid, dass ich nicht ehrlich zu dir war. Mein schlechtes Gewissen frisst mich auf, aber Scheiße verdammt ... Ich hab's einfach nicht geschafft.«

Es kam ihr vor, als würde er in sich zusammenfallen, als er den Kopf senkte.

»Was meinst du?« Sie befreite ihre Hand aus seiner und verschränkte die Arme vor der Brust.

»Beatrix kommt gleich vorbei. Sie wird dir alles ...«

Verständnislos schüttelte Cecilia den Kopf. »Was soll das? Warum war es kein Zufall, dass wir uns kennengelernt haben?«

Sekunden verstrichen, in denen er den Unterkiefer von einer Seite zur anderen schob und dabei auf den Boden starrte.

Schließlich atmete er tief durch. »Als ich zum ersten Mal ins Cinnamoon gekommen bin, wollte ich einfach nur sehen, wie du aussiehst. Hören, wie deine Stimme klingt. Und dann wollte ich abhauen und keine Spuren hinterlassen.« Seine Stimme klang schwer und brüchig.

»Was redest du da?«

»Ich wollte nicht, dass wir uns näherkommen, aber dann konnte ich an nichts anderes mehr denken. Ich wollte dich unbedingt so nah wie möglich bei mir haben, obwohl ich natürlich wusste, dass es ein Spiel auf Zeit ist und dass die Konsequenzen ...«

»Lukas, verdammt!«, unterbrach sie ihn hitzig. »Was redest du da? Ich verstehe kein Wort. Was für Konsequenzen?«

»Beatrix möchte persönlich mit dir sprechen. Das ist ihr sehr wichtig. Sie wird dir alles erklären«, wiederholte er und suchte ihren Blick.

»Ich will nichts von dieser Frau hören. Sag du es mir.«

»Du musst mir glauben, dass ich immer ehrliche Absichten hatte. Ich will mit dir zusammen sein. Ganz egal, wie verrückt …«

Sie hob abwehrend die Hände. »Jetzt machst du mir Angst.«

»Für mich besteht Musik aus achtundachtzig Tasten. Schwarz und weiß. Aber Musik lebt durch ein Zusammenspiel, dann ist nichts mehr schwarz oder weiß, sondern …«

»Was soll die Scheiße?« Ihre Kehle war extrem trocken und es fühlte sich an, als würden ihre Stimmbänder beim Sprechen über Schmirgelpapier gezogen.

20

Es hatte an der Haustür geklingelt. Lukas schob Cecilia vor sich her durch den Flur und bugsierte sie in die Küche. »Setz dich schon mal, ja?« Er rieb sich den Nacken. »Ich komme gleich wieder.«

Als die Tür hinter ihm ins Schloss fiel, blieb sie mitten im Raum stehen. Und jetzt? Was hatte er gesagt? *Setz dich.* Die Schritte zum Küchentisch fühlten sich an wie der Gang zur Guillotine. Cecilia betrachtete ihr verschwommenes Spiegelbild in der Fensterscheibe: hohe Wangenknochen, spitzes Kinn und dieser entsetzte Ausdruck, der sie anschrie: *Hau ab. Verschwinde. Was tust du hier?* Es hätte Julia sein können.

Sie wandte den Blick ab und starrte auf die Tischplatte.

Im Flur hörte man das Rascheln von Mänteln, die an die Garderobe gehängt wurden. Verhaltene Stimmen. Ihre Hände zitterten und sie ballte sie zu Fäusten.

»Cecilia?«

Sie blinzelte und wandte langsam den Kopf um. Beatrix und Robert hatten die Küche betreten. Beide lächelten gequält, als sie auf den Tisch zusteuerten. Die feuchten Sohlen ihrer Schuhe quietschten und hinterließen dunkle Spuren auf dem Boden.

»Hallo.« Cecilia schaffte es, ihre Hand auszustrecken. Eisige Hände, frostige Gesichter. Lukas stand in der Tür und nagte angespannt an seinem Daumennagel, doch dann atmete er tief durch und setzte sich. Unter dem Tisch tastete er nach ihrer Hand und hielt sie fest. Auch wenn Cecilia ihm misstraute, tröstete sie seine Berührung.

»Cecilia, äh, wie fange ich so ein Gespräch an?« Beatrix lachte leise. »Ich bin Julias Mutter und das ist mein Mann Robert. Wir bedauern, dass unser Treffen vorhin so ungünstig verlaufen ist. Wir dachten nicht, Ihnen jemals zu begegnen. Schon gar nicht bei Julia. Wir waren ganz schön geschockt, muss ich zugeben.« Sie warf ihrem Mann einen hilfesuchenden Blick zu. Er nickte langsam, schien seine Frau ermutigen zu wollen.

»Wo soll ich anfangen?«, fragte sie wieder.

»Zeig ihr die Bilder«, erwiderte er mit einer so tiefen Stimme, dass die einzelnen Töne zu zittern schienen. »Dann ist's endlich raus.«

»Jetzt schon?«

»Du hast lange genug gewartet, Trixi. Jetzt ist der Zeitpunkt gekommen, endlich reinen Tisch zu machen.«

»Na schön! Du hast ja recht.« Beatrix hüstelte verhalten, dann hob sie den Kopf und suchte Cecilias Blick. »Ich habe Ihnen etwas mitgebracht. Es ist schon lange her. Wir müssen weit zurückgehen. Viele Jahre.«

Die Frau zog ein Kuvert aus ihrer Handtasche hervor. Die Finger, die den Umschlag öffneten, zitterten. Das Foto, das zum Vorschein kam, war vergilbt, hatte Eselsohren und Löcher, die Reißzwecken darin hinterlassen hatten. Beatrix warf ihrem Mann ein erschöpftes Lächeln zu. »Ich dachte immer, ich würde dieses Geheimnis mit ins Grab nehmen.«

Cecilia hätte ihr gern ins Gesicht geschrien, dass sie ihr Geheimnis behalten solle. Sie wollte es nicht. Das Bild wurde in die Tischmitte geschoben. Dort blieb es liegen. Sekunden,

Minuten, Stunden, Tage. Cecilia wusste, dass sie nun die Hand heben und danach greifen sollte, doch sie schaffte es nicht.

»Keine Angst«, flüsterte Lukas ihr zu. Sie spürte seinen Atem an ihrem Hals und rückte von ihm ab. Das war zu nah. Das war falsch. Nicht vor Beatrix. Sie ließ seine Hand los und griff stattdessen nach dem Foto.

Zwei junge Menschen. Mann und Frau. Keine Ahnung. In irgendeiner Kirche oder was sollte das sein? Weg damit. Wer sollte das sein? Jemand legte schützende Hände über ihre Augen – es musste ihr Verstand sein.

»Was soll ich damit?« Sie schob das Foto zurück.

»Sie müssen sich das Foto richtig ansehen.« Beatrix atmete tief durch und tippte mit dem Zeigefinger auf die Tischplatte. »Sehen Sie in die Gesichter.«

»Was macht er denn da?«, würgte sie hervor und wandte sich zu Lukas um. »Bitte, du musst mir das erklären. Wie kann das sein? Ich verstehe gar nichts mehr.«

Er raufte sich das Haar. »Das sind Beatrix und …«

»Das kann nicht sein.« Cecilia hatte das Gefühl, Reißnägel verschluckt zu haben, die ihr jetzt in der Kehle steckten.

Auf dem Foto sah man einen hellen Lockenkopf vor einer Orgel mit glänzenden Pfeifen. Der junge Mann, zu dem die Locken gehörten, war elegant gekleidet – weißes Hemd unter dunkelblauem Jackett – und besaß ein vornehmes Gesicht mit hohen Wangenknochen und einem scheuen Lächeln. Er wirkte ein wenig verloren und schien fragen zu wollen: *Huch, was mache ich hier? Huch, was macht diese Frau auf meinem Schoß?*

Cecilia starrte ungläubig in das Gesicht ihres Vaters.

»Wir sind zusammen aufgewachsen. Wir kamen beide aus Murnau, haben gemeinsam die Schule besucht, waren Messdiener und bei den Pfadfindern.« Beatrix lächelte. Im fahlen Licht der Lampe glänzten ihre Augen wie Wasser. »Der Franzl war ein richtig guter Freund.«

»Sie kennen meinen Vater?« Cecilia zuckte hilflos mit den Schultern. Ihre Gedanken waren zäh wie Kaugummi. »Wie soll das gehen?«

Lukas packte ihre Hand und presste ihre Finger dabei so fest zusammen, dass es schmerzte.

»Ihr seid Geschwister.« Robert schlug mit den flachen Händen auf die Tischplatte, als wäre damit ein Urteil gefällt.

»Wir?«, fragte Cecilia bestürzt und starrte Lukas an, der ihren Blick aus glasigen Augen erwiderte.

Er nickte mechanisch. »Julia!«

»Was zur Hölle …« Cecilia sprang so hastig auf, dass der Stuhl auf den Boden krachte.

»Julia ist deine Schwester«, sagte Lukas. »Deswegen seht ihr euch so ähnlich.«

»Sie sind Halbschwestern«, warf Beatrix ein. »Franz ist zwar der leibliche Vater von Julia, aber Robert ist …«

»Nein!« Cecilia hätte die Worte am liebsten zusammengeknüllt und zurück in die Münder gestopft, aus denen sie gefallen waren.

Kopflos stürmte sie aus der Küche, schlug die Tür hinter sich zu und rannte ins Wohnzimmer, in dessen Mitte sie so abrupt stehen blieb, als würden sie unsichtbare Kräfte daran hindern, sich zu bewegen. Sie hielt den Atem an und wartete darauf, dass die Welt über ihr zusammenbrach. Nichts.

Papa hatte ein anderes Kind. Julia war ihre Schwester. Lukas hatte ihren Namen gekannt, lange bevor sie sich begegnet waren. Sie fühlte nichts. Draußen herrschte finstere Nacht, nur der Mond schickte silberne Strahlen zur Erde und erhellte das kleine Zimmer mit kühlem Licht.

Halb hell, halb dunkel.

Halb Mond, halb Schwester.

Verzweifelt schüttelte sie den Kopf. Sie hatte gewusst, was dieses Foto bedeutete. Sie hatte gespürt, dass es ihr ganzes

Leben verändern würde. Der Brief ihres Vaters – war das die Geschichte, die er ihr hatte erzählen wollen? Das Herz schlug hart gegen ihre Rippen, doch es hatte seinen Rhythmus verloren. *Du hast eine Schwester.*

Die Tür wurde einen Spalt geöffnet. »Entschuldige, dass wir dich so überfallen.« Beatrix schenkte ihr ein trauriges Lächeln. »Können wir bitte miteinander sprechen, Cecilia? Ich will dir alles erklären.«

* * *

Angestrengt starrte sie in das schwarze Loch des Ofens und wäre am liebsten hineingekrochen, um darin zu verschwinden. Stattdessen kauerte sie wie ein vor Schreck gelähmtes Tier in der Dunkelheit. Keiner hatte das Licht angeschaltet.

Während Beatrix neben ihr saß und mit leiser Stimme sprach, fehlten Cecilia die Worte. Sie hatte weder Gedanken noch Gefühle. Alles war leer. Sie registrierte, dass Lukas ihr ein Glas Wasser brachte, sie mit einem besorgten Blick bedachte und wieder verschwand.

»Ich habe ihn sehr geliebt, deinen Vater. Immer schon, meine ganze Jugendzeit war davon beherrscht, aber er war ja mit Marlene zusammen und ich war ihre beste Freundin. Ich habe meine Gefühle immer geheim gehalten.« Beatrix hob ihre schmalen Schultern. »Dann ist Marlene mit ihrem Vater aus Murnau weggezogen. Dadurch hat sich alles verändert. Wir haben noch ein paarmal miteinander telefoniert, aber der Kontakt ist irgendwann eingeschlafen.«

»Und dann haben Sie sich an meinen Vater rangeschmissen, was?« Cecilia rümpfte die Nase.

»So war das nicht. Es fing ganz harmlos an. Er hat mich auf seinem Moped mitgenommen, ist mit mir nachts über die Felder spaziert. Wir haben Musik gehört, immerzu Musik.«

Beatrix hielt ein Taschentuch in den Händen. Sie knüllte es zusammen, dann strich sie es wieder glatt. »Die Liebe zwischen uns ist langsam gewachsen.«

»Beatrix«, murmelte Cecilia und dachte an eine Kassette ihres Vaters und die Geschichten, die sie von Marlene kannte. »Sie sind Trixi! Meine Mutter hat manchmal von Ihnen gesprochen.«

»Trixi, genau, das ist mein Spitzname.«

Cecilia kam es vor, als würde ihr jemand aus einem Märchenbuch vorlesen. Auch wenn sie tief im Innersten wusste, dass es die Wahrheit war, sträubte sich ihr Verstand dagegen, sie zu glauben.

»Deine Oma hat uns immer Kekse zugesteckt, wenn wir auf dem Schulweg waren. Nachdem Julius gestorben ist, hat sie alle Kinder mit Liebe und Zuckerzeug überschüttet.«

Im Flüsterton erzählte Beatrix von ihrem Stipendium am Mozarteum, das sie schließlich nach Salzburg geführt hatte. Franz war weit weg und fast vergessen, als sie ihm viele Jahre später, 1985, zufällig wieder begegnete. Die alte Clique kam zusammen, feierte in der Gruber-Scheune.

»Wir haben sehr viel getrunken, weil wir so nervös waren. Einerseits waren wir uns fremd, andererseits so unglaublich vertraut. Irgendwann saßen wir auf der Wiese am See – nur wir beide – und haben uns gefragt, was wohl aus uns geworden wäre, wenn ich damals nicht fortgegangen wäre. Na ja, das hat uns sentimental gemacht. Wir haben es dann einfach geschehen lassen. Ein letztes Mal. Ein Abschied vielleicht.«

Danach hatte Franz ihr gestanden, dass er wieder mit Marlene zusammen war und sie ein Kind erwarteten.

»Ich dachte, dass es so sein sollte – immerhin war Marlene seine erste große Liebe, nicht wahr? Und in Salzburg hatte ich ja meinen Robert. Wir waren schon einige Jahre zusammen, lebten in einer schnuckeligen Dachgeschosswohnung und wollten heiraten. Das, was mit Franz in dieser Nacht passiert ist, war nur eine Erinnerung an die Jugend. Mehr nicht.«

Cecilia nagte an ihrer Unterlippe. Von wem auch immer Beatrix erzählen mochte – ihren Vater konnte sie in den Schilderungen nicht erkennen. Aber was wusste sie schon? Sie wusste gar nichts.

»Und dann blieb meine Periode aus. Zuerst schob ich es noch auf den Stress – damals spielte ich viele Konzerte –, doch irgendwann ging ich zum Arzt. Schwanger. Ich war geschockt, konnte tagelang mit niemandem darüber sprechen. Unsere Hochzeit stand kurz bevor. Die Vorbereitungen hatten längst begonnen. Es war furchtbar, weil ich nicht wusste, wer der Vater dieses Kindes war. Du kannst dir nicht vorstellen, wie oft ich gebetet habe, es möge doch bitte von Robert sein, doch schon als ich Julia zum ersten Mal in den Armen hielt, wusste ich's.« Beatrix' Blick glitt über ihr Gesicht, ein Lächeln flackerte auf. »Die Ähnlichkeit zu deinem Vater, zu dir.«

»Wusste Papa davon?«

»Erst nicht, nein, aber als Julia ungefähr zwei Jahre alt war, traf ich deine Großmutter. Es war die Art und Weise, wie sie Julia angesehen hat. Als hätte sie gespürt, dass es ihr eigen Fleisch und Blut ist. ›Julia wie Julius.‹ Das waren ihre Worte.«

»Ich fasse es nicht.« Cecilia schüttelte den Kopf. »Und Oma hat es Papa erzählt?«

»Ich habe ihm einen Brief geschrieben. Alles, was ich verlangt habe, war seine Verschwiegenheit. Kein Geld, keine Besuche. Ich wollte ihn nur darüber informieren, keinen Unfrieden stiften.«

»Soll das heißen, dass er immer gewusst hat, dass es Julia gibt?«, fragte Cecilia entsetzt.

Beatrix nickte langsam. »Wir hatten beide unsere eigenen Familien. Ich war mit Robert verheiratet, Franz mit Marlene. Wir wollten die Dinge so belassen, wie sie sind. Es wäre nur kompliziert geworden. Wir haben geschwiegen, damit wir alle in Frieden leben können. Es gab nur …«

»Dann wusstest du auch, dass es mich gibt, oder? Dass Julia eine Schwester hat. Wusstest du das?«

»Natürlich. Ich habe dich sogar kennengelernt, als du noch ein kleines Mädchen warst.« Beatrix lächelte versonnen. »Es war im Sommer 1990. Wir haben uns zufällig am See getroffen. Ihr Mädchen habt den ganzen Nachmittag miteinander gespielt. Später sind wir in den Garten deiner Großmutter gegangen. Es war ein wunderschöner Abend und Oma Elli hat ihren weltberühmten Apfelstrudel serviert.« Beatrix lehnte sich zurück. »Wir haben das Wochenende zusammen verbracht, sind Tretboot gefahren, lagen faul in der Sonne.«

Murnau, Juli, Tretboot 1990.

Cecilia stand auf und trat ans Fenster. Vor ihr schwamm die Nacht in samtigem Schwarz. Sie hätte sich gern von ihr verschlucken lassen. Mit einem Schlag hatte sich die Welt verändert. Juli war kein Monat, sondern ihre Schwester. »Was ist nach diesem Treffen passiert?«, fragte sie leise.

»Danach sind wir zurück zu unseren Familien gefahren. So war's abgemacht. Alles sollte so bleiben, wie es war. Manchmal haben wir bei deiner Oma angeklopft, wenn wir zu Besuch in Murnau waren, aber Franz haben wir nie wiedergesehen.«

»Alle haben geschwiegen«, murmelte Cecilia. Die Finger, mit denen sie sich das wirre Haar aus der Stirn strich, zitterten. Wie sollte sie sich in diesem Leben jemals wieder zurechtfinden? Die Angst überfiel sie urplötzlich und krallte sich in ihren Eingeweiden fest. »Warum jetzt? Warum rückst du erst jetzt mit der Sprache raus?« Sie fuhr herum. »Warum nicht früher?«

Beatrix hob die Schultern. »Julias Apoplex wurde von einem Blutgerinnsel ausgelöst. Sehr untypisch für eine so junge Frau. Die Ärzte wollten der Sache natürlich auf den Grund gehen und haben einige Untersuchungen durchgeführt.«

Cecilia tigerte durch den Raum und strengte sich an, gleichmäßig zu atmen, damit sich ihr Herz beruhigen konnte. Der kindliche Anteil ihrer Persönlichkeit wollte sich die Ohren zuhalten, doch sie war erwachsen geworden.

»Bei Julia wurde eine Störung der Blutgerinnung diagnostiziert. Die Arterien, die das Gehirn mit Sauerstoff versorgen, sind verstopft und dann …« Beatrix sank in sich zusammen. »Wie sich herausstellte, ist eine Genmutation dafür verantwortlich. Wir mussten uns testen lassen, Robert und ich, aber ohne Ergebnis.«

Schwerfällig stand Beatrix auf und trat neben Cecilia ans Fenster. »So erfuhr Robert, dass Julia nicht seine Tochter ist. Diese Mutation stammt von ihrem biologischen Vater.«

»Von Papa.«

»Ich habe ihn natürlich sofort kontaktiert und er hat mir hoch und heilig versprochen, dass er dich …«

»Er hat mich zum Arzt geschickt.« Sie lächelte matt und dachte an die Heparin-Spritzen, die ihr der Phlebologe verschrieben hatte und die ganz unten in ihrer Reisetasche lagen. »Er meinte, seine Hausärztin hätte da zufällig etwas in seinem Blut gefunden und ich sollte mich sicherheitshalber mal testen lassen.«

»Das ist gut, Cecilia, dann kannst du besser auf dich aufpassen als Julia. Sie hat geraucht, die Pille genommen. Das hätte sie niemals tun dürfen, aber sie wusste ja nichts von dieser genetischen Vorbelastung.«

Sie schwiegen in die Nacht. Aus der Küche drangen nun leise Stimmen ins Wohnzimmer. Lukas. Ihr Herz verkrampfte sich, als sie daran dachte, wie sie ihn kennengelernt hatte. Sein Interesse an ihrem Leben, die Vertrautheit, die Intimität – Halbschwester.

»Franz hat mir erzählt, dass du in London lebst und dort ein kleines Café hast. Der Name ist so hübsch. Zimtmond, richtig?« Beatrix räusperte sich. »Es tut mir sehr leid, dass du deinen

Vater verloren hast, Cecilia. Ich habe erst viel später davon erfahren, sonst wäre ich gern auf seine Beerdigung gekommen. Es tut mir von Herzen leid, dass Franz so früh …«

»Schon okay«, sagte Cecilia in gereiztem Ton.

»Ich war an seinem Grab. Er ist jetzt wieder zu Hause an seinem geliebten See. Er ist bei Julius und Oma Elli und …«

»Was ist mit Lukas?«, platzte es aus ihr heraus. »Er wusste die ganze Zeit, wer ich bin.«

»Er wusste, dass es eine Halbschwester gibt.«

»Und Mama wusste es auch.«

»Franz hat ihr erst von Julia erzählt, als er sich wegen der Genmutation untersuchen lassen musste. Er hat so lange gewartet, bis es nicht mehr anders ging. Wie ich.« Beatrix wischte mit dem Handrücken über ihre Wangen, dann hob sie die Schultern. »Es muss furchtbar gewesen sein. Für Marlene, meine ich. Zu erfahren, dass …«

Die Stimme verrauschte. Ihre Mutter hatte gewusst, wie der Brief geendet hätte, wenn Franz nicht gestorben wäre. Alles hing miteinander zusammen. Cecilia suchte nach Trost, doch egal, wonach sie auch griff – alles war wie Wasser, das ihr durch die Hände rann.

* * *

Sie lehnte ihre Stirn gegen die Fensterscheibe und spürte mit Erleichterung, wie die Kälte in ihren Schädel kroch. Leises Gemurmel. Die Tür fiel zu. Cecilia schloss die Augen. Vorbei.

Kurz darauf betrat Lukas das Wohnzimmer und blieb mit eingesunkenen Schultern vor ihr stehen. »Es tut mir so leid.«

»Warum hast du mir nicht die Wahrheit gesagt? Wenigstens du.«

»Ich konnte nicht.« Er öffnete die oberen Knöpfe seines Hemdes und atmete tief durch. »Zuerst war ich nur neugierig.

Ich dachte, es würde nichts mit mir machen, dich zu sehen, aber so war's nicht. Ich habe alle Gelegenheiten verstreichen lassen, weil ich dich nicht verlieren wollte.«

Bildsequenzen erschienen vor ihrem inneren Auge. Julia, deren Handgelenke so merkwürdig vor der Brust abgeknickt waren, als würde sie ständig um etwas bitten. Lukas, der wie ein zufällig gestrandeter Gast im Café saß. Es fühlte sich an, als würde die Nacht in sie hineinkriechen.

»Bin ich nur ein Trostpflaster? Nur ein Imitat? Hast du dir vorgestellt, ich wäre Julia, wenn du mich geküsst hast?«

»Natürlich nicht. Hör bitte auf, so zu reden.« Er trat einen Schritt auf sie zu. »Ich habe immer nur dich gesehen, nicht Julia.«

Sie verschränkte die Arme vor der Brust und starrte auf den Boden, um ihm nicht ins Gesicht sehen zu müssen.

»Es tut mir so leid, Cecilia.« Er wollte sie küssen, doch sie drehte den Kopf weg. »Ich weiß doch auch nicht, was ich machen soll. Seit Jahren weiß ich das nicht mehr.«

»Dafür kann ich nichts.«

»Du hast mir das Gefühl gegeben, wieder ein Ziel vor Augen zu haben.« Als er sie in den Arm nahm und sein Gesicht an ihres drückte, spürte sie, dass seine Wangen feucht waren.

»Julia ist meine Schwester«, stieß sie hervor, als hätte sie es erst jetzt begriffen.

»Das stimmt, aber ich will trotzdem mit dir zusammen sein. Ich kann nicht anders und ich weiß, dass wir das schaffen, wenn wir nur ein ...«

Cecilia küsste ihn, damit er schwieg und obwohl sie wusste, dass sie daran zerbrechen würden.

»Alles wird gut«, versprach er ihr leise, nachdem er sich von ihr gelöst hatte. »Es passieren gerade verrückte ...«

»Ich muss jetzt schlafen«, unterbrach sie ihn.

* * *

Als Lukas sich zu ihr legte, wanderten seine Hände hilflos über ihren Körper, um sie zu trösten, doch Cecilia schob sie von sich.

»Ich hoffe, dass wir morgen …« Er verstummte und ließ sich zurück auf die Polster sinken.

Sie schaffte es nicht, etwas zu erwidern. Es kam ihr viel zu mühsam vor, den Mund zu öffnen. Im nächsten Moment schnürte sich ihre Kehle zu und ihr wurde so schwindelig, dass sie die Augen aufreißen musste, um irgendwo im Raum einen Fixpunkt zu finden. Minutenlang starrte sie den Schatten eines Gitarrenhalses an und versuchte, an etwas Beruhigendes zu denken: das Brummen des alten Backofens im Cinnamoon, dieses gemütliche Schnurren, und an den süßen Geruch, den das Gebäck verströmte. Kurz war sie abgelenkt, weil sie sich innerlich das Rezept für Zimtschnecken vorbetete. Marzipan. Teig ruhen lassen. 180 °C. Zwanzig Minuten. Doch dann brach die Welle wieder über ihr zusammen. Wie sollte sie diese Nacht überstehen? Lukas war ihr viel zu nah. Sie konnte es nicht mal ertragen, ihn atmen zu hören. Ihr Fleisch und Blut – das war Julia. Selbst ihre DNA trug die Spuren dieser untrennbaren Verbindung. Julia war schon immer ein Teil von ihr gewesen.

Cecilia erinnerte sich an die Nächte mit Lukas, in denen sie voller Faszination füreinander durch die Straßen geschlendert waren. *Endlich ein Mensch, der mich sieht, wie ich wirklich bin. Dummes Herz, du warst nie gemeint.* Aber wie sollte ein faustgroßer Muskel das jemals begreifen? Lukas vermisste Julia und suchte bei Cecilia nach Trost. Und Papa? Er hatte ihr einen Teil ihrer selbst vorenthalten. Oma Elli. Selbst ihre Mutter. Alle hatten sich in Schweigen gehüllt.

Tränen flossen über ihre Wangen. Cecilia presste die Lippen aufeinander und schlug die Decke zurück.

237

»Was ist?« Lukas schreckte auf und schaute sie alarmiert an. »Was machst du?«

»Ich kann nicht hierbleiben.«

»Sollen wir einen Nachtspaziergang machen?« Er stand mit einem Satz neben dem Bett.

»Wir können nicht weitermachen.« Ihr Herz pochte so heftig, dass ihr ganzer Brustkorb von seinen Schlägen erschüttert wurde. »Julia ist meine Schwester.«

»Ich weiß«, flüsterte er und kam ihr so nah, dass sie seinen Atem auf der Haut spüren konnte. »Wir haben Zeit, uns an diese Situation zu gewöhnen.«

»Nein.« Sie trat einen Schritt zurück. »Wir haben gar nichts mehr.«

»Wir bekommen das hin. Vielleicht kannst du dir das gerade noch nicht vorstellen, aber ich bin davon überzeugt, dass wir einen Weg finden«, sagte er zwar leise, doch mit Nachdruck.

Cecilia hatte keine Ahnung, wovon er sprach. Als Lukas sie in seine Arme zog, spürte sie einen stechenden Schmerz in der Brust.

»Jetzt fällt alles auseinander.«

»Nichts fällt auseinander.« Er streichelte über ihren Rücken, küsste ihre Stirn.

»Du hast mir das Gefühl gegeben, es wäre okay, mich in dich zu verlieben.« Die Muskulatur seiner Arme spannte sich an, wurde hart und schloss sie noch fester ein.

»Ich will jetzt nach Hause.«

»Morgen.« Er wollte sie küssen, doch Cecilia stemmte ihre Hände gegen seine Brust und drückte ihn fort. Plötzlich hatte sie das Gefühl, nicht mal mehr die Wände um sich herum ertragen zu können. Alles war zu eng, zu begrenzt und zu nah. Irgendwas Panikartiges, Klaustrophobisches ergriff von ihr Besitz.

»Jetzt sofort!«

* * *

Die Stimmung war so trüb, dass sie sich völlig darin verloren
hatten. Es hatte eine Ewigkeit gedauert und viele Tränen gekos-
tet, bis Lukas schließlich eingewilligt hatte, sie zu ihrer Mutter
zu bringen.

»Wie soll ich das machen?«, fragte er und blickte sie aus
wässrigen Augen an. »Ich weiß nicht, wie ich das hinbekommen
soll, Cecilia.«

»Mit deinem Auto.« Sie zerrte den Koffer in den Flur, während er mit verschränkten Armen im Türrahmen lehnte und
keine Anstalten machte, ihr zu helfen.

»Und wann sehen wir uns wieder?«

»Das ist nicht die Frage.«

»Für mich schon.«

Er packte sie am Arm, doch Cecilia riss sich los.

»Wir müssen aufhören, etwas sein zu wollen, das wir nicht
sein können«, wies sie ihn hart zurecht. »Verstehst du nicht, was
hier los ist? Ich bin die Schwester deiner Frau. Wie kannst du
noch mit mir zusammen sein wollen?«

»Du weißt, warum.«

»Ich muss mit meiner Mutter sprechen.« Sie ließ die
Schultern sinken. »Ich kann nicht richtig denken. Ich bin
durcheinander. Mein Gott, was ist das für eine Scheiße, in die
ich da reingeraten bin?«

»Es tut mir leid.« Schuldbewusst starrte er auf seine
Pantoffeln, die derart aus der Form geraten waren, dass sie vage
an Kuhfladen erinnerten. *Ja, wir stecken wirklich in der Scheiße.*

Ihre Blicke begegneten sich, krochen ineinander und hielten einander fest. Am liebsten hätte sie ihn in den Arm genommen und ihm erzählt, dass die Welt morgen schon wieder in
Ordnung wäre, weil sie es selbst hören wollte. Aber Cecilia hatte

keine Ahnung von dieser Welt, sie kannte sich darin nicht mehr aus.

Die Landschaft flog so schnell an ihnen vorbei, dass man sie durch den schwarzen Schleier aus Wind und Dunkelheit kaum einfangen konnte. Nur wenn man den Blick zum Himmel hob oder die Baumwipfel in der Ferne fokussierte, fand man irgendwo Halt. Vereinzelt tauchten gespenstische Gehöfte auf. Aus matten Fenstern starrten sie zur Straße und schienen zu sagen, dass es hier schon lange keinen Trost mehr gab.

»Was machst du? Fahr langsamer!«, herrschte sie ihn an, als Lukas in eine enge Kurve raste und dabei über den Straßenrand holperte. »Du bringst uns ja noch um.«

»Ich dachte, du willst so schnell wie möglich nach Hause?«, zischte er, drosselte jedoch die Geschwindigkeit.

Cecilia schwieg und starrte auf den grauen Asphalt, der unter ihnen hinwegtauchte. Wenn sie aus diesem Auto stieg und die Tür zuschlug, wäre es vorbei. Sie würde Lukas nicht wiedersehen. Ein Schauer lief ihr den Rücken hinab. Dafür hatte sie eine Schwester, die so erstaunt in die Welt blickte, als könnte sie nicht fassen, was sich vor ihren Augen abspielte.

Das war das Geheimnis ihres Vaters. Das war die unerzählte Geschichte und das Ende seines Briefes. Lukas hatte ihr dabei geholfen, die Geschichte zu erzählen. Das war der einzige Lichtblick. Ohne ihn hätte sie ihre Schwester niemals kennengelernt.

Als Cecilia ihm ein müdes Lächeln zuwarf, fiel ihr auf, dass seine Wangen glänzten. Zögerlich streckte sie die Hand aus, doch Lukas hob abwehrend den Arm, um sein Gesicht kurz darauf an seinem Pullover zu trocknen.

»Das ist nicht fair, verdammt!« Er schlug kräftig auf das Lenkrad ein. Jeder hatte etwas verloren. Es gab niemanden, der unversehrt blieb, und trotzdem war es ungerecht.

»Du hättest mir am ersten Tag die Wahrheit sagen sollen.«

»Ein wildfremder Typ erzählt dir, dass du die Halbschwester seiner Ehefrau bist. Und dann?«

»Ich hätte wenigstens die Chance gehabt, mich trotzdem in dich zu verlieben.«

»Das wäre nicht passiert«, erwiderte er.

»Vermutlich nicht.«

Cecilia fröstelte und griff nach ihrem Mantel, der auf dem Rücksitz lag. Nachdem sie hineingeschlüpft war, lehnte sie sich an die Wagentür und schloss die Augen. Ihre Arme fühlten sich taub an und sie versuchte, das Blut zum Zirkulieren zu bringen, indem sie die Hände immer wieder zur Faust ballte.

Als sie das efeubewachsene Haus erblickte, atmete sie erleichtert auf. Endlich. Egal, welche Stürme vor der Tür tobten, in diesem Haus war sie in Sicherheit. Zumindest war das ihr unerschütterlicher Glaube.

Lukas stellte den Motor aus, dann legte er die Hände wieder um das Lenkrad und starrte auf die Straße. Es verstrichen einige Sekunden, in denen Cecilia darauf wartete, dass er etwas sagte, doch er schwieg. Als sie in ihrer Tasche wühlte und das Klimpern ihres Schlüsselbunds ertönte, schreckte er auf. »Noch nicht.«

»Es wird nicht besser, wenn wir warten.«

»Nur noch ein bisschen. Wir brauchen mehr Zeit.«

Die Hände, die nach ihren griffen, waren eiskalt. Lukas beugte sich zu ihr und küsste sie. Sie wusste, wie selbstzerstörerisch es war, den Kuss zu erwidern, und dennoch fühlte sie sich unfähig, sich ihm zu entziehen.

»Cecilia!« Er streichelte ihre Wangen und bemühte sich um ein Lächeln. »Kann ich irgendetwas tun?«

Vielleicht war es manchmal besser, nicht die ganze Wahrheit zu kennen und sich mit Halbwahrheiten zufriedenzugeben.

Jetzt gab es kein Zurück mehr. »Danke, dass du mich heimgefahren hast. Ich steige jetzt aus«, erklärte sie tonlos.

Ruckartig ließ er von ihr ab. »Dann ist es vorbei!«

Cecilia wusste nicht, ob es eine Feststellung, eine Frage oder eine Drohung sein sollte. Seine Stimme hatte alles verloren, woran sie sich hätte orientieren können. Sein Fuß wippte ungeduldig über dem Gaspedal.

»Lukas, ich weiß doch auch nicht, was …«

»Steig einfach aus.«

Er regte sich nicht, als sie den Sicherheitsgurt löste, ausstieg, ihren Rucksack nahm und ihm einen letzten Blick zuwarf. Mit weichen Knien stieg Cecilia die Treppe hinauf, schloss die Tür auf und trat in den kühlen Flur. Sie blickte sich nicht um. Das Motorengeräusch entfernte sich, die Tür fiel ins Schloss, dann brach das Gerüst der Selbstbeherrschung in sich zusammen. Cecilia weinte, als würde alles aus ihr herausfließen, ohne dadurch weniger zu werden.

* * *

Sie schlich in ihr Zimmer, schloss sich ein und zog ihr Telefon hervor. Es war spät in der Nacht und es gab nur einen einzigen Menschen, den sie anrufen konnte. Kat meldete sich schlaftrunken. Was sie dann zu hören bekam, war kein Wort, sondern ein Wimmern – Cecilia war völlig aufgelöst. Sobald sie versuchte, ihrer Freundin zu erzählen, was geschehen war, verwandelte sich ihre Stimme in etwas Atemloses. Ihre Kehle war so fest zugeschnürt, dass es schmerzte. Erst als Kat sie energisch unterbrach, gelang es ihr, sich einigermaßen zu fangen.

»Versuch, tief zu atmen.«

Cecilia riss das Fenster auf. Sie zählte beim Einatmen, zählte beim Ausatmen und allmählich beruhigte sich ihr Herzschlag. Vor ihr lag der Garten, in dem sich Schatten bewegten, Blätter raschelten und Hölzer knackten. In der Ferne sah sie die Scheinwerfer eines Autos, das sich durch die Nacht bewegte, vereinzelt erkannte sie Lichter von Laternen. Das Dröhnen in ihren Ohren ebbte ab.

»Und jetzt erzähl mir, was passiert ist«, vernahm sie die Stimme ihrer Freundin.

Obwohl ihr die Nacht eisig vorkam, blieb Cecilia vor dem geöffneten Fenster stehen und starrte hinauf in den Himmel, während sie von ihrer Halbschwester erzählte, von *Murnau, Juli, Tretboot 1990* – und von Lukas.

»Ich verstehe es einfach nicht«, flüsterte Cecilia, wandte sich vom Fenster ab und ließ sich auf ihr Bett fallen. »Mein ganzes Leben steht kopf. Ich habe Papa nie wirklich gekannt. Oder Mama. Ganz zu schweigen von Lukas.«

»Alle hängen mit drin. Was für eine Horrorgeschichte.«

»Das kannst du laut sagen. Ich weiß gar nicht, wo ich anfangen soll, die Scherben aufzufegen. Was soll ich jetzt machen, Kat?«

»Ich weiß es nicht.« Ihre Freundin schnalzte mit der Zunge. »Was wäre dein erster Impuls?«

»Ich löse mich in Luft auf.« Cecilia wischte sich mit einem feuchten Taschentuch über die Wangen. Ihr Körper lag schlaff auf dem Bett. Sie beobachtete den fluoreszierenden Sekundenzeiger des Weckers auf dem Nachttisch.

»Ich denke, du solltest mit deiner Mutter sprechen. Jetzt könnt ihr endlich reinen Tisch machen. Immerhin weißt du jetzt, warum Marlene sich so komisch verhalten hat. Sie konnte ihm nie verzeihen, nicht wirklich. Deswegen hat sie geschwiegen.«

Cecilia setzte sich auf und schlang einen Arm um ihre angewinkelten Beine. Ihr Blick wanderte zum Fenster. Kein Licht war am Himmel. »Es kommt mir so vor, als wäre plötzlich alles fremd geworden. Ich kenne niemanden mehr.«

»Das stimmt nicht. Du kennst mich!«

Über sechs Ecken seien alle Menschen miteinander ver-bunden, hieß es. Die Welt sei klein und verwoben – das hatte Cecilia heute zu spüren bekommen.

»Stehen wir auch in einem verwandtschaftlichen Verhältnis zueinander? Wenn ja, dann sag's mir jetzt.«

Kat lachte so dröhnend, dass sie den Hörer vom Ohr nehmen musste. Alles, was sie hinbekam, war ein erschöpftes Grinsen.

21

Den darauffolgenden Tag verbrachte sie im Bett. Sie hörte Musik, brach immer wieder in Tränen aus, starrte aus dem Fenster und beobachtete, wie die Welt erst hell und dann wieder dunkel wurde. Marlene klopfte mehrmals an ihre Tür, doch sie reagierte nicht oder murmelte, dass sie ihre Ruhe brauche, weil sie Migräne habe.

Es war schon spät am Abend, als Cecilia einen jähen Entschluss fasste und sich das Telefon ans Ohr presste, um sich für den nächsten Morgen zu verabreden. Was ihr Vater nie geschafft hatte, würde sie in die Hand nehmen: Julia sollte mehr sein als ein Name, mehr als eine biografische Information, nämlich ein Mensch, zu dem sie eine lebendige Beziehung aufbauen konnte.

* * *

Beatrix wartete vor dem Portal. Aus dem Korb, den sie in den Händen hielt, ragten Blumen. Schleierkraut, Rosen in Pastelltönen. Je näher Cecilia dem Pflegeheim kam, desto stärker wurde der Impuls, umzukehren.

»Guten Morgen, Cecilia.« Die blauen Augen waren blutunterlaufen. Das kräftige Rouge täuschte nicht über die Blässe hinweg. Beatrix sah erschöpft aus.

»Danke, dass ich dich begleiten darf.«

»Ich war überrascht. Nach allem, was geschehen ist, dachte ich, dass du bestimmt erst mal deine Ruhe brauchst.«

»Oh Gott, ja, ich brauche Ruhe.« Cecilia fokussierte ihre Stiefelspitzen. »Aber ich brauche auch Zeit mit Julia, um besser zu verstehen, was es bedeutet, ihre Schwester zu sein.«

»Das rechne ich dir hoch an. Sich so einer Situation zu stellen, ist ganz schön mutig.« Beatrix räusperte sich und umschloss den Griff des Korbes fester. »Kommst du direkt von Luki?«

»Luki?« Kalte Schauer liefen ihren Rücken hinab. »Äh, nein. Ich war bei meiner Mutter. Ich bin nach unserem Gespräch nach Hause gefahren.«

Helle Augen wanderten über ihr Gesicht. Ein Lächeln flackerte auf. »Sollen wir?«

Nebeneinander stiegen sie die Treppe empor, gingen durch die Gänge und fanden keine Worte. So fremd, wie sie einander waren, so verbunden waren sie auch. Beatrix war die Mutter ihrer Schwester. Schwester – dieses Wort lag auf ihrer Zunge. Sie wollte es schlucken, verinnerlichen, aussprechen, loswerden.

»Oh, Moment!« Beatrix blieb vor der Tür stehen und hob den Zeigefinger. »Sumela ist noch drin. Das ist die Musiktherapeutin. Sie kommt zweimal in der Woche. Manchmal ist Julia danach hellwach, manchmal so entspannt, dass sie ganz friedlich schläft. Wir können solange ins Besuchszimmer gehen, hm? Dort ist es gemütlicher.«

Cecilia folgte Beatrix durch den Flur, an dessen Wänden große Leinwände hingen. Sonnenstrahlen brachen durch einen Nebelschleier, Meer berührte den Himmel. Es roch nach Früchtetee und Desinfektionsmittel.

Plötzlich wurde eine Tür aufgerissen und eine Frau in weißem Kittel trat vor sie auf den Gang. Um ihren Hals hing ein Stethoskop. »Beatrix, hallo!«, grüßte sie. »Schläft Julia?«

»Sumela ist noch bei ihr. Wir warten im Besuchsraum, bis sie fertig sind«, erklärte Beatrix und strich sich eine Haarsträhne aus dem Gesicht. »Das ist übrigens Cecilia, ihre Schwester.«

»Oh!« Die Ärztin runzelte die Stirn, dann lachte sie irritiert. »Julia hat eine Schwester? Das wusste ich gar nicht.«

»War ein Geheimnis.« Beatrix lachte tonlos.

»Dabei sind Sie Ihrer Schwester wie aus dem Gesicht geschnitten.« Die Ärztin zwinkerte Cecilia zu und schien das Geheimnis für einen Scherz zu halten. »Julia freut sich bestimmt wie verrückt, Sie zu sehen.«

»Das hoffe ich.« Es fiel ihr schwer, dem forschenden Blick der Ärztin standzuhalten. Ihre Wangen erwärmten sich.

»Ganz bestimmt freut sie sich«, bekräftigte Beatrix. »Cecilia kommt aus London. Da gibt's viel zu erzählen.«

* * *

Vor dem Fenster stand ein Tisch. Vor ihnen standen Tassen aus Melanin, in denen wässriger Kaffee schwamm. Sie waren mit sich allein und blickten hinaus auf den spiegelglatten See. Ein Paar ging durch den Park, Arm in Arm, lachend. Cecilias Kehle schnürte sich zu, als sie daran dachte, wie sie mit Lukas und Julia um den See spaziert war. Nichts ahnend.

»Wollte Papa denn überhaupt nichts von Julia wissen?«, fragte sie. »Sie war seine Tochter. Man kann sein Kind doch nicht einfach vergessen und so tun, als würde es nicht existieren.«

»Er hatte keine emotionale Bindung zu ihr. Das hat's vielleicht einfacher gemacht.«

»Man verliert die Worte, wenn man zu lange schweigt, oder? Je länger man wartet, desto unmöglicher wird es.«

»Das ist wohl so. Man verliert die Worte.« Beatrix starrte in die leere Tasse, auf ihre dürren Hände mit den Goldringen, dann aus dem Fenster.

»Ich weiß nicht, was ich denken oder fühlen soll«, brach Cecilia die Stille. »Alles ist so verworren. Und jetzt kann ich Julia nicht mal mehr kennenlernen.«

»Sie ist da. Natürlich könnt ihr euch kennenlernen.«

»Was würde sie sagen, wenn sie von mir wüsste?«

Beatrix legte ihre Hände in den Schoß und hob die Schultern. »Julia war ein einsames Kind«, murmelte sie. »Ich war ständig unterwegs und Robert hatte in der Firma zu tun. Es war um die Weihnachtszeit und Julia noch ganz klein, vielleicht sechs oder sieben, als sie uns einen Wunschzettel gegeben hat. Sie hat sich ein Geschwisterchen gewünscht.«

Cecilia hob den Kopf und musste grinsen. »Ich habe mir früher auch eine Schwester gewünscht. Marlene hat mir dann erklärt, dass sie mit mir schon alle Hände voll zu tun hätten. Ob's nicht auch ein Meerschweinchen sein könnte.«

»Ein Meerschweinchen«, echote Beatrix und rieb sich über die Stirn. »Ach herrje.«

* * *

Die Klangschalen standen noch auf dem Tisch, als sie das Zimmer betraten. Langsam schälte Cecilia sich aus ihrem Mantel und legte ihn auf den Klavierhocker. Es war ganz still. Julia lag mit weit geöffneten Augen in ihrem Bett.

Unsicher, was sie tun sollte, schlang Cecilia die Arme um ihren Oberkörper und beobachtete, wie Beatrix sich über ihre Tochter beugte. »Mein Schatz, hallo, hier ist die Mama«, flüsterte sie und küsste ihre Wange. »Hat die Musik dir gutgetan?«

Julia neigte den Kopf zur Seite und blinzelte.

»Ich habe jemanden mitgebracht. Du kennst sie schon. Ihr Name ist Cecilia. Sie hat dich vorgestern besucht, aber eigentlich kennt ihr euch schon viel länger. Ihr habt zusammen gespielt, als wir in Murnau waren. Da wart ihr noch ganz klein. Zu klein, um euch zu erinnern.«

Ihre Stimme klang warm und tröstlich. Beatrix streichelte über das kurze Haar ihrer Tochter, erhob sich und lächelte Cecilia zu. »Manchmal sitze ich stundenlang an ihrem Bett, rede und rede. Ich habe das Gefühl, dass es uns beiden hilft. Nicht wahr, mein Schatz?« Beatrix griff nach der kleinen gekrümmten Hand. »Wir bleiben verbunden, du und ich. Das Schlimmste, was einem Menschen passieren kann, ist, keine Nähe mehr zu spüren. Die Ärzte haben uns ganz deutlich gesagt, dass der Verlauf maßgeblich davon abhängt, ob Juli ein Gegenüber hat. Sie braucht jemanden, der mit ihr spricht, der ihre Hand hält und ihr zeigt, dass sie noch dazugehört. Das ist für jeden Menschen wichtig, aber für Juli ganz besonders.«

Mit dem Handrücken wischte Cecilia über ihre Augen. Beatrix war von einer unerschütterlichen Liebe durchdrungen, so groß, dass sie den ganzen Raum ausfüllte.

»Wollt ihr euch ein bisschen unterhalten, während ich eine Vase besorge? Julia ist ganz wach. Sieh nur, wie entspannt deine Hände sind.« Beatrix streichelte über die schlanken Finger ihrer Tochter, dann hob sie den Kopf und blickte Cecilia an.

»O-okay, klar, sehr gern.«

»Erzähle ihr von London. Julia ist früher so gern gereist. Wenn ich Konzerte gespielt habe, ist sie oft mitgekommen. Nicht wegen meiner Musik, die fand sie gähnend langweilig, sondern wegen der Städte. Paris, Barcelona, Stockholm. Sie war überall.«

Vorsichtig setzte Cecilia sich neben das Bett ihrer Schwester und ließ den Blick über ihr ebenmäßiges Gesicht wandern. Ihre Augen waren nicht nur grün, wie Cecilia geglaubt hatte, sondern besaßen goldene Tupfen. Erst als Beatrix den Raum verlassen hatte, wagte sie, sich zu rühren.

»Julia«, flüsterte sie und tastete nach ihrer Hand. »Wir sind Schwestern. Beim letzten Mal wussten wir davon noch nichts, aber jetzt wissen wir's. Ich wollte dich noch mal sehen, bevor ich zurück nach London fliege.«

Einige Sekunden verstrichen, in denen Cecilia sich sammelte und über das Bett hinweg aus dem Fenster blickte. Die Wolken sahen aus wie Zuckerwatte.

»Erinnerst du dich an Oma Elli und ihre Bäckerei neben der Kirche? Im Cinnamoon steht ein Foto von ihr und Lukas hat mich gefragt, ob sie die Queen sei, weil sie ihr angeblich so ähnlich sieht. Dabei war Oma Elli alles andere als majestätisch. Warst du eigentlich mal in ihrem Laden? Ich habe das Bimmeln geliebt, wenn ein Kunde hereingeschneit kam. Ding-Dong. Im Cinnamoon gibt es auch eine kleine Glocke und jedes Bimmeln erinnert mich an früher. Es wäre so schön, wenn du mich irgendwann in London besuchen könntest. Wir würden mit dem Routemaster durch die Stadt fahren. Ich kenne ein paar geheime Ecken. Es sind versteckte Gärten inmitten …«

Julia schloss die Augen. Cecilia verstummte.

»Sprich weiter«, vernahm sie eine Stimme hinter sich und wirbelte herum. Beatrix stand mit einer Vase in der geöffneten Tür und lächelte sie an. »Julia ist ganz entspannt. Sie badet im Klang deiner Stimme. So nennen wir das immer.«

»Ich …«

»Soll ich wieder rausgehen?«

»Was? Nein! Vielleicht sollte ich … Was mache ich hier eigentlich?« Cecilia stand hektisch auf. »Ich weiß nicht.«

»Es ist gut, dass die Wahrheit ans Licht kam. Ich habe noch lange mit Robert darüber gesprochen. Es ist richtig.«

»Ich weiß nicht«, wiederholte sie.

»Es liegt an ihm, oder?« Beatrix lächelte, doch ihre Lippen zitterten, als besäßen sie für diesen Ausdruck kaum Kraft. Ihre Augen wanderten zu dem Bild, das sich auf dem Nachttisch befand. Lukas stand mit weit ausgebreiteten Armen vor einer Bergkulisse und strahlte ihnen so selbstsicher entgegen, als würde ihm die ganze Welt gehören.

»Ich hatte keine Ahnung«, würgte Cecilia hervor. »Wenn ich gewusst hätte, was dahintersteckt, hätte ich mich niemals darauf eingelassen.«

»Das war kein Vorwurf an dich«, erwiderte Beatrix, stellte die Vase auf den Tisch, zog einzelne Blumen hervor und steckte sie an anderer Stelle wieder zurück. »Es war nur eine Frage. Ich kann mir denken, warum er's dir nicht gesagt hat.«

»Alles ist so schwer.« Cecilia presste die Lippen aufeinander.

Beatrix trat zum Bett und streichelte behutsam über die Wange ihrer Tochter. »Sehr schwer«, sagte sie leise. »Es ist für alle sehr schwer. Wir müssen es trotzdem tragen.«

Cecilia trat ans Fenster und schlang die Arme um ihren Oberkörper. Die Sonne kroch aus den Wipfeln der Bäume in die Höhe. Mit dem Ärmel ihrer Strickjacke wischte sie über ihre Wangen. »Ich kann nicht mit ihm zusammen sein. Ich will es auch gar nicht mehr«, erklärte sie. Die Worte sollten Beatrix trösten, nicht sie selbst.

* * *

Energisch stieg sie die Treppe empor, kramte den Schlüssel aus ihrer Tasche und schloss die Tür auf.

»Mama!« Ohne die Schuhe auszuziehen, marschierte sie ins Wohnzimmer und hielt inne. Ein Lächeln huschte über ihre Lippen, als sie Ignaz entdeckte, der mit weit geöffnetem Mund auf dem Sofa lag und schlief. Die Arme hatte er auf der Brust überkreuzt, sodass es aussah, als würde er sich selbst umarmen. Im Vorbeigehen strich sie über sein schütteres Haar.

Die Terrassentür stand offen, ließ blumige Düfte und Vogelgezwitscher ins Haus wehen. Cecilia erspähte den granatroten Schopf ihrer Mutter zwischen den Rosensträuchern und atmete tief durch. Das war der Moment.

»Mama!«

»Oh, hallo. Wo warst du denn? Meine Güte. Wir haben uns Sorgen gemacht.« Marlene ließ die Heckenschere sinken und wischte sich mit dem Handrücken Schweiß von der Stirn.

»Ich habe eine Schwester.«

»Wa... was?« Langsam richtete Marlene sich auf. Sie trug eine tannengrüne Latzhose, deren Stoff an den Knien aufgescheuert war. Früher hatte sie Franz gehört. Der zierliche Körper ihrer Mutter versank darin.

»Ich weiß alles. Du kannst aufhören zu lügen. Papa hat noch eine andere Tochter. Sie heißt Julia«, erklärte sie mit zitternder Stimme. Cecilia spürte, wie sich eine Träne löste und über ihre Wange kullerte.

Für einen Moment schloss Marlene die Augen, dann stöhnte sie auf. »Wer hat es dir gesagt?«

»Beatrix, deine alte Freundin aus Murnau.« Ihre Stimme zitterte wie das Vibrato einer Violine.

Sekunden verstrichen, in denen Marlene sie stumm anblickte, dann löste sie die Spange, die ihr Haar zusammengehalten hatte. Feuerrote Locken fielen über ihre Schultern. »Wir haben immer geschwiegen«, sagte sie leise.

»Nein! Ihr habt gelogen. Eine verschwiegene Wahrheit ist eine Lüge.«

»Ich habe erst sehr spät davon erfahren, Cecilia.«

»Wann?« Die Sonne stach ihr ins Gesicht. Mit der Hand schirmte sie ihre Augen ab.

»Kurz bevor er gestorben ist. Wir standen gerade im Laden. Dein Vater hat die Abrechnung gemacht und ich habe das Schaufenster dekoriert. Da kam ein Anruf rein. Franz hat fluchtartig den Laden verlassen, um zu telefonieren. Danach war er wie erstarrt, hat kaum ein Wort gesprochen und ist stundenlang spazieren gegangen, ohne mir zu sagen, was los ist.« Marlene fummelte an der Heckenschere herum. Es sah aus, als würde sie versuchen, Luft zu schneiden. »Es hat drei Tage gedauert, bis er mir gestanden hat, dass er mich damals mit Beatrix betrogen hat und dass dabei ein Kind entstanden ist. Nach diesem Geständnis hat sich unsere Beziehung verändert. Die Wahrheit hat etwas zerbrechen lassen, unsere Liebe vielleicht.« Das Gesicht ihrer Mutter verzerrte sich. Marlene zog ein Papiertaschentuch aus ihrer Hosentasche, knüllte es zusammen, entfaltete es wieder.

»Hast du es nicht geahnt?«

»Ich habe geglaubt, ihn durch und durch zu kennen, besser als mich selbst. Wir kannten uns seit unserer Kindheit, waren zweiunddreißig Jahre verheiratet.« Marlene schüttelte den Kopf, als könnte sie die Wahrheit immer noch nicht begreifen. »Ich war damals hochschwanger, als Franz nach Murnau gefahren ist und mich betrogen hat. Das war ein Schlag ins Gesicht. Auch so viele Jahre später noch.«

Cecilia hatte sich an die Gartenhütte gelehnt, hörte ihrer Mutter zu und starrte währenddessen ins Gras. Dunkelgrüne Halme, dazwischen Gänseblümchen. Sie dachte an die Kränze, die sie früher daraus geflochten hatten, und an einen Kinderreim. *Er liebt mich. Er liebt mich nicht.*

»Er hat die ganze Zeit gewusst, wer ich bin.«

»Franz hat …«

»Lukas! Er hat es gewusst«, fauchte sie. »Alle wussten davon, nur ich nicht. Und als ich dir damals von seiner kranken Frau erzählt habe, von Julia … Du hast gewusst, wer sie ist, oder nicht?«

»Nein. Das darfst du nicht glauben, Cecilia. Auf den Gedanken bin ich überhaupt nicht gekommen. Diese Verbindung konnte ich nicht herstellen.«

Marlene trat einen Schritt auf sie zu, hob die Hand und berührte ihre Wange. »Es tut mir leid, Schatz. Ich habe es nie geschafft, mit dir darüber zu sprechen. Eins nach dem anderen, dachte ich. Die Beerdigung, der Umzug. Da war noch so viel Wut in mir. Auf deinen Vater, auf Beatrix. Ich war so enttäuscht. Und dann die Trauer. Ich wusste nicht, wie ich …«

»Du hast immer nur Andeutungen gemacht. Du hast behauptet, ich wüsste nicht, wer Papa wirklich war. Wie konntest du so etwas sagen?«

»Weil es mir selbst so vorgekommen ist.«

»Hättest du mir jemals von Julia erzählt?«, fragte sie erschöpft und suchte den Blick ihrer Mutter.

»Vermutlich nicht.«

Die Geräusche um sie herum schwollen an. Das Kreischen der Kinder, Hundegebell, Wind in den Bäumen. Julia lag in ihrem Bett – erstaunt und entfernt. Lukas hatte versucht, sie zu erreichen. Auch jetzt spürte sie das Vibrieren ihres Telefons in der Gesäßtasche.

»Was soll ich jetzt machen, Mama?«, fragte sie kraftlos. Cecilia starrte hinauf in den wolkenlosen Himmel, bis das Licht in ihren Augen schmerzte. Tränen strömten über ihre Wangen, dann spürte sie Arme, die sie umschlossen, roch feuchte Erde und frisch geschnittene Pflanzen.

DRITTER TEIL

22

Seit ihrem Besuch in Deutschland waren inzwischen drei Wochen vergangen. Cecilia lag spät abends im Bett und blickte aus dem Fenster in den Himmel. Mit schwerem Herzen dachte sie an die *nightcalls* und fragte sich, was Lukas wohl gerade machte. Vielleicht zog er um die Häuser, besuchte Freunde, machte Musik. Am Anfang hatte er noch mehrmals täglich angerufen, doch seit einer Woche schwieg ihr Telefon. Inzwischen war ihre Wut abgeklungen und tiefer Traurigkeit gewichen. Cecilia wälzte sich auf die andere Seite, strich das Laken glatt und dachte an Julia. Grüne Augen, die immer auf der Suche waren. Hände mit zerbrechlichen Knochen und zarter Haut. Ihr Leben war leise geworden.

Kurz entschlossen griff sie zum Telefon. Angespannt nagte sie an ihrer Unterlippe, während sich die Verbindung aufbaute und schließlich das Freizeichen ertönte.

»Cecilia«, meldete er sich mit belegter Stimme. Unwillkürlich schlich sich ein Lächeln auf ihre Lippen.

»Hast du schon geschlafen?«

»Wie spät ist es?«

»Sehr spät. Soll ich …«

»Nein, auf keinen Fall.« Sie hörte, wie er seine Wangen tätschelte. »Bin hellwach. Es ist eh arschkalt und ich muss Holz nachlegen.«

»Du schläfst immer noch im Wohnzimmer?«

»Es fühlt sich irgendwie nicht mehr richtig an, in unserem Ehebett zu liegen. Ich brauche die Zimmer im Obergeschoss sowieso nicht wirklich. Außer das Badezimmer.«

Sie hörte, wie er Holzscheite vom Stapel nahm und im Ofen aufschichtete. Cecilia schloss die Augen und träumte sich in sein dunkles Haus, sah ihn am Klavier sitzen. *Keine Sentimentalitäten*, beschwor sie sich und öffnete die Augen.

»Wie geht es dir?«, fragte sie vorsichtig.

»Ich komme klar. Wie ist's bei dir?«

»Es geht, wenn ich beschäftigt bin. Im Cinnamoon ist ja immer was zu tun. Aber sobald ich allein bin, kommen die Gedanken. Manchmal habe ich das Gefühl, nicht mehr richtig atmen zu können, weil alles … Es ist einfach schwer.«

»So etwas braucht Zeit. Ich fange jetzt mit ein paar Projekten an, die meine volle Aufmerksamkeit erfordern und mir nicht gestatten, ins Grübeln zu geraten. Das ist gut. Gestern habe ich einen Termin im Studio fix gemacht.«

»Wolltest du nicht noch ein bisschen entspannen, bevor es wieder losgeht?«, fragte sie irritiert.

»Meine Pläne haben sich geändert. Ich widme mich jetzt wieder der Karriere. Damit kann man ein ganzes Leben ausfüllen.« Er lachte verhalten. »Mal sehen, wo's mich hin verschlägt.«

Cecilia richtete sich auf. »Kommst du nach London?«

»Steht nicht auf dem Plan, nein. Das Studio ist in Berlin. Schöner Ausblick auf die Spree, mitten in der Stadt.«

»Ich dachte nur.« Sie ließ sich zurücksinken.

»Habe ich in London noch etwas verloren?«, fragte er mit sanfter Stimme. »Gibt es jemanden, der sich wünscht, dass ich komme?«

Cecilia betrachtete den Vollmond, der wie eine Laterne über der Stadt leuchtete. Auch nur eine Hälfte, dachte sie, die andere Seite blieb verborgen.

»Wir sollten uns nicht mehr sehen«, murmelte sie ihrem pochenden Herzen zum Trotz.

»Und warum rufst du dann an?«

»Weil es hart ist.« Sie schluckte trocken. »Es ist schwer, so abrupt mit allem aufzuhören, was zwischen uns war.«

»Was schlägst du vor? Sollen wir's langsam ausschleichen lassen?«, fragte er spöttisch. »Erst zehn Minuten, dann nur noch fünf? Erst wöchentlich, dann halbjährlich?«

»Ich weiß doch auch nicht, wie ich mit der ganzen Situation umgehen soll. Das ist so verworren.«

Es knackte in der Leitung, dann hörte sie das Rascheln einer Decke, dumpfe Schritte und ein Fenster, das geöffnet wurde.

»Vor ein paar Tagen habe ich mich sehr lange mit Beatrix unterhalten. Wir waren zusammen bei Julia und sind danach spazieren gegangen«, erklärte er mit dunkler Stimme.

»Hat sie etwas über uns gesagt?«, fragte sie zögerlich. »Über dich und mich?«

»Allerdings. Es ging die ganze Zeit um das, was zwischen uns ist. War nicht gerade schmeichelhaft, kann ich dir sagen, aber Beatrix hat recht.« Er schnalzte mit der Zunge. »Ich habe meine Frau betrogen und es war kein Ausrutscher, sondern es war genau das, was ich wollte. Ich habe mich jeden Tag dafür entschieden, sie mit ihrer eigenen Schwester zu betrügen, habe es jeden Tag forciert. Deswegen ist Beatrix ziemlich wütend auf mich.«

»Tut mir leid.«

»Mir tut's leid.« Seine Stimme wurde weicher. »Nicht das, was passiert ist, aber meine Unfähigkeit, dir die Wahrheit zu sagen. Ich wollte dich und diese Leichtigkeit behalten, solange es geht.«

»Ich versuche die ganze Zeit, wütend auf dich zu sein.«

Er lachte leise. »Was soll das bedeuten?«

»Es wäre einfacher, wenn du der Böse wärst. Dann könnte ich dich anbrüllen, dir alles Schlechte wünschen und es würde sich verdammt gut anfühlen, deine Nummer zu löschen. Aber es ist so, wie du gesagt hast: kein Schwarz, kein Weiß. Dazwischen sind noch andere Töne.«

Sie hörte das Knarren der Dielen, als er sich durchs Haus bewegte. »Und trotzdem bleibt's dabei, oder? Wir konzentrieren uns jetzt wieder auf andere Dinge und versuchen, nicht so viel an den anderen zu denken.«

Sie schlug die Decke zurück, stand auf und trat ans Fenster. Kalte Nachtluft drängte ins Zimmer, als sie es öffnete. In der Ferne glommen die Lichter der Stadt, rauschte der Verkehr. Am Zaun lehnte ihr Fahrrad. »Wenn ich ins Café fahre, höre ich immer Musik. Ich habe inzwischen alle Kassetten angehört«, murmelte sie.

Es dauerte eine Weile, bis sie am anderen Ende der Leitung ein verhaltenes Hüsteln vernahm. »Äh, das ist echt gut. Wi-wie fühlt es sich an?«

»Es ist okay. Er hat wahrscheinlich so lange geschwiegen, bis es sich angefühlt hat, als wäre Julia nur ein Märchen, als wäre das alles nie passiert.«

»Kannst du ihm verzeihen?«

»Er hat nicht alles richtig gemacht, aber er hat immer sein Bestes gegeben.« Sie atmete tief durch, dann schloss sie das Fenster. »Was von ihm zurückbleibt, sind so viele schöne Erinnerungen, so viel Musik. Ich habe ihn immer gekannt. Es war nur schwer, diesem Gefühl zu vertrauen.«

»Stellst du jetzt ein Foto von ihm aufs Klavier? Vielleicht direkt neben die Queen?«

»Das mache ich.« Sie lächelte versonnen. »Ich habe eine ganze Kiste mit Fotos. Papa bekommt einen Ehrenplatz und …«

»Ich will dich sehen, Cecilia«, unterbrach er sie und ließ sie herumwirbeln, als würde er direkt hinter ihr stehen. »Und dann packt mich wieder das schlechte Gewissen und ich denke, dass es unmöglich ist, aber wenn ich ganz ehrlich bin, dann will ich mich sofort in den Flieger setzen und zu dir kommen.«

»Es würde sich immer falsch anfühlen. Du würdest immer an Julia denken, wenn du mit mir zusammen bist, und ich hätte immer Angst davor.«

* * *

Wenn es Nacht war, wünschte sie sich Licht. Wenn es hell war, wollte sie die Augen schließen. Auch wenn Cecilia mit ambivalenten Gefühlen kämpfte – London nahm keine Notiz davon, dass ihre Lebenslinie Wellen schlug. Der Pulk, der sich durch die Straßen schob, verschluckte jeden, verwandelte alle Menschen zu einer trägen Masse. Es war wohltuend, sich im Wirbel der Stadt selbst vergessen zu können.

Inzwischen wehte ein schneidender Wind, der über das Nordmeer kommend kalte Luft auf die Insel brachte. Die Menschen kraxelten auf die Dachböden, um dicke Mäntel und Wollschals hervorzukramen. Es wurde Winter.

Jeden Montag las sie Hamish aus der Sonntagszeitung vor. Er trank dazu einen schwarzen Kaffee, lauschte andächtig oder echauffierte sich über die Tories, die konservative Partei, die in seinen Augen »überhaupt gar nichts für das einfache Volk« machte.

Jeden Mittwochabend radelte Cecilia zum Yoga und sonntags zog es sie wieder häufiger zum Buckingham Palace, wo sie sich das spektakuläre *Changing of the Guards* ansah. Sie liebte es, die Wachen mit den flauschigen Bärenfellmützen im Stechschritt über den Platz marschieren zu sehen. In ihren rotschwarzen Uniformen erinnerten sie an große Marienkäfer mit

Plüschköpfen, die Gewehre herumtrugen und dabei Trompete spielten. Es war nicht so, dass sie etwa Ehrfurcht vor der Monarchie empfunden hätte, sondern es war dieses Festhalten an altehrwürdigen Bräuchen, das sie berührte. Die Welt war ständig im Wandel begriffen. Nichts schien sicher, aber die täglichen Zeremonien der Royal Guards waren zuverlässig und beständig. Wie das Glockengeläut. Wie der Rhythmus von Tag und Nacht.

Gelegentlich saß sie mit Matt auf wackeligen Klappstühlen in der Küche, trank Rotwein und lauschte seinen weltberühmten »Du, übrigens«-Geschichten. Es kam Cecilia vor, als gäbe er sich in letzter Zeit besonders viel Mühe damit. Sie liebte es, wenn er die Stimme senkte, Rauch in die Luft pustete und mit glänzenden Augen seine Geschichten vortrug.

»Du, übrigens, hast du schon von dem Brand 1666 gehört?«

»Du meinst den Brand vor ungefähr vierhundert Jahren? Klar. Das ist brandaktuell.«

»Sehr witzig, Cecilia. Hör gut zu, ja? *The Great Fire of London* ist nämlich echt eine heftige Sache gewesen. Also, es war ein Tag im September und ein kräftiger Südwind blies das Herbstlaub durch die Gassen. Thomas Farynor, der Meister der königlichen Backstube in der Pudding Lane, ließ in dieser Nacht das Feuer im Herd brennen. Völlig fahrlässig. Das Feuer griff rasend schnell um sich. Das lag an den Baumaterialien, dem heftigen Wind, aber auch an dieser eigenartigen Architektur. Jedes Stockwerk wurde überhängend auf das darunterliegende gebaut. Du kannst es dir vorstellen, oder? So wurden die schmalen Gassen nach oben hin immer enger. Man konnte den Himmel kaum noch sehen, weil die Dächer fast zusammenstießen, und so konnte das Feuer auch ganz einfach von Gasse zu Gasse hüpfen. Als man dem Bürgermeister mitten in der Nacht sagte, dass die ganze Pudding Lane niederbrannte, meinte er nur gelangweilt: *Pah! A woman might piss it out.* Hätte er gewusst, dass hunderttausend Menschen obdachlos werden würden, weil die halbe Stadt in Schutt und Asche lag, hätte der Idiot sich bestimmt nicht wieder ins Bett gelegt.«

Seit sie wieder in London war, hatte es keine Nacht gegeben, in der sie nicht schweißgebadet aufschreckte, weil Albträume sie heimsuchten. Cecilia träumte von Julia, die versuchte, sich aus ihrem Bett zu befreien. Sie träumte, mit ihrem Vater im Auto zu sitzen und in den Rückspiegel zu starren, während der Lastwagen auf sie zugerast kam. Auch Lukas erschien in ihren Träumen. Einmal spielte er Klavier, doch die Musik war schief und taktlos, die Tasten allesamt schwarz. Ein andermal kam er ins Cinnamoon gerannt, weil er auf der Suche nach seiner Frau war. »Wo ist Julia?« Alle Gäste deuteten auf Cecilia und niemand wollte ihr glauben, dass es sich dabei um eine Verwechslung handelte. Die Bilder ihres Unterbewusstseins verfolgten sie tagelang.

Gelegentlich telefonierte sie mit Beatrix, um zu erfahren, wie es ihrer Schwester ging. Sie freute sich, wenn Julia entspannt war, ruhig atmete und kleine Reaktionen zeigte – ein Blinzeln, ein Schnalzen mit der Zunge –, und sorgte sich, wenn Beatrix glaubte, Julia sei in Aufruhr.

»Sie macht Fortschritte«, erklärte Beatrix eines Tages. »Ich habe manchmal das Gefühl, dass sie mich direkt ansieht, dann drückt sie meine Hand noch ein bisschen fester. Manchmal kommt es mir vor, als wäre da wieder eine Stimme, die Worte formen und über ihre Lippen kommen will.«

»Ist das möglich?«

»Na ja, nichts ist unmöglich, oder? Das Gehirn ist ein Wunderwerk.« Beatrix seufzte. »Julia wird nicht die Augen aufschlagen und der Mensch sein, der sie früher gewesen ist, aber vielleicht klart der Nebel langsam auf.«

In Deutschland hatte Cecilia sich ein Buch gekauft: *Beziehungsgestaltung mit Wachkomapatienten – Behutsame Kommunikation.* Sie hatte angefangen, Briefe zu schreiben, die sie Julia vorlesen wollte, wenn sie über Weihnachten nach Hause flog. Auch wenn ihre Schwester diese Worte vielleicht nie verstehen würde: Es war schön, sich ein Gegenüber vorzustellen, an das sie gerichtet waren. *Durch dich sehe ich mich.*

Sie wusste wenig aus dem Leben ihrer Schwester und dennoch erschien sie ihr vertraut. War es das Gesicht, das sie an ihren Vater und an ihr eigenes Spiegelbild erinnerte? War es mehr als eine genetische Gravur? Etwas Metaphysisches? Wünschte sie sich diese Vertrautheit so sehr, dass sie spürbar wurde?

Cecilia gefiel der Gedanke, dass sie schon immer mit einem anderen Menschen verbunden gewesen war – verschwistert und verschworen. Sie mochte es, sich selbst als Schwester zu bezeichnen, weil das nach Zugehörigkeit und Heimat klang. Trotzdem fehlte etwas. Und nun wusste sie, was es war: Erinnerungen.

Es gab keine Erlebnisse, die sie miteinander geteilt hätten. Keine »Weißt du noch?«-Anekdoten, über die sie sich krummgelacht hätten. Keine Geheimnisse.

Zwar waren sie miteinander verbunden, aber sie waren sich nicht nah. Cecilia besaß mehr gemeinsame Erinnerungen mit Kat als mit ihrer eigenen Schwester. Mehr Erinnerungen mit Hamish, dem blinden Metzger aus der Curzon Street. Mehr Erinnerungen mit Gregory, der gern auf einem Hausboot leben würde. Und so viel mehr Erinnerungen mit Lukas.

»Ich will dich sehen.« Seine Worte flatterten ständig durch ihre Gedanken. Oft stand sie unbewegt vor dem Spiegel und betrachtete sich. Huch. Es war nicht schlimm, Julia ähnlich zu sehen. Es war okay, dass Lukas sich durch sie erinnert gefühlt hatte.

* * *

Mit zwei Tassen Kurkuma-Chai saßen sie auf der Bank am Fenster im Cinnamoon, schrieben eine Einkaufsliste und kalkulierten den Preis für neue Törtchen, die sie anbieten wollten.

»Machen wir selbst, oder?«

»Äh, was?« Cecilia riss ihren Blick von dem Stuhl los, auf dem Lukas immer gesessen hatte.

»Das war dein Vorschlag, nicht meiner. Du wolltest Törtchen mit Lemon Curd, Basilikum und Pecannüssen.«

»Klingt abenteuerlich«, ächzte sie und löste ihren Pferdeschwanz. »Habe ich das wirklich vorgeschlagen?« Sie hatte zwei Stunden geschlafen, war bei tiefer Dunkelheit aus dem Bett gekrochen, hatte literweise Kaffee gekocht und nebenbei zugehört, wie sich die Gäste über das Wetter oder den Verkehr empörten.

»Du bist total durch den Wind«, stellte Kat fest und legte den Kugelschreiber beiseite. »Und du bist traurig. Jeden Tag ein bisschen mehr. Kann ich etwas tun, damit es dir besser geht? Willst du ein paar freie Tage?«

»Ich vermisse unsere *nightcalls*.« Cecilia schniefte und zog ein Taschentuch aus ihrer Hosentasche. »Ich überlege die ganze Zeit, ob ich nicht einfach bei ihm …«

»Nein, mach das nicht.« Kat schob ihr über den Tisch einen halben Brownie zu, als wollte sie ihre Freundin damit zum Schweigen bringen. »Erinnerst du dich, was du mir vor einer Woche noch gesagt hast? Es ist vorbei. Du willst dich auf deine Schwester konzentrieren, eine Verbindung zu ihr aufbauen.« Blaue Augen blinzelten ihr über den Tassenrand entgegen. Die Brillengläser beschlugen von der aufsteigenden Hitze des Tees.

»Aber es wird immer schlimmer. Dieses beschissene Gefühl. Ich habe so einen Druck auf der Brust. Nichts ist mehr leicht, nicht mal das Atmen.« Cecilia pulte ein Schokoladenstück aus dem Kuchenteig, wofür sie einen strafenden Blick erntete. »Ich glaube, ich muss mit ihm sprechen, um das alles besser verarbeiten zu können.«

»Und was willst du ihm sagen? Gibt es irgendwas Wichtiges, etwas Konkretes?«

»Für ihn ist die Situation doch auch kaum auszuhalten. Ich will nur wissen, wie es ihm geht.«

»Ach, wirklich?«

»Nein«, gestand Cecilia zähneknirschend.

»Dir muss doch klar sein, dass die ganzen Gefühle hochkochen, wenn du mit ihm sprichst. Danach bist du wieder am Boden zerstört.«

»Das bin ich doch jetzt schon. Ach, verdammt! Ich weiß doch auch nicht, was ich machen soll. Egal, wie ich es angehe – es fühlt sich immer falsch an.«

Kat nickte langsam, rückte ihre Brille zurecht und straffte die Schultern. »Wenn wir alle moralischen Prinzipien mal kurz vergessen, wenn du ganz tief in dich hineinhorchst und versuchst, nur deine eigene Stimme wahrzunehmen – was dann?«

»Dann packe ich meinen Koffer, steige in ein Cab und fahre zum Flughafen.«

»Um Lukas zu sehen«, schlussfolgerte Kat, doch Cecilia schüttelte den Kopf.

23

Gregory hatte sich bereit erklärt, zwei Schichten im Cinnamoon zu übernehmen, weshalb sie gestern ein Ticket gekauft hatte und heute frühmorgens nach Deutschland geflogen war. Seit ihrem letzten Besuch war sie von einem Gefühl ins nächste gestürzt – war wütend, verzweifelt, hoffnungsvoll gewesen, ohne dass sich eines dieser Gefühle je gefestigt hätte. Sie brauchte endlich wieder festen Boden unter den Füßen.

Kat hatte sie bestärkt, Marlene lobte ihren Mut und Beatrix sah in dem Besuch sogar etwas Heilsames – doch es war ihre innere Stimme, die sie schlussendlich davon überzeugt hatte, Julia zu besuchen.

Mit dem Mietwagen fuhr sie über die A 95 in südlicher Richtung. Ihr Herz schlug kräftig, aber friedlich. Bewaldete Berge, schroffe Felsen, Wasserfälle, Hauben aus Schnee. Auch wenn sie schon lange nicht mehr hier lebte, verspürte sie eine tiefe Verbundenheit zu diesem Land. Nach dieser Verbundenheit suchte sie auch bei einem anderen Menschen.

* * *

Vorsichtig öffnete sie die Tür und blieb einen Moment stehen, bevor sie eintrat. Es roch nach frisch gewaschenen Laken. Die Sonne schickte goldenes Licht ins Zimmer.

»Hallo Juli«, grüßte sie ihre Schwester und schloss die Tür hinter sich. »Hier ist Cecilia.«

Langsam ging sie auf das Bett zu, in dem ihre Schwester lag. Sie trug ein dunkelgrünes Shirt mit eingestickten Rosen und schaute zur gegenüberliegenden Wand, an der unzählige Fotografien hingen.

»Hier bin ich.« Cecilia tastete nach ihrer Hand und drückte sie sanft. »Du siehst hübsch aus. Deine Wangen sind ganz rosig. Beatrix hat mir erzählt, dass ihr heute schon spazieren wart. Die Sonne scheint so schön. In London war es ganz grau, als ich losgeflogen bin.«

Die Mundwinkel ihrer Schwester zuckten, dann wandte sie den Kopf um. Als die grünen Augen sie streiften, spürte Cecilia ein Ziehen in der Brust. Hastig schlüpfte sie aus ihrem Mantel und setzte sich auf den Stuhl, der neben dem Bett stand. Dabei fiel ihr Blick auf die Briefe, die aus ihrer Manteltasche ragten.

»Ich habe dir Briefe geschrieben, sie aber nie abgeschickt. Eigentlich wollte ich sie dir heute vorlesen, aber stattdessen können wir uns auch unterhalten. Meinst du nicht?«

Julia atmete ruhig und gleichmäßig, während ihre Augen suchend durch den Raum wanderten.

Cecilia streichelte ihre Hand. »Hier bin ich, Juli.«

Die Augen ihrer Schwester fanden einen Punkt in der Ferne, schienen sich daran festzuhalten.

»Ich würde dir gern von Papa erzählen. Er hieß Franz. Es ist schade, dass du ihn nicht mehr kennenlernen kannst. Er hatte einen Unfall, bei dem er leider gestorben ist. Das war vor zwei Jahren.« Sie hielt inne und senkte den Blick. Im Vergleich zur zarten Hand ihrer Schwester war ihre Hand kräftig und beansprucht. »In meinem Kopf herrscht heilloses Durcheinander. Wo soll ich nur anfangen?«

Es war mühsam, Erinnerungen an ihren Vater hervorzukramen und in Worte zu fassen. Je mehr Bilder dabei entstanden, desto schwerer wurde ihr das Herz.

Während sie die Hand ihrer Schwester festhielt, erzählte sie von der Welt, die sich Franz im Keller erschaffen hatte, von Zügen, winzigen Menschen und Bahnhöfen. Sie erzählte, dass er nie ans Telefon gegangen war, immer eine Taschenuhr bei sich getragen hatte, und von den heimlichen Zigaretten hinter der Gartenhütte.

Cecilia hob den Kopf und blickte aus dem Fenster. Die Sonne hatte sich im Geäst eines Baumes verfangen.

Als sie sich wieder zu Julia umwandte, hatte sie die Augen geschlossen, doch unter ihren Lidern war zu erkennen, dass sie immer noch umherwanderten. Cecilia beugte sich vor und betrachtete das Gesicht ihrer Schwester aus unmittelbarer Nähe. Auf ihrer Nase erkannte sie winzige Sommersprossen.

»Er fehlt mir. Ich bin immer um diese Lücke herumgetänzelt, die er hinterlassen hat, und hatte panische Angst davor, hineinzufallen. Aber sie ist gar nicht so tief, wie ich geglaubt habe. Man kommt da wieder raus. Auch wenn Papa tot ist – jetzt bist du da. Wir sind da.«

Cecilia stand auf und fing an, mit verschränkten Armen durch das Zimmer zu tigern. In der Ferne erhoben sich Zugvögel in den Himmel und flogen fort, um der Kälte zu entfliehen. Ihr Blick wanderte zum Nachttisch, auf dem das Bild von Lukas stand. Augenblicklich fing ihr Herz an, schneller zu schlagen. Es gab noch eine andere Geschichte, die sie ihrer Schwester erzählen sollte. Sie lag wie ein Felsbrocken in ihrem Bauch. Wollte sie ihr Gewissen erleichtern, hoffte sie auf Absolution oder einen Freifahrtschein? Cecilia knöpfte ihren Cardigan auf, befeuchtete die Lippen und wandte sich wieder ihrer Schwester zu. Man wusste nicht, welche Reize in ihre Welt durchdrangen. Beatrix war überzeugt, dass sie genau wusste, wer an ihrem Bett saß, und dass Julia es liebte, einer vertrauten Stimme zu lauschen – genauso wie sie Musik liebte.

»Ich habe dir etwas mitgebracht. Papa hat Kassetten aufgenommen. Zu jeder Phase seines Lebens gibt es eine Kassette. Das war so ein Spleen von ihm.«

Cecilia beugte sich über ihre Tasche, kramte den Walkman hervor und setzte sich wieder. »Diese hier heißt *Murnau, Juli, Tretboot 1990*. Das war unser erstes Treffen. Wir waren am See, haben Eis gegessen und im Garten gespielt. Du bist Juli.«

Vorsichtig setzte sie die Kopfhörer auf und startete die Kassette, um die Lautstärke zu prüfen. The Byrds sangen in ihr Ohr. *Turn! Turn! Turn!* Cecilia nahm den Kopfhörer ab und positionierte ihn auf dem Kissen. »Papa hat immer ganz laut mitgesungen, aber nur im Auto oder im Keller, sonst war er eher ein leiser Typ.«

Cecilia legte die kleine Hand ihrer Schwester auf das Gerät, damit sie spüren konnte, wie sich die Räder im Gehäuse drehten, um das Tonband abzuspielen. »Lukas hat mir den Walkman geschenkt. Weißt du noch? Früher waren die Dinger mal modern, aber das ist schon ewig her. Papa war sehr altmodisch, musst du wissen. Er hat Kino immer Filmtheater genannt und er hatte eine Taschenuhr, aber kein Taschentelefon. Das fand ich als Kind total nervig. Jetzt finde ich's irgendwie charmant.«

Grüne Augen streiften ihr Gesicht, huschten zum Fenster und fanden wieder zu ihr zurück. Cecilia lächelte, als sie an die alte Fotografie dachte, die Marlene ihr gegeben hatte: Zwei kleine Mädchen mit strahlenden Gesichtern waren darauf zu sehen. Cecilia und Julia. Sie trugen knallbunte Badeanzüge und hielten Eistüten in den Händen. Schon unzählige Male hatte Cecilia dieses Bild betrachtet und immer geglaubt, das Mädchen wäre nur eine Sommerbekanntschaft gewesen, an die sie sich nicht mehr erinnern konnte. Marlene hatte ihr zwar erklärt, dass es sich dabei um die Tochter ihrer alten Freundin Trixi handelte, aber für Cecilia waren diese Menschen fremd und bedeutungslos geblieben.

Das hatte sich nun verändert.

Mit dem Zeigefinger berührte Cecilia die Schläfe ihrer Schwester. »Lukas hat mir erklärt, dass unser Gedächtnis dort gebildet wird, wo auch Geräusche verarbeitet werden. Unsere Erinnerung ist Musik.«

Es kam ihr vor, als hätte Julias Blick sie eingefangen. War das nur Einbildung? Eine Weile saß sie schweigend da und lauschte der dumpfen Musik, die aus dem Kopfhörer drang. »Lukas hat so viele Lieder für dich komponiert. Er wollte eine Verbindung zu dir aufbauen. Wusstest du, dass er dir noch jahrelang Mitteilungen auf dein Handy geschickt hat?«

Der Blick ihrer Schwester glitt hinauf zur Zimmerdecke, die Atmung beschleunigte sich, drang nun stoßweise über ihre Lippen.

Cecilia zog ihre Hand zurück. »Entschuldige«, murmelte sie und spähte zur Uhr, die über den Fotos an der Wand hing. »Beatrix hat gesagt, dass ich nicht so lang bei dir bleiben sollte. Du musst dich erst noch an meine Stimme gewöhnen, an mein Gesicht.«

Vorsichtig nahm sie die Kopfhörer und den Walkman an sich, dann stand sie auf. »Es tut mir leid, dass ich dich nicht öfter besuchen kann. Ich weiß, dass nur noch wenige Menschen zu dir kommen und du oft allein bist. London ist so weit weg und ich muss sehr viel arbeiten, aber an Weihnachten bin ich wieder hier.«

Sie schlüpfte in ihren Mantel und wickelte den Schal um ihren Hals. Ihr Kopf war voller Gedanken, ihr Mund voller Worte – sie schob alles von sich.

»Mach's gut, Juli.« Ein mattes Lächeln erklomm ihre Lippen. »Danke, dass du mir zugehört hast.«

Als sie auf dem Korridor stand, zog sie ihr Telefon hervor und tippte eine Nachricht an Kat: *Hat echt gutgetan! Wir haben Musik gehört und ich habe ganz schön viel geredet. Ich wünschte nur, Julia könnte darauf reagieren, wenigstens blinzeln. Dann wüsste ich, dass sie mich irgendwie wahrgenommen hat.* Cecilia atmete tief durch. Sie hatte es geschafft, Julia allein zu besuchen. Auch wenn sie nicht alles ausgesprochen hatte, was ihr auf dem Herzen lag, fühlte sie sich federleicht.

Eine Ärztin huschte telefonierend über den Flur. Zwei Pfleger schoben einen Speisewagen vor sich her. Sie unterhielten sich miteinander und nahmen keine Notiz von ihr, als sie sich an ihnen vorbeizwängte. Cecilia drückte die Glastür auf und sprang leichtfüßig die Treppe hinab.

Kupferfarbene Sonnenstrahlen tauchten den Park in ein warmes Licht. Der Wind rauschte durch die Blätter der Bäume, hinterließ Spuren auf dem Wasser. Das Glück, das sie in diesem Moment empfand, weitete ihre Brust. Sie summte das Lied, das sie gerade mit Julia angehört hatte – *Turn! Turn! Turn!* –, und spazierte über den Weg, der entlang des Sees zum Parkplatz führte. Als sie bei der Trauerweide angelangt war, vibrierte ihr Telefon und sie blieb stehen, um die Nachricht zu lesen. Kat schrieb mit vielen Ausrufezeichen, dass das Regal, an dem die Tassen gehangen hatten, aus unerfindlichen Gründen auf den Boden gekracht war. Alle Tassen seien zerbrochen. Sogar die Tassen mit den Konterfeis der Königsfamilie, die sie sich seit Jahren gegenseitig zum Geburtstag schenkten.

»Sogar die Queen?«, jammerte Cecilia und musste gleichzeitig lachen, dann tippte sie eine Antwort. Das bedeutete, dass sie wieder auf Flohmärkten herumirren müssten, um neue Tassen aufzutreiben. Sammlerstücke für Menschen, die sich einerseits über die Monarchie amüsierten, andererseits davon fasziniert waren. Sie ließ das Telefon zurück in ihre Tasche gleiten.

Als sie den Blick hob, legte sich eine unsichtbare Hand um ihre Kehle. Lukas stand vor ihr. Er hielt einen Pizzakarton in den Händen.

»Lu... Lukas?«

»Was machst du hier?«, fragte er mit rauer Stimme.

»Ich habe Julia besucht.« Die Energie, die sie gerade noch verspürt hatte, war verpufft. Ihr Kopf glühte.

»Weiß Beatrix davon?«

»Natürlich.«

Cecilia hatte sich vorgestellt, wie es wäre, ihm zufällig zu begegnen, doch nachdem Beatrix ihr versichert hatte, dass Lukas erst morgen Besuchszeit habe, hatte sie keinen Gedanken mehr daran verschwendet.

»Ich habe mir Pizza besorgt. Manchmal mache ich das.« Er kratzte sich an der Stirn und grinste schief. »Es ist schöner, bei Julia zu sein, als allein im Haus zu sitzen. Dann hören wir Musik oder reden, also, ich rede und bilde mir ein, es wäre so wie früher.«

»Pizza und Musik. Das klingt echt gut.« Sie trat einen Schritt auf ihn zu. Am liebsten hätte sie ihn in den Arm genommen. »Und wie geht's dir so?«

»Ach, es geht!« Er trommelte mit den Fingern über den Karton. »Bin bald für eine Weile in Berlin. Treffe ein paar Leute, arbeite im Studio. Das wird bestimmt gut. Und wie ist es bei dir?«

»Geht so.«

»Bleibst du noch hier oder geht's gleich wieder zurück?« Er deutete hinauf in den Himmel.

»Zum Mond?«

»Nach London, ja.«

»Erst morgen.«

Sekunden verstrichen, in denen sie sich still in die Augen schauten. Unerforschter Raum. Er war ihr grenzenlos vorgekommen. Ein dumpfer Schmerz füllte ihre Brust aus.

Cecilia räusperte sich. »Deine Pizza wird kalt.«

»Ist schon kalt.«

»Oh, schade.« Sie spähte zum Parkplatz. »Du, es wird langsam dunkel und ich mag's nicht, bei Nacht zu fahren, deswegen sollte ich jetzt lieber aufbrechen, denke ich.«

»Klar, ich auch.« Seine Wangen waren gerötet. Er räusperte sich und blickte an ihr vorbei zu dem herrschaftlichen Sandsteingebäude.

»Dann mach's gut in Berlin und auch so«, sagte sie und schenkte ihm ein erschöpftes Lächeln.

Sie gingen wie Fremde aneinander vorbei. So würde es immer bleiben, dachte sie panisch. Ihr Körper war tonnenschwer. Langsam setzte sie einen Fuß vor den anderen, während sie in ihrer Tasche nach dem Autoschlüssel kramte.

»Hast du Hunger?«, hörte sie ihn rufen. Mit hochrotem Gesicht stand er mitten auf dem Weg und hob den Pizzakarton in die Höhe.

Cecilia verspürte ein Flattern im Bauch. »Die ist doch schon kalt, oder?«

»Ja, so ziemlich«, räumte er ein. Am liebsten hätte sie sich mit ihm auf eine Bank am Ufer des Sees gesetzt und kalte Pizza gegessen, aber ihre Schwester lag nur wenige Meter entfernt in einem seltsamen Schlaf. Cecilia sah hinauf in das Geäst der Weide, dann hinab auf den Autoschlüssel in ihrer Hand.

»Meine Mutter hat gekocht und Ignaz will mir seine neuen Skulpturen zeigen.«

»Verstehe. Das geht vor.«

274

»Ich liebe kalte Pizza. Nur nicht heute.«

»Nur nicht heute«, echote er und rieb sein Genick. »Dann vielleicht irgendwann.«

Mit diesen Worten ging sie zu ihrem Wagen und fuhr in die Nacht hinein.

Es war stockdunkel, als sie das Haus ihrer Mutter erreichte.

24

Seit dem Besuch bei Julia waren zehn Tage vergangen. Zwar fühlte sie sich ihrer Schwester nun tatsächlich verbundener, doch jedes Mal, wenn Cecilia die Kontrolle über ihre Gedanken entglitt, dachte sie an die Begegnung mit Lukas. Wie sollte sie sich verhalten? Tausendmal hatte sie das Telefon in die Hand genommen, um ihm zu schreiben. Tausendmal hatte sie es wieder beiseitegelegt.

Heute war Jonathan wieder ins Cinnamoon gekommen. Er saß am Tresen, trank einen doppelten Espresso und aß eine ofenwarme Zimtschnecke. Er saß immer noch dort, als die anderen Gäste gegangen waren und Cecilia das Schild an der Tür umgedreht hatte: *Closed.*

»Wegen Lukas …«, hob er an und folgte ihr, als sie mit der Gießkanne durch den Gastraum spazierte, um die Pflanzen zu gießen. »Das tut mir echt leid. Ich hatte vor ein paar Tagen geschäftlich mit ihm zu tun und da hat er mir gesagt, dass ihr nicht mehr zusammen seid.«

»Du weißt davon?« Ihr Magen verkrampfte sich. Abrupt drehte Cecilia sich zu ihm um.

Jonathan kratzte sich am Kinn und warf ihr einen unsicheren Blick zu. »Lukas hat sich für Julia entschieden, oder?«

»Nein, so war das nicht«, antwortete sie mit erstickter Stimme. »Nicht er. *Ich* habe mich für Julia entschieden.«

Ihr Blick huschte zum Klavier, an dem Lukas mit durchgestrecktem Rücken gesessen hatte. Ein Präludium von Chopin. Geliebte Gesichter sahen ihr entgegen. Sie hatte mittlerweile ein neues Bild aufgestellt: Franz saß im Garten und beobachtete, wie die Sonne vom Himmel stieg und in den See eintauchte. Vor ihm stand ein Glas Rotwein, zwischen seinen Fingern klemmte eine Zigarette. Die Luft flimmerte vor Hitze. Schweiß glänzte auf seiner Stirn. Jedes Mal, wenn Cecilia das Bild betrachtete, stellte sie sich vor, wie er den Kopf umwandte und sie anlächelte. In Gedanken wiederholte sie diese Sequenz immer und immer wieder.

»Kam's dir falsch vor, mit ihm zusammen zu sein, weil er mit Julia verheiratet ist und keiner sagen kann, ob sie nicht irgendwann wieder aufwacht und …«

»Es ist alles noch viel schlimmer«, unterbrach sie ihn und ließ sich auf die Bank am Fenster sinken. »Viel komplizierter.«

»Wenn du mir erzählen willst, was passiert ist – ich habe Zeit. Ich weiß, wir kennen uns kaum, aber manchmal hilft es, mit jemandem zu sprechen, der nicht viel mit dem eigenen Leben zu tun hat.«

Einige Sekunden verstrichen, in denen Cecilia stumm aus dem Fenster schaute und beobachtete, wie ein Fahrradkurier mit hochrotem Kopf im Haus gegenüber verschwand, dann wanderten ihre Augen zurück zu dem alten Piano.

»Es gibt ein sehr altes Geheimnis«, erklärte sie schließlich. »Nein, das stimmt nicht. Es ist kein Geheimnis mehr.« Cecilia erzählte mit ruhiger Stimme von den Verflechtungen ihrer Familie, von ihrem Vater und Julia, von der Wahrheit, die man so lange versteckt hatte. »Und plötzlich habe ich eine Schwester und erfahre, dass mein Vater die ganze Zeit so getan hat, als würde sie nicht existieren.«

»Hand aufs Herz.« Jonathan räusperte sich. »Das klingt wie eine Verschwörung. Ist das wirklich wahr?«

»Meinst du, so etwas würde ich mir ausdenken?«

»Nein, sorry, so war das nicht gemeint.« Er legte seine Hand auf ihren Unterarm. »Du bist Julia wirklich wie aus dem Gesicht geschnitten, aber ich hätte niemals für möglich gehalten, dass ihr tatsächlich verwandt seid. Ich meine, wie absurd ist das bitte? Ihr seid Schwestern?«

»Halbschwestern«, korrigierte sie ihn.

»Und dann kommt eines Tages ausgerechnet Lukas in dein Café spaziert.« Jonathan pfiff durch die Zähne. »Eure Ähnlichkeit, wow, das muss ihm vorgekommen sein wie ein Wunder. Als ich dich zum ersten Mal gesehen habe, dachte ich mir sofort, dass Lukas …«

»Trost gesucht hat?« Cecilia lachte bitter auf und konzentrierte sich auf den Strohhalm, den sie gerade vom Boden aufgeklaubt hatte. »Die Vermutung liegt nahe, aber er hat mir geschworen, dass es ihm nie darum gegangen sei. Er war so überzeugend, dass er es wahrscheinlich selbst geglaubt hat.«

»Hast du Zweifel?«

»Wer weiß, was sein Unterbewusstsein fabriziert hat. Egal! Lassen wir das.« Sie zerrte mit aller Kraft an dem Plastikstrohhalm und hielt plötzlich zwei zerfetzte Enden in den Händen. In ihrem Mund sammelte sich Speichel. »Julia ist meine Schwester und aus diesem Grund kann ich nicht mit Lukas zusammen sein. Ganz einfach.«

Hektisch stopfte sie den Strohhalm in die Mülltüte und marschierte in die Küche. Als sie die Tür hinter sich angelehnt hatte, schloss sie für einen Moment die Augen und legte die Hand über ihr wummerndes Herz. Dieses Gefühl war ihr vertraut. Mehrmals am Tag erinnerte sie ein stechender Schmerz daran, wie sehr sie Lukas vermisste.

»Ich muss an die frische Luft«, rief sie, um sich abzulenken. »Kommst du mit?«

Eine Weile waren sie nebeneinander die Promenade entlangspaziert. Nun saßen sie auf dem Rand eines Brunnens und wärmten sich an Kaffeebechern, die sie sich an einem Straßenstand besorgt hatten. Die Vögel zwitscherten erschöpfte Lieder. London bereitete sich auf einen langen Winter vor, in dem die Stadt nicht schlafen, aber vor sich hin dämmern würde.

»Du kommst über ihn hinweg«, versicherte Jonathan und richtete den Blick auf die Themse, die so schnell durch die Stadt strömte, als wäre sie auf der Flucht. Sonnenstrahlen funkelten auf der Wasseroberfläche.

»Natürlich.« Sie nahm einen Schluck von dem überteuerten Kaffee, der zu allem Übel den Geschmack des Pappbechers angenommen hatte. »Mein ganzes Leben ist auf den Kopf gestellt worden, aber manchmal tut so ein Perspektivenwechsel ganz gut. Erst dachte ich, man hätte mir etwas weggenommen, aber so langsam kapiere ich, dass ich durch die Wahrheit auch etwas gewonnen habe.«

Jonathan nickte langsam. »Irgendwo sickert die Wahrheit durch. Das ist immer so. Wie Wasser. Die Wahrheit bahnt sich ihren Weg.« Rehbraune Augen glitten über ihr Gesicht, fingen das Licht der Sonne ein und schienen von innen heraus zu leuchten. »Julia wäre bestimmt begeistert, wenn sie wüsste, dass sie eine Schwester hat.«

Cecilia blinzelte ihn an, dann senkte sie den Blick und verfolgte mit den Augen eine Spur hinabgetropfter Eiscreme, die zu einem Mädchen führte, das neben seinem Vater auf einer Bank saß. Sie hatte blonde Locken und hochgeschwungene Augenbrauen.

»Aber ich werde nie erfahren, wie sie darauf reagiert. Sie bleibt dort, wo sie jetzt ist«, murmelte sie verdrossen.

»Und sie bleibt mit Lukas verheiratet. Das tut noch viel mehr weh, was?«

Cecilia hob ruckartig den Kopf, blitzte ihn an und wollte protestieren, doch die Worte blieben auf ihrer Zungenspitze liegen.

* * *

Nach dem Gespräch mit Jonathan war sie nach Hause geradelt und hatte sich eine halbe Ewigkeit unter die heiße Dusche gestellt.

Geistesabwesend zog sie ihren Pyjama an, löffelte einen Joghurt und kochte sich eine Tasse Tee. Damit verzog sie sich auf die Loggia, kauerte mit angewinkelten Beinen im Korbsessel und nagte an ihrer Unterlippe. Minutenlang starrte sie auf das leuchtende Display ihres Telefons, dann in die Nacht. Wolken trieben über den Himmel.

Es war eine Schnapsidee. Sie machte nur alles schlimmer. Die Gefühle würden von selbst vergehen. Cecilia beobachtete, wie sich Dampf aus der Tasse in die Höhe schlängelte, dann seufzte sie inbrünstig auf. Die Wahrheit war, dass sie nicht wollte, dass ihre Gefühle verblassten. Sie wollte daran anknüpfen, ohne zu wissen, was daraus entstehen würde. Mit zusammengezogenen Brauen tippte sie eine Frage in ihr Telefon.

Nightcall?

Sie zerrte die Decke über ihre Schultern, nahm einen Schluck Tee und starrte geistesabwesend in den Himmel. Ihr Telefon schwieg. Sie zählte Sekunden. 2113 – 2114 – 2115. Dann spürte sie die Vibration.

Soll ich dich anrufen?

Die Wörter flimmerten vor ihren Augen. Ein strahlendes Lächeln erhellte ihr Gesicht. In Windeseile tippte sie ihre

Antwort und wollte sie gerade abschicken, als ein schrilles Klingeln die Stille zerriss.

»Es ist spät. Ist alles okay bei dir?«

Seine Stimme hinterließ ein warmes Kribbeln, das sich in ihrem ganzen Körper ausbreitete. Wie lange war es her, dass sie diesen Klang so nah an ihrem Ohr vernommen hatte?

»Du fehlst mir. Ich wollte mal hören, wie es dir geht und was du so machst. Nur ein kurzes Lebenszeichen, damit ich weiß, dass alles okay ist und auch so, keine Ahnung.« Sie verhaspelte sich bei jedem zweiten Wort.

»Du fehlst mir auch.«

Während sie in Gedanken seine Worte wiederholte, rutschte sie tiefer in den Sessel. Sie atmete tief durch und massierte ihre Schläfe, um sich zu fokussieren.

»Wo steckst du gerade? Wolltest du nicht nach Berlin?«

»Dort war ich auch und habe Musik für einen Werbespot komponiert. Jetzt bin ich bei Paula.«

»Wer ist Paula?«

»Meine kleine Schwester. Sie wohnt mit ihrer Familie in der Nähe von Köln. Ich habe dir von ihr erzählt, aber das ist schon 'ne Weile her.«

Ihr Blick hielt sich an den roten Lichtern des Kraftwerks fest, die wie Glühwürmchen in der Luft schwebten. »Ich dachte, es würde helfen, wenn wir nicht mehr miteinander sprechen, aber jetzt … Ich will die *nightcalls* zurück.«

»Warum willst du das?«

»Das weißt du doch. Wenn wir zusammen sind, verletze ich Julia und einen ganzen Katalog moralischer Prinzipien. Wenn wir nicht zusammen sind, verletze ich mich selbst.«

»Das ist das Dilemma, in dem wir beide feststecken.«

»Können wir bitte wieder miteinander reden, Lukas? Nicht mehr unbedingt jede Nacht, aber gelegentlich. Diese Stille zwischen uns ist für mich unerträglich.« Sie presste sich das Telefon so fest ans Ohr, dass es schmerzte.

Sekunden verstrichen, ohne dass er auf ihre Bitte reagierte.

»Was sagst du?«, hakte sie nach.

»Ich glaube, das wäre okay.«

Entgegen aller Vernunft fiel ein Stein von ihrem Herzen. Am anderen Ende der Leitung vernahm sie das Rascheln einer Decke, dann ein ergebenes Seufzen.

»Ich musste heute an dich denken, weil Paula mit den Kindern gebacken hat«, drang seine Stimme in ihr Ohr. »Es gab Zimtschnecken.«

»Zi… Zimtschnecken?«

»Mir ist fast ein Zahn abgebrochen.«

»Sagt das etwas über den Zustand deiner Zähne oder über die Backkünste deiner Schwester aus?«

»Das waren Zementschnecken. Vielleicht könntest du mir das Rezept schicken?«

»Das Rezept ist geheim. Daran ändert sich nichts. Das weißt du doch.«

»Aber mir kannst du's doch verraten«, flüsterte er verschwörerisch. »Vielleicht, wenn wir uns das nächste Mal sehen?«

»Wenn wir uns sehen?«, fragte sie, verdutzt darüber, wie selbstverständlich er davon auszugehen schien, dass sie einander wieder treffen würden.

»Kommst du denn über die Feiertage nicht nach Deutschland?«

»Doch, klar.«

»Nach allem, was passiert ist, wollte ich Weihnachten dieses Jahr eigentlich mit Paula und ihrer Familie feiern. Köln ist zwar weit weg, aber das macht nichts. Können wir uns sehen, Cecilia? Es ist etwas anderes, wenn wir miteinander sprechen und uns dabei in die Augen schauen.«

»Es ist etwas vollkommen anderes«, stimmte sie ihm zu. »Aber im Moment tut mir die räumliche Distanz gut. Vielleicht wäre es besser, wenn wir erst mal nur telefonieren.«

»Klar, das wäre auf jeden Fall vernünftig.« Er räusperte sich. »Du bist übrigens eine ausgezeichnete Telefoniererin geworden. Weißt du das?«

»Eine Verkettung unglücklicher Umstände hat dazu geführt, dass mir nichts anderes übrig geblieben ist.«

»Es waren nicht nur unglückliche Umstände.«

»Nein, du hast recht. Es waren auch glückliche Umstände.«

»Meinst du, dass wir uns irgendwann treffen und ganz normal miteinander umgehen können?« Seine Stimme wurde von einem Knistern in der Leitung begleitet. »Bekommen wir das hin?«

»Vielleicht irgendwann. Ich würd's mir sehr wünschen.«

Schweiß trat aus ihren Poren. Cecilia riss das Fenster auf und spürte, wie eisige Luft sie umschloss. Ihr Blick glitt über den Himmel. Die Stadt glühte, doch je höher ihre Augen schauten, desto dunkler wurde die Nacht und desto mehr Sterne kristallisierten sich daraus hervor.

»Kann ich dich morgen anrufen?«, fragte er vorsichtig.

25

Mit konzentrierter Miene zählte Cecilia das Geld, das sie heute eingenommen hatten. Sie sortierte die Scheine und stapelte die Münzen aufeinander. In der Vorweihnachtszeit klingelte die Kasse. Die Menschen bewegten sich weniger, wurden gemütlicher und aßen mehr. Seit einigen Tagen war es bitterkalt in der Stadt. Die Straßen froren über Nacht zu und wurden spiegelglatt.

»So kalt war es seit zwanzig Jahren nicht mehr. Das ist ja wie im tiefsten Sibirien«, schimpfte Hamish, nachdem sie ihm die Wetteraussichten für die nächsten Tage vorgelesen hatte.

Konzentriert übertrug Cecilia die Einnahmen des heutigen Tages ins Kassenbuch, als das Glöckchen bimmelte.

»Sorry, ich rechne schon ab«, erklärte sie, ohne aufzublicken, und malte einen Schnörkel unter die stolze Summe. Die Glocke bimmelte erneut. Cecilia kratzte sich am Kinn, als sie mit Verwunderung feststellte, dass Kat am Vortag mehr als das Doppelte eingenommen hatte. Lag das an den verbuchten Bestellungen? Sie hatten am Wochenende eine Weihnachtsfeier des Architekturbüros mit …

Plötzlich legte sich eine eiskalte Hand auf ihre. Cecilia zuckte zusammen. Der Kugelschreiber fiel zu Boden, kullerte irgendwohin. Ihre Lippen bewegten sich, ohne dass Worte herauskamen.

»Guten Abend«, durchbrach seine klangvolle Stimme die Stille.

Sie musste lachen. »Was machst du denn hier?«

»Ich weiß, wir wollten uns nicht mehr sehen, aber ich war zufällig in der Gegend«, erklärte er. Seine Wangen waren feuerrot. Nervosität und Eiseskälte.

»Du flunkerst, Lukas Tanner«, flüsterte sie mit klopfendem Herzen und trat um den Tresen herum.

»Das stimmt. Eigentlich ist das hier kein spontaner Besuch, sondern mein Geburtstagsgeschenk.«

»Aber ich habe doch erst …« Sie verstummte, streckte die Hand aus und zupfte an seinem Schal. »Du hast heute Geburtstag, oder?«

»Ich habe dir doch erzählt, dass ich am Wochenende was zu tun habe«, antwortete er lachend und strich sich ein paar Haarsträhnen aus der Stirn.

So oft hatte sie davon geträumt, dass er wie früher auf *Tarte & Tea* vorbeikäme. So oft hatten nüchterne Gedanken solche Fantasien platzen lassen. Ihr Puls raste, als sie an ihn herantrat und ihre Arme um ihn legte.

Sofort erwiderte er ihre Umarmung, fuhr mit den Fingern in ihr Haar und drückte sie an sich. »Was ist? Hast du heute Abend Zeit für einen alten Freund, den du eigentlich gar nicht mehr sehen wolltest?«, fragte er leise.

»Natürlich. Ich muss in der Küche noch klar Schiff machen, aber dann …« Cecilia atmete tief durch, dann löste sie sich aus der Umarmung und griff stattdessen nach seinen Händen. »Es ist so schön, dass du gekommen bist, Lukas. Ich weiß gar nicht, was ich sagen soll.«

»Das kannst du dir ja noch überlegen«, erwiderte er lächelnd. »Ich warte hier auf dich.«

Während sie die Spülmaschine einräumte und die Etageren abspülte, musste sie sich immer wieder vergewissern, dass er noch da war. Wie früher saß Lukas vor dem Piano und hatte seine Finger auf die Klaviatur gelegt, doch er spielte nicht, sondern schaute aus dem Fenster auf die Straße. Goldenes Licht fiel aus den Laternen. Es war heller und wärmer als sonst. Cecilia legte das Geschirrtuch über die Heizung, dann trat sie vor den Spiegel und kämmte mit den Fingern durch ihr Haar. Für den Bruchteil einer Sekunde dachte sie an Julia, dann wandte sie sich abrupt um.

In der Zimtschnecke steckte eine kleine Kerze. Ihr Herz pochte wie verrückt, als sie sich ihm näherte. Er war aufgestanden, hatte beide Hände auf seine Brust gelegt und funkelte ihr entgegen.

»Ich hatte leider keine Zeit, einen Geburtstagskuchen für dich zu backen.«

»Brauche ich gar nicht. Das ist viel besser!« Sein Finger deutete auf die Flamme, die nervös flackerte. »Darf ich?«

Kaum hatte er die Kerze ausgepustet, schloss sie ihn fest in die Arme. »Alles Liebe zum Geburtstag«, flüsterte sie.

Endlich war er wieder da und sie konnte ihn berühren, hören, sehen und riechen – vor allem riechen, denn das samtige Nubukleder seiner Jacke verströmte einen intensiven Geruch. Nicht unangenehm. Ganz im Gegenteil. Cecilia drückte sich noch enger an ihn und streichelte über seine Schulter. Als sie spürte, wie seine Hände über ihren Rücken tiefer wanderten, löste sie sich von ihm.

»Wollten wir nicht warten, bis wir uns wieder gefangen haben und emotional nicht mehr so aufgeladen sind?«, fragte sie mit heller Stimme und strich den Stoff ihrer Bluse glatt.

»Das haben wir zumindest behauptet, aber wollten wir das wirklich? Wir hängen ständig am Telefon. Kurz nachdem ich aufwache, kurz bevor ich einschlafe – da bist immer du.« Er befeuchtete seine Lippen und trat so nah an sie heran, dass sie die Wärme seines Körpers deutlich spüren konnte. »Gestern haben sie im Radio *Cecilia* gespielt. Ich saß im Auto, habe dieses Lied gehört und plötzlich wusste ich, dass ich nicht länger warten kann und heute nach London fliegen muss. Das war ein Zeichen, verstehst du? Es ist nämlich so, dass Cecilia die Schutzheilige der Musiker ist.«

»Weiß ich«, war alles, was sie herausbrachte. Den Namen hatte Franz ausgesucht. Viersilbig, melodiös. Lukas tastete nach ihrer Hand. Seine Mundwinkel zuckten und hoben sich schließlich zu einem Lächeln. Für einen Moment versank sie in seinem Anblick, diesem vertrauten Gesicht. Die Scheinwerfer eines vorbeifahrenden Autos erhellten den Raum und ließen ihn dunkel zurück.

»Ich habe London wirklich vermisst. Das Cinnamoon, vor allem diesen Geruch hier drin, deinen Schuhkarton und deine verrückten Augenbrauen. Einfach alles.«

Sein Gesicht kam näher. Auf seiner Stirn glitzerten winzige Schweißperlen. Was in Deutschland unmöglich schien, rückte hier wieder in den Raum der Möglichkeiten. Ließ sie sich von der räumlichen Distanz täuschen? Sie wähnte sich nur in Sicherheit, weil ein Ozean sie von ihrer Schwester trennte. Die Zweifel lagen unübersehbar vor ihr. Es war unmöglich, sie zu ignorieren, und Cecilia wusste nicht, ob sie mit ihnen leben konnte.

»Oh, das hätte ich fast vergessen.« Sie hielt ihm die Zimtschnecke unter die Nase. »Die ist für dich.«

Ohne den Blick von ihr abzuwenden, griff er danach und ließ das Gebäck in seiner Jackentasche verschwinden.

Zärtlich streichelte er über ihre Wange und glitt schließlich mit den Fingern in ihr Haar. Als sie lächelte, küsste er ihre Stirn, dann ließ er seine Lippen langsam tiefer wandern.

»Machen wir einen Nachtspaziergang?«, fragte sie, bevor er ihren Mund berührt hatte.

»Bei der Kälte?« Lukas warf einen Blick über die Schulter. Ein Mann mit hochgeschlagenem Mantelkragen hastete durch die Half Moon Street und verschwand in einem der Hauseingänge.

* * *

Closed. Jalousien runter. Den Schlüssel dreimal umdrehen.

Das Cinnamoon lag dunkel hinter ihnen, doch London leuchtete aus allen Winkeln – in der Weihnachtszeit baumelten Lichterketten über den großen Straßen und ließen den Asphalt schimmern. Während Lukas ihr Rad durch die Winternacht schob, stapfte Cecilia neben ihm her. Sie hatte das Gesicht hinter ihrem Schal verborgen und die Hände in den Manteltaschen vergraben. Es war eiskalt. Wie weit war es noch und wie weit konnten sie gehen? Aus dem Augenwinkel warf sie ihm einen Blick zu und musste unwillkürlich lächeln. Ihr Bauch kribbelte.

Unter einer der goldenen Lichterketten blieb sie stehen. »Heute ist ein besonderer Tag. Du bist in London und ich muss dir unbedingt etwas zeigen.«

»Westminster Abbey?« Er deutete zu dem Portal, das von vier Rundtürmen gekrönt wurde. »Weißt du noch, als Matt uns diese blutrünstige Geschichte mit der Tür …«

»Das meine ich nicht«, unterbrach sie ihn sanft und legte ihre Hand auf seine. »Ich zeige dir einen geheimen Ort, der dir ganz bestimmt den Atem raubt. Dafür müssen wir nur der Themse folgen.«

Im Schein der Lichter funkelten seine Augen. »Ein geheimer Ort? Das klingt konspirativ. Wer weiß außer dir davon?«

»Niemand im Grunde«, flunkerte sie.

Im Herzen der Stadt, umgeben von Wolkenkratzern, versteckte sich eine Kirchenruine. Durch einen Torbogen betrat man den Garten in ihrer Mitte. Wilder Wein und Efeu kletterten das Gemäuer empor, Vögel bauten darin ihre Nester und Moose bedeckten den Boden. Nur wenige Menschen kannten diese Welt, saßen auf den Bänken und genossen den Frieden inmitten des Wirbels.

Es war kalt, doch die Nacht war sternenklar und Cecilia wollte noch nicht nach Hause gehen. Sie spazierten entlang des Flusses der *London Bridge* entgegen. Lukas erzählte von Paula und seinen Nichten. Gerade echauffierte er sich darüber, dass keines der Kinder ein Musikinstrument lernte, als er abrupt stehen blieb und sie aus zusammengekniffenen Augen anblickte. »Willst du welche? Kinder, meine ich.«

»Danke für das Angebot, aber im Moment bin ich schon froh, wenn ich's schaffe, mich selbst am Leben zu halten.«

Er stimmte in ihr Lachen ein und ließ ein paarmal die Fahrradklingel ertönen, als wäre es Applaus. »Im Ernst«, nahm er den Faden wieder auf. »Was sieht dein Lebensplan vor? Willst du Kinder?«

Sie war sich nicht sicher, ob das Thema hierhergehörte. Sie war sich ja noch nicht mal sicher, ob Lukas hierhergehörte. »Ich mag Kinder. Sie sind süß.« Sie zuckte so gleichgültig mit den Schultern, als würde sie über eine Gemüsesorte sprechen. »Und du?«

»Wir wollten welche. Ich zumindest. Ich wollte eine Familie, ein lebendiges Haus, in dem es nie still wird.« Er kniff die Lippen zusammen und taxierte sie. »Vielleicht hätte es sogar geklappt, wenn Julia nicht heimlich verhütet hätte.«

»Wusstest du das nicht?«, fragte sie erstaunt.

»Ich hatte keine Ahnung. Sie hat die Pille versteckt und ich verstehe einfach nicht, warum sie das vor mir geheim gehalten hat. Sie hat mir vorgerechnet, wann ihre fruchtbaren Tage sind, hat geredet, als würde sie sich ein Baby wünschen, aber anscheinend … Es war mein Traum, nicht ihrer.«

»Tut mir leid.« Sie zog die Fäustlinge aus und griff nach seiner Hand. »Vielleicht hat sie's nicht geschafft, dir die Wahrheit zu sagen, weil sie dich nicht verletzen wollte.«

»Möglicherweise.« Er zuckte mit den Achseln. »So hat jeder seine Geheimnisse, was?«

Sie lachte halbherzig und ließ seine Hand los. »Wart ihr eigentlich glücklich? Wenn sie dir verschwiegen hat, dass sie verhütet, lässt das tief blicken, finde ich.«

»Mhm, ich weiß. Wir hatten unsere eigene Interpretation von Glück. Ich war damals viel unterwegs und selten zu Hause. Wir haben uns aus der Distanz geliebt und hatten nur wenig Zeit, um wirklich beieinander zu sein. Ich dachte, das würde ausreichen, obwohl es natürlich nicht gerade die besten Voraussetzungen waren, um eine Familie zu gründen. Ich denke, Julia hat nicht daran geglaubt, dass es funktionieren könnte, und eine Entscheidung gefällt, ohne mich einzuweihen. Das Reden ist uns immer schwergefallen.«

Cecilia unterdrückte den Impuls, ihm zu sagen, wie bizarr es ihr erschien, so eine grundlegende Lebensentscheidung nicht mit dem Menschen zu teilen, der dadurch unmittelbar betroffen war.

Sie gingen über glänzendes Kopfsteinpflaster die Straße hinab. Vor ihnen reckte sich *The Shard* in den Himmel, dessen Spitze wie ein Weihnachtsbaum leuchtete.

»Bist du dir sicher, dass wir uns nicht verlaufen haben?«, fragte Lukas skeptisch. »Wir sind schon ewig unterwegs und so langsam kommt mir das ziemlich ziellos vor.«

»Zweifelst du etwa an meinen Navigationskünsten? Wir sind gleich da. Vertrau mir.«

Ihr Blick fing den Kirchturm von St. Dunstan ein, der sich zwischen Betonklötzen versteckte. Vor dem gusseisernen Zaun, der den Kirchengarten umgab, blieb sie stehen und kramte ihren Schlüssel aus der Tasche, um das Fahrrad abzuschließen.

»Dann wollen wir mal.« Cecilia steckte den Schlüssel in ihre Manteltasche, trat zum Tor und drückte die Klinke herab, zog daran, stieß mit dem Fuß dagegen. Mit beiden Händen rüttelte sie am Gitter, dann drehte sie sich zu Lukas um. »Tut mir leid. Ich habe nicht daran gedacht, dass da nachts niemand reinkommt.«

»Dann klettern wir eben über den Zaun.«

»Das darf man nicht.«

Lukas beugte sich vor, sodass sie seinen Atem an ihrem Ohr spüren konnte. »Na und? Wir machen's trotzdem.«

»Und wenn jemand die Polizei ruft?«

»Dann kommen wir ins Gefängnis.« Er lachte. »Wir brechen in einen Garten ein. Hallo? Das ist in etwa so kriminell, als würdest du im Pub einen Bierdeckel einstecken.«

Sie schürzte die Lippen und betrachtete das alte Gemäuer mit den Bogenfenstern. Möglich, dass sich Obdachlose dahinter verkrochen hatten, um Schutz zu suchen.

»Du hast mich durch die halbe Stadt geschleift, Cecilia. Komm schon«, drängte er und trat auf den Zaun zu. »Wer weiß, wann wir jemals wieder die Gelegenheit haben.«

»Okay, wenn's unbedingt sein muss.« Sie seufzte gequält auf, doch dann musste sie lachen. »Schreiben wir uns Briefe, wenn wir im Gefängnis landen?«

»Seitenweise!« Er zwinkerte ihr zu und setzte seinen Fuß auf die Backsteinmauer.

Wie Diebe bewegten sie sich im Schatten der Kirche und stahlen sich durch das Tor ins Innere der Ruine. Lukas hielt ihre Hand und griff sie noch fester, als er stehen blieb.

»Sind wir aus der Zeit gefallen?«, fragte er mit rauer Stimme, als er den Blick über die Spitzbogen, Giebel und das filigrane Maßwerk wandern ließ. »Oder ist das ein Paralleluniversum?«

Das Gemurmel der Stadt drang dumpf zu ihnen durch. Säuselnd strich der Wind durch die Sträucher. Cecilia legte den Kopf in den Nacken. Über ihnen breitete sich ein Sternenmeer aus. Satelliten glitten darüber hinweg und die Stadt schickte pulsierende Lichter hinauf. Cecilia verschränkte ihre Finger mit seinen. Die Euphorie war abgeklungen. Stattdessen verspürte sie Zuversicht, warm und erfüllend. Lukas ging neben ihr und hielt ihre Hand. Im Moment war das alles, was sie wollte. Aus dem Dickicht gurrte eine Taube. Aus der Ferne hörte man das Keckern eines Fuchses. Leise rauschte der Fluss mit dem Verkehr durch die Stadt.

Langsam setzten sie sich wieder in Bewegung und spazierten entlang der Mauern dem Ausgang entgegen.

Plötzlich blieb Lukas stehen. »Ist das ein Klavier?«, fragte er verblüfft und deutete auf einen kastenartigen Schatten, der unter einem Bogenfenster stand.

Cecilia nickte. »Das ist so ein Kunstprojekt. Überall in der Stadt stehen Klaviere – unter Brücken, in den *Tube Stations*. Davon hat mir ein alter Mann erzählt. Eigentlich spielt er hier, aber weil es so kalt geworden ist, kam er ins Café. Er hat mir etwas von Fauré vorgespielt.«

Lukas ließ ihre Hand los, trat vor das Piano und klappte den Deckel hoch. Mit dem Zeigefinger strich er über die Klaviatur, dann schaute er sich um und spielte einen Dreiklang. Die Töne wurden von den Steinmauern zurückgeworfen und vervielfachten sich.

»Oh, ich glaube, das ist zu laut«, stieß Cecilia aus und legte ihre Hand auf das Piano. Sie konnte die Schwingungen der Saiten immer noch spüren.

»Hier steht ein Klavier und ich bin Pianist. Ich kann nicht anders. Das musst du verstehen.«

»Hier stehe ich und du bist …«

Lukas fuhr herum. Ein Lächeln umspielte seine Lippen. »Ja? Sprich bitte weiter. Du und ich, was heißt das?«

»Es ist zu spät, wirklich.«

Seufzend zog Lukas sein Telefon hervor, ließ es aufleuchten und nickte. »Soll ich dich nach Hause bringen? Mein Hotel ist in Chelsea. Das ist ja nicht weit.«

Erst in diesem Moment fiel ihr auf, dass er kein Gepäck bei sich trug.

»Warum schläfst du im Hotel?«, fragte sie verwundert.

»Wo denn sonst?«

»Schlaf bei mir.«

Kaum hatte sie die Worte ausgesprochen, griff Lukas nach ihrem Mantel und zog sie dicht zu sich heran. Alles löste sich, als sie seine Lippen auf ihren spürte. Cecilia erschauderte und schloss die Augen. Seine Zunge tastete nach ihrer, ihre Finger vergruben sich in seinem Haar. Es fühlte sich an, als würde jede Faser ihres Körpers vibrieren.

Sie küssten sich so versunken und intensiv, dass sie keine Ahnung hatten, wie viel Zeit vergangen war, als sie schließlich über den Zaun zurück auf die Straße kletterten.

Obwohl sie Nachtspaziergänge liebten, zwängten sie sich an der Canon Street in die *Tube*. Sie sprachen nicht, aber sie schauten sich unverwandt an. Ihre Blicke sprachen Bände. Sie hatten es eilig, nach Hause zu kommen.

* * *

Sie lagen nackt auf dem Bett. Der Mond ließ alles silbern schimmern. Die Laken, den Stuhl in der Ecke, die Kommode mit dem getrockneten Lavendelstrauß, ihre Haut.

Lukas hatte den Kopf in die Hand gestützt und betrachtete sie. »Ich sehe dich«, raunte er ihr zu. »Keinen anderen Menschen, nicht Julia, nur dich.«

»Und trotzdem wirst du immer uns beide lieben«, stellte sie fest. Ihre Stimme klang ruhig, obwohl ihre Kehle enger geworden war und sie Mühe hatte, die Worte auszusprechen.

»Wahrscheinlich, ja.« Zu ihrer Verwunderung verletzten sie seine Worte nicht. Sie hatte mit ihnen gerechnet. Er ließ sich auf den Rücken sinken und starrte zur Decke. »Aber nicht auf die gleiche Art und Weise. Wenn ich an dich denke, stelle ich mir vor, wie wir uns küssen, wie du aussiehst, wenn du nackt bist, wie es sich anfühlt, dich zu berühren. Du weißt schon. Ich bin völlig elektrisiert. Alles kribbelt, bei Julia nicht.«

»Nicht mehr«, ergänzte sie leise.

»Ich bin auch nur ein Mensch. Was soll ich tun? Mein Kopf sagt mir, dass es falsch ist, ausgerechnet dich zu lieben. Da sind tausend Stimmen in meinem Schädel, die das sagen. Andere Menschen sagen das. Aber in mir drin ist nur eine Stimme. Auf wen soll ich hören?«

Cecilia kannte das Stimmengewirr, die miteinander konkurrierenden Bedürfnisse und das Gefühl, mit keiner Entscheidung je glücklich werden zu können.

»Wenn wir die einzigen Menschen in diesem Universum wären, nur wir zwei, was wäre dann?«, fragte sie.

»Was wohl?« Sanft streichelte er über ihre Wange, zeichnete den Schwung ihrer Augenbrauen nach, berührte ihre Lippen. »Das hier.«

Als Cecilia ihn küsste, zog er sie so nah an seine Brust, dass sie glaubte, seinen kräftigen Herzschlag nicht nur spüren, sondern auch hören zu können. Sie ließ die Hände über seinen Bauch tiefer wandern und entlockte ihm ein wohliges Seufzen.

»Ich will …« Ein schrilles Geräusch ließ Cecilia aufschrecken. Das Zimmer wurde in bläuliches Licht getaucht.

»Verdammt! Das ist meins.« Er angelte nach dem Telefon auf dem Nachttisch, ließ es verstummen und auf den Boden fallen.

»Das macht mich noch wahnsinnig! Diese ständigen Anrufe. Immer im falschen Moment.« Sie stöhnte auf und strich sich das zerzauste Haar aus dem Gesicht. »Wer ist es dieses Mal?«

»Beatrix«, knurrte er.

»Mitten in der Nacht?« Ihr Magen zog sich zusammen. »Es geht um Julia, oder? Warum sonst sollte sie anrufen?«

»Beatrix kennt keine Uhrzeiten. Es kann vorkommen, dass sie dich um drei Uhr nachts anruft, weil auf Arte gerade eine Dokumentation über das Russische Nationalorchester läuft. Das ist wirklich keine Besonderheit.«

»Was ist, wenn ...«

»Alles ist gut. Es ist nichts«, beschwor er sie und legte eine Hand in ihren Nacken. »Ich war bei ihr, bevor ich abgeflogen bin. Julia ist okay.«

»Wer weiß, dass du heute bei mir bist?«

»Es gibt nur einen Menschen, der das wissen sollte.«

Sein Gesicht war so nah – sie konnte gerade noch das Aufblitzen seiner Zähne sehen, als er lächelte, dann küsste er sie leidenschaftlich.

Die Hände, die sie streichelten, waren keine Arbeiterhände, und dennoch konnte sie die raue Haut seiner Fingerkuppen deutlich spüren. Er malte auf ihrem Körper, zupfte an allen Saiten. Cecilia versank in ihrem gemeinsamen Rhythmus und dem Klang seiner Stimme in ihrem Ohr.

»Ich hatte Angst, dass wir nie wieder so sein können.« Sie spürte Bartstoppeln an ihren Lippen.

* * *

295

Der Mond stand noch hoch am Himmel, als sie aufgebrochen waren. Die Lichter der Stadt leuchteten in grellen Farben und täuschten darüber hinweg, dass ein neuer Tag begonnen hatte. Nachtschwärmer schleppten sich nach Hause. Menschen eilten am Cinnamoon vorbei und klammerten sich an Kaffeebechern fest. Feine Anzüge, adrette Kostüme, müde Gesichter.

Sie frühstückten auf der Bank am Fenster. Es gab ungesüßten Schwarztee und Panettone, den Kats lombardische Großmutter in goldene Folie eingewickelt und nach England geschickt hatte. Mit angewinkelten Beinen saß Cecilia vor ihm und hatte das Kinn auf den Knien abgestützt. Seine Hand glitt unter ihr Kleid und umschloss ihre Fessel.

»Franz ist endlich angekommen.« Lukas deutete zum Klavier, auf dem das Porträt ihres Vaters stand. »Und wer ist das auf dem anderen Foto? Die zwei Mädels?«

»Das sind Julia und ich, 1990 in Murnau. Meine Mutter hat mir das Foto gegeben. Es klebte mein ganzes Leben lang in unserem Fotoalbum, ohne dass ich wusste, wer dieses Mädchen ist.«

Seine Augen weiteten sich, dann sprang Lukas auf und hielt kurz darauf das Bild in den Händen. Einige Sekunden lang betrachtete er es still.

»Findest du, dass ich ihr ähnlich bin?«, wollte Cecilia wissen. »Also, dem Wesen nach?«

Lukas stellte das Bild zurück, trat zum Fenster und setzte sich dicht neben sie. »Ich glaube nicht«, erklärte er, griff nach einer Haarsträhne, die ihr lose ins Gesicht gefallen war, und wickelte sie sich um den Zeigefinger. »Julia war ständig auf Achse und konnte keine Minute still sitzen. Manchmal bin ich fast wahnsinnig geworden, weil ich das Gefühl hatte, mit einem Ameisenhaufen verheiratet zu sein. Sie hat viel geredet, aber selten über sich selbst, und sie hat immer gelacht, selbst wenn sie traurig war.«

»Erinnert mich ein bisschen an Kat.« Cecilia drehte lächelnd an ihrem goldenen Ring.

»Julia war schillernd, aber sie war auch irgendwie flüchtig. So als könnte man sich nie ganz sicher sein, dass sie bleibt.« Er legte seine Hand in ihren Nacken und zog sie zu sich, bis seine Lippen fast ihren Mund berührten. »Du bist leiser. Du brennst nicht, du glühst eher. So kommt's mir jedenfalls vor.«

26

Die Morgenstunden waren vergoldet. Mit rosigen Wangen werkelten sie nebeneinanderher, küssten sich heimlich in der Küche, während der Backofen schnurrte und Gäste auf ihren Kaffee warteten. Ein Lächeln, eine zufällige Berührung. Cecilia ging wie auf Watte.

»Die Gäste brauchen gute Musik«, murmelte er und ließ seinen Zeigefinger über die CDs wandern.

»Das ist doch nur Hintergrundrauschen.« Cecilia blies sich eine Haarsträhne aus der Stirn und fing an, den gedeckten Apfelkuchen in zwölf gleich große Stücke zu schneiden.

»Unterbewusstsein! Eure Gäste werden sich merken, dass im Cinnamoon nur mittelmäßige Musik läuft. Außerdem wirkt Musik auf das Geschmackserleben. Du kannst nicht ernsthaft wollen, dass die Leute …«

»Ach, komm schon! Niemand hört so kritisch Musik wie du.«

Trotz seiner Bedenken begnügte sich Lukas damit, die Booklets zu studieren und zu jeder einzelnen Scheibe seinen fachmännischen Kommentar abzugeben. Cecilia arbeitete währenddessen zwar unkonzentriert, aber mit strahlendem Lächeln. Gelegentlich durchzuckten sie Gedanken an ihre Schwester.

Grüne Augen, die in die Endlosigkeit blickten. Sie mussten ihr die Wahrheit sagen. Irgendwann. Nicht heute.

Nur wenige Gäste hatten sich in die Sessel gekuschelt und genossen die mollige Wärme im Cinnamoon, während draußen arktische Temperaturen herrschten. Das Gemurmel wurde von sanften Melodien begleitet – bis ein schriller Klingelton die Luft zerschnitt und Lukas hektisch auf seinem Telefon herumtippte.

»Kannst du das Ding nicht mal aus der Hand legen?«

Sie hatte gerade Mokkabohnen in die Mühle gefüllt, als er sich schwer atmend auf dem Tresen abstützte. »Beatrix hat vorhin versucht, mich zu erreichen.« Er hob den Kopf und starrte sie so anklagend an, als würde er eine Erklärung von ihr erwarten.

»Ist das so außergewöhnlich? Sie ruft doch ständig an.« Langsam drehte sie an der Kurbel, um die Bohnen zu mahlen.

»Ich wollte sie zurückrufen, aber sie geht nicht mehr dran. Und das gerade war Sankt Anna!« Er schob das Telefon über den Tresen, sodass sie einen Blick darauf werfen konnte. Zwei verpasste Anrufe. Warum konnten die Glücksmomente nie länger als einen Wimpernschlag andauern?

»Es geht um Julia, oder?«, fragte sie vorsichtig.

»Um was sonst?« Sein Gesicht war krebsrot. Er kniff die Lippen zusammen und schlug mit der Faust so fest auf die Holzplatte, dass der Deckel des Cookie-Glases auf den Boden fiel und in kristallklare Splitter zersprang.

Überraschte Gesichter wandten sich ihnen zu. Cecilia lächelte, auch wenn sich alles in ihr verkrampfte.

»Scheiße!« Lukas wirbelte herum. »Ich hätte es wissen müssen. Das passiert immer, wenn ich gerade …«

Bestürzt beobachtete sie, wie er die Tür aufstieß und auf die Straße hinaustrat.

In Zeitlupe mahlte sie die Bohnen. In Zeitlupe füllte sie Wasser in die Espressomaschine. In Zeitlupe fegte sie die

Scherben auf, dann starrte sie aus dem Fenster auf die Straße. Was, wenn alle wussten, dass Lukas nach London geflogen war und sie die Nacht zusammen verbracht hatten? – Nein! Was, wenn mit Julia etwas geschehen war? – Nein!

Cecilia hastete in die Küche, kramte aus ihrer Manteltasche das Handy hervor und schaltete es ein. Eine Nachricht ihrer Mutter, die wissen wollte, ob sie schon einen Flug gebucht hatte, und eine Nachricht von Kat, die erklärte, dass sie heute früher kommen würde – keine anderen Mitteilungen. Sollte sie Beatrix anrufen?

»Hallo?«, tönte eine dünne Stimme aus dem Gastraum. »Sind Sie da, Cecilia? Ich höre Sie gar nicht.«

»Hier bin ich. Hallo Hamish.« Cecilia steckte das Telefon hastig in ihre Gesäßtasche.

»Hab's am Montag nicht geschafft, Miss. War zu kalt. Bin Samstag gestürzt. Hab mir ordentlich den Rücken verdreht. Tut immer noch weh.«

Hamish befreite sich von seinem Wollschal, schlüpfte aus dem schlammfarbenen Mantel und hängte ihn über einen Hocker.

»Das tut mir leid. War Glatteis auf der Straße? Sind Sie ausgerutscht?«, erkundigte sie sich und war froh, dass Hamish nicht sehen konnte, wie paralysiert sie vor ihm stand.

»Es war scheißglatt, sag ich. Das ist ja wie in Sibirien, Miss. So was gab es seit zehn Jahren nicht mehr. Der Arzt sagt aber, das wird wieder. Machen Sie mir einen schönen Grog? Aber mit ordentlich Dampf. Das brauch ich jetzt bei dem Wetter.«

Ihr Blick wanderte auf die Straße hinaus. Menschen mit hochgeschlagenen Mantelkragen und vor Kälte geröteten Wangen eilten durch die Half Moon Street. Graue Wolken. Graue Fassaden. Leicht beschlagene Scheiben. Wo war Lukas? Es war kein gutes Zeichen, dass er so lange fortblieb. Cecilia war sich selbst nicht sicher, um wen sie sich mehr sorgte. Galten ihre

Sorgen wirklich ihrer Schwester oder dachte sie dabei an sich selbst? Würde Lukas sie verlassen, wenn Julia ihn brauchte? Sie stöhnte auf. Vielleicht war es eine Kleinigkeit, weswegen sie angerufen hatten. Ein neuer Rollstuhl, ein neuer Therapieversuch.

»Miss? Sind Sie noch da?« Knöchrige Hände klopften auf den Tresen und rissen Cecilia aus ihren Gedanken.

»Entschuldigung, Hamish. Ich bin nicht ganz auf der Höhe. Was kann ich Ihnen bringen? Heute habe ich feinen Schokoladenkuchen mit Birne und Macadamia.«

»Nur Grog. Mit mehr Rum, als gut für mich ist. Gegen die Kälte und für müde Knochen.« Er lachte und entblößte eine unvollständige Zahnreihe. »Nordwest. Wissen Sie, was das bedeutet?«

»Das ist eine Himmelsrichtung.«

»Ein Teil Wasser, ein Teil Rum.«

»Bringe ich Ihnen.« Bevor sie sich ans Werk machte, blickte sie noch mal aus dem Fenster. Von Lukas fehlte jede Spur.

* * *

Cecilia war gerade damit beschäftigt, die Schiefertafel mit dem Wochenangebot zu beschriften, als das Messingglöckchen bimmelte.

Lukas rauschte herein und rieb die Handflächen aneinander. »Puh, ist das kalt. Bin fast erfroren.« Er ächzte.

Als sie seinen Blick auffing, erfasste sie ein Schauer. Es kam ihr vor, als wäre es nicht nur draußen kalt geworden. »Was ist passiert?«, fragte sie vorsichtig, legte die Kreide beiseite und wischte die Hände an ihrer Schürze ab.

»Julia.« Sein Kehlkopf bebte, dann schluckte er.

Mit einem Seitenblick zu Hamish, der das Kinn in die Höhe gereckt hatte, senkte sie die Stimme. »Ich mache das hier noch fertig. Wartest du in der Küche?«

In fliegender Hast kochte sie eine Kanne Gewürztee und wiederholte gedanklich den Namen ihrer Schwester. Julia. Etwas war im Anmarsch. Etwas brodelte und das war nicht das Teewasser. Sie konnte es spüren.

Lukas saß vor der Heizung am Küchenfenster und starrte hinaus in den tristen Hof.

»Hey.« Sie versetzte der Tür einen sanften Tritt, dann durchquerte sie den Raum und stellte das Tablett auf dem Sims ab. »Was ist passiert? Warum haben sie angerufen?«

Lukas nagte an seiner Unterlippe und wiegte das Handy in seiner Hand. Mit klammen Fingern streichelte sie über sein Haar und beobachtete währenddessen, wie eine Frau in einem blassblauen Jogginganzug aus Ballonseide den Müll entsorgte.

»Es ist die Lunge«, erklärte er mit rauer Stimme. »Julia hat sehr oft Probleme mit der Atmung. Das weißt du ja. Deswegen saugen sie das Zeug ab, diesen Schleim, aber jetzt hat sie schon wieder eine Infektion.«

Cecilia trat einen Schritt zurück und legte eine Hand auf ihre glühende Stirn. »Ausgerechnet jetzt?«

»Julia war echt gut drauf in der letzten Zeit, aber das kann von einem Tag auf den anderen zerbrechen, dieses Glück. So ist das. Jetzt muss sie wieder kämpfen.« Er griff nach der Kanne und goss Tee ein. Dabei klapperte der Kannenhals laut an die Tasse.

Kaum war Lukas hier, verschlechterte sich der Zustand ihrer Schwester. Vielleicht war das ihre Art, mit der Welt zu kommunizieren, dachte Cecilia bestürzt und schüttelte im selben Moment den Kopf. »Ist es sehr schlimm?«

»Es ist immer schlimm. Sie darf jetzt nicht allein sein. Beatrix und Robert waren die ganze Nacht bei ihr, haben über jeden Atemzug gewacht. Sie sind am Ende ihrer Kräfte.« Er rieb sich so kräftig über die Stirn, dass rote Striemen darauf zurückblieben.

»Dann sollten wir sofort nach Deutschland fliegen«, schlug sie gedankenlos vor.

»Wir? Beatrix hat dich nicht informiert. Ich glaube nicht, dass es eine gute Idee wäre, dort zusammen aufzukreuzen.« Er griff nach ihrer Hand und zog sie zu sich heran.

»Julia ist doch meine Schwester.«

»Ihr geht's schlecht. Alle hoffen und bangen. Willst du dir das wirklich antun?«

»Das halte ich schon aus!«, erwiderte sie bissig.

»Ich weiß. Das ist auch nicht der Punkt.« Lukas verschränkte seine Finger mit ihren. »Im Moment sollten Menschen bei ihr sein, die Julia zu ihrer Familie zählen würde. Menschen, die ihr vertraut sind. Verstehst du? Wenn etwas passiert und sie …«

»Sie wird doch wieder gesund.«

»Wird sie das?« Er verstärkte den Druck seiner Hand. »Wir leben seit Jahren mit dieser Angst. Wir wissen ganz genau, wie dünn der Faden ist und dass er immer dünner wird.«

Es dauerte einige Sekunden, bis seine Worte für sie einen Sinn ergaben. »Aber Julia hat Fortschritte gemacht. Beatrix hat mir davon erzählt. Sie kann fokussieren und manchmal bewegt sie die Lippen, als wollte sie etwas sagen. Sie hat mir direkt in die Augen geschaut. Das war keine Einbildung.«

»Manchmal wünscht man sich etwas so sehr, dass man Zeichen sieht, wo keine sind. Glaub mir, ich habe schon so oft geglaubt, da wäre etwas, ein Zwinkern oder Lächeln, aber jedes Mal …« Seine Augen leuchteten auf, dann senkte er den Kopf und starrte auf seine Hände. Die nächsten Worte sprach er so leise aus, dass Cecilia ihn kaum verstand. »Als Beatrix mir zum Geburtstag gratuliert hat, habe ich ihr erzählt, dass ich nach Köln fahre.«

»Du hast sie angelogen?«

»Ich musste mir doch etwas einfallen lassen, um ihr zu erklären, warum ich nicht mit Julia feiere wie in all den Jahren zuvor. Wenn Beatrix wüsste, dass ich stattdessen nach London geflogen bin … Sie wäre bitter enttäuscht.«

Ihr Brustkorb war so eng geworden, dass jeder Herzschlag schmerzte. Cecilia wartete darauf, dass Lukas etwas Tröstliches hinzufügte, doch er schwieg.

* * *

Es geht jetzt nicht um uns oder darum, was aus uns wird, redete sie sich ein, als sie ein paar Klamotten in ihre Reisetasche pfefferte. *Es geht um Julia.*

Ein Cab brachte sie nach Heathrow. Ein Flugzeug nach Deutschland. Dort stand sein Wagen. Es dämmerte, als sie über die Autobahn fuhren. Das Radio schwieg. Sie sprachen nicht miteinander. Hinter den Bergen glühte die Sonne und beleuchtete die über das Gebirge wandernden Wolken. Cecilia lehnte den Kopf an die kühle Scheibe und schloss die Augen. Niemand hatte sie über den Gesundheitszustand ihrer Schwester informiert. Kein Anruf, keine Nachricht. Niemand wollte, dass sie am Krankenbett saß und die Hand ihrer Schwester hielt. Nicht mal Lukas. Er war nur zu taktvoll, um sie davon abzuhalten, ins Flugzeug zu steigen. Es war ihr richtig erschienen, geradezu heroisch, sich dieser Situation zu stellen.

Auf dem Beifahrersitz fiel sie in sich zusammen. »Keine Angst. Ich komme nicht mit ins Krankenhaus«, erklärte sie leise, als die Sonne nur noch ein Funkeln war.

»Warum denn nicht? Du wolltest doch unbedingt mitkommen.«

»Ich habe es mir anders überlegt. Es fühlt sich nicht richtig an. Wir müssen ihnen erst die Wahrheit sagen, bevor ich Julia unter die Augen treten kann.«

»Du bist extra nach Deutschland geflogen, um sie zu sehen. Wenn wir Beatrix anrufen und ihr erklären, dass du vorbeikommen möchtest, ist das bestimmt möglich. Du gehörst doch zur Familie.«

»Schon gut, Lukas. Du musst das nicht sagen. Ich gehöre nicht zur Familie.« Cecilia lächelte schwach. »Ihr seid über Jahre zusammengewachsen. Keine Ahnung, warum ich geglaubt habe, dort etwas verloren zu haben. Wenn du nicht bei mir gewesen wärst, hätte ich nicht mal mitbekommen, dass es Julia so schlecht geht.«

»Die Konstellation der Familie hat sich verändert. Du gehörst jetzt dazu, aber das Gefühl muss sich erst noch entwickeln, denke ich.« Er schenkte ihr ein flüchtiges Lächeln und tastete nach ihrer Hand. »Beatrix hat wahrscheinlich vergessen, dir Bescheid zu geben. Das ist alles. Sie ist außer sich vor Sorge.«

* * *

Cecilia hatte die Arme um ihren Oberkörper geschlungen und sah Lukas dabei zu, wie er den Ofen einfeuerte.

»Das brennt jetzt 'ne Weile!« Er stieß mit den Schürhaken in die Holzscheite. »Du musst vielleicht mal nachlegen, aber dann bringt's dich sicher durch die Nacht.«

»Bist du so lange fort?« Kaum hatte sie die Frage ausgesprochen, schüttelte sie den Kopf. »Sorry, du musst jetzt bei Julia sein.«

Er stand auf, rieb die Hände sorgfältig an seiner Jeans ab und legte sie dann auf ihre Schultern. Sein Blick war eindringlich. »Ich weiß nicht, wann ich zurückkomme.« Er strich ihr eine Haarsträhne hinters Ohr. »Es kann lange dauern. Vielleicht die ganze Nacht. Aber ich rufe dich zwischendurch an, okay?«

Warme Lippen berührten ihre Stirn. Er wollte sich gerade von ihr abwenden, als sie nach seinem Pullover griff und ihn zurückhielt. »Trinken wir noch einen Tee zusammen?«

Er schaute sich um, als suchte er nach einer Ausflucht, doch dann nickte er. »Schnell, okay?«

Eine Tasse Tee. Lukas ließ den Beutel im Wasser hängen. Schweigend standen sie am Fenster und blickten in den Garten. Das Licht war schwach und die Farben matt. Lukas hatte nicht mal seine Jacke ausgezogen, leerte die Tasse und stellte sie ins Spülbecken.

»Also, du willst wirklich nicht mitkommen?«, fragte er und zog den Autoschlüssel aus seiner Hosentasche. Es war eine rhetorische Frage. Das wussten sie beide.

»Ich warte hier.«

»Gut. Ich darf jetzt keine Zeit verlieren.« Er blies sich eine Haarsträhne aus der Stirn, dann trat er auf sie zu und küsste ihre Wange. »Mach dir keine Sorgen.«

Sie blieb in der Küche stehen, als die Tür hinter ihm ins Schloss fiel. Scheinwerferlicht erhellte den Raum, Kiesel knirschten unter den Reifen, dann wurde es wieder dunkel und das Auto entfernte sich. Cecilia hob die Tasse erst an die Lippen, als das Geräusch verstummt war. Der Tee war kalt.

Auf Zehenspitzen schlich sie durch den Korridor und schaltete alle Lichter ein. Das Haus war ihr unheimlich – das Holz knackte und knirschte. Nachdem sie ins Wohnzimmer geschlüpft war, schloss sie die Tür und spähte aus den Fenstern. Nur der Wind strich durch die Hecken und wiegte die Tannwipfel, sonst bewegte sich nichts.

Cecilia atmete tief durch und schritt langsam durch den Raum. Was jetzt? Kurz spielte sie mit dem Gedanken, ihre Mutter anzurufen, aber sie konnte sich nicht dazu überwinden. Sie wollte nichts erklären müssen, keine Fragen beantworten.

Ihr Blick fiel auf das Regal neben der Stereoanlage. Wahllos zog sie eine CD nach der anderen hervor, betrachtete die Cover, studierte die Titel und schob schließlich *Reverie* in den Slot. Es war ein Album, das Lukas vor vielen Jahren veröffentlicht hatte.

Träumereien aus der Vergangenheit. Sie legte sich aufs Sofa und betrachtete den schwarzen Flügel, während die ersten Töne aus den Lautsprechern rieselten. Als Lukas diese Lieder komponierte, hatte er noch nicht gewusst, wie kompliziert sein Leben werden würde. Weder hatte er Julia gekannt noch Cecilia. Jetzt stand er am Bett seiner Frau, hielt eine kleine Hand umklammert und flüsterte ihr Worte ins Ohr, die sie trösten sollten.

Alles wird gut.

Cecilia wickelte sich in die graue Wolldecke. Ihr Blick verlor sich in den Flammen, während sie darüber nachdachte, was sie Julia sagen würde und was sie selbst hören wollte. *Alles wird gut.*

* * *

»Lukas?«, meldete sie sich mit belegter Stimme und drückte sich das Telefon ans Ohr. Cecilia wischte sich über die Augen. Sie war auf dem Sofa eingeschlafen. Aus den Lautsprechern erklang immer noch Musik, doch das Feuer im Ofen war niedergebrannt.

»Bin kurz vor die Tür gegangen, um frische Luft zu schnappen. Die Stimmung ist ziemlich bedrückend.«

»Was ist mit Julia?« Sie setzte sich auf und starrte zum Fenster, vor dem sich kahle, dürre Äste im Wind bogen. Sofort wurde sie wieder von dieser unbestimmten Angst gepackt.

»Sie ist stabil. Das Fieber ist runtergegangen.«

»Zum Glück«, flüsterte sie. »Und wie geht's dir?«

»Ich tigere durch die Gänge, aber die meiste Zeit sitze ich an ihrem Bett und erzähle Geschichten, damit es nicht so beklemmend still ist.«

»Was erzählst du ihr?«

»Von früher. Wie wir uns kennengelernt haben, von unserem Urlaub in New York. Dort, in einem Botanischen

307

Garten inmitten der Bronx, habe ich ihr den Antrag gemacht. Das ist so verdammt lange her, so lange, dass die Erinnerungen ganz blass geworden sind, aber wenn ich darüber spreche …« Er lachte leise. »Beatrix hat übrigens nach dir gefragt.«

»Nach mir?« Sie hielt den Atem an.

»Mir ist eine zerquetschte Zimtschnecke aus der Jackentasche gefallen, als ich ihr ein Taschentuch geben wollte.«

»Wa… was?« Cecilia verzog das Gesicht. »Warum hast du eine Zimtschnecke in deiner Jackentasche?«

»Die hast du mir zum Geburtstag geschenkt.« Er räusperte sich. »Ich hab's ihr nicht gesagt, aber ich glaube, Beatrix weiß es. Ihr Blick sprach Bände. Später wollte sie wissen, ob ich was von dir gehört hätte.«

»Wir müssen ihr die Wahrheit sagen oder konsequent sein.«

»Konsequent? Willst du ins Krankenhaus kommen oder wie stellst du dir das vor?«

»Nein.« Cecilia hatte so schnell und intuitiv geantwortet, dass sie gar nicht darüber nachdenken konnte. Sie dachte an das erstaunte Gesicht ihrer Schwester mit der durchscheinenden Haut und an Beatrix, die krank vor Sorge sein musste. Die Wahrheit war im Augenblick nicht zumutbar.

Nach ihrem Telefonat stromerte sie ruhelos durch das Haus. Auf und ab. Knarrende Dielen. Kalter Steinboden. Irgendwann setzte sie sich vor die große Fensterfront auf den Boden und starrte hinaus in die Nacht. Keine Sterne. Kein Mond. Es war stockfinster. Nicht weit von hier entfernt lag Julia in einem Krankenbett, umzingelt von Monitoren, und kämpfte um jeden Atemzug. Cecilia dachte an Lukas und stellte sich vor, wie er in diesem Moment über Julias Kopf streichelte und von dem Leben erzählte, das sie miteinander geteilt hatten. *Weißt du noch, als wir den Flug nach Lissabon verpasst haben und stattdessen nach Stockholm geflogen sind? Das Konzert von Springsteen im Olympiastadion? Die Hochzeit? Weißt du noch?* Cecilia blinzelte und wischte sich mit dem Ärmel über die Wangen. *Weißt du noch, Julia? Murnau 1990.* Plötzlich fühlte sie sich furchtbar einsam.

Cecilia rappelte sich auf und tapste zur Kommode, die im Wohnzimmer neben dem Kamin stand. Mit zitternden Händen fummelte sie ein Streichholz aus der Schachtel und entzündete die Kerzen. Da entdeckte sie das Buch, in dem Lukas damals gelesen hatte: *Heilen durch Musik.* Cecilia setzte sich auf den steinernen Boden und blätterte durch die Seiten, ohne dass sie sich auf die Wörter konzentrieren konnte.

Irgendwann schloss sie die Augen und stützte ihren Kopf auf den Knien ab. Sie wusste nicht, wie viel Zeit vergangen war, als ein Schlüssel ins Schloss gesteckt und die Haustür geöffnet wurde. Erleichtert sprang sie auf und stürmte in den Flur.

»Da bist du ja!« Sie schlang ihre Arme um ihn. Das Leder seiner Jacke war so kalt, dass sie den Eindruck hatte, es sei steif gefroren. Als sie seine Wange küsste, glaubte sie, noch die salzigen Spuren der Tränen zu schmecken, die er vorhin geweint hatte.

»Julia ist jetzt ganz ruhig geworden«, raunte er in ihr Haar und drückte sie an sich.

»Schwächer?«

»Nein, nur ruhiger. Es hat ihr gutgetan, dass wir alle bei ihr waren.«

Schließlich verzogen sie sich in die Küche, wo Lukas sich zwei Brote schmierte, zweimal abbiss und sie auf dem Teller liegen ließ.

»Ich krieg nichts runter! Mir ist ganz schlecht«, brummte er und verschränkte die Arme vor der Brust. Sie saßen sich gegenüber. Minuten vergingen, in denen er an seiner Unterlippe nagte und gedankenversunken ihre Reflexionen in der Fensterscheibe zu betrachten schien.

Irgendwann hielt Cecilia die Stille nicht mehr aus. Sie stand auf, nahm zwei Tassen aus dem Schrank und machte sich an der Kaffeemaschine zu schaffen. Lukas rührte sich nicht.

Erst als sie ihm eine dampfende Tasse Kaffee reichte, hob er die Mundwinkel zu einem kleinen Lächeln.

»Was würde ich ohne dich machen?«, fragte er mit belegter Stimme.

27

Morgendämmerung. Sie saßen im Wohnzimmer vor den bodentiefen Fenstern und sahen der Sonne zu, die am Horizont aufging und die Wolken beleuchtete. Es sah aus, als würde hinter den Bergen ein Feuer lodern. Licht und Wärme waren genau das, was sie im Moment brauchten, doch nichts davon schien zu ihnen durchzudringen.

Lukas lag mit dem Kopf in ihrem Schoß. Die dunklen Schatten unter seinen Augen zeugten von der Erschöpfung. Seine Wangen wirkten eingefallen, die Haut welk. Zwei leere Kaffeetassen standen neben ihnen. Während Cecilia über sein Haar streichelte, starrte sie hinaus in den Garten. Im Licht der aufgehenden Sonne glitzerte der Morgentau. Dampf stieg aus den Gräsern auf. Cecilia stellte sich vor, wie Julia barfuß durch ihren Garten schritt, einen Blick über die Schulter warf und sie anlächelte. Ihre Brust zog sich zusammen. Es schmerzte sie, dass sie ihre Schwester nie so erleben würde, wie sie früher gewesen war.

»Erzählst du mir mehr aus eurem Leben?« Eigentlich hatte sie es immer vermieden, sich Geschichten von damals erzählen zu lassen. Sie hatte geglaubt, es würde wehtun, doch heute brannte sie darauf, als wäre es die letzte Chance, ihre Schwester kennenzulernen.

Lukas warf ihr einen skeptischen Blick zu, doch dann nickte er. »Was möchtest du denn wissen?«

»Ach, ganz egal. Mich interessieren auch die alltäglichen Dinge. Ob sie lieber Kaffee oder Tee getrunken hat, zum Beispiel.«

Sie vergrub ihre Finger in seinem Haar und beobachtete, wie seine Augen suchend über die Decke wanderten. Nachdem er tief durchgeatmet hatte, fing er zögerlich an, die Erinnerungen an ein vergangenes Leben hervorzuholen. »Es ist schon so lange her ...«

Ihre gemeinsame Zeit war knapp bemessen gewesen und deswegen besonders wertvoll. Wenn Lukas zu Hause war und es das Wetter zuließ, saßen sie stundenlang im Garten. Sie tranken Rotwein, rauchten Zigaretten, schauten in die Sterne und philosophierten über ihre Zukunft. Noch waren sie jung. Noch war alles möglich.

Julia mochte grünen Tee, torpedierte aber seine gesundheitsfördernde Wirkung, indem sie löffelweise Zucker in die Kanne gab. Außerdem aß sie ihr Knäckebrot zum Frühstück am liebsten mit Butter und jeder Menge Schokoladencreme.

»Ich dachte, sie bekommt irgendwann noch einen Zuckerschock. In ihren Adern fließt wahrscheinlich gar kein Blut, sondern Sirup«, erklärte er mit samtiger Stimme. »Sie hat immer ein paar Süßigkeiten ins Handschuhfach gepackt. Für Notfälle. Im Sommer ist natürlich alles geschmolzen.«

»Erinnert mich an Oma Elli. Ich frage mich bis heute, wie sie siebenundachtzig Jahre leben konnte, ohne zuckerkrank zu werden.«

Lukas rappelte sich auf, trat vor das deckenhohe Regal und studierte die CDs. Sein Zeigefinger wanderte über die glänzenden Hüllen, dann zog er eine hervor. »Die habe ich ihr damals aus Köln mitgebracht. Ist sogar signiert. Wir haben in den letzten Wochen immer Ben Howard gehört und so laut aufgedreht, dass die Wände gewackelt haben. Das war echt gut.«

Cecilia war ebenfalls aufgestanden. Wortlos nahm sie ihm die CD aus der Hand und trat an die Stereoanlage. Kurz darauf waberten Gitarrenklänge durch den Raum.

Das Lächeln verschwand aus seinem Gesicht. Lukas sah aus, als wäre ihm schlagartig der Ernst der Lage bewusst geworden. Als hätte jemand die kleine Flamme ausgepustet, die sein Gesicht gerade noch hatte leuchten lassen.

»Soll ich's wieder ausmachen?«, fragte sie unsicher und deutete zur Anlage.

Er schüttelte den Kopf. »Es ist so verdammt lang her, aber ich weiß noch … Es ist nicht so weit weg, wie ich dachte. Ich habe die CD seit Jahren nicht mehr angerührt. Da kommen viele Erinnerungen hoch.«

Cecilia dachte an ihren Vater und seine Kassetten, auf denen alle Erinnerungen eine Melodie besaßen. »Ich habe Julia so gern singen gehört. Sie war eine ziemlich schlechte Sängerin, völlig untalentiert im Grunde, aber es war trotzdem schön. Schiefe Töne haben sie nicht gekümmert. Sie war ganz frei, wenn sie gesungen hat. Weißt du, wie lang ich sie nicht mehr gehört habe, diese Stimme?« Lukas lachte bitter und wandte den Blick von ihr ab. »Wenn ich unterwegs war und wochenlang nicht nach Hause gekommen bin, haben wir nachts immer telefoniert. Dann gab es nur diese Stimme für mich, nichts anderes.«

»Sie muss dir sehr fehlen.«

Als er nickte, griff Cecilia nach seinen Händen und küsste sie. Gerade war das Lied verstummt, als sie das Brummen des Telefons vernahm, das in Lukas' Hosentasche vibrierte. Er ließ ihre Hände los, wischte sich über die Augen, dann lächelte er sie für den Bruchteil einer Sekunde an.

»Tanner?« Seine Miene verriet nicht, was am Ende der Leitung gesagt wurde. Er nickte. »Bist du dir sicher, Trixi? Wir dachten doch schon oft, dass sie wieder …« Er schüttelte den Kopf und wandte den Blick ab. »Ich weiß nicht, was ich sagen soll. Ich komme sofort … Cecilia? Keine Ahnung. Sie wird arbeiten, denke ich … Äh, in London, aber ich kann sie ja anrufen, wenn du möchtest. Ich kann …«

»Ich bin doch hier!«

Lukas riss den Kopf herum und starrte sie an. Die Worte waren aus ihrem Mund gefallen, als er angefangen hatte, sie zu verleugnen. Kein Leben im Halbschatten. Keine verschwiegenen Wahrheiten.

»Okay, tut mir leid, ja, sie ist bei mir«, murmelte er und streckte ihr das Telefon entgegen. Cecilia rückte von ihm ab, als sie sich das Telefon ans Ohr presste. Ihr Blick verlor sich zwischen dem nackten Geäst der Bäume.

»Cecilia? Du bist ja in Deutschland!«, erklang Beatrix' aufgescheuchte Stimme. »Weißt du, was mit Julia passiert ist?«

»Lukas hat es mir erzählt und …«

»Sie ist aufgewacht!«

»Wa… was?«

»Ein ganz kleines Zeichen. Sie hat die Hand zur Faust geballt, als die Ärztin sie dazu aufgefordert hat. Julia hat jahrelang nicht darauf reagiert, aber jetzt schon. Alle haben es gesehen.« Beatrix lachte und weinte – Cecilia schloss für einen Moment die Augen.

»Das ist unglaublich. Ich meine, das ist wunderschön, echt unglaublich schön«, flüsterte sie.

»Ich habe es immer gewusst. Schon seit Wochen hatte ich das Gefühl, dass Julia zurückkommen will. Es ist wie ein Wunder.«

»Ich weiß gar nicht, was ich sagen soll. Kann ich sie besuchen? Ich würde sie so gern sehen!«

Beatrix hüstelte verhalten. »Nein, Cecilia, das ist keine gute Idee. Bitte sei mir nicht böse, aber ich glaube, es wäre besser, wenn du vorerst nicht mehr kommen würdest. Gerade ist so viel im Umbruch.«

Während sie den Worten lauschte, wurde ihr abwechselnd heiß und kalt. Cecilia presste die Lippen aufeinander.

»Das ist eine sensible Zeit für unsere Familie, und Julia ist immer noch sehr geschwächt. Das darf man nicht vergessen. Es wäre nicht gut, wenn jetzt ein fremdes Gesicht auftaucht. Sie weiß nicht, wer du bist. Das muss vorerst auch so bleiben.«

»Ich verstehe. Ihr braucht jetzt eure Ruhe.«

»Es gibt nur kurze Augenblicke, in denen sie wach ist. Wir müssen sie schützen. Lukas kann natürlich kommen. Er ist schließlich immer noch ihr Mann. Er sollte jetzt hier sein, nicht bei einer anderen Frau.« Beatrix atmete tief durch. »Nicht bei dir.«

Die Stimme war weich, doch die Worte scharf wie Rasierklingen. Wortlos reichte Cecilia das Telefon an Lukas zurück und stierte hinab auf ihre Füße, die in lächerlich bunten Wollsocken steckten.

»Ich bin's wieder«, hörte sie ihn sagen, dann zog er die Tür hinter sich zu. Ihre Augen brannten. Es fühlte sich an, als wäre Sand darin, der sich bei jedem Blinzeln tiefer in ihre Netzhaut scheuerte.

Julia kämpfte sich zurück. Wie ging das? Ihr Geist war doch schon so weit entfernt gewesen, längst in anderen Sphären, fast transzendiert. Und nun?

* * *

Das Haus war so einsam und still wie sie selbst. Cecilia saß in der Küche und beobachtete den Sekundenzeiger, der unermüdlich seine Runden drehte. Alle Anzeichen, die Beatrix aufgefallen waren, hatten hierhergeführt. Julia würde das Bewusstsein wiedererlangen. Sollte sie darüber nicht glücklich sein? Cecilia stand auf und öffnete die Tür, die hinaus in den Garten führte. Eine eisige Böe verwirbelte ihr Haar. Als Lukas vorhin aufgebrochen war, hatte er sie mit harten Lippen auf die Wange geküsst. Sie kannte den Ausdruck in seinem Gesicht. Er war schon verschwunden, bevor er die Tür hinter sich geschlossen hatte.

Cecilia zog ihr Telefon hervor.

»Cinnamoon. Was kann ich für Sie tun?«, meldete sich eine vertraute Stimme.

»Hol mich ab!«

Es dauerte lange, bis sie Kat von den neusten Entwicklungen erzählt hatte. Immer wieder wurden sie von einem Gast oder der schlechten Verbindung gestört.

»Und jetzt hängst du ganz allein in seinem Haus rum?«

»So sieht's aus«, ächzte sie. »Keiner will mich dabeihaben. Ich hätte einfach in London bleiben sollen.«

»Du wolltest bei deiner Schwester sein. Was ist falsch daran? Lukas taucht auf und schon bricht das Chaos aus. Erst hieß es, ihr ginge es furchtbar schlecht, jetzt ist Julia plötzlich aufgewacht. Das ist doch verrückt!«

»Keiner konnte ahnen, dass es so kommen würde.« Cecilia stapfte zwischen den Apfelbäumen über die Wiese. »Keiner hat mehr damit gerechnet. Außer Beatrix. Die hat immer daran geglaubt.«

»Warum will sie plötzlich nicht mehr, dass du Julia besuchst? Das war ihr doch angeblich so wichtig – eure Beziehung.«

»Es liegt an Lukas.« Sie lachte bitter auf. »Und daran, dass ich ein Geheimnis bin. Julia soll nicht mitbekommen, dass sie eine Schwester hat. Würde sie zu sehr aufwühlen.«

»Und Lukas steht nur zu seinen Gefühlen, wenn's kein Mensch außerhalb von London mitbekommt, oder?«

»Das ist kompliziert. Er fühlt sich verpflichtet.«

»Ja, und?«

»Julia ist aufgewacht.«

Kat schnaubte auf. »Ganz im Ernst. Das darf keinen Unterschied machen. Lukas muss zu dir stehen. Immer.«

»Es ist zu früh.«

»Beatrix weiß es sowieso. Die ist doch nicht auf den Kopf gefallen. Willst du, dass er dich versteckt? Noch mehr verschwiegene Wahrheiten?«

Niemand war schonend mit ihr umgegangen. Beatrix hatte ihr die Tatsachen vor die Füße geworfen und sich nicht darum gekümmert, ob sie darüber stolperte. Cecilia hatte sich selbst aufgerichtet und dabei eine Kraft entwickelt, die sie hierhergebracht hatte. Julia war verletzlicher. Die Wahrheit würde an ihren Grundpfeilern rütteln und sie bis ins Mark erschüttern. Wie sollte sie das bewältigen?

Robert war nicht ihr Vater, Beatrix hatte sie belogen und Lukas war bei einer anderen Frau, die obendrein ihre Schwester war. Bei wem sollte sie Trost suchen?

Cecilia schüttelte den Kopf. Das Theater war notwendig, um Julia zu schützen, und damit wiederholte sich die Vergangenheit. Schweigen, um den Schein einer heilen Welt zu wahren. War das richtig?

* * *

Als Lukas von seinem Besuch im Krankenhaus heimgekehrt war, hatte er sie mit den Worten vertröstet, dass er dringend duschen müsse, bevor er in der Lage dazu wäre, ihr alles zu erzählen. Er verschwand im Badezimmer und dort blieb er lange. So lange, dass Cecilia irgendwann die Treppe hinaufgestapft war, um sich zu erkundigen, ob alles in Ordnung sei.

»Nichts ist in Ordnung. Gib mir ein paar Minuten, okay? Ich komme runter.« Die Gereiztheit in seiner Stimme schob sie auf die Erschöpfung – körperlich, seelisch. Als er eine

Viertelstunde später in die Küche getrabt kam, hatte sie gerade Tee gekocht.

»Ich weiß nicht, wo mir der Kopf steht, Cecilia.« Mit blut-unterlaufenen Augen schaute er sie an, verzog keine Miene. Das Haar war noch feucht und fiel strähnig in seine Stirn.

Kurz darauf saßen sie sich am Tisch gegenüber. Cecilia hielt die Tasse in der Hand, die sie Lukas vor einigen Wochen aus London mitgebracht hatte. Vorsichtig pustete sie hinein, dann nahm sie einen Schluck und stellte die Tasse vor sich ab. Der Früchtetee war zu sauer. Das Lächeln der Queen zu eisig. Cecilia drehte an der Tasse, um dem Blick zu entgehen.

»Das ist nicht wie im Kino«, erklärte Lukas und zerbrö-selte einen Zuckerwürfel zwischen seinen Fingern. »Sie ist nicht aufgewacht. Sie hat ein minimales Bewusstsein zurückerlangt, mehr nicht.«

»Sie macht Fortschritte. Langsam, aber stetig. Wer weiß, was in ein paar Monaten ist, in einem Jahr? Vielleicht kann sie irgendwann wieder sprechen.«

»Unwahrscheinlich. Ich habe mich sehr lange mit ihrer Ärztin unterhalten. Was Beatrix ein Wunder nennt, ist ein Aufflammen des Bewusstseins, kein Aufwachen, wie du dir das vorstellst und wie Beatrix es gern hätte.« Er senkte den Blick und rührte in seinem Tee. Sie bekam eine Gänsehaut, als der Löffel gegen das Porzellan stieß.

Julia hatte es geschafft, ihre Familie spüren zu lassen, dass sie noch da war. Nur kleine Bewegungen. Kaum wahrnehmbar, wenn man sie nicht kannte, aber groß genug, um Hoffnungen zu wecken.

»Hast du den Eindruck, dass sie dich erkannt hat?«, fragte sie vorsichtig.

Er zuckte mit den Achseln, dann legte er den Löffel auf den Tisch und trank einen Schluck. »Sie hat mich angeschaut, als ich mit Beatrix geredet habe. Vielleicht habe ich's mir auch nur eingebildet.«

»Beatrix«, murmelte sie verdrossen. »Was hat sie gesagt?«

»Jede Menge«, sagte er mit eisiger Stimme. Seine Augen streiften sie und wanderten dann zum Fenster. Die Nacht war hereingebrochen. »Wir haben beschlossen, vor Julia nicht mehr darüber zu sprechen.«

»Darüber, dass ich ihre Schwester bin?« Cecilia lehnte sich zurück und taxierte ihn. »Oder darüber, dass du dich in mich verliebt hast und mit mir zusammen sein willst?«

Es war ihm anzusehen, dass sich alles in ihm dagegen sträubte, ihren Blick zu erwidern. Er räusperte sich, als steckten Worte in seiner Kehle fest. »Beides.«

»Hast du wenigstens Beatrix von uns erzählt?« Cecilia stellte die Tasse auf den Tisch und schob beide Hände unter ihre Oberschenkel, um ihr Zittern zu verbergen.

»Ich weiß nicht, wie das funktionieren soll«, sagte er mit brüchiger Stimme und ignorierte ihre Frage. »Ich bin davon ausgegangen, dass es nie wieder besser wird, nur schlimmer. Aber jetzt? Julia hat mir direkt in die Augen geschaut. Ich habe wieder den Menschen dahinter gesehen. Jedenfalls kam's mir so vor. Beatrix liegt mir in den Ohren. Ich bin überfordert, verstehst du? Total überfordert.«

»Und was bedeutet das für uns?«

Er fing an, seine Hände zu kneten. »Ich weiß nicht, wie wir das machen sollen. Du und ich. Wie soll das aussehen?«

»Ich verstehe natürlich, dass wir mit Julia ganz behutsam umgehen müssen«, lenkte sie ein. »Aber wir könnten doch wenigstens allen anderen die Wahrheit sagen.«

»Wir müssen warten.«

»Worauf willst du denn warten? Ich dachte, zwischen uns wäre alles klar.«

»Es geht jetzt nicht um uns, Cecilia! Meine Güte, kapierst du nicht, was hier los ist? Ich muss darüber nachdenken, was meine nächsten Schritte sind.« Er stand auf und raufte sich das Haar. »Ich brauche Zeit. Kannst du bitte warten?«

»Du verlangst von mir, dass ich warte?« Ihre Hand zitterte immer noch, als sich Cecilia eine Haarsträhne aus der Stirn strich. Sie spürte Wut in sich aufwallen.

»Ich bitte dich um Geduld, um ein wenig Verständnis, okay? Wir können nicht einfach machen, was wir wollen. Wir tragen Verantwortung. Du als Schwester und ich …« Er schüttelte den Kopf.

»Als ihr Mann, als der Schwiegersohn«, beendete sie seinen Satz und wandte sich zum Fenster um. Ein bleiches Spiegelbild starrte ihr entgegen. Die Augen dunkel, der Mund schmallippig. Über den Obstbäumen stand der Mond am Himmel. Unverändert und beständig umkreiste er die Erde und bestimmte die Gezeiten.

Ebbe, Flut, Lukas zog sich zurück.

»Du hast immer gewusst, dass sie aufwachen könnte. Diese winzige Möglichkeit hat immer bestanden. Du hast nur nicht damit gerechnet.«

»Sie ist nicht aufgewacht.«

»Aber je wacher sie wird, desto weniger darf es mich geben.«

»Ach, Cecilia …«, erwiderte er leise und senkte den Blick. Es wurde still. Der Wind pfiff ums Haus und die hölzernen Fensterrahmen knackten, wenn er sich gegen die Scheiben drückte. Cecilia presste die Lippen aufeinander. Sie würde eher an dem Kloß in ihrem Hals ersticken, als jetzt in Tränen auszubrechen.

Irgendwann zog Lukas sich einen Stuhl heran. Als er vor ihr saß, umschloss er ihre Hände mit seinen. »Es tut mir leid, was du meinetwegen alles aushalten musst. Ich will mit dir zusammen sein, aber mir ist heute klar geworden, dass es nicht so einfach ist, wie ich mir das vorgestellt habe.«

»Das ist dir heute klar geworden? *Heute?*« Sie entzog ihm ihre Hände. »Du bist ins Cinnamoon gekommen und hast die ganze Zeit gewusst, dass ich ihre Schwester bin. Das hat dich aber nicht davon abgehalten, mit mir ins Bett zu steigen. Du wusstest die ganze Zeit, worauf du dich einlässt. Du hast nie lockergelassen, immer angerufen, und an deinem Geburtstag hattest du nichts Besseres zu tun, als nach London zu fliegen, um bei mir zu sein. Jetzt tu nicht so, als wäre dir gerade erst aufgefallen, dass es verdammt kompliziert ist!«

»Die Dinge haben sich verändert.« Er starrte in seine Handflächen, als stünden dort die nächsten Zeilen, die er ihr vorlesen wollte. »Ich will dir nicht wehtun, Cecilia, aber ich weiß gerade nicht, wie ich das emotional einordnen soll. Wie soll ich das hinbekommen?«

»Hörst du dir eigentlich selbst zu, Lukas?«, herrschte sie ihn an. »Du hast von Liebe geredet, aber im Grunde war es Selbstmitleid, oder? Es ging immer nur um dich, deine Trauer, deine Einsamkeit.«

»Du musst verstehen, was es bedeutet, so zu leben. Man ist innerlich zerrissen, irgendwie verloren. Julia hat einen winzigen Schritt gemacht, aber für mich bedeutet das … Beatrix ist wie eine Mutter für mich. Ich kann sie nicht im Stich lassen. Ganz egal, was ich für dich fühle oder wovon ich träume. Ich kann mich nicht einfach aus dem Staub machen.«

»Das hätte ich auch nie von dir verlangt«, presste sie hervor. Es war, als hätte jemand ihr Herz mit eiserner Faust umschlossen. Der Druck war so groß, dass sie keinen Schmerz verspürte. Erst beim Loslassen würde es wehtun. »Ich war die Sicherheitskopie. Du hast Julias Liebe vermisst und ich habe sie dir gegeben. Vielleicht ein bisschen anders, aber ausreichend ähnlich.«

Regungslos saß er da. Kleiner, älter und bleicher. Von dem Strahlen und Funkeln, das ihn sonst umgab, war nichts mehr übrig.

»Jetzt sag schon was!«, forderte sie. Cecilia spürte, wie sich Tränen aus ihren Wimpern lösten. Unsanft wischte sie über ihre Wangen.

»Ich habe Gefühle für dich, sehr starke Gefühle, und wenn es hier nur um mich ginge, wäre alles klar, aber so ist es nicht. Im Moment kann ich einfach nicht.«

Cecilia hatte genug gehört. Ohne ein Wort zu erwidern, verließ sie die Küche, schloss die Tür hinter sich und zückte ihr Telefon.

* * *

Lukas stand im Türrahmen.

»Es ist doch nicht für immer«, beteuerte er mit heiserer Stimme, als sie in ihren Mantel schlüpfte. »Ich muss jetzt ein paar Dinge klären, aber irgendwann kann ich wieder klar denken. Dann habe ich einen Plan. Ich komme nach London, sobald ich Zeit finde, und wir reden über alles.«

»Bleib hier und lass mich in Ruhe, Lukas.« Ihr Großmut, den sie seit Wochen wie eine Monstranz vor sich hertrug und der alles erdulden konnte, war versiegt. Sie hatte keine Geduld und kein Verständnis mehr.

Unpersönliche Abschiedsfloskeln im Flur, ohne einander in die Augen zu sehen. *Tschüss.*

Sie ließ die Tür hinter sich ins Schloss fallen – *London Calling* –, doch kaum hatte sie die erste Treppenstufe erreicht, wurde die Tür wieder aufgerissen.

»Ich will nicht, dass du gehst!«, stieß er mit einer so verzweifelten Vehemenz hervor, dass sie auf der Stelle stehen blieb. Er war nicht stark genug, um mit ihr zusammen zu sein. Er war nicht mal stark genug, sie gehen zu lassen. Wenn sie nicht so enttäuscht gewesen wäre, hätte sie darüber gelacht.

Cecilia drehte sich um. »Du weißt nicht, was du willst! Du bist schwach, völlig orientierungslos und merkst es nicht mal.«

Es war ihr gelungen, wochenlang auf ihn zu warten, bei ihm zu bleiben, obwohl er verheiratet war, obwohl Julia ihre Schwester war. Aus Liebe und wegen der Liebe, doch ihre Kräfte waren aufgebraucht.

»Kannst du mich nicht verstehen?«

»Doch, kann ich, aber das ändert nichts.« Sie rieb sich mit der flachen Hand über die Stirn. Ihre Haut brannte. »Ich war noch nie so stark wie in den letzten Monaten. Ich habe alles versucht, damit wir einen Weg finden und zusammen sein können, aber es geht nicht und ich glaube, ich will es auch gar nicht mehr.«

»Hey, ich brauche doch nur ein bisschen Zeit.« Seine Stimme klang trotz der Trauer anschmiegsam.

»Worauf soll ich denn warten? Du bist so wankelmütig, dass mir davon ganz schlecht geworden ist.«

»Cecilia, komm bitte wieder rein. Lass uns reden. Hier draußen ist's doch viel zu kalt. Es ist stockdunkel.«

»Mein Taxi ist gleich da.«

28

Weihnachten war vorbei. Drei Tage hatte sie neben Ignaz auf dem Sofa gesessen, um sich Sissi und schnulzige Heimatfilme mit Roy Black anzusehen, bis Marlene sie in ihren Golf verfrachtet hatte.

»Wir müssen jemanden besuchen.«

Seit der Beerdigung ihres Vaters hatte sie Murnau gemieden. Nicht wegen der räumlichen Distanz, sondern wegen der emotionalen Abkapselung. Als sie jedoch vor den Gräbern standen, an dem Haus vorbeispazierten, in dem Oma Elli gelebt hatte, und ins Schaufenster der Bäckerei spähten, überkam Cecilia neben Wehmut ein tiefes Gefühl der Verbundenheit. Zwischen schneebedeckten Gipfeln hatte sie hier ihre Kindheit verbracht. Mit ihrem Vater war sie stundenlang durch die Moore gewandert. Erwartungsvoll hatte sie vor dem Backofen gewartet, bis ihre Großmutter endlich die Klappe öffnete. Heiße Kekse, kalte Milch. Im Winter lag der Schnee hüfthoch. Sie erinnerte sich an das Schnurren der Katzen in ihrem Schoß, die Glocke der Bäckerei, das Quietschen der Gartentür und an den süßlichen Geruch der Zigarillos, die ihre Großmutter geraucht hatte. *Wie oft kannst du den Stein übers Wasser hüpfen lassen? Tausendmal in tausend Tagen.*

Je lebendiger die Erinnerungen wurden, desto offener konnte Cecilia mit ihrer Mutter sprechen. Sie genoss diese Nähe, fühlte sich ihr verbundener denn je. Ob schweigend oder ins Gespräch vertieft – immer spürte sie die Offenheit, mit der sie einander nun begegnen konnten, und die Wärme ihrer Liebe. Als sie Murnau schließlich hinter sich ließ, kam es Cecilia vor, als wäre eine Seite ihrer Lebensgeschichte umgeblättert worden, als hätte nun ein neues Kapitel begonnen.

Jetzt war sie zurück in London. Ein neues Jahr hatte begonnen – unerforschter Raum, reich an Möglichkeiten.

Die Tür des Cinnamoon war abgeschlossen. Draußen war es dunkel und Cecilia so müde, dass sie fast im Stehen einschlief. Sie kurbelte am Lautstärkeregler der Stereoanlage, ließ Bon Iver aufheulen, dann stützte sie sich am Tresen ab und starrte in das Glas mit den handtellergroßen Schokoladenkeksen.

Full Moons. Enjoy us the milky way, hatte Kat in verschnörkelter Schrift auf das Gefäß geschrieben. Es war ihr ein Rätsel, weshalb man knuspriges Gebäck in lauwarme Milch tunkte, bis nur noch ein Schmatzen davon übrig blieb.

Das Telefon klingelte. Mit dem Handrücken rieb sie sich über die Augen, ehe sie sich streckte und nach dem Hörer griff. »Cinnamoon, Cecilia hier. Was kann ich für Sie tun?«

»Hallo Cecilia«, meldete sich eine Frauenstimme. Die Leitung rauschte und knackte. »Hier spricht Beatrix.«

»Oh, hallo!« Hitze wallte in ihr auf.

»Wir haben deine Postkarte erhalten. Vielen Dank für die lieben Worte. Hast du die Feiertage genießen können?«

»So einigermaßen, aber um ehrlich zu sein, war die Stimmung ziemlich getrübt.« Sie schluckte trocken. »Wie geht es Julia?«

»Sie ist sehr erschöpft und schläft viel, aber wenn alles weiterhin so gut verläuft, wird sie sicherlich bald aus dem Krankenhaus entlassen und kann zurück nach Sankt Anna.«

»Oh, das klingt gut. Ma… macht sie Fortschritte?«

»Ach.« Beatrix lachte leise. »Sie schaut in unsere Gesichter, wenn wir bei ihr sind. Das ist schon ein Quantensprung. Mehr ist nicht passiert. In so kurzer Zeit kann man auch keine Wunder erwarten. Wir freuen uns über klitzekleine Schritte. Daran halten wir uns fest. Wie geht es dir?«

»Ganz okay. Ich arbeite. Im Café ist ja immer viel zu tun.« Ihre Stimme bebte. »Es tut mir leid, dass ich mich nicht mehr gemeldet habe, aber ich war mir nicht sicher, ob du das möchtest, ob es angebracht wäre, weil …« Ihr fehlten die Worte, um den Satz zu beenden.

»Schon gut. Wir waren alle sehr aufgewühlt. Ich war wie von Sinnen und hab's nicht geschafft, fair zu bleiben. Dafür möchte ich mich entschuldigen.«

»Ich verstehe das.« Cecilia kauerte sich auf die unterste Treppenstufe und stützte das Kinn auf ihren Knien ab.

»Die Ärzte machen uns keine allzu großen Hoffnungen, weißt du? Julia hat ein minimales Bewusstsein zurückerlangt, ja, aber es gibt Schäden, die irreparabel sind. Das müssen wir akzeptieren.« Beatrix schnäuzte sich. »Und dennoch … In tiefster Dunkelheit das Licht hochzuhalten – das ist die Aufgabe einer Mutter.«

»Die Hoffnung nicht aufgeben«, murmelte sie und schämte sich im selben Moment für die Plattitüde. Ihr Körper war schwer und ihre Gedanken zäh.

»Lukas ist weg.«

»Aber hier ist er nicht«, erwiderte sie überhastet und starrte zur Tür, als würde sie jeden Moment aufschwingen.

»Ich hatte immer Angst vor diesem Moment. Ich dachte, wir würden Julia verlieren, wenn er geht. Als wäre er der einzige Grund für sie, am Leben zu bleiben.«

»Was ist denn passiert?« Cecilia rappelte sich auf.

»Ich habe gar nicht gemerkt, wie sehr ich ihn unter Druck gesetzt habe. Die vielen Anrufe, meine Erwartungshaltung, die emotionale Belastung. Das war alles zu viel. Ihm fehlt die Luft zum Atmen, hat er gesagt. Er kann nicht mehr.«

»Wo ist er denn hingegangen? Wollte er über die Feiertage nicht zu Paula und ihrer Familie?«

»Seine Pläne haben sich geändert. Hat er sich nicht bei dir gemeldet?«

»Nein.«

Nachdem sie gegangen war, hatten sie sich ein einziges Mal geschrieben. *Frohe Weihnachten. Viele Grüße aus Murnau.* Foto vom See mit Bäumen, in denen Raureif glitzerte, sodass sie aussahen wie weiße Korallen. *Wünsche ich dir auch. Bis dann.*

»Er kam vor zwei Wochen zu uns, war völlig durch den Wind und meinte, dass er sein Leben nicht mehr erträgt«, erzählte Beatrix. »Dass er seit Jahren nicht mehr glücklich sein kann und dass ihn die Einsamkeit auffrisst. Er hat sich nie anmerken lassen, wie es ihm wirklich geht. Da war immer ein Lachen auf seinem Gesicht. Ich dachte, dass er klarkommt.«

»Er musste immer stark sein.« Cecilia schaute hinab auf die Dielenbretter, die unter ihren Füßen knarzten. »Vielleicht schafft er's gerade nicht.«

»Offensichtlich ist er an einem Punkt angekommen, an dem es nicht mehr weitergeht. Ich habe ihm ins Gewissen geredet, wollte verhindern, dass er geht, aber am Ende muss ich seine Entscheidung akzeptieren.«

»Es ist doch noch nichts entschieden«, erwiderte Cecilia leise. »Er nimmt sich bestimmt nur eine Auszeit.«

Beatrix atmete geräuschvoll in den Hörer. »Es verletzt mich und tut mir wahnsinnig leid für mein Kind, aber gleichzeitig weiß ich, dass sie das nicht zurückbekommen. Das, was sie hatten, dieses gemeinsame Glück, ihre Träume. Das ist vorbei.«

»Sie haben sich nur verändert, die Träume.«

»Das ist wahr. Lukas träumt von einem anderen Leben. Er ist nach Island geflogen. Früher war er oft dort, um zu komponieren. Er kennt ein paar Musiker auf der Insel.«

»Vielleicht tut ihm der Abstand gut.«

»Das hoffe ich. Ich habe ihn noch nie so erlebt. Er hat keinen geraden Satz rausbekommen. Seine Augen waren so glasig und rot, als hätte er stundenlang geweint. Ich war wirklich geschockt, ihn so zu sehen. Was machen wir denn, wenn er nicht mehr zurückkommt?«

»Lukas würde Julia nie im Stich lassen. Er kommt auf jeden Fall wieder zurück.«

»Aber nicht zu uns.« Am anderen Ende der Leitung flammte ein Feuerzeug auf. »Lukas hat seine Bedürfnisse zurückgestellt, so viele Jahre auf so viele Dinge verzichtet. Irgendwann wollte er wieder Musik machen. Das konnte ich natürlich verstehen. Jeder Mensch braucht ein Ventil und etwas, woraus er Kraft schöpft.« Beatrix blies in den Hörer, als sie den Rauch ausatmete. »Aber das war offensichtlich nicht genug für ihn. Und dann kamst du.«

»Lukas hat es darauf angelegt«, presste sie hervor.

»Ich weiß.« Beatrix seufzte. »Ich kann seit Tagen nicht mehr richtig schlafen. Ich grübele und grübele, aber ich komme immer zu ein und demselben Schluss: Lukas sollte nicht bleiben, wenn er eigentlich gehen will. Und wenn das bedeutet, dass er mit dir, ausgerechnet, ach … Man sucht's sich ja nicht aus, oder? Robert meint auch, dass ich loslassen muss. Du weißt bestimmt, was ich damit sagen will. Es fällt mir nur schwer, es auszusprechen.«

29

Wie jedes Jahr im März zog die Parade vom Piccadilly Circus bis zum Trafalgar Square mit den berühmten Springbrunnen. Während in London der irische Saint Patrick's Day zelebriert wurde, hetzte Cecilia auf dem Fahrrad durch die Straßen. Sie hatte Matt versprochen, an seiner Busfahrt teilzunehmen. Seit Wochen beschäftigte er sich mit irischen Geschichten, die er anlässlich dieses Events erzählen sollte.

Sie sah ihn schon von Weitem vor seinem Routemaster stehen. Matt trug einen schwarzen Zylinder mit grüner Borte. Ein wild blinkendes Kleeblatt zierte seine Brust. Mit dieser Brosche hätte er mühelos den innerstädtischen Verkehr regeln können, dachte sie. Lachend bremste Cecilia vor ihm ab und sprang vom Fahrrad.

»Meine Güte, Matt, du siehst ja interessant aus. Hat dich dein Chef dazu verdonnert?«

»Herzlich willkommen an Bord der *Shamrock Tours*. Ich bin ein Waliser, der in England lebt und Ihnen heute etwas über Irland erzählt. Es ist absurd.« Matt stöhnte gequält auf.

»Ach, komm schon, das wird bestimmt lustig. Kat wäre auch gern mitgekommen, wenn sie nicht im Cinnamoon stehen müsste. Bei uns gibt's heute übrigens nur grünen Tee.«

»Ich bin echt aufgeregt. Hab gerade vier Guinness getrunken, aber das hat auch nicht geholfen.« Er trat seine Zigarette aus und winkte ab. »Das war natürlich ein Scherz.«

Nachdem Cecilia ihr Fahrrad abgeschlossen hatte, kletterte sie auf das obere Deck und suchte sich einen Platz am Fenster. Es saßen bereits viele Menschen in den Sitzen, unterhielten sich leise oder fotografierten *London Eye*, das Riesenrad am Ufer der Themse.

Gerade hatte sie ihren Trenchcoat aufgeknöpft, als die Lautsprecher knackten und Matt mit beschwingter Stimme ins Mikrofon sprach: »Meine sehr verehrten Herrschaften! Ich darf Sie herzlich an Bord der *Shamrock Tours* begrüßen. Nun wissen Sie sicherlich, dass London keine irische Stadt ist, aber heute wollen wir einfach mal so tun, als ob.«

Heiseres Gelächter erfüllte den Bus, der sich langsam in Bewegung setzte, um sich in den Verkehr einzufädeln.

Die Sonne stand hoch am Himmel und schickte goldene Strahlen hinab in die Häuserschluchten. Die helle Jahreshälfte war angebrochen. In den Straßen blühten bereits die ersten Magnolien, leuchteten Goldflieder und Blauregen.

Hier saß sie nun – ein Jahr später – immer noch in London, immer noch allein, immer noch in einem schaukelnden Routemaster, den Matt durch die Straßen manövrierte. Von außen betrachtet schien sich in ihrem Leben nicht allzu viel verändert zu haben, doch Cecilia spürte die Veränderung in ihrem Innern. Sie hatte sich verändert und war trotzdem dieselbe geblieben. Lächelnd lehnte sie sich zurück. Obwohl sie die Erschütterung ihres Lebens immer noch deutlich wahrnahm, war sie zuversichtlich. Das lag nicht nur an der Botschaft, die sie vorhin erreicht hatte – aber auch. Cecilia öffnete ihre Handtasche und zog den Brief hervor, der über den

Nordatlantik gekommen war und zwischen bunten Prospekten auf ihrer Fußmatte gelegen hatte.

»Schafft er Ordnung oder macht er Chaos?«, hatte Kat vorhin wissen wollen.

»Beides«, hatte Cecilia erwidert und dabei gelächelt.

Liebe Cecilia,

ich bin gerade bei meinem Kumpel Alvar in Mosfellsbær und wohne in einem mickrigen Zimmer mit einem winzigen Fenster, durch das kaum Licht reinkommt. Aber die Luft quetscht sich durch alle Ritzen. Es ist eiskalt hier draußen und ich muss aufpassen, dass das Feuer nicht ausgeht. Es gibt nämlich keine Heizung, nur einen Ofen.

Die meiste Zeit bin ich unterwegs, erkunde die Gegend oder sitze mit Alvar und seinen Freunden im Studio. Wir haben begonnen, ein Lied zu komponieren. Wir experimentieren, hämmern Steine aufeinander, fangen den Wind ein. Heute haben wir aufgenommen, wie Wellen an die Felsen schlagen. Dieser Rhythmus, der Puls des Meeres, macht was mit einem. Wenn man an der Küste steht, hat man das Gefühl, dass sich die Ränder der Welt aufgelöst haben. Hier ist alles endlos, und diese Weite zu spüren, lässt mich ganz ruhig werden. In solchen Momenten weiß ich, dass alles miteinander in Einklang kommen wird. Ich mit mir, mit der Welt, mit Dir. Cecilia, es gibt ein paar Dinge, die Du unbedingt wissen musst. Deswegen schreibe ich.

In den letzten Jahren habe ich mich darauf konzentriert, dass es Julia besser geht. Ich wollte voll und ganz für sie da sein. Aber mit der

Zeit habe ich das Gefühl für mein eigenes Leben verloren. Ich wollte meiner Verantwortung nachkommen, ein guter Mensch sein, und gleichzeitig wollte ich alles von mir abschütteln!

Ich war nur halb glücklich, halb wach, halb hungrig, halb warm. Mir hat so viel gefehlt, und die Vorstellung, mich nie wieder vollständig zu fühlen, hat sich irgendwann zu einer echten Panik entwickelt. Was, wenn nichts mehr kommt? Wenn es immer so bleibt? Man trauert halb, hofft halb, ist mittendurch geschnitten – so habe ich gelebt.

Als ich Dich getroffen habe, hat sich das schlagartig verändert.

Alles, was ich im Sinn hatte, warst Du und dieser unerforschte Raum, der so verlockend nach uns gerufen hat. Diese Zukunftsmusik. Ich wollte mit Dir zusammen sein, aber dann hat Juli mir direkt in die Augen geschaut. Das kam mir wie eine Anklage vor und ich habe mich plötzlich so extrem schuldig gefühlt.

Wir haben lange auf einen Hoffnungsschimmer gewartet und plötzlich, als niemand mehr damit gerechnet hat, zeigt uns Juli, dass sie noch da ist. Das hat mir den Boden unter den Füßen weggerissen. Ich konnte niemandem mehr gerecht werden.

Nachdem Du mir klargemacht hast, dass Du die Beziehung nicht mehr willst, stand ich mir plötzlich selbst gegenüber und habe mich nicht mehr erkannt. So rückgratlos – es war beschämend. Aus diesem Grund habe ich die Reißleine gezogen und bin abgehauen.

Island ist weit weg von allem. Ich kann frei atmen, und allmählich verschwinden auch die Wolken aus meinem Kopf.

Bevor ich abgeflogen bin, habe ich mit Beatrix gesprochen, um ihr meine Situation zu erklären. Dabei habe ich nichts schöngeredet, keine falschen Versprechen gemacht.

Ich kann nicht mehr als Mann bei Julia bleiben, aber ich werde immer für sie da sein, wenn sie mich braucht. Das ist alles, was ich ihr geben kann, ohne mich selbst zu vergessen. Beatrix hat verständnisvoll reagiert. Trotzdem ist sie sehr verletzt und braucht Zeit, um damit klarzukommen. Die brauchen wir alle.

Nach dem Gespräch bin ich direkt nach Reykjavík geflogen. Keine Ahnung, wie lange ich auf Island bleibe. Vielleicht produzieren wir ein Album. Alvar will aufnehmen, wie Eis klingt. Dieses Knacken und Heulen von gefrorenem Wasser. Oder wie die Erde aufbricht und Lava daraus hervorquillt. Dieser Sound!

Ich habe keine konkreten Vorstellungen mehr, was mein Leben betrifft. Jetzt bin ich auf Island, aber was kommt danach? In dieser Ungewissheit habe ich früher immer Chancen gesehen, aber im Moment fällt mir das echt schwer.

Und trotzdem gibt es eine Sache, die ich mit Sicherheit sagen kann: Du fehlst mir. Wenn ich mir vorstelle, mit Dir zusammen zu sein, ist es nicht mehr kompliziert, sondern ganz einfach.

Kannst Du mir bitte verzeihen?
Lukas

30

Die Zeitung lag ausgebreitet vor ihr auf dem Tresen und sie hatte sich vorgebeugt, damit Hamish sie trotz des Stimmengewirrs verstehen konnte. Ihr Zeigefinger wanderte über die erste Zeile eines Artikels.

»Brief an die Queen aufgetaucht«, las sie vor. »Plattensammler findet einen Brief von John Lennon, in dem er mitteilt, dass er seinen Ritterorden aus Protest zurückgibt. Damit positioniert sich der Beatle ...«

»Hey!« Gregory tippte ihr auf die Schulter. »Für dich.«

»Ich kann gerade nicht.« Sie deutete auf die Zeitung.

»Mach schon«, knurrte er und hielt ihr ungeduldig den Telefonhörer hin. »Ich muss Bestellungen abarbeiten.« Bei dem Versuch, sich eine Haarsträhne aus der Stirn zu pusten, beschlugen seine Brillengläser. Er fluchte.

»Ich lese Hamish gerade vor. Ich rufe zurück«, versuchte sie ihn abzuwimmeln, doch ehe sie sichs versah, wurde sie sanft vom Barhocker geschoben.

»Ich kümmere mich darum, sobald ich mit den Bestellungen fertig bin.« Er drückte ihr das Telefon in die Hand. »Ist das okay, Hamish? Ich kann ziemlich gut vorlesen. Eigentlich bin ich nämlich Buchhändler. Cecilia muss jetzt ganz dringend mit jemandem sprechen.«

Sie starrte so verständnislos auf das Telefon, als hätte sie keine Ahnung, um was für ein Gerät es sich dabei handelte. Das Display leuchtete ihr grell entgegen.

»Hallo?«, meldete sie sich zögerlich und betrat die Küche.

»Cecilia, ich wollte dir unbedingt erzählen, dass ich heute auf einem Vulkan gestanden habe und mir fast die Schuhsohlen weggeschmolzen sind!«, hörte sie seine Stimme dumpf aus dem Hörer.

Ihr Herzschlag beschleunigte sich und ein strahlendes Lächeln breitete sich auf ihrem Gesicht aus. »Lukas«, hauchte sie. Cecilia setzte sich auf einen Stuhl am Fenster und drückte ihre Hand gegen den Heizkörper.

»Und die Lavafelder sehen aus wie Mondlandschaften, völlig surreal«, fuhr er unbeirrt fort. »Wenn du dir vorstellst, dass die Erde unter deinen Füßen flüssig ist und glüht ... Das ist so faszinierend. Hier vereinen sich alle Elemente.«

»Wohnst du dort wirklich in einer Hütte?«

»Jawohl. Kein Komfort, nur eine einfache Pritsche.« Seiner Stimme war anzuhören, dass er grinste. »Dann hast du meinen Brief also bekommen.«

Cecilia stellte sich sein Gesicht vor, sah die Fältchen, die sich auffächerten, wenn er lachte, und seine Augen, die wie Opale je nach Lichteinfall ihre Farbe veränderten.

»Ich habe ihn tausendmal gelesen. Wahrscheinlich öfter.«

»Wolltest du eines Tages darauf antworten?«

»Ich habe noch keine Zeit gefunden. Worte, meine ich eigentlich. Mir haben die richtigen Worte gefehlt.« Sie lachte verhalten.

»Verstehe. Ich habe die Erfahrung gemacht, dass man nicht allzu lange warten sollte. Wenn's etwas zu sagen gibt, werden es schon die richtigen Worte sein.«

»Wie lange bleibst du denn fort?«

»Kommt drauf an. Island ist eine einzige Inspirationsquelle. Daraus will ich schöpfen. Gerade arbeite ich mit Smilla zusammen. Sie ist neunundachtzig Jahre alt und bringt mir bei, wie man Langspil spielt. Das ist ein uraltes Instrument.«

»Smilla.« Der Name floss über ihre Lippen. »Sie hat ein Gespür für Schnee, hm?«

»Und für Musik. Das ist eine magische Kombination.«

»Kann ich mir gut vorstellen. Dann hat sich die Reise also gelohnt. Der Abstand tut dir bestimmt sehr gut.«

Cecilia starrte auf die schwarzen Tonnen, die vor einer efeubewachsenen Hauswand standen. Prall gefüllte Mülltüten stapelten sich in die Höhe. Manche Säcke waren aufgerissen. Abfälle quollen aus den Löchern und lagen überall verstreut auf dem Boden.

»Es war auf jeden Fall die richtige Entscheidung, für eine Weile abzuhauen, aber ich kann nicht ewig hierbleiben.« Er senkte die Stimme. »Vulkane sind ja ganz nett, aber mir fehlen Wolkenkratzer, so richtig hohe Dinger, der Buckingham Palace und Häuser, die so klein sind wie Schuhkartons. Deswegen habe ich mein Haus verkauft.«

»Welches Haus?«

»Ich habe nur eins. Gestern hat der Makler angerufen. Zwar unter Wert, weil niemand in diese Einöde ziehen will, aber ich musste es so schnell wie möglich loswerden.«

Obwohl sie das Haus nie wirklich gemocht hatte, versetzte es ihr einen Stich, dass er den Ort aufgab, an dem er so lange zu Hause gewesen war.

»Aber dort hast du doch mit Julia gewohnt«, warf sie ein.

»Ja, und? Das ist ewig her. Es ist zu groß für mich allein und gleichzeitig viel zu eng. Ich fühle mich dort seit Jahren nicht mehr wohl.«

»Und was ist mit den ganzen Möbeln und Büchern? Was machst du mit dem Flügel?«

»Beatrix und Robert übernehmen viele Dinge. Den *Bechstein* werde ich wohl bei meiner Mutter unterstellen, bis ich weiß, wo ich bleibe. Sie hat ein leeres Zimmer.«

»Moment.« Sie trat an den Ofen, der leise zu piepen begonnen hatte. Als sie die Backofentür öffnete, schlug ihr heiße Luft entgegen. Cecilia schnappte sich einen Topflappen, klemmte das Telefon zwischen Kinn und Schulter und stellte den duftenden Schokoladenkuchen auf den Fenstersims.

»Wo wirst du wohnen?«, fragte sie, während sie angetrocknete Farbspritzer von der Fensterbank kribbelte.

»Keine Ahnung, aber ich will zurück zu dir. Ich will dich zurückhaben.«

Die einzelnen Schläge ihres Herzens verrauschten zu einem einzigen Dröhnen in ihrem Brustkorb. Auch wenn sich ein Lächeln auf ihre Lippen stahl – Cecilia versuchte, einen kühlen Kopf zu bewahren. »Wie kann ich mir sicher sein, dass dir nicht irgendwann wieder einfällt, dass es zu kompliziert ist? Denn das wird es immer sein. Du bleibst mit Juli verheiratet und ich bleibe ihre Schwester.«

»Es gibt keine Sicherheit, Cecilia, aber es gibt dein Herz. Dem kannst du vertrauen. Und mir auch«, erwiderte er ruhig. »Ich will nichts mehr verheimlichen. Weder vor dir noch vor anderen. Es tut mir wahnsinnig leid, wie sehr du unter meiner Feigheit leiden musstest. Dafür kann ich mich nicht oft genug bei dir entschuldigen, aber jetzt bin ich bereit. Ich kann ein besserer Mann sein, als ich's gewesen bin.«

Ihre Wangen glühten und sie riss das Fenster auf, um den Wind durch die Küche pusten zu lassen. Mehl wirbelte auf. »Kannst du nach London kommen?«

»Kannst du mir verzeihen?«

Einige Sekunden verstrichen, in denen Bilder durch ihren Kopf wirbelten, ohne dass sie darin etwas sehen konnte, doch ihr Herz schlug kräftiger. »Ja, natürlich«, wisperte sie und spürte, wie ihre Kehle enger wurde, als Tränen emporstiegen. »Ich kann ja gar nicht anders.«

»Und was ist mit mir? Nimmst du mich zurück?«

»Fordere dein Glück nicht heraus, Lukas Tanner!«

Sein Lachen ließ sie erschaudern, weil es ihre schönsten Erinnerungen anrührte.

»Ich habe Alvar versprochen, dass wir zusammen ein paar Titel für sein Album produzieren. Ich komme im Mai nach London. Da sind wir auf jeden Fall fertig. Hältst du's so lange noch aus?«

»Ich komme klar.«

»Ganz ehrlich?«

»Ich sitze nicht wie ein Häufchen Elend da und zerfließe vor Sehnsucht, falls du das glaubst.«

»Touché.« Er pfiff durch die Zähne. »Eigentlich bin ich derjenige, der zerfließt.«

»Kein Wunder. In Island schmelzen sogar Steine.«

»Das tun sie überall, wenn man sie tief genug vergräbt. Im Ernst, Cecilia, ich würde alles tun, um noch eine Chance zu bekommen.«

»Wir sehen uns im Mai, okay?«

»Das sind ja nur noch ein paar Tage.«

»Es sind Wochen.« Sie seufzte, dann breitete sich ein Lächeln auf ihrem Gesicht aus. »Kannst du nicht ein bisschen schneller Klavier spielen? Dann wärst du ein bisschen schneller hier.«

»Ich spiele in Lichtgeschwindigkeit.«

31

Cecilia stand in der Küche des Cinnamoon, rührte in einer Rum-Nuss-Mischung und summte leise vor sich hin. Auf dem Herd blubberte Milch und verströmte einen süßlichen Geruch, der wohlvertraut war und an Kindheit erinnerte.

Es war ein trister Tag. Wolken schoben sich gegenseitig über den Himmel und schienen stündlich tiefer zu sinken. Je tiefer sie sanken, desto dunkler wurde es in der Stadt, desto bedrückender und ungemütlicher. Heute regnete es nicht nur – der Himmel schien sich über der Stadt regelrecht auszuwringen. Bunte Regenschirme wackelten wie Lampions durch die Straßen, große Pfützen sammelten sich in den Mulden des Asphalts. Wenn es so weiterginge, hörte man die Menschen sagen, würde das Wasser der Themse bald schon über die Ufer treten.

Ihr Telefon, das halb verdeckt unter dem Kalender lag, vibrierte. Cecilia wischte ihre Hände an der Schürze ab und griff danach. »Oh, hallo Beatrix«, meldete sie sich und schritt zur Stereoanlage, um die Musik auszuschalten. »Na? War der Postbote schon bei euch?«

»Gerade eben. Tausend Dank für die Kassetten.« Die Stimme am anderen Ende der Leitung klang beschwingt. »Die rote – ich erkenne seine Handschrift. Ist das eine dieser Erinnerungen, die Franz aufgenommen hat?«

»*Murnau, Juli, Tretboot 1990.*« Sie lächelte versonnen und setzte sich auf den Küchentisch. »Das ist unsere allererste Begegnung.«

»Ach, dieser Sommer. Ich erinnere mich gut daran. Ich hatte damals ein weißes Golf Cabriolet, so ein richtig spritziges Ding. Damit sind wir durchs Dorf gedüst, haben immer wieder dieses Lied von The Cure gehört und ganz laut mitgesungen. *Just Like Heaven*. Ich kann's heute noch auswendig. Diese Kassette ist ein richtiger Schatz!«

»Und ich glaube, dass er bei Juli gut aufgehoben ist.«

»Sie wird ihn für euch hüten«, erwiderte Beatrix mit sanfter Stimme. »Was ist mit der anderen Kassette? Die sieht neu aus.«

»Ach, das war ein Projekt. Ich habe Julia etwas vorgelesen, damit sie sich an meine Stimme gewöhnt. Dann bin ich ihr nicht fremd, wenn ich sie das nächste Mal besuchen komme.«

»Schöne Idee. Liest du ihr Geschichten vor?«

»Keine Geschichten, nein.« Cecilia spürte, wie Blut in ihre Wangen schoss. »Oma Elli hat ihre Rezepte nirgendwo festgehalten, weil sie Angst davor hatte, dass sie ihr geklaut werden, aber ich habe sie aufgeschrieben, damit sie nicht verloren gehen. Krapfen, Kekse, Kuchen. Es ging mir um den Klang meiner Stimme.«

»Ich finde die Idee fabelhaft, Cecilia, wirklich originell. Hätte von deinem Vater kommen können.«

»Er hat so viele Kassetten mit Musik bespielt, so viele Erinnerungen gesammelt. Ich wünschte nur, er hätte auch seine eigene Stimme aufgenommen. Manchmal muss ich mich richtig anstrengen, um mich daran zu erinnern, wie sie geklungen hat.«

»Es war ein Bariton, warm und klangvoll. Ich habe seine Stimme noch im Ohr, so wie ich auch Julias Stimme noch im Ohr habe. Wenn alles leise ist, kann ich sie hören.«

Cecilia presste die Lippen aufeinander, wusste nicht, was sie darauf erwidern sollte.

»Gleich habe ich noch einen Termin beim Arzt, aber dann fahre ich zu Julia und werde ihr sofort die Kopfhörer aufsetzen«, versprach Beatrix. »Ich bin gespannt, wie sie auf deine Sprachmelodie reagiert. Töne dringen ja bekanntlich in die allertiefsten Schichten.«

EPILOG

Geysire, Vulkane. Was unterirdisch brodelt, kommt irgendwann ans Licht. Niemand weiß das besser als wir. Ich bin froh, dass die Wahrheit raus ist und wir nichts mehr verstecken müssen – weder voreinander noch vor anderen.

Ich habe seit Jahren nicht mehr richtig geträumt, aber seitdem ich auf Island bin, vergeht keine Nacht ohne einen Traum. Gestern stand ich in einer roten Telefonzelle in der Abbey Road und habe mit Paul McCartney telefoniert, der wissen wollte, ob Zebras schwarze oder weiße Streifen haben. Aber meistens träume ich davon, dass mich jemand zum Mond schießt. Dort sitze ich vor einem Café und warte auf eine charmante Servierdame mit den aufregendsten Augenbrauen der Welt.

Island ist schön, aber nicht so schön wie die Vorstellung, nach London zu fliegen und Dich zu sehen. Ich weiß, dass wir das hinbekommen! Liebe bedeutet verbunden, aber frei zu sein. Liebe stellt Dich bloß und schützt Dich, zwingt

Dich in die Knie und richtet Dich auf. Liebe schafft es, beides zu sein. Also können wir das auch. Wir können zusammen sein, ohne Julia dabei im Stich zu lassen.

Ich habe jetzt lang genug ausprobiert, wie es sich anfühlt, von Dir getrennt zu sein, aber ich kann mir keine Zukunft ohne Dich vorstellen. Das ist unmöglich. So viel Fantasie besitze ich nicht.

Der Brief lag auf dem Tisch, sodass sie immer wieder einen Blick darauf werfen konnte. Lukas hatte ihn kurz nach ihrem Telefonat geschrieben. Die Worte, die darin standen, beflügelten sie seit Tagen. Cecilia sang leise vor sich hin, während sie Eier abkochte und nebenher Butter mit Zucker vermengte. Vor ein paar Tagen hatte Beatrix ihr ein Rezept geschickt – *Englische Halbmonde*. Der Trick war, dass man gekochte Eigelbe in den Teig bröselte, was ihn besonders mürbe machen sollte.

Nachdem Cecilia das Blech in den Ofen geschoben hatte, griff sie zu ihrer Tasse.

Während sie trank, fing sie in der Fensterscheibe ihre Reflexion ein und lächelte. Das Spiegelbild veränderte sich, wurde heller und verschwand, als ihr Blick von einem Nachbarn abgelenkt wurde, der mit einem eingerollten Teppich unter dem Arm in den Hinterhof trat. Cecilia wandte sich ab und trat zum Backofen. Gerade hatte sie ihr Telefon gezückt, um die goldbraunen Kekse zu fotografieren, als die Tür aufgestoßen wurde.

»Guten Morgen«, grüßte Kat und hängte ihre Tasche an die Garderobe. »Hast du gesehen, dass die Magnolie schon wieder anfängt, ihre Blüten abzuwerfen?«

»Ja, leider. Es ist, als würde dieser Baum monatelang all seine Kräfte bündeln, um dann für drei Wochen mit voller Wucht zu blühen. Der Zauber vergeht schnell.«

»Umso schöner ist es.« Kat lächelte, dann schnupperte sie und trat vor den schnurrenden Backofen. »Oh, deswegen riecht es hier so gut. Was ist das?«

»Englische Halbmonde. Eigentlich ein Weihnachtsgebäck.« Cecilia wischte ihre Hände an einem Geschirrtuch ab und trat neben ihre Freundin. »Das ist ein uraltes Familienrezept.«

»Was du nicht sagst!« Kat schälte sich aus ihrer Jeansjacke und krempelte die Ärmel ihrer Bluse hoch. »Ein verschollenes Rezept von Oma Elli, das plötzlich wiederaufgetaucht ist?«

»So mystisch ist es leider nicht. Beatrix hat's mir geschickt, weil sie dachte, es würde ganz gut zum Cinnamoon passen.«

»Sie gibt sich wirklich viel Mühe mit dir, oder?«

»Immerhin ist sie die Mutter meiner Schwester. Wir wollen beide, dass es funktioniert. Beatrix meinte, dass sie durch Julia viel über Menschlichkeit gelernt habe. Sie sei milder geworden und stelle keine unmenschlichen Ansprüche mehr – weder an sich noch an andere.«

Flink band sich Kat ihre Schürze um und schenkte Cecilia ein liebevolles Lächeln. »Dann kann sie also akzeptieren, dass Lukas dich besuchen kommt?«

»Sagen wir es so: Wir arbeiten dran.«

* * *

In der ganzen Küche roch es nach geschmolzener Butter und Vanille. So süß und schwer, dass sie das Fenster geöffnet hatten. Laue Frühlingsluft strömte in die Küche, wirbelte Mehl auf und ließ die Blätter des Wandkalenders flattern. Ein Blech mit goldgelben Halbmonden stand auf dem Tisch. Mit ernsten Mienen hatten sie sich darübergebeugt.

»Zartbitterschokolade!«

»Auf keinen Fall. Das ist viel zu dunkel. Wir nehmen Zitrone!« Cecilia wollte schon nach dem Puderzucker greifen, um die Glasur anzurühren, als das Messingglöckchen bimmelte.

»Geh du!« Kat öffnete den Schrank und nahm eine Schüssel heraus. »Ich übernehme hier.«

»Keine Schokolade.«

»Jaja!«

Im Gehen zog Cecilia ihre mehlbestäubte Schürze aus und warf sie ins Waschbecken. Schon bevor sie die Tür zum Gastraum öffnete, lächelte sie. »Entschuldigung. Ich war in der Kü…che.«

Niemand stand vor dem Tresen, saß in einem Sessel oder auf der Bank am Fenster. Sie machte auf dem Absatz kehrt.

»Keiner da.«

»Vielleicht draußen? Immerhin scheint die Sonne und in London bedeutet Sonne, dass quasi Sommer ist«, erklärte Kat, ohne aufzublicken. Sie rührte eine milchige Glasur an.

»Es ist doch noch viel zu kalt.«

»Gibt so Leute. Weißt du doch.«

Widerwillig stapfte Cecilia zurück und blieb auf dem Treppenabsatz stehen, während ihr Blick über die Straße wanderte. Die Magnolienblüten leuchteten in der Sonne, das Blech der Autos funkelte. Sie wollte sich gerade abwenden, als sie einen windgepeitschten Haarschopf hinter dem Fenster entdeckte.

Mit einer Speisekarte in der Hand trat sie hinaus und blinzelte. »Guten Mo…«

Ein Mann mit Buch. Die Speisekarte flatterte durch die Luft und landete vor seinen Füßen. Cecilia öffnete den Mund, schloss ihn wieder. Als er sich nach der Karte bückte, ertönte ein vertrautes Lachen, das sich wie ein warmer Regen über sie ergoss. Sein Haar war länger geworden und lockte sich hinter den Ohren.

»Sie müssen die Servierdame sein.« Sonnenstrahlen tanzten auf seinem Gesicht. Mit der Hand schirmte er die Augen ab, um ihren Blick einzufangen. »Gibt's hier *Tarte and Tea*?«

Ihre Lippen bebten, aber sie bekam keinen Ton heraus. Er war viel mehr ein Zuhause, als es ihr kleines Häuschen im Lavender Sweep jemals sein könnte.

Plötzlich stand Lukas vor ihr und zog sie in seine Arme.

»Ich dachte, du kommst erst im Mai!«

»Das war eine absurde Idee. Keine Ahnung, wie ich darauf gekommen bin.« Sein Atem schlug sich warm an ihrem Hals nieder. Lukas roch anders – nicht unangenehm, aber fremd.

Cecilia lehnte sich zurück, um ihm ins Gesicht sehen zu können. »Wie lang bleibst du?«

»Tja, weißt du …« Er legte seine Hand auf ihre Wange, streichelte mit dem Daumen darüber. Sie kannte das Aufleuchten seiner Augen und das breite Grinsen, das seine Lippen verzog. »Der Raum ist groß und unerforscht. Das müssen wir noch herausfinden.«

Sein Gesicht war ihrem nun so nah, dass sie seine Wimpern hätte zählen können. Sie griff nach seinem Pullover, zog ihn noch näher heran und küsste ihn.

Lukas lehnte seine Stirn an ihre. »Ich habe ja immer gepredigt, dass Liebe sich verändert. So als wäre Liebe nichts, worauf man sich verlassen könnte, aber das stimmt nicht. Sie verändert sich zwar, aber man kann sich drauf verlassen. Ich hoffe, du weißt das.«

Ihre Kehle zog sich zusammen, als Tränen in ihr aufstiegen. Cecilia schluckte trocken und wischte sich mit dem Ärmel ihres Cardigans über die Augen. »Ich verlass mich drauf«, sagte sie mit belegter Stimme und beobachtete, wie Lukas etwas aus seiner Hosentasche hervorholte. Auf seiner Handfläche lag ein silberner Ring.

»Den hab ich schon am ersten Tag in Reykjavík gekauft und dann die ganze Zeit mit mir herumgetragen. Deswegen sieht er ein bisschen mitgenommen aus. Er steckte immer in meiner Hosentasche, war auf einem Vulkan, an einem Gletschersee und wurde versehentlich zweimal mitgewaschen.« Behutsam nahm er ihre Hand. »Erst wollte ich ihn dir einfach schicken, aber dann kam's mir falsch vor, ihn in ein Kuvert zu stecken. So ein Ring ist ja irgendwie auch ein Versprechen – das wollte ich dir persönlich geben.«

»Lava!«, war das einzige Wort, das sie hervorbrachte, als er den Ring über ihren Finger schob. Der schwarze Stein war übersät von Kratern.

»Sieht aus wie die andere Seite des Mondes, finde ich.«
Bedächtig strich sie über die raue Oberfläche.
Murnau, Juli, Tretboot 1990. Das war die Wahrheit.
London, Lukas, Lava 2019. Das auch, dachte sie und spürte, wie sich ihr Herzschlag beschleunigte. Cecilia hob den Kopf und blinzelte, weil sie von einem grellen Licht geblendet wurde. Vielleicht war das die Sonne, vielleicht aber auch ein verdammt prächtiger Hoffnungsschimmer.

Die Tür des Cafés wurde aufgerissen. »Ich will eure kleine Zeremonie ja nicht stören, aber ich habe eine sehr wichtige Frage an euch.« Kat stand mit zwei Halbmonden vor ihnen. »Einmal Schokolade, einmal Zitrone. Hell oder dunkel? Was ist besser?«

»Beides!«, erklärten sie unisono.

Cinnamoon

von Elisabeth Rosenmeyer

Zutaten

Teig
300 ml Milch
35 g frische Hefe
1 TL Meersalz
1 EL Zucker
1 Packung Vanillezucker
75 g Butter
480 g Dinkelmehl
20 g Marzipan

Füllung
50 g Butter, geschmolzen
80 g Zucker und Zimt
100 g Marzipan
1 säuerlicher Apfel

Guss

300 ml Sahne

100 g Zucker

2 Packungen Vanillezucker

1 Messerspitze geriebene Vanille

2 TL Zitronensaft

Zubereitung

1. Der Teig

Löse Hefe, Zucker und Vanillezucker in lauwarmer Milch auf. Nach und nach kannst du nun die anderen Zutaten für den Teig hinzufügen. Lasse den Teig mindestens eine Stunde an einem warmen Ort ruhen, sodass er aufgehen kann.

2. Die Füllung

Schneide einen Apfel in kleine Würfel, vermische Zucker und Zimt und schmelze Butter in einem kleinen Topf.

3. Wenn der Teig aufgegangen ist, rollst du ihn zu einem Rechteck aus. Nun bestreichst du den Teig mit der geschmolzenen Butter, streust Zucker und Zimt darüber, legst die Apfelstücke darauf aus und verfeinerst das Ganze mit Marzipanflocken.

4. Rolle den Teig zusammen und schneide 12 gleich große Stücke ab. Platziere die Cinnamoons in einer Springform und lasse sie ungefähr 20 Minuten ruhen. Den Ofen kannst du währenddessen auf 180 °C vorheizen. Hat er die Temperatur erreicht, lässt du die Cinnamoons 25 Minuten backen.

5. Der Guss

Alle Zutaten für den Guss in einem kleinen Topf erhitzen und bei niedriger Temperatur köcheln lassen. Vergiss nicht, immer wieder umzurühren. Mit der Zeit wird die Masse dickflüssig.

6. Sobald die Cinnamoons fertig sind, nimmst du sie aus dem Ofen und löffelst den Guss darüber.

Viele Grüße aus dem Cinnamoon,
deinem Lieblingscafé in London!

Danksagung

Töne entstehen durch ein Gegenüber, das die Schwingungen auffängt. Der Mond leuchtet durch ein Gegenüber, das Licht spendet. Auch wir Menschen sind auf ein Gegenüber ausgerichtet und angewiesen.

»Als die Tage leiser wurden« ist eine Geschichte, die mich schon viele Jahre begleitet und Themen bearbeitet, die mir aus persönlichen Gründen am Herzen liegen. Jeder Mensch strebt danach, glücklich zu sein. Oft gehen wir sehr streng mit uns selbst und anderen Menschen ins Gericht – mit diesem Buch wollte ich die Töne zwischen Schwarz und Weiß einfangen und die Schattierungen skizzieren, in denen wir uns bewegen.

Wir sind unperfekt, aber vollkommen menschlich, wunderschön lebendig.

An diesem Buch waren außer mir viele Menschen beteiligt. Ob als aufmerksame Testleserinnen mit hilfreichen Anmerkungen, als emotionaler Rückhalt oder als Inspirationsquellen – ihnen allen gilt mein Dank. Besonders hervorheben möchte ich meine Freundinnen: S., die nicht müde wird, sich mit meinen Ideen auseinanderzusetzen und mir immer das Gefühl gibt, verstanden zu werden. C., die mich mit ihrer besonderen Art und ihren Gedanken so wunderbar bereichert. Und mit richtig guten Rezepten, denn sie führt ein wunderschönes Café – dort gibt es selbstverständlich auch Zimtschnecken.

Außerdem bedanke ich mich bei P. für sein großes Herz, seinen unerschütterlichen Glauben an mich und seine Unterstützung über viele Jahre hinweg.

Ich danke Nicole Tschierschke von Amazon Publishing für ihre wertschätzende Begleitung und ihre Offenheit.

Mein Dank gilt außerdem Marketa Görgen, meiner Lektorin, die mich bereits so wunderbar durch den Sommer begleitet hat, stets den richtigen Ton trifft und deren Impulse ich sehr zu schätzen weiß.

Nicht zuletzt möchte ich mich ganz herzlich bei allen Leserinnen und Lesern bedanken, denn Geschichten beginnen ja bekanntlich erst dann zu leuchten, wenn sie gelesen werden.

FSC
www.fsc.org
MIX
Papier | Fördert
gute Waldnutzung
FSC® C083411

Zeitfracht Medien GmbH
Ferdinand-Jühlke-Straße 7
99095 Erfurt, Deutschland
produktsicherheit@kolibri360.de

Druck:
CPI Druckdienstleistungen GmbH
im Auftrag der
Zeitfracht Medien GmbH
Ein Unternehmen der Zeitfracht - Gruppe
Ferdinand-Jühlke-Str. 7
99095 Erfurt